Sieh nichts Bös

Das Buch

Ein nebelverhangener Novembermorgen im Landkreis München. Bei einer Polizeiübung finden die Spürhunde nicht nur die für sie präparierte Probe, sondern auch eine echte Leiche. Daneben liegt eine kleine Messingskulptur, ein Äffchen, das den Unterleib mit beiden Pfoten bedeckt. Es erinnert Kommissar Dühnfort an die drei weisen Affen: Nichts Böses sehen. Nichts Böses hören. Nichts Böses sagen. Kaum jemand weiß, dass es noch einen vierten Affen gibt: Nichts Böses tun.
Kommissar Konstantin Dühnfort ist mit seiner Frau Gina gerade erst aus den Flitterwochen zurückgekehrt. Die beiden freuen sich auf ihr erstes Kind. Doch nun muss Dühnfort sich vom idyllischen Familienleben losreißen, um die Ermittlungen in diesem Fall zu leiten. Schnell findet er heraus, dass es sich bei der Toten um eine vor Jahren angeblich untergetauchte Frau handelt. Und eine weitere Frau verschwindet unter ähnlichen Umständen ...

Die Autorin

Inge Löhnig machte sich nach einer Karriere als Art-Direktorin in verschiedenen Werbeagenturen mit einem Designstudio selbstständig. Heute lebt sie als Autorin mit ihrer Familie und einem betagten Kater in der Nähe von München. Ihre Serie um Kommissar Konstantin Dühnfort machte sie zur Bestsellerautorin.
Besuchen Sie Inge Löhnig auf ihrer Homepage: www.inge-loehnig.de

Von Inge Löhnig sind in unserem Hause bereits erschienen:

Die Kommissar-Dühnfort-Serie:

Der Sünde Sold · In weißer Stille · So unselig schön · Schuld währt ewig · Verflucht seist du · Deiner Seele Grab · Nun ruhet sanft · Sieh nichts Böses

Außerdem:

Mörderkind
Gedenke mein

Inge Löhnig

SIEH NICHTS BÖSES

Kriminalroman

List Taschenbuch

Besuchen Sie uns im Internet:
www.list-taschenbuch.de

MIX
Papier aus verantwortungsvollen Quellen
FSC® C083411

Originalausgabe im List Taschenbuch
List ist ein Verlag der Ullstein Buchverlage GmbH, Berlin.
1. Auflage Juni 2017
3. Auflage 2017

Umschlaggestaltung: bürosüd° GmbH, München
Titelabbildung: © Getty Images / Kollektion Moment / LT Photo (Steg);
Arcangel / © Mark Owen (Wald)
Satz: Pinkuin Satz und Datentechnik, Berlin
Gesetzt aus der Sabon
Druck und Bindearbeiten: CPI books GmbH, Leck
ISBN 978-3-548-61319-2

1

Seit sie vor zwanzig Minuten ins Auto gestiegen war, hatte Doro Gutsch schon so ein Gefühl. Es würde kein guter Tag werden, denn heute war Ronja so eigensinnig wie eine Primadonna, mit ganz eigenen Vorstellungen von der Choreographie. Unwillkürlich baute sich das Bild von Ronja im Tutu vor Doro auf, und sie musste grinsen. Aber es stimmte schon, in gewisser Weise glichen sie einem tanzenden Paar. Sie waren ein eingespieltes Team, in dem eine führte, nämlich sie, Doro, und eine folgte, und das war Ronja. Doch manchmal wollte die Border-Collie-Hündin ihre Grenzen ausloten, und ausgerechnet heute schien es wieder einmal so weit zu sein. Ronja hatte Doros Kommando zum Einsteigen in die Transportbox erst beim vierten Mal befolgt. Die Götter wussten, weshalb, denn sie fuhr gerne Auto. Sie liebte es geradezu.

Regentropfen pladderten gegen die Windschutzscheibe. Doro hielt nach dem Weg zum Treffpunkt Ausschau, der hier irgendwo an der M4 zwischen München und Gauting abzweigen musste. Nach einer Weile entdeckte sie ihn, bog auf den Waldweg ein und fuhr tiefer in den Forstenrieder Park.

Hoffentlich besann Ronja sich und erkannte den Ernst der Lage. Wenn sie durch die Prüfung fiel … Das wollte Doro sich gar nicht erst ausmalen und konzentrierte sich auf die holprige Fahrspur, die ihre ganze Aufmerksamkeit erforderte.

Vorgestern war ein Unwetter mit Schneeregen über dem Münchner Süden niedergegangen, und die Spuren waren noch nicht beseitigt. Äste und Zweige lagen im Weg, und die zahlreichen Pfützen waren mehr als knöcheltief.

Mit einer kleinen Verspätung erreichte Doro als Letzte die Brache am Rand des Preysing-Geräumts. Die anderen Teams waren schon eingetroffen. Mike mit Grizzly. Anne mit ihrem Labrador Spike. Charlie mit Cleo und Rob mit Dude, einem Islandspitz. Außerdem Christian Zach, den alle nur Groucho nannten, der Ausbildungsleiter und heute ihr Prüfer.

Doro grüßte in die Runde und öffnete die Transportbox. Mit einem freudigen Bellen sprang Ronja heraus.

»Bei Fuß!« Diesmal gehorchte Ronja sofort und sah mit gespitzten Ohren zu Doro hoch. Als Hütehund war sie von Natur aus auf Lob und Anerkennung ihres Menschen erpicht und versuchte daher normalerweise zu gefallen. »Braves Mädchen. Mach uns heute keine Schande, ja?« Doro kraulte Ronja das Fell. »Wenn du unbedingt herumzicken musst, spar dir das für morgen auf. Heute ist es schlecht. Glaub mir.«

Über den Wipfeln der Bäume spannte sich ein grauer Himmel. Es hatte aufgehört zu regnen, und der Geruch nach Schnee lag in der Luft, obwohl der November erst ein paar Tage alt war.

Mit den Stiefeln versank Doro sohlentief im Matsch. Sie zog ihre Strickmütze mit der Aufschrift *Polizei* tiefer in die Stirn und den Reißverschluss an der Allwetterjacke hoch. Um nichts in der Welt hätte sie mit einem der Kollegen tauschen wollen, die Büroluft atmen mussten.

Doro liebte ihren Beruf als Hundeführerin bei der Polizeihundestaffel München. Die Schreibtischarbeit hielt sich in Grenzen, dafür gab es frische Luft, so viel sie wollte. Ihr Alltag war nicht von ödem Verwaltungskram, langwierigen Verhören und endlosem Schreibkram geprägt, sondern von reichlich Bewegung beim Training und der Ausbildung der Hunde und während der Einsätze. Auch wenn diese manchmal erschütternd, oft traurig und gelegentlich auch eklig waren. So wie letzte Woche, als Ronja die Leiche eines Selbstmörders aufgespürt hatte, die sich bereits in einem fortgeschrittenen Verwesungsstadium befand.

Ronja war auf das Auffinden von Leichen und Leichenteilen trainiert. Auf menschliche Überreste aller Art, vorausgesetzt, wenigstens ein Fitzelchen Gewebe befand sich noch daran oder vom Verwesungsgeruch getränkte Kleidung. Etwas, das die charakteristischen Duftstoffe angenommen hatte und absonderte.

Und diese Fähigkeiten musste Ronja heute unter Beweis stellen, am besten fehlerfrei.

Mike kam näher, reichte ihr einen Thermobecher Tee und fragte sie, ob sie nervös war. Natürlich war sie aufgeregt. Alle waren angespannt, wenn die jährliche Prüfung anstand, bei der die Hunde nicht nur versteckte Proben aufspüren, sondern auch zeigen mussten, dass sie aufs Wort gehorchten und Kommandos korrekt ausführten. Ronja stand noch immer brav bei Fuß. Doro befahl Platz, und sie setzte sich. Offenbar hatte sie verstanden, wie wichtig dieser Tag war. Erleichtert lobte Doro Ronja.

Groucho legte unterdessen mit Anne und Charlie die Proben im Gelände aus, die er beim Institut für Rechtsmedizin besorgt hatte. Natürlich keine Proben von Toten, sondern von Stoffen, die mit Toten in Berührung gekommen waren. Stücke von Sargunterlagen und Leichenhemden, aber auch menschliches Blut.

Anschließend wurden Streichhölzer gezogen. Doro und Ronja waren als Zweite dran. Zuerst startete das Team Mike und Grizzly, der auf Kommando die Nase senkte und in engen Schleifen hochkonzentriert das ihm zugewiesene

Areal absuchte, wobei Mike ihn mit Stockzeichen dirigierte. Meter für Meter ging es voran. Groucho beobachtete jeden Schritt und jedes Kommando, und es dauerte nur eine Viertelstunde, bis Grizzly vor einem Findling anschlug, sich flach auf den Boden legte und so anzeigte, dass er die ›Leiche‹ gefunden hatte. Erstklassige Arbeit. Groucho war zufrieden. Das Team erhielt die volle Punktzahl. Mike belohnte Grizzly mit einem Leckerli und reichlich Lob. Für die Hunde war es ein Spiel, und am Ende gab es die erhoffte Belohnung.

»Und nun Doro mit Ronja. Für euch habe ich die Fläche jenseits der Brache, Richtung Osten vorgesehen.« Groucho nickte ihr zu, und Doro gab Ronja den Befehl: »Such!« Folgsam senkte Ronja die Nase und ging los. Nah bei Fuß folgte sie dem Zeichen des Teleskopstocks, den Doro benutzte. Zehn Minuten ging das gut, und sie war stolz auf die Konzentration, mit der Ronja bei der Sache war, als sie den Rand einer kleinen Lichtung erreichten und die Hündin plötzlich den Kopf hob und Witterung aufnahm. Ein Zittern lief durch ihren Körper, und dann stürmte sie laut bellend los, hinaus auf die freie Fläche. »Bei Fuß!«, brüllte Doro und hörte den Seufzer, den Groucho hinter ihr ausstieß.

»Bei Fuß!«

Doch Ronja hörte nicht. Sie rannte auf eine Buche zu, die der Sturm umgerissen hatte.

»Bei Fuß! Ronja. Willst du wohl!« Doch die Hündin war nicht zu halten.

Das Erdreich um den umgestürzten Baum war weiträumig aufgerissen, Wurzeln ragten in die Luft, der herausgerissene Ballen hatte einen Krater hinterlassen. Zehn Meter davor blieb Ronja unter einem Wurzelrest stehen, der senkrecht in die Luft ragte, bellte wie eine Irre und warf sich flach auf den Boden.

2

Freud und Leid lagen manchmal unglaublich nah beieinander. Dieser Gedanke begleitete Kriminalhauptkommissar Konstantin Dühnfort, seit er und Gina am vergangenen Sonntag von ihrer Hochzeitsreise aus Venedig zurückgekehrt waren.

Sie hatten die Koffer noch nicht ausgepackt, als Ritas Anruf kam. Ihr Lebenspartner Georges war nach langer Krankheit gestorben. Nicht unerwartet, aber dennoch überraschend. Also hatten sie ein paar Tage Urlaub genommen und waren zur Beisetzung ins Elsass gefahren.

Seit über dreißig Jahren lebte Dühnforts Mutter Rita dort in einem zweihundert Jahre alten Gutshof, in dem Georges bis zu seinem Ruhestand einen Weinhandel betrieben hatte und Rita bis heute die ausgebaute Scheune als Atelier nutzte. Sie war eine bekannte Malerin, und in den vergangenen anderthalb Jahren waren Georges und sie regelmäßig zwischen München und dem Elsass gependelt. Sie, um eine Ausstellung vorzubereiten, und er, um seine Krebserkrankung behandeln zu lassen.

Vorgestern hatten sie ihn auf dem Dorffriedhof bestattet und einen Birnbaum auf seinem Grab gepflanzt, so wie er es sich gewünscht hatte. Dühnfort wäre es am liebsten, wenn Rita sich entschließen könnte, ganz nach München zu ziehen. Doch sie wollte bleiben. »Ich lass Georges nicht alleine«, hatte sie gesagt. »Ich will sehen, wie der Baum auf seinem Grab wächst und erste Früchte trägt, und euer München geht mir nach vier Wochen auf die Nerven. Zu hektisch, zu laut, zu oberflächlich. Was soll ich dort unter all den Wichtigen und Schönen? Ich könnte sie nur beim Tanz ums Goldene Kalb ein wenig stören. Was mir – ich gebe es ja zu – doch eine gewisse Freude bereiten würde. Aber ich male schon lange keine Menschen mehr.«

Die gewalttätige Seite der Natur war zu ihrem Thema geworden. In großformatigen Gemälden fing sie diese Kraft ein, die die menschliche Bedeutung zu einem Nichts zermalmte.

Und nun grübelte Dühnfort während der Rückfahrt über die Frage, wie er seiner Mutter einen Umzug schmackhaft machen könnte. Das Gutshaus war zu groß für sie, und sie war mit Mitte siebzig zu alt, um dort alleine zu leben. Weitab vom nächsten Nachbarn und vom Arzt und einer Einkaufsmöglichkeit. Wenn sie stürzte, wer würde es bemerken? Ihr Galerist war hier und Gina und er und bald das Enkelkind. Außerdem hatte sie in München Freunde, die zwar für zwei Jahre in New York lebten, doch diese Zeit war beinahe um.

Gina räkelte sich auf dem Beifahrersitz. Sie war eingedöst, kurz nachdem sie den Rhein überquert hatten, und reckte sich nun. »Was? Schon Ulm. Da bist du aber tief geflogen.«

»Sollen wir Rast machen?«

»Meinetwegen nicht. Aber wir sollten wechseln. Du sitzt jetzt fast schon drei Stunden hinterm Steuer.«

»Ich kutschiere euch beide auch noch den Rest der Strecke, wenn wir vorher Pause machen.«

»Schwangere dürfen Autofahren. Du musst mich nicht schonen.«

Das wusste er doch. Aber er tat es gerne. Am liebsten würde er sie auf Händen tragen, und irgendwie konnte er es noch immer nicht so ganz glauben, dass sein größter Traum sich erfüllte und er Vater wurde.

Die erste Phase der Schwangerschaft mit morgendlicher Übelkeit und Stimmungsschwankungen war vorüber, und die Aufregung und Freude, Eltern zu werden, war einer ruhigen Erwartung und Gelassenheit gewichen. Seit der Hochzeitsreise ruhte Gina in sich, und manchmal erschien sie ihm wie ein weiblicher Buddha, nicht wegen des Bauches, der Woche für Woche sichtbarer wurde, sondern wegen des in sich gekehrten Lächelns. In den letzten Tagen war ihm aufgefallen, dass sich ihre Sommersprossen vermehrt hatten und ihr Teint einen Schimmer wie Porzellan angenommen hatte. Feinstes Bone China – vielleicht bildete er sich das ja auch ein – und als Kontrast dazu ihre widerspenstigen dunklen Haare. Sie war so schön wie noch nie.

Am nächsten Rastplatz tauschten sie die Plätze. Während der Fahrt unterhielten sie sich über die Einrichtung des Kinderzimmers und ob es wirklich nötig war, sich jetzt schon nach einem Krippenplatz umzusehen. Gina hatte sich erkundigt. Die Wartelisten waren endlos.

Kurz vor Mittag erreichten sie München. Mittlerweile hatte es zu nieseln begonnen. Als sie in der Pestalozzistraße vor dem Haus parkten, ging der feine Regen in einen Graupelschauer über, und sie sahen zu, dass sie nach oben in die Wohnung kamen. Im Flur stand noch Ritas Hochzeitsgeschenk. *Das Meer bei Locquémeau*. Zwei Quadratmeter tobender Atlantik. Eine apokalyptische Stimmung am Ende der Welt. »Das Bild ist euch irgendwann über«, hatte sie gesagt. »Vielleicht müsst ihr es ab und zu umdrehen.«

Dühnfort stellte den Koffer im Flur ab und schaltete die Espressomaschine in der Küche ein. »Ich mache uns schnelle Spaghetti mit Pesto.«

»Gute Idee. Ich habe Hunger wie ein Wolf.« Gina kam mit der Post herein. »Habe ich dir eigentlich schon gesagt, dass Thomas uns den Fall Ellen Reitmeier auf den Tisch gelegt hat?«

Thomas Wilzoch war Ginas Chef, und mit ›uns‹ meinte sie ihren Kollegen Holger Morell und sich. Das Team für ungeklärte Altfälle der Münchner Polizei. Von den Medien gerne auch als Spezialisten für Cold Cases bezeichnet.

»Ich glaube nicht.«

»Und was sagst du dazu?«

Was sollte er schon sagen? Dass es ihm nicht recht war, dass ausgerechnet sie sich den einzigen Fall vornahm, den er in seiner Zeit als Ermittler bei der Mordkommission München nicht aufklären konnte? Ein Raubmord an einer Rentnerin, die zurückgezogen gelebt und deren Leiche man erst eine Woche nach der Tat gefunden hatte. Keine Zeugen und ein spurenarmer Tatort. Dennoch hatten sie DNA des Mörders gefunden. Ellen Reitmeier musste ihn selbst hereingelassen haben. Nach vier Monaten waren die Ermittlungen festgefahren. Schließlich hatten sie alle Kontaktpersonen zum DNA-Test gebeten. Viele waren es nicht. Niemand weigerte sich, doch der Täter war nicht dabei gewesen. Es musste sich also doch um einen Fremden handeln.

Natürlich war der Fall Reitmeier Dühnforts offene Wunde, und das lag nicht an seiner Eitelkeit oder daran, dass er glaubte unfehlbar sein zu müssen. Es lag an der Gewissheit, dass ein Mörder frei herumlief. Er hatte nun mal diesen Glauben an Gerechtigkeit und den Willen, jeden Täter hinter Gitter zu bringen. Und es war ihm sehr wohl bewusst, dass es an seinem Vater lag, dem brillanten Strafverteidiger, dem es in seiner aktiven Zeit viel zu oft gelungen war, Kriminelle vor Strafe zu bewahren oder wenigstens für ein mildes Urteil zu sorgen. Der Erfolg seines Vaters und seiner Kollegen war für Dühnfort ein steter Ansporn, ihnen die

Arbeit so schwer wie möglich zu machen. Gerichtsfeste Beweise, eine schlüssige Kausalkette, ein Wort für Wort überprüftes Geständnis.

»Was ich dazu sage? Hoffentlich findet ihr einen neuen Ermittlungsansatz.« Dühnfort gab die Spaghetti ins kochende Wasser. »Es ärgert mich natürlich, dass der Täter noch frei ist, obwohl ich nicht glaube, dass wir damals etwas übersehen haben.«

»Das ist nun mal so in unserm Beruf. Manche Fälle lassen sich kaum aufklären. Vor allem, wenn es so wie hier ist und Täter und Opfer sich nicht gekannt haben. Mal sehen, wie weit wir damit kommen. Ab morgen lege ich jedenfalls die Füße auf den Schreibtisch und lese Akten und Akten, und dann lese ich Akten.« Sie gab ihm einen Kuss.

»Und lass sie schön dort oben liegen. Keine Verfolgungsjagden mehr wie im Fall Weber.«

»Ich schwöre.« Sie hob die rechte Hand, gab ihm einen weiteren Kuss, und er erwiderte ihn. Seine Hand glitt über ihren Bauch. Es fühlte sich so gut an, ihr Kind darin zu wissen. Anfang fünfter Monat. In ein paar Wochen könnten sie seine Bewegungen spüren.

Eine großartige Zeit lag vor ihnen. Obwohl seine Eltern seit Jahrzehnten geschieden waren und er seine Differenzen mit seinem Vater ausgetragen hatte, verdankte er ihm doch das Wertvollste, das man einem Kind geben konnte: eine schöne und glückliche Kindheit voller Liebe und Achtung. Sie war das Fundament, auf dem sein Leben stand, und er freute sich darauf, all das an sein Kind weiterzugeben.

Das Nudelwasser kochte über, und gleichzeitig klingelte sein Smartphone. Gina machte sich los und nahm den Deckel vom Topf, während er zum Handy griff. Leonhard Heigl meldete sich, sein Vorgesetzter. »Hallo, Tino. Wo erwische ich dich da?«

»Wir sind gerade zurückgekommen.«

»Sehr schön. Ich brauch dich. Die Teams von Russo und Stahl sind vollauf mit einem Dreifachmord in Pasing beschäftigt. Ich kann ihnen nicht noch eine Ermittlung aufs Auge drücken. Ihr werdet also übernehmen, und wenn du von Anfang an dabei bist, ist das sicher das Beste.«

»Gut. Worum geht's?«

»Ein Leichenfund im Forstenrieder Park. Kirsten und Alois sind schon unterwegs und Buchholz mit seinen Leuten ebenfalls. Ich informiere die Weidenbach. Du musst dich also nur noch ins Auto setzen.«

3

Das Großflächenplakat einer Wüstenlandschaft glitt vorbei, dann fuhr die U-Bahn in den Tunnel. Graue Betonwände draußen. Graue Gesichter im Waggon. Jasper Seyboth lehnte den Kopf an den Sitz und schloss die Augen.

Abhauen. Einfach abhauen. Den Krempel in den Geländewagen schmeißen und verschwinden. Zurück nach Afrika. Marokko. Mauretanien. Bis hinunter ans Kap der Guten Hoffnung.

Sein Smartphone summte und holte ihn zurück in die Wirklichkeit, in diesen U-Bahn-Waggon voller grauer Menschen. Ute, seine Beinahe-Schwiegermutter meldete sich. Mit ihrem Anruf hatte er eigentlich gestern gerechnet. »Hallo, Jasper. Wie geht es dir denn?«

Sie fragte das, als wäre er krank. Erwartete sie wirklich, dass er *beschissen* sagte? Es ging ihm nicht gut. Natürlich nicht, wie jedes Jahr um diese Zeit. Wenn er sie doch nur zurückdrehen könnte. Es ungeschehen machen. Er atmete scharf aus. »Nicht so toll.«

»Entschuldige. Das war eine dumme Frage.« Ute war so. Immer anbiedernd und ein wenig falsch. Selten direkt, meist hintenherum. Gleich würden die versteckten Vorwürfe kommen.

»Ich war gestern auf dem Friedhof und hab Elisabeth Blumen gebracht.«

»Ja, natürlich.« Er war kurz davor hinzuzufügen: Mir fehlt sie doch auch. Ich kann verstehen, dass du an ihr Grab gehst. Doch du wirst nicht verstehen, dass ich es nicht mehr kann. Es macht mich fertig.

Du bist so ein nachtragendes egoistisches Arschloch!

Und du nicht meine Therapeutin!

Die Erinnerung kam aus dem Nichts. Jasper fuhr zusammen, seine Kopfhaut begann zu kribbeln, wie immer, wenn er an diese letzten Minuten dachte, die ihnen gemeinsam vergönnt gewesen waren. Sie hatten es nur nicht gewusst.

»Wir haben uns wohl verpasst.« Ute war gedanklich noch bei ihrem Besuch auf dem Friedhof.

»Sieht ganz so aus.« Sein pampiger Tonfall tat ihm leid. »Sorry. Mir geht es wirklich nicht gut. Ich bin erst nach der Arbeit dazu gekommen und habe Lis Rosen gebracht.« Eine kleine Lüge, weil sie es nicht verstehen würde, und er wollte sie weder verletzen noch sein Verhalten erklären.

»Wie schön, wo sie Rosen doch so gemocht hat. Schade, dass wir uns nicht getroffen haben. Manchmal habe ich das Gefühl, du gehst uns aus dem Weg.«

»Tut mir leid, wenn dieser Eindruck entstanden ist. Ich habe viel zu tun.« Schließlich wollte ich Lis heiraten und nicht dich und Bernd. Er biss sich auf die Lippen. Er musste das alles hinter sich lassen. So hart das auch klang. Er war erst dreißig. Das Leben lag noch vor ihm, und es gab genau zwei Möglichkeiten: es irgendwie durchstehen und wiedergutmachen, was er angerichtet hatte, oder sich vom nächsten Hochhaus stürzen.

Oder einfach abhauen. Doch so einfach war das nicht, denn die Päckchen, die er trug, würden mit ihm reisen. Sie waren mit ihm verwachsen, und selbst wenn er sich über die Klippen stürzte, würden sie mit ihm im Kap der Guten Hoffnung versinken. Auf ewig sein.

»Besuch uns doch mal.«

»Ja, gerne.« Es gelang ihm nicht, auch nur eine Spur von Begeisterung zwischen diese zwei Worte zu quetschen, doch Ute bemerkte es nicht.

»Schön, schön.« Es klang, als ob ein Kind in die Hände klatschte. »Wie wäre es mit nächstem Sonntag? Ich mach' das Risotto, das du so gerne magst.«

»Nächstes Wochenende passt es nicht. Tobi zieht um, und ich habe versprochen, ihm zu helfen.«

»Dein Bruder? Wohnt er jetzt in München?«

»Er wohnt schon seit Jahren hier.«

»Richte ihm Grüße aus. Dann vielleicht übernächsten Sonntag?« Ihre Stimme klang so hoffnungsvoll, dass er zusagte, obwohl er wusste, dass er in letzter Minute einen Rückzieher machen würde. Er ertrug es nicht, Lis' Eltern gegenüberzusitzen und das Ersatzkind zu spielen, den Schwiegersohn, der er nicht geworden war.

Ute redete weiter, und er streute ab und zu ein Ja oder ein Hm ein und hoffte, dass sie bald ein Ende finden würde. Er hörte erst wieder zu, als sie sagte, dass man die Hoffnung nicht aufgeben durfte. »Eines Tages werden sie ihn finden. Alles andere wäre so ungerecht.«

Ute war einfältig, und Einfalt hatte Jasper schon immer auf die Palme gebracht. Er atmete durch.

»Der Kerl, der uns das angetan hat, muss dafür büßen. Er muss dafür bezahlen.«

Es ging ihm heute wirklich nicht gut. Natürlich lag es am Jahrestag. Die Erinnerungen kamen wieder hoch. Elisabeth, mit dem schiefen Lächeln. Im Bruchteil einer Sekunde hatte er sich in sie verliebt, als sie ihm in der Mensa ihr Tablett so heftig in den Rücken gerammt hatte, dass er das Gleichgewicht verlor und sich unversehens auf dem Boden zwischen Scherben und den Resten ihres vegetarischen Menüs wiederfand.

»Ups. Sorry!«, hatte sie betreten gesagt, und ihr Mund hatte sich zu diesem schiefen Lachen verzogen, das ihn umgehauen hatte. »Angehender Betriebswirt an Gemüsebeilage. Nur heute im Angebot.« Das hatte er tatsächlich gesagt, während sein Herz wie rasend schlug.

Ute wartete auf eine Reaktion von ihm. »Du hast recht. Er muss dafür bezahlen. Vielleicht tut er das ja schon seit vier Jahren.« Sie würden ihn nicht kriegen. Jetzt nicht mehr. Zu viel Zeit war vergangen.

»Ach, Jasper. Manchmal werde ich aus dir nicht schlau. Wie meinst du das denn?«

Er stand auf und stellte sich vor die Tür. An der nächsten Station musste er raus, und außerdem mussten nicht alle mithören. »Wie ich das meine? Hast du nie darüber nachgedacht, dass er vielleicht ein ganz normaler Mensch ist und kein Monster? Und nun muss er mit seiner Schuld leben, und die macht ihm jeden Tag seines Lebens zur Hölle.«

4

Etwa achtzig Jahre hatte die Buche auf der Lichtung im Forstenrieder Park überdauert und war im Laufe der Zeit von einem zweiblättrigen Schössling zu einem starken Baum mit einer beachtlichen Krone herangewachsen. Sie hatte Wind und Wetter ebenso standgehalten wie Wildfraß und Krankheiten, nur dem Unwetter der vorletzten Nacht nicht.

Dühnfort betrachtete den Krater, den der Baum im Fallen gerissen hatte, und malte sich aus, wie der Sturm sich in den Zweigen und Ästen verfangen hatte wie in einem Segel, das niemand einholte. Wie der Stamm den wachsenden Druck an die Wurzeln weitergab, die sich ins Erdreich klammerten, bis sirrend die ersten, nämlich die dünnsten und feinsten von ihnen rissen, ein dichtes Geflecht, das die stärkeren hielt, die den Kampf nun verloren und sich lösten wie gewaltsam aufgebogene Finger. Wie der Baum schwankte, sich aber noch hielt, bis der Sturm die nächste Böe ins Blätterdach warf und die Wurzeln unter diesem Ansturm rissen wie spleißende Taue. Wie sich endlich die Spannung entlud und der Baum mit einem zitternden Seufzer nachgab und ins Moos der Lichtung stürzte. Achtzig Jahre Beständigkeit, gefällt in Minuten.

Dühnfort wandte sich ab und ging zu Alois Fünfanger und Kirsten Tessmann hinüber. Sie beugten sich neben Dr. Ursula Weidenbach, der zuständigen Rechtsmedizinerin, über eine Grube, die eine herausbrechende Wurzel aufgerissen hatte. Mittlerweile war die Lichtung abgesperrt. Die Besatzung von zwei Streifenwagen sorgte dafür, dass niemand unbefugt das Areal betrat, während die Kollegen von der Polizeihundestaffel zusammenpackten. Die jährliche Prüfung der Leichenspürhunde hatte ein unerwartetes Ende gefunden und sollte in den nächsten Tagen wiederholt werden, worüber die Kollegin Doro Gutsch sichtlich froh war, denn ihre Ronja wäre sonst durchgefallen, obwohl sie die Leiche gefunden hatte.

Frank Buchholz, der Leiter der Spurensicherung, stand mit den Kollegen vor den VW-Bussen. Sie zogen weiße Overalls über und holten die Alukoffer mit dem Equipment aus den Wagen. Frank nickte ihm zu, als er ihn bemerkte. Dühnfort hob grüßend die Hand und gesellte sich zu Alois.

Mit siebenunddreißig war er der Jüngste im Team, ein Beau, der auf seine Erscheinung achtete, mit seinem Charme bei den Frauen ankam und stets für ein Abenteuer zu haben war, nicht aber für eine dauerhafte Beziehung. Die Einzige, die dafür in Frage käme, war Evi, die Mutter seines Sohnes. Mit Evi war er aber nie richtig zusammen gewesen. Das Kind war das Ergebnis eines One-Night-Stands. So schnell konnte man Vater werden. Seinen Sohn Simon liebte Alois abgöttisch, inzwischen auch Evi, doch die hatte sich mittlerweile anderweitig verliebt. Das Leben schrieb merkwürdige Geschichten.

»Servus, Tino.« Alois begrüßte ihn mit einem Kopfnicken. »Das ist mal ein leckerer Anblick.« Mit dem Kinn deutete er nach unten in die Grube.

Kirsten drehte sich um. »Grüß dich. Schon zurück? Wir haben dich erst morgen erwartet.« Fröstelnd zog sie die wattierte Jacke enger um sich und schlug den Kragen hoch.

Kirsten war in Dühnforts Alter und seit dem Tod ihres Mannes alleinerziehende Mutter einer pubertierenden Tochter. Sie war Ginas Nachfolgerin im Team und gehörte erst seit gut einem Jahr dazu. Dühnfort schätzte ihre ruhige und besonnene Art. Bis er mit ihr warm geworden war, hatte es allerdings gedauert. Vom Typ war sie ganz die kühle Blonde und wirkte abweisend, obwohl sie lediglich in sich gekehrt war und ihr Herz nicht auf der Zunge trug.

»Wir sind vor einer Stunde angekommen. Da das unser Fall ist, dachte ich, ich sehe mir das gleich mal an.« Ein schmutziges Bündel lag in diesem seltsamen Grab. Eine grauschwarze gallertartige Substanz, dürftig mit einem Stück Stoff umwickelt. Vielleicht ein Bettlaken oder eine Tischdecke. Was daraus hervorragte, waren vermutlich Unterschenkel und Füße. Ein dreckverschmierter Turnschuh lag daneben. Neongrüne Farbe und ein türkisfarbenes Logo waren zu erkennen. Darunter ein Schriftzug. Fly… irgendwas. Ein Regenwurm ringelte sich in der aufgewühlten Erde. Dr. Ursula Weidenbach kniete vor dem Bündel im Matsch. Mit weißem Overall, Mundschutz und Handschuhen vermummt und einer Handschaufel ausgestattet, legte sie es vollständig frei. Als sie damit fertig war, schlug sie die Enden des Tuchs auseinander, und alle traten einen Schritt zurück. Der Anblick einer Fettwachsleiche war gewöhnungsbedürftig. Kirsten stöhnte. Alois entwischte ein »Echt lecker«. Während Weidenbach zu Dühnfort aufsah. »Ach, Sie auch hier. Ich dachte, Sie sind bei einer Beerdigung.« Mit dem Handrücken schob sie eine Strähne ihres graumelierten Haars aus der Stirn, dabei fielen einige Erdkrümel auf die Brillengläser.

»Die war vorgestern.« Dühnfort ging in die Hocke, um sich das genauer anzusehen. Die Decke entpuppte sich als Wachstuch. Das und der lehmige und feuchte Boden erklärten den Zustand der Leiche. Der Körper war relativ gut erhalten, er sah allerdings ekelerregend aus. Eine aufgequollene, graue wabbelige Masse. Vermutlich die Leiche einer Frau. Reste der Bekleidung waren erhalten. Jeansrock, T-Shirt und neben dem Kopf Büschel von halblangem Haar. Außerdem eine Silberkette mit einem Herzanhänger. Die Tote lag auf der Seite, als habe sie geschlafen, als ihr Schicksal sie ereilte. Am Ringfinger der linken Hand steckte ein Silberring mit rosa Stein. »Was meinen Sie, wie lange liegt sie schon da?« Dühnfort zog Latexhandschuhe über.

»Schwer zu sagen. Der Verwesungsprozess hängt maßgeblich vom Sauerstoffgehalt der Umgebung ab. Nach drei bis vier Jahren im Erdgrab verschwinden zunehmend die Weichteile. Aber hier haben wir es mit einer sauerstoffarmen Umgebung zu tun. Sie kann ein Jahr hier liegen oder zehn. Sie bekommen keine Prognose von mir, bevor ich sie nicht auf dem Tisch gehabt habe.«

»Darf ich?« Dühnfort wies auf die Gesäßtasche des Jeansrocks.

»Das mache besser ich.« Die Rechtsmedizinerin schob ihre Hand hinein und schüttelte den Kopf. »Nichts.«

»Und in den vorderen Taschen?«

Es folgte dieselbe Prozedur und wieder ein Kopfschütteln. »Kein Ausweis. Kein Handy. Kein Schlüssel. Sobald ich sie geborgen habe, können Sie hier buddeln.«

Dühnfort entschloss sich, das Areal gründlich absuchen zu lassen. Egal, wie viel Zeit vergangen war, er wollte wissen, ob sie es lediglich mit dem Fundort oder vielleicht sogar mit dem Tatort zu tun hatten, und bat Alois, sich um die nötigen Leute zu kümmern. Kirsten hatte sich mittlerweile in der Nähe auf einen Baumstumpf gesetzt und ihr Smartphone hervorgezogen. Als er zu ihr trat, sah sie auf. »Maximal zwei Jahre liegt sie da.«

»Wie kommst du darauf?«

Sie zeigte ihm das Display. »Ich habe nach dem Hersteller und *Fly* gegoogelt und das hier gefunden. Die Turnschuhe sind ein Modell von 2013.«

Tatsächlich. *Asphalt Diamonds* hieß der Blog zum Thema Must-have-Turnschuhe. Unter anderem wurden dort die Modelle der angesagten Labels nach Kollektionen und Herstellungsjahr aufgelistet. Der Schuh aus dem Grab stammte aus der Kollektion des vorletzten Sommers.

Eine Stunde später war die Leiche geborgen. Frank Buchholz und seine Leute begannen mit der Spurensicherung. Dühnfort bat sie, nach einer Tasche Ausschau zu halten, nach Papieren, Handy, irgendetwas, womit die Tote zu identifizieren war. Er stellte sich wieder an das Grab und rieb sich die kalten Hände.

Wirklich tief hatte sie nicht gelegen, war aber auch nicht hastig verscharrt worden. Etwas dazwischen. Etwas zwischen panischem Verstecken und kühl kalkuliertem Begraben, und er fragte sich, wie man es schaffte, auf einer Waldlichtung im wurzeldurchzogenen Boden eine Grube von knapp einem Meter Tiefe auszuheben. Sicher nicht mit Spitzhacke und Schaufel. Eher mit einem Minibagger, den man allerdings auf einem Anhänger oder einem Wagen mit Ladefläche transportieren musste. Der Forstenrieder Park war kein abgelegener Wald, sondern ein Naherholungsgebiet im Münchner Süden, das unmittelbar an die Stadt angrenzte und von zahlreichen Gemeinden umgeben wurde. Sie konnten die Öffentlichkeit um Hinweise bitten.

Der Suchtrupp kam. Alois wies die Leute ein. Dühnfort schlug den Mantelkragen hoch. Der Wind war eisig und der Himmel bleigrau. Ab und zu taumelte eine vereinzelte Schneeflocke daraus hervor. Mit der Schuhspitze stieß Dühnfort in die Erde am Kopfende der Grube und gegen einen Stein. Er kickte ihn weg. Ein Stück weiter fiel er ins Moos. Schwarz und glänzend. Das war kein Stein. Er hob ihn auf und wischte die erdigen Krümel ab. Zum Vorschein kam eine Figur aus Metall, etwa sechs Zentimeter hoch. Sie stellte einen Affen dar, der mit einer Pfote seinen Unterleib bedeckte.

5

Marion Lindental hielt vor einer roten Ampel in Grünwald. Sie kam von einem Treffen des Vereins *Herzenskinder e.V.* und war auf dem Heimweg nach Planegg.

Bereits zum vierten Mal würden Uwe und sie als Gasteltern ein afghanisches Kind betreuen, das in München am Herzen operiert werden sollte. Ohne diesen Eingriff müsste die kleine Rahja sterben, und es war ein gutes Gefühl, diesem Mädchen und seinen Eltern in ihrer Not helfen zu können.

Mit einem Seufzer schob Marion eine blond gefärbte Haarsträhne hinters Ohr. Wie viel einfacher es doch war, die Verantwortung für ein Kind nur für einige Wochen zu übernehmen als für beinahe zwei Jahrzehnte.

Eigentlich hatte sie nie vorgehabt, ein Kind in die Welt zu setzen, und es wäre besser gewesen, wenn sie nie Mutter geworden wäre. Ihr fehlte das Talent zum Muttersein und auch die Bereitschaft, sich aufzuopfern. Doch sie hatte das nicht entschieden. Es hatte sich einfach in ihr Leben gedrängt, dieses Kind, das sie nie gewollt und dennoch bekommen und das ihnen ihre Fürsorge nicht gedankt hatte. Nicht mit Liebe oder mit hervorragenden schulischen Leistungen, geschweige denn einer besonderen Begabung, und auch nicht mit einem adäquaten Studium oder wenigstens einer anständigen Ausbildung. Mit irgendetwas, auf das man als Eltern stolz sein konnte.

Marion wollte keinen Gedanken mehr daran verschwenden. Sie klappte die Sonnenblende herunter und betrachtete sich im Spiegel. Der Haaransatz war dunkel nachgewachsen. Höchste Zeit, einen Termin bei Luigi auszumachen. Mit der Fingerkuppe strich sie eine Augenbraue glatt und zog sich noch die Lippen nach. Sich nur niemals gehenlassen!

Niemand sah ihr an, dass sie Anfang fünfzig war. Man schätzte sie gut und gerne zehn Jahre jünger. Marion war mit sich und ihrem Leben zufrieden. Sie sah blendend aus und hatte einen Mann, der als Verwaltungschef einer Klinik nicht nur einen gewissen Status erlangt hatte, sondern auch passabel verdiente, und selbst die Niederlage Arbeitslosigkeit hatte sie in einen Sieg verwandelt. Alle lobten sie wegen ihres sozialen Engagements. Ehrenamtlich kümmerte sie sich um die Herzenskinder und engagierte sich obendrein in der Gemeinde bei der Tafel.

Nachdem ihr vor drei Jahren betriebsbedingt gekündigt worden war, hatte sie sich nichts vorgemacht. In ihrem Alter würde sie keine passende Stelle mehr finden. Sie war Assistentin der Geschäftsleitung gewesen und nicht bereit, sich zur Sekretärin degradieren zu lassen. Uwe verdiente genug für sie beide. Also hatte sie sich ein neues Betätigungsfeld gesucht und ging ganz darin auf. Seither umgab sie ein Glanz, der ihr bisher gefehlt hatte. Die Aura einer Frau, die selbstlos half. Sie war ein guter Mensch. Ja, das war sie.

Der Fahrer hinter ihr hupte. Die Ampel hatte längst auf Grün geschaltet. Sie fuhr los, hob die Hand und dankte mit dieser Geste ihrem Hintermann, dass er sie darauf aufmerksam gemacht hatte, während sie in Wahrheit dachte, was für ein kleinkariertes Arschloch er doch war.

Bis Rahja kam, war noch einiges zu erledigen. Marion wollte das Gästezimmer renovieren. Sie wusste zwar, dass die Kinder kein eigenes Zimmer brauchten, weil sie es gewohnt waren, dass die Familie zusammen in einem Raum schlief. Der sichere Hafen einer Großfamilie, die ihre Kinder behütete und in einen Kokon aus Liebe, Vertrauen und Geborgenheit einspann. Aber hier ging das nicht. Als Ausgleich sollte Rahja ein hübsches Mädchenzimmer bekommen.

In Neuried bog Marion auf die M4 Richtung Gauting ab. Sie wollte noch bei Luigi vorbeischauen, um den Termin fürs Färben des Ansatzes auszumachen und eine Packung von der Haarkur kaufen, von der er ihr beim letzten Besuch ein Pröbchen mitgegeben hatte und die ihrem Haar einen wunderbaren Glanz verlieh.

Die Straße führte schnurgerade durch den Wald. Seit Tagen war der Himmel bedeckt, und diese graue Tristesse zerrte an Marions Nerven. Wenn sie nicht bald wenigstens ein Fitzelchen Blau sah, würde sie durchdrehen oder Depressionen bekommen. Vielleicht sollte sie sich ein Wellnesswochenende gönnen, bevor Rahja Anfang Januar kam.

Bei der Abzweigung zum Preysing-Geräumt standen Streifenwagen am Straßenrand und daneben Polizisten. Ein Unfall? Doch die Blaulichter waren ausgeschaltet und kein weiteres Fahrzeug zu sehen. Seltsam. Was da wohl los war?

Zehn Minuten später erreichte sie Gauting, vereinbarte einen Termin bei Luigi und kaufte die Haarkur. Uwe würde meckern, wenn er die Rechnung sah. Marion zerknüllte sie und warf sie während der Fahrt aus dem Fenster. Wenn er eine vorzeigbare Frau haben wollte, musste er eben investieren. Zehn Jahre jünger auszusehen war in ihrem Alter eine Frage des Geldes. Hauptsächlich jedenfalls. Und eine Frage der Gene. Leider hatte sie das schlechte Bindegewebe ihrer Mutter geerbt, also musste Uwes Einkommen das ausgleichen.

In Planegg hielt sie beim Metzger, kaufte ein T-Bone-Steak für ihn und ein kleines Filetsteak ohne jedes Gramm

Fett für sich. Dazu Bohnen mit ein wenig Butter und Thymian und für Uwe Bratkartoffeln. Bei jedem Gedanken an Uwe wurde ihr noch immer warm ums Herz. Ein Mann, der wusste, was er wollte. Durchsetzungsstark nannte man das heute. Ja, das war er. Er gab den Kurs vor, und sie folgte ihm, und das war gut so. Nach einem Mann wie ihm hatte sie gesucht, nach einem, an den sie sich anlehnen konnte, der sie bei der Hand nahm, auch wenn diese ihm leider manchmal ausrutschte. Ein Mann, mit dem sie gemeinsam das Leben meistern konnte. Ein starker Kerl wie ihr Vater, der auch ab und zu die Kontrolle verloren hatte, jähzornig, wie er nun einmal gewesen war.

Marion ließ den Wagen auf dem Garagenvorplatz der Doppelhaushälfte ausrollen, die sie vor über zwanzig Jahren gekauft hatten. Natürlich hatten sie nach Uwes Beförderung zum Verwaltungschef über einen Umzug nachgedacht. Ein Haus, das ihrem Status entsprach, doch ein frei stehendes Einfamilienhaus konnten sich im Münchner Raum nur noch Millionäre leisten, und für sie beide war die Doppelhaushälfte groß genug.

Ein Blick auf die Uhr bestätigte ihr, dass Uwe erst in einer Stunde nach Hause kommen würde. Zeit genug, um das Abendessen vorzubereiten. Sie legte das Fleisch in den Kühlschrank und schenkte sich ein Glas Prosecco ein, sonst würde sie angesichts der grauen Trübsal ausflippen, die über München hing wie ein Leichentuch.

6

Während Marion Lindental Prosecco trank und Konstantin Dühnfort den Forstenrieder Park verließ, um ins Präsidium zu fahren, saß Anette Körber im Besprechungsraum ihrer Sparkassenfiliale und rang um Zuversicht. Im Grunde war sie eine Optimistin, und ihre Situation war eigentlich gar nicht so schlimm. Das Konto war zwar ordentlich überzogen, doch die neuen Hut-Modelle waren fertig und das Skizzenbuch mit Entwürfen gefüllt. Nächste Woche würde sie damit zur Messe fahren und Aufträge an Land ziehen.

Der Stuhl war unbequem, und sie rutschte unruhig darauf hin und her. Schon fünf nach vier. Wo blieb Claudia Manur? Anettes Handflächen waren feucht, und in ihrem Magen flatterte die Nervosität wie ein Schwarm Nachtfalter im Laternenlicht. Claudia Hofmeister und sie waren seit Jahren befreundet. Claudia würde dafür sorgen, dass der Kreditrahmen erweitert wurde. Alles andere war unvorstellbar. Der Gedanke, ihre Hutmacher-Werkstatt mit dem kleinen Laden schließen zu müssen, jagte eine Welle von Panik durch ihren Körper. Was sollte sie dann tun? Hüte zu entwerfen und zu fertigen war ihr Leben, ihre große Leidenschaft. Egal ob winzige Trilbys oder extravagante Fascinators, ob klassische Formen für Herren- oder Damenhüte, ob Strohhüte, Cowboyhüte oder Cloches. Es war ihr Beruf, und sie wollte nichts anderes. Der Geruch ihrer Werkstatt nach Hasenhaarfilz und geflochtenem Stroh. Das Knistern von Satin und Tüll, wenn sie die Stoffe zwischen den Fingern rieb. Garne und Bänder in allen Farben des Regenbogens. Die Schmucksteine, Perlen und Pailletten.

Die Hitze des Dampfs, das Surren der Nähmaschine, die glatten Oberflächen der alten Holzformen, die sie nach und nach gekauft hatte. Das war ihre Welt, ihr Leben. Sie konnte es nicht aufgeben.

Doch der Umsatz war zu gering. Oder die Kosten zu hoch. Lag es an der Lage des Ladens? Eigentlich war sie nicht schlecht. Mitten in Schwabing, zwar in einem Hinterhof, der aber von der Straße einsehbar war. Und die Hüte konnte sie nicht billiger verkaufen, wenn etwas übrigbleiben sollte.

Claudia kam herein und sah in ihrem schwarzen Hosenanzug mit der weißen Bluse schrecklich formell aus. Ihr Lächeln wirkte nicht aufmunternd, sondern verrutscht.

»Anette! Grüß dich!« Ihre Freundin drückte sie an sich. Nicht so schwungvoll wie sonst und ein wenig länger als nötig.

»Hallo, Claudia.« Anettes Stimme wollte nicht so recht. Sie räusperte sich. »Ich weiß, die Zahlen sehen nicht so toll aus.« Sie wies auf ihre Unterlagen, die Claudia auf den Tisch gelegt hatte. Buchhaltung, Kontoauszüge, eine Aufstellung der Verbindlichkeiten und Forderungen.

»Sie sind katastrophal.« Das war typisch Claudia. Sie redete nie um den heißen Brei herum. Während sie sich setzte, ließ Anette sich auf ihren Stuhl fallen. Katastrophal also. »Das bedeutet, dass ihr den Kreditrahmen nicht erhöht?«

Claudia knöpfte den Blazer auf. »Es tut mir leid. Wir haben Vorschriften, an denen kann ich mich nicht vorbeimogeln. Ich habe ohnehin schon beide Augen zugedrückt und mir deswegen einen Rüffel von meinem Chef eingefangen. Er ist schier ausgeflippt, als er gesehen hat, wie überstrapaziert dein Dispo ist. Und deine Verbindlichkeiten erst. Offene Lieferantenrechnungen ohne Ende, und seit zwei

Monaten hast du keine Miete gezahlt. Was sagt denn dein Vermieter dazu?«

»Ich gehe ihm aus dem Weg. Bisher ist das gutgegangen.« Anette wusste, dass das keine Lösung war. Früher oder später würde Mittermeyer vor ihrer Tür stehen und sein Geld fordern. Die Miete für den Laden im Hinterhof und für die winzige Wohnung im Vorderhaus.

»Ach, Anette. Vom Wegsehen löst sich das Problem nicht«, sagte Claudia. »Es wird nur schlimmer. Man muss das Kind beim Namen nennen: Du bist insolvent.«

Insolvent. Aus der Hut-Traum. Anettes Hals war plötzlich wie zugeschnürt. »Aber die Messe steht bevor. Ich habe Termine mit Einkäufern von verschiedenen Modehäusern. Die werden sicher ordern.«

»Aber niemals die Menge, die du bräuchtest, um rasch in den grünen Bereich zu kommen.«

»Und was soll ich jetzt tun?«

»Du hast keine Wahl. Du musst den Laden schließen und Insolvenz anmelden. Es sei denn, du findest einen Geldgeber. Kann Basti dir vielleicht etwas leihen?«

»Er hat ja selbst Probleme«. Basti war Anettes Freund und Inhaber einer Eventagentur. Ihm hatte vor zwei Monaten das Wasser selbst bis zum Hals gestanden. Ein Kunde war mit einer offenen Rechnung von zehntausend Euro einfach abgetaucht, und ein anderer war pleitegegangen und das Insolvenzverfahren mangels Masse eingestellt worden. Basti hatte sich selbst Geld leihen müssen, weil auch seine Bank nicht mitspielte.

»Und deine Eltern?«

Anette schüttelte den Kopf. Der Druck in ihrem Hals verstärkte sich. Abhauen. Verschwinden, alles hinter sich lassen, das war ihr erster Impuls. Ihren großen Traum endlich wahrmachen. Mit der Transsibirischen Eisenbahn von

Moskau nach Peking und unterwegs bleiben, wo es ihr gefiel. Mit dem Motorrad durch die Mongolei. In einer Jurte wohnen, dem Obertongesang der Nomaden lauschen, der sie faszinierte, seit sie ihn einmal in der Fußgängerzone gehört hatte. Das einfache Leben. Die Weite der Steppe und des Himmels, die Kargheit der Landschaft. Die Genügsamkeit der Menschen. Doch ihr fehlte der Mut dazu. Sie würde es nie tun.

Claudia griff nach ihrer Hand und sah sie besorgt an. Bei ihr lief alles bestens. Das ganze Leben durchgeplant. Ausbildung, Karriere, der Mann fürs Leben war gefunden. Vor drei Monaten hatte Claudia geheiratet. Das Eigenheim war in Planung, doch vorher stand noch die große Reise auf dem Programm. Drei Monate Sabbatical für eine Trekkingtour durch Thailand. Schon nächste Woche sollte es losgehen.

»Und was soll ich nun tun?«

»Privatinsolvenz anmelden. Geh zu einer Schuldnerberatung. Zu einer seriösen. Auf diesem Feld tummeln sich viele Wunderheiler und Scharlatane, die Geld versprechen und Wucherzinsen abkassieren. Am besten wendest du dich an diesen Verein. Sie sind gut, und sie beraten kostenlos.« Aus der Schublade nahm Claudia eine Visitenkarte und reichte sie Anette. »Lass dir von denen helfen, ja?«

Unschlüssig sah Anette auf die Karte in ihrer Hand. *Verein für Schuldnerberatung und Insolvenzhilfe e.V., Jasper Seyboth, Berater.*

7

Wie immer verbrachte Dühnfort die ersten Minuten nach dem Aufstehen auf dem kleinen Balkon vor der Küche, von dem er einen Blick auf den Alten Südfriedhof hatte, den ehemaligen Pestfriedhof der Stadt. Fröstelnd zog er die Strickjacke enger um sich, die er rasch über seinen Schlafanzug gezogen hatte. Es war halb sieben und die Luft klar und frisch.

Bäume, Grabsteine und Gräser waren mit feinem Raureif bedeckt. Das trübe Licht des anbrechenden Tages ließ den Marmorengel, der drei Etagen tiefer seit über hundert Jahren das Grab eines Musikers bewachte, heute reichlich missmutig erscheinen.

Von drinnen hörte Dühnfort das Schlagen der Badezimmertür. Gina war aufgestanden. Er ging hinein, schob die Croissants zum Auftauen in die Mikrowelle und deckte den Tisch. Als die Espressomaschine aufgeheizt war, bereitete er zwei Cappuccini zu.

Er war gerade fertig, als Gina in die Küche kam und ihm den morgendlichen Kuss gab. Er mochte diese kleinen Rituale, die sich bei ihnen bereits eingeschlichen hatten wie bei einem alten Ehepaar. Für ihn waren sie keine Zeichen von Routine oder Langeweile, sondern von Beständigkeit. Und Beständigkeit war etwas, das er in dieser hektischen Zeit schätzte. Im Grunde war er konservativ und fand daran nichts auszusetzen. Als Blaupause für einen Fernsehkommissar würde er nicht taugen, dafür war sein Leben zu normal. Er war der Mann von nebenan, dem sein Beruf weder ein Trauma angehängt hatte, das ihn zum Säufer und Kettenraucher machte, noch reihenweise Beziehungen scheitern und ihn so zum einsamen Wolf werden ließ. Er war auch nicht der prügelnde Bulle, der notfalls mit Gewalt und unter Missachtung aller Regeln, die für Ermittler galten – und das waren nicht wenige –, dem Recht zur Geltung verhalf, indem er es mit Füßen trat. Im Gegenteil, er hielt sich daran, denn schließlich sollten alle Beweise, die sein Team und er zusammentrugen, am Ende vor Gericht standhalten und nicht von einem mit allen Wassern gewaschenen Verteidiger in der Luft zerrissen werden, weil sie auf illegale Weise erlangt wurden und somit ein prozessuales Verwertungsverbot galt.

Gina strich fingerdick Schokocreme auf ihr Croissant, das Glas war schon wieder halbleer. Er trank seinen Cappuccino, und nach dem Frühstück machten sie sich gemeinsam auf den Weg in die Arbeit.

In der Sendlinger Straße und in der Fußgängerzone war es noch relativ ruhig. Die Läden öffneten erst um zehn und bereiteten sich auf den Ansturm der Kundschaft vor. Schaufenster wurden dekoriert, Lieferwagen entladen und Sackkarren voller Kartons in die Geschäfte geschoben.

Auf dem Treppenabsatz zur zweiten Etage des Polizeipräsidiums trennten sich Dühnforts und Ginas Wege. »Habt einen schönen Tag, ihr zwei.« Er strich über ihren Bauch und setzte ihr einen Kuss auf die Nasenspitze; und für einen Moment streifte ihn der Gedanke, dass sie ab heute in den Akten blättern würde, die er vor Jahren angelegt hatte. Der Fall Ellen Reitmeier. Noch immer ungeklärt. Er lag ihm im Magen, und er hoffte, dass sie einen neuen Ansatz finden würde, um den Täter doch noch zu überführen, und im selben Moment wünschte sich ganz ungewollt ein Teil von ihm das Gegenteil. Denn wenn sie erfolgreich war, würde das bedeuten, dass er etwas übersehen hatte. Mit einem unmerklichen Kopfschütteln schob er dieses irritierende Gefühl beiseite.

Gina erwiderte seinen Kuss. »Wenn du mittags Zeit hast, könnten wir zusammen essen.«

»Um elf beginnt die Obduktion der Toten aus dem Forstenrieder Park. Ich weiß nicht, wie lange das dauern wird, und melde mich.«

Einen Augenblick sah er ihr noch nach, dann ging er nach oben in die dritte Etage. Alois und Kirsten waren schon da und saßen an ihren PCs. »Guten Morgen. Wir treffen uns in fünfzehn Minuten im kleinen Besprechungszimmer.«

In seinem Büro angekommen, lüftete er und schaltete wie immer die Pavoni an. Ohne seine tägliche Überdosis Espresso war er zu nichts zu gebrauchen. Ginas Bemerkung ging ihm durch den Kopf. *Wenn er nach dir kommt, wird er bereits mit einem Espresso doppio in der Hand geboren.* Lächelnd startete Dühnfort den PC und las die eingegangenen Mails.

Als er das Besprechungszimmer betrat, heftete Kirsten die Fotos vom Grab im Wald an die Magnettafel und Alois beendete ein Telefonat.

»Haben wir schon einen Anhaltspunkt, wer sie sein könnte?«

»Das Absuchen des Fundorts hat nicht viel gebracht«, sagte Alois. »Nur das Übliche. Kondome. Wein- und Bierflaschen. Ein Hundehalsband. Nichts, was wir bis jetzt der Toten zuordnen könnten.«

Kirsten wandte sich um. »Ich habe in der Vermisstendatei nach Frauen zwischen sechzehn und vierzig gesucht, die seit nicht mehr als zwei Jahren abgängig sind. Da kommen einige in Frage. Sobald wir die DNA unserer Toten haben, ist das Rätsel sicher gelöst.«

Dühnfort betrachtete die Aufnahmen, die Buchholz gestern noch von dem Wachstuch, der Kleidung und den Schmuckstücken angefertigt hatte. Das Wachstuch war vermutlich Massenware. Die Turnschuhe stammten von einem angesagten Label und waren teuer gewesen. Jeansrock und T-Shirt kamen von einem spanischen Hersteller, Made in China. Das BH-Etikett verriet nicht nur die Körbchengröße 75 C, sondern auch den Hersteller, Calvin Klein Underwear. Von derselben Marke stammten auch Slip und Sneakersocken. Keine Strümpfe oder Strumpfhose. Weder Jacke noch Pulli. Die Frau war im Sommer gestorben oder im frühen Herbst, und es würde ihn überraschen, wenn es ein Sexualdelikt war. Es sei denn, der Täter hätte die Leiche wieder vollständig bekleidet.

Der Ring war aus Silber. In der runden Fassung saß ein roséfarbener Stein. Kirsten stellte sich zu Dühnfort. »Das ist ein Rosenquarz mit Cabochonschliff.«

»Teuer?«

»Eher nicht. Mehr als achtzig bis hundert Euro muss man dafür nicht hinblättern. Ein Vintagestück aus den achtziger oder neunziger Jahren.«

»Wie kommst du darauf?«

»Ich hab's gegoogelt. Die Art der Fassung war damals modern.«

»Und die Kette? Die Steine sind doch nicht echt.«

»Könnte man fast glauben. Ist aber Strass von Swarovski. Modell Cupidon. Preis: um die hundert Euro. Unsere Tote stammt vermutlich nicht aus prekären Verhältnissen, aber auch nicht aus der Oberschicht.«

Eine Weile ließ Dühnfort die Aufnahmen noch auf sich wirken. Wer war diese Frau? Was war ihr im Sommer oder Herbst vor zwei Jahren zugestoßen?

Bis es Zeit war, sich auf den Weg zum Institut für Rechtsmedizin zu machen, erledigte Dühnfort Schreibtischarbeit. Um zwanzig vor elf sicherte er das Dokument eines Abschlussberichts und griff nach Mantel und Schal. Die Rechtsmedizin war in fünfzehn Minuten zu Fuß zu erreichen. Mit dem Auto war er im dichten Innenstadtverkehr nicht wesentlich schneller. Er ging bei Kirsten und Alois vorbei. »Ich gehe zu Fuß. Kommt jemand mit?«

»Bei diesem Wetter fahre ich lieber.« Alois sah zum Fenster. Davor blies der Wind das letzte Laub aus den Bäumen.

»Zu ungemütlich da draußen«, meinte Kirsten. »Kathi liegt mit Fieber im Bett, da muss ich nicht auch noch krank werden. Ich lass mich von Alois kutschieren.«

»Dann bis gleich.« Dühnfort verließ das Präsidium. Er mochte den kalten Wind, der ihn an Sylt erinnerte, an das Ferienhaus seines Vaters, Gischt und Brandung, das Feuer im Kamin und all die Geschichten, die sein Vater ihm und seinem Bruder vorgelesen hatte. Die komplette *Odyssee*, aber auch die *Herr-der-Ringe*-Saga. Für einen Moment malte er sich aus, wie er sie seinem Sohn vorlas, und allein die Vorstellung hob seine Stimmung.

Alois' Mini stand bereits auf dem Parkplatz vor dem Institut, als Dühnfort eintraf. In dem Gebäude aus der Gründerzeit war es kalt, und die Flure waren nur spärlich beleuchtet. Unzählige feuchte Schuhspuren bedeckten den Steinboden im Eingangsbereich. Er überholte eine Gruppe Studenten. Die Putzfrau kam ihm mit ihrem Wagen entgegen und schimpfte halblaut vor sich hin. Schlag elf Uhr zog Dühnfort die Tür zum Sektionssaal auf und trat ein.

An allen drei Stahltischen waren Sektionen im Gange. Obduzenten und Gehilfen arbeiteten Hand in Hand und unterhielten sich. Befunde wurden diktiert, Instrumente klapperten, und plötzlich legte sich das Sirren der Oszillationssäge über alle Geräusche

Dühnfort entdeckte Dr. Weidenbach am letzten Tisch. Kirsten und Alois standen neben ihr. Alle drei blickten auf die Wachsleiche, die im neonhellen Licht und entkleidet noch grauenhafter aussah als am Vortag im Wald.

»Guten Tag, Herr Dühnfort.« Die Rechtsmedizinerin schob die silbergefasste Brille ins Haar. Aus ihrem Kittel stieg der Geruch einer heimlich gerauchten Zigarette, und vom Tisch drang der Gestank der Leiche in seine Nase. Er atmete flacher.

»Guten Tag. Wie sieht es aus? Haben Sie schon ein paar Informationen für uns?«

Weidenbachs Tonfall wurde ironisch. »Die Todesursache und den genauen Zeitpunkt? Am besten auf die Minute genau?«

»Eine Zeitspanne haben wir uns aufgrund der Bekleidung schon selbst zusammengereimt. Vermutlich ist sie im Sommer oder Herbst 2013 gestorben. Kommt das hin?«

»Ja, das könnte passen. Aber vieles andere auch.«

Die Röntgenaufnahmen der Toten hingen hinter Weidenbach an der Leuchtwand. »Und die Todesursache? Eine Vermutung?«

»Ach, Herr Dühnfort. Ich muss erst reingucken, deswegen sind wir ja hier. Was ich bis jetzt sagen kann: Es gibt zahlreiche Frakturen, von denen ich nicht annehme, dass sie postmortal entstanden sind. Keine sichtbaren äußeren Verletzungen wie Messerstiche, Strangmarken oder eine Schusswunde. Nur das hier ist mir aufgefallen.« Sie wies auf eine Stelle oberhalb der rechten Brust. Dort befanden sich einige kreisförmige vertrocknete Stellen mit einem Durchmesser von etwa fünf Millimeter.

»Brandverletzungen von einer Zigarette?«, fragte Dühnfort.

»Das wäre möglich.«

Kirsten trat näher und sah sich das an. »Das würde bedeuten, dass sie gefoltert wurde.«

»Vielleicht. Vielleicht auch nicht.« Weidenbach zog die Schultern hoch. »Es gibt viele Spielarten der Liebe. Manche mögen das ja. Wollen wir?«

Dühnfort nahm das Döschen mit Erkältungssalbe aus der Sakkotasche und reichte es erst Kirsten und Alois, bevor auch er sich etwas davon unter die Nase strich. Mit Campher und Eukalyptus ließ sich der Geruch einigermaßen ertragen.

Zwei Stunden später war die Obduktion beendet, ohne dass die Todesursache festgestellt worden war. Die kleinen kreisförmigen Verbrennungen sowie Frakturen an beiden Schien- und Wadenbeinen, an Elle und Speiche des rechten Arms, drei Rippen, dem rechten Becken und mehrere feine Risse im Schädelknochen und den Brustwirbeln, die allesamt von Schlägen, aber auch einem Sturz oder Aufprall herrühren konnten, waren das Ergebnis.

Alter zwischen zwanzig und Mitte dreißig. Westeuropäerin. In diesem Punkt legte Dr. Weidenbach sich bereits fest, obwohl die Isotopenanalyse noch ausstand. Es lag am guten Zahnstatus. Die Zähne standen in Reih und Glied. Ergebnis einer kieferorthopädischen Behandlung mit Zahnspange. Außerdem gab es nur zwei kleine Füllungen, und die waren mit hochwertigem Material ausgeführt worden.

»Wenn die Gewebeproben keine toxischen Substanzen zutage fördern, weiß ich nicht, woran sie gestorben ist. Ich kann es nur vermuten. Vielleicht hat eine gebrochene Rippe die Lunge perforiert und die ist daraufhin kollabiert, oder die Leber wurde verletzt oder ein anderes Organ, dann wäre sie innerlich verblutet. Der Zustand der Organe lässt leider keine Aussage zu. Die multiplen Frakturen können ebenso von einem Sturz herrühren wie von einem Gewaltausbruch. Vielleicht ein Unfall, vielleicht Totschlag oder auch ein Mord. Alles ist möglich.«

8

Im Flur vor dem Sektionssaal schnupperte Alois am Ärmel seines Sakkos. »Puh! Das muss in die Reinigung, bevor ich mich damit wieder unter Menschen wagen kann. Und das für nichts. Wir sind so schlau wie zuvor.«

»Wir haben die DNA-Analyse.« Kirsten hob den Hefter hoch. »Ich seh gleich in die Datenbank. Aber vorher muss ich etwas essen. Kommt jemand mit in die Kantine?«

Schon vor einer Stunde hatte Dühnfort Gina eine SMS geschickt, dass die Obduktion andauerte und aus der gemeinsamen Mittagspause nichts wurde, und die Kantine mied er, wann immer es ging. »Ich besorge mir auf dem Viktualienmarkt einen Happen und gehe dann weiter zur Galerie für asiatische Kunst in der Hochbrückenstraße.«

Überrascht sah Kirsten ihn an. »Was willst du dort?«

»Die Affenfigur einem Fachmann zeigen.«

Auch Alois hatte keine Zeit für ein Kantinenessen. Er traf sich mit seiner aktuellen Freundin beim Bergwolf auf eine Currywurst.

Zum Viktualienmarkt war es nicht weit. Kurz spielte Dühnfort mit dem Gedanken, sich in der Schrannenhalle einen Imbiss zu holen. Doch er mochte die Atmosphäre nicht, obwohl er das Konzept zunächst begrüßt hatte. Ein Haus voller italienischer Lebensmittel, die man nicht an jeder Ecke bekam, und dazwischen Stände, an denen man auf die Schnelle eine Kleinigkeit essen konnte, und Restaurantflächen, wenn man mehr Zeit hatte. Aber er war bereits am Eröffnungstag geflüchtet. Die Münchner Schickeria vertrug er nur in homöopathischer Dosierung. Doch die

Schönen, Einflussreichen und Reichen und die Adabeis, die sich wie Putzerfische im Kielwasser der Wichtigen tummelten, hatten die Schrannenhalle zu ihrem Tempel erkoren, und Dühnfort hielt sich weiterhin an den Viktualienmarkt.

Der Wind war noch immer eisig. In den Nieselregen mischte sich Graupel. Dühnfort steuerte auf Fisch Witte zu, um sich an der Theke einen Teller Fischsuppe zu gönnen, als er an der Chocolateria vorbeikam und ihm die Schokoaufstriche im Schaufenster auffielen. Ginas Frühstücksglas war beinahe leer. Spontan trat er ein und verließ den Laden kurz darauf mit einem Glas Nougataufstrich für sie und einem Sortiment Choco-Bars für sich. Schokolade mit achtzig Prozent Kakaoanteil war genau sein Ding und der Vorrat in seiner Schreibtischschublade beinahe erschöpft.

Bei Witte hatte er Glück und bekam sofort einen Platz. Die Fischsuppe war köstlich wie immer, und angenehm gesättigt ging er weiter. Auf dem Weg zur Hochbrückenstraße sah er noch rasch auf einen Espresso bei Marcello am Rindermarkt vorbei und probierte zum Doppio einen der Schokoriegel, während Marcello eingehend das Ultraschallbild von Dühnfort junior betrachtete. Es war schon vier Wochen alt, bald stand die nächste Vorsorgeuntersuchung an, dann gab es eine neue Aufnahme.

»*Bella ragazza.* Oder wird es ein Junge?«

Dühnfort zuckte mit den Schultern. Sie wollten sich überraschen lassen und hatten Ginas Gynäkologin gebeten, es ihnen nicht zu verraten.

Es war halb drei, als er die Galerie für asiatische Kunst erreichte. Diverse Buddha- und Shiva-Figuren standen im Schaufenster zwischen Vasen und antiken Taiko-Trommeln. Die Glocke bimmelte, als er eintrat. In der Luft lag der Geruch von Sandelholz, und aus einem Lautsprecher klang leise Musik. An der Wand hing ein chinesischer

Wandteppich, dessen beherrschendes Motiv ein Drache war.

Im hinteren Teil des Raums bemerkte Dühnfort eine Bewegung. Eine Frau erhob sich aus einem Sessel und kam auf ihn zu. Etwa sechzig Jahre alt, sehr schlank und kaum eins sechzig groß. Twinset, Perlenkette, hochgestecktes graumeliertes Haar. »Guten Tag. Kann ich Ihnen helfen, oder möchten Sie sich lieber in Ruhe umsehen?«

»Ich würde gerne von Ihrem Fachwissen profitieren. Dühnfort, Kripo München.« Überrascht sah sie ihn an. »Keine Sorge. Es geht nur um eine Auskunft.« Er zog den Beutel aus der Tasche und nahm die kleine Figur heraus. »Diese Affenfigur spielt in einem Fall eine Rolle, und ich wüsste gerne, woher sie stammt und was sie bedeuten könnte.«

»Mal sehen, ob ich Ihnen helfen kann.« Sie nahm die Figur, ging damit ans Licht und betrachtete sie von allen Seiten. »Das ist Massenware und stammt aus China oder Thailand. Eine Bronzelegierung. Vermutlich wurde sie im Set mit den drei anderen verkauft.«

»Mit welchen anderen?«

Mit einem Lächeln gab sie ihm die Figur zurück. »Sie kennen doch sicher die drei weisen Affen.«

»Nichts sehen. Nichts hören. Nichts sagen?«

Sie nickte. »Genau genommen lautet das japanische Sprichwort, das durch die Affen dargestellt wird: Nichts Böses sehen, nichts Böses sagen, nichts Böses hören. Während sie in Japan die Bedeutung haben, dass man über Schlechtes am besten weise hinwegsieht, werden sie bei uns in der westlichen Welt negativ interpretiert, als Zeichen für mangelnde Zivilcourage.«

»Und dieser Affe gehört dazu?«

»Er ist der vierte. Den kennt hierzulande kaum jemand.

Shirazu, der Affe, der seinen Unterleib bedeckt. Seine Bedeutung: Tu nichts Böses, habe keinen Spaß, was man auch mit *habe keinen Sex* gleichsetzen könnte. Normalerweise werden diese drei oder vier Affen als Set angeboten.«

Dühnfort bedankte sich für die Auskunft und kehrte ins Präsidium zurück. *Habe keinen Spaß. Habe keinen Sex. Tu nichts Böses.* Es war kein Zufall, dass sie diese Figur bei der Toten gefunden hatten. Sie war eine Art Grabbeigabe. Eine Warnung oder Mahnung? Oder eine Rechtfertigung?

Jedenfalls hatte diese Figur eine Bedeutung für die Tat, und er beschloss, die Information darüber bei der Pressemitteilung zurückzuhalten. Sie gehörte zum exklusiven Täterwissen.

Sicher hatte Kirsten inzwischen das DNA-Profil aus der Rechtsmedizin mit dem der vermissten Personen in der Datenbank abgeglichen. Dühnfort nahm die Treppe in die dritte Etage und sah bei Alois und Kirsten rein. Er saß nicht an seinem Platz, und sie schloss gerade die Eingabemaske.

»Haben wir einen Namen?«, fragte Dühnfort.

Kirsten schüttelte den Kopf. »Unsere Tote wird anscheinend von niemandem vermisst.«

9

Tobi hatte ihn um Hilfe beim Umzug gebeten, und Jasper hatte zugesagt, obwohl ihn mit seinem Bruder nichts verband, außer dem Namen und der gemeinsamen Vergangenheit. Dennoch gelang es Tobi immer wieder, Hilfe von ihm zu erhalten, indem er unterschwellig an sein schlechtes Gewissen appellierte. Solange er es nicht übertrieb, war es in Ordnung.

Jasper stellte den vorletzten Karton auf einem Treppenabsatz in der vierten Etage ab, um Luft zu holen. Hinter ihm erklangen Schritte. Sein Bruder kam mit dem letzten Karton durchs Treppenhaus nach oben. Er nahm seinen wieder auf, schleppte ihn noch eine Etage höher in die neue Wohnung und ließ sich darauf fallen. Fünfter Stock. Kein Lift. Er war echt geschafft.

Tobi schien die Schlepperei nicht viel auszumachen. Er war kaum verschwitzt und nur mäßig außer Atem. »Auch ein Bier?«, fragte er.

»Gern.«

Er nahm zwei Dosen aus dem Kühlschrank, den sie als Erstes in die Wohnung gebracht und gleich angeschlossen hatten. »Da. Fang!« Tobi holte aus und warf die Dose mit der Wucht eines Handballspielers, der unbedingt das entscheidende Tor machen will. Sie flog direkt auf Jasper zu, und er duckte sich, denn es war klar, dass er sie nicht fangen konnte. Hinter ihm knallte sie gegen die Wand. »Du Depp. Wenn ich die jetzt aufmache, kannst du gleich deine Fähigkeiten als Putzmann vorführen.« Er hob die Dose auf, legte sie zurück und nahm sich eine andere. »Wieso hast du überhaupt diesen Job angenommen? Putzmann bei der Bahn.«

»Weil keine Stellen für vorbestrafte Schreiner frei waren, und von irgendwas muss ich leben. Ist ja nur vorübergehend.«

Sie stießen an, und Jasper setzte sich wieder auf den Karton. Das Gröbste war geschafft. Tobis Krempel war oben. Die Wohnung war richtig nett, auch wenn sie im Hasenbergl lag, im sozialen Brennpunkt der Stadt. Doch mittlerweile zogen immer mehr Menschen aus der absteigenden Mittelschicht ins Viertel. Die ins Absurde steigenden Mieten würde bald niemand mehr bezahlen können.

In seinem Beruf als Schuldnerberater sah Jasper täglich, wohin der Kapitalismus führte. Die Reichen wurden reicher, ohne einen Finger krumm zu machen, und zahlten auf die Erträge ihres Vermögens, das sie für sich arbeiten ließen, lächerliche fünfundzwanzig Prozent Steuern, wenn überhaupt. Während einer, der das Anderthalbfache des deutschen Durchschnittseinkommens mit ehrlicher Arbeit verdiente, bereits als Top-Verdiener galt und den Spitzensteuersatz zahlte. Die Folgen dieser zunehmenden Ungerechtigkeit und Ausbeutung der Unter- und Mittelschicht waren sein tägliches Brot, denn er beriet die Gescheiterten, wie sie sich aus der Schuldenfalle befreien konnten. Ein langer, steiniger Weg am Rande des Existenzminimums.

Die soziale Marktwirtschaft war Geschichte, so viel war klar, und das Versprechen, dass aufstieg, wer sich nur genug anstrengte, war zur Lüge verkommen, und Jasper fragte sich, wann die Ersten auf die Straße gehen würden.

Er trank einen Schluck und sah sich um. Ein helles Zimmer mit Kochnische, ein Bad mit Fenster, und sogar einen kleinen Balkon gab es. Aus einer Schachtel ragte das Foto eines Maschinenraums. Er nahm es heraus. »Fotografierst du noch immer verlassene Orte?«

»Siehst du doch.«

»Und was ist das?«

»Ein Betriebsraum. Ein besonderer. Ich werde ihn dir zeigen.«

Muss nicht sein, dachte Jasper. »Soll ich dir helfen, die Möbel zusammenzubauen?«

»Das schaff ich schon. Nur beim Boxsack könntest du mit anpacken. Fünfundsiebzig Kilo kann ich noch nicht alleine hochwuchten. Aber ich arbeite daran. Willst du mal sehen?«

Tobi sah gut aus. Das kurze helle Haar war von der Sonne ausgeblichen. Die Farbe hatte er von ihrer Mutter geerbt und das markante Kinn ihres Vater. Wie er war Tobi groß und breitschultrig. Nun zog er das T-Shirt über den Kopf und präsentierte seine Muskeln.

»Wow! Nicht schlecht. Bei dem Anblick fallen die Mädels sicher reihenweise in Ohnmacht. Früher warst du so ein Spargel.«

»Ja, früher.« Tobi setzte sich und sah zwischen seinen Beinen hindurch auf den Boden. »An früher denke ich nicht gerne. Verstehst du doch.«

Sicher verstand Jasper das. Ihre wunderbare Kindheit war ein Potemkinsches Dorf gewesen. Die Attrappe einer tollen Familie. Der erfolgreiche Internist Dr. Martin Seyboth mit seiner attraktiven Frau Anja und den drei Kindern.

Er, Jasper, war der Älteste, der Vernünftige gewesen, das ausgleichende Element. Selbst unter schwerem Artilleriefeuer bewahrte er Gelassenheit, denn einer musste das tun. Der schussfeste treue Hund, wenn man so wollte.

Saskia, die alle nur Sasa nannten, war die Kreative und

Sensible, die sich die negativen Kräfte der Familie auf die Schultern geladen hatte, bis sie unter der Last zusammengebrochen war. Und Torben, der Jüngste, war zwar ein wenig einfach gestrickt, dafür aber mit einem untrüglichen Sinn für Gerechtigkeit ausgestattet. Er war der Einzige, der irgendwann begonnen hatte, der Tyrannei ihres Vaters etwas entgegenzusetzen, und war dadurch zum bevorzugten Opfer seiner Wutanfälle geworden.

Tobi bückte sich nach dem T-Shirt, und Jasper sah die Narbe auf seinem Rücken. Eine Kontur wie eine dreifingrige Hand, hineingebrannt ins Fleisch. Auf ewig. Das Brandzeichen seines Vaters. Schlagartig begann er zu schwitzen, seine Kopfhaut kribbelte. Der Nachhall eines Schreis dröhnte in seinem Schädel. Er stand auf, riss die Balkontür auf, stützte sich aufs Geländer und atmete durch. Scheiße! Scheiße! Scheiße! Wurde er das denn nie los? *Mea culpa! Mea maxima culpa!* Durch meine Schuld. Durch meine große Schuld!

»Geht's dir nicht gut?« Tobi trat neben ihn und stopfte das Shirt in die Jeans.

»Doch. Alles in Ordnung. Nur das Bier auf leeren Magen war suboptimal.«

»Okay. Lassen wir uns Pizza bringen.«

Sie bestellten online und hängten den Boxsack auf, bis die Lieferung kam. Mit ihrem Essen und einem Bier machten sie es sich bequem. Ein Umzugskarton diente als Tisch.

»Hast du das ernst gemeint, dass die Girls reihenweise in Ohnmacht fallen?«

»Klar. Etwa nicht?«

Tobi zerdrückte die leere Bierdose in der Hand. »Und wenn, was heißt das schon? Dass sie geil sind auf einen durchtrainierten Body. Auf einen guten Fick. Wer ich bin, interessiert sie doch nicht.«

»Das kommt beim zweiten Hinsehen.«

»Vergiss es. Was habe ich schon zu bieten?«

»Jetzt mach dich nicht klein.«

»Ich bin der Typ, der völlig ausrasten kann und einen Sozialarbeiter krankenhausreif schlägt und dafür in den Knast geht.« Mit beiden Händen massierte Tobi sich die Schläfen. »Scheiße! Manchmal denke ich, ich bin wie Papa.«

»Keine Chance.« Jasper versuchte, dem Ganzen eine komische Seite abzugewinnen, ganz der schussfeste Hund. »Du hast nicht studiert.«

»Ha, ha! Seit wann kann man *Arschloch* studieren?«

Tobi hatte ja recht. Es war nicht lustig. Wenn sie eines gelernt hatten, er und sein Bruder und auch Sasa, dann, dass sie das Letzte waren. Verachtenswerte Kreaturen. Nichts, das wert war, geliebt zu werden. »Ich brauche noch ein Bier. Du auch?«

»Gute Idee.«

Jasper nahm zwei aus dem Kühlschrank. »Da! Fang!« Er pfefferte die Dose in Tobis Richtung, und der griff sie sich einfach aus der Luft.

Schon den ganzen Tag verkniff Jasper sich die Frage, ob Tobi wusste, wie es ihrem Vater ging. Seit Mutters Tod vor zwei Jahren lebte er allein in diesem Haus in Starnberg. Beton, Stahl, große Glasflächen. Schließlich hatte man nichts zu verbergen. Das sollte es suggerieren. Das Gegenteil traf zu.

Seit der Beisetzung war Jasper nicht mehr dort gewesen, und mit Tobi teilte er den Verdacht, dass Mama nicht einfach so über die Balkonbrüstung in den leeren Pool gestürzt war. Nicht mit null Komma fünf Promille. Sie hatte mehr vertragen. Vielleicht war sie vor Papa geflüchtet und in Panik gesprungen, oder er hatte nachgeholfen und sie hinuntergeworfen. Vielleicht war ihr Vater mit einem Mord davongekommen.

Mama war seine Arzthelferin gewesen, bevor er sie geheiratet hatte, und ihm unterlegen. Zu schwach, um sich schützend vor ihre Kinder zu stellen. Ihre einzige Form von Widerstand hatte in gelegentlichen subversiven Akten bestanden. Jasper erinnerte sich, wie sie Papa mal unbemerkt in den Cocktail gespuckt hatte, wie sie den teuren Wein, um den er ein Mordsgetue machte, zum Kochen einer Bolognese verwendete, wie sie auf dem Parkplatz eines Einkaufszentrums den Lack seines Porsches heimlich zerkratzte.

Warum war sie bei ihm geblieben? Jasper verstand es nicht. Sie war keine Zuflucht für ihre Kinder gewesen, kein sicherer Hafen. Den hatten sie sich selbst suchen müssen.

Und mit einem Mal erinnerte er sich wieder an ihr Nimmerland, an ihre Insel der verlorenen Jungs. Denn das waren sie gewesen. Verlorene Seelen, und ihr Nimmerland war ein verlassener Schwarzbau aus der Nachkriegszeit am Waldrand zwischen Pöcking und Andechs. Dorthin hatten sie sich oft geflüchtet, und für einen Moment saß Jasper wieder auf der Holzveranda, den Kopf gen Himmel gereckt. Der warme Wind strich durch die Baumkronen, flirrend fiel das Licht hindurch und ließ ihn blinzeln. Die Wärme des Holzes im Rücken, der Geruch nach Wald und Gras. Ruhe und Frieden.

»Und bei dir?«, fragte Tobi und legte beide Arme über die Sofalehne.

»Was bei mir?«

»Na, was bei dir mit den Mädels läuft.«

»Da läuft nichts seit Lis.«

»Ist nicht dein Ernst. Das ist jetzt wie viele Jahre her?«

»Vier.« Vier Jahre und drei Tage. Er hatte Lis geliebt.

Und sie ihn. Sie hatte ihn ausgebuddelt aus diesen Sedimenten der Verachtung, die ihn unter sich begraben hatten.

»Du willst tatsächlich behaupten, dass du seit vier Jahren keinen Sex hattest?«

»Sex schon. Ein paar One-Night-Stands. Aber das hat nichts mit Liebe zu tun.«

»Und was war mit der sexy Rotblonden, mit der ich dich gesehen habe? Du hast sehr verliebt ausgesehen.«

Jasper zuckte die Schultern. »Keine Ahnung, wen du meinst.«

»So eine Kleine mit einem sehr knuffigen Hintern.«

»Wann soll das denn gewesen sein?«

»Hm? Lass mich nachdenken.« Tobi schob ein Stück Pizza in den Mund, während sich ein unangenehmes Gefühl in Jasper ausbreitete.

»Das war im vorletzten Sommer. Ich hatte meinen Job bei dem Möbelhaus verloren. Du erinnerst dich?«

Jasper nickte. Wie hatte sie geheißen? Er hatte ihren Namen vergessen.

»Ich war völlig blank. Deshalb wollte ich dich fragen, ob du mir was leihen kannst, und bin zu dir gefahren, und da bist du mit ihr aus dem Haus gekommen, eng umschlungen. Da wollte ich nicht stören und habe mich vom Acker gemacht.«

»Das war nur Sex. Mehr nicht.«

»Nur Sex, soso.« Tobi grinste bis über beide Ohren.

»Ja. Du Depp.« Jasper warf den leeren Pizzakarton nach seinem Bruder. »Kannst du glauben oder auch nicht. Ist mir egal. Lis war einzigartig. Ich habe sie geliebt.«

»Und jetzt denkst du, du würdest sie ersetzen, wenn du dich auf eine andere einlässt? Das ist nicht ganz normal, Bruderherz.«

»Wenn du Zoff suchst, geh ich.« Jasper stand auf.

»Quatsch. Setz dich wieder. Du wirst sehen, eines Tages steht sie einfach vor dir, die Frau, die Lis' Platz einnehmen kann. Nimm die Scheuklappen ab, sonst rennst du am Ende an ihr vorbei.«

10

Am Samstagnachmittag machten Marion und Uwe den Garten winterfest. Sie rechte das Laub zusammen, während er auf der Leiter stand und die Dachrinnen säuberte.

Marion stopfte die Blätter in einen Biomüllsack und reckte sich. In der Scheibe der Terrassentür erblickte sie ihr Spiegelbild, und was sie sah, gefiel ihr. Cordhose, Gummistiefel aus Naturkautschuk, die alte Heritage-Wachsjacke mit dem karierten Futter. Sie hatte die besten Tage hinter sich, aber für die Arbeit im Garten war sie noch gut genug. Die Arbeitshandschuhe waren aus weichem Leder, und die Haare hielt ein Tuch mit Paisleymuster aus der Stirn. Sie glich einer britischen Landadeligen, die sich voller Hingabe ihren Pflanzen widmete. Auch wenn es nicht der Park eines Landsitzes war, sondern nur die dreihundert Quadratmeter, die zur Doppelhaushälfte gehörten, musste sie diese Arbeit nicht im Aufzug einer Pennerin verrichten. Haltung und Stil waren alles im Leben.

Wenn Marion etwas gelernt hatte, dann, sich nie gehenzulassen. Niemals so zu werden wie ihre Mutter, die nicht nur figürlich aus dem Leim gegangen war, sondern auch emotional. So nah am Wasser gebaut, dass einfach alles sie zum Weinen brachte. Vor allem ihre missratenen Kinder, die ihr jede Chance im Leben versaut hatten. Noch heute hatte sie gelegentlich Mamas weinerlichen Tonfall im Ohr, obwohl sie vor drei Jahren gestorben war.

Ich war Mannequin bei Osthof. Mir standen alle Türen offen. Ich hätte Fotomodell werden können. Bei Osthof sind ja die Fotografen von den großen Magazinen alle aus und ein gegangen, von Stern *und* Bunte, *von* Constanze *und* Brigitte. *Hätte es damals doch nur schon die Pille gegeben. Mach es mal besser als ich, Marion. Lass dir kein Kind anhängen. Kinder versauen einem nicht nur die Figur, sondern das ganze Leben.*

Diese beiden Töchter, die sie ständig zum Heulen gebracht hatten und nicht einmal etwas Besonderes waren. Weil sie über keinerlei Begabungen verfügten, weder für Musik noch Tanz oder Kunst. Nichts, in dessen Glanz Mama hätte erstrahlen können. Keine Wunderkinder, nur Durchschnitt.

Bereits mit dreizehn hatte Marion gewusst, dass sie einmal ein anderes Leben führen würde. Sie wollte eine solide Ausbildung und einen liebevollen Mann, der sie sicher durchs Leben führte. Denn schön sein allein reichte nicht, um glücklich zu werden, das sah man ja bei Mama.

Selbstverständlich hatte Marion sich als Kind bemüht, ihrer Mutter das Leben nicht weiter zu vermiesen, und hatte getan, was von ihr erwartet wurde. Nur keinen Ärger provozieren. Ganz im Gegensatz zu ihrer Schwester Natalie. Die hatte stets für Zoff gesorgt.

Und dann hatte Marion es doch so gemacht wie ihre Mutter. Der Sommer neunundachtzig hatte ihr Leben einmal auf den Kopf und wieder auf die Beine gestellt und schließlich aufs richtige Gleis gehoben.

Sie war fünfundzwanzig gewesen und arbeitete als Sekretärin bei einem Pharmaunternehmen. Seit einem Jahr hatte sie einen Freund. Josh, der eigentlich Joseph hieß und Bassist in einer Band war. Ein atemberaubend gutaussehender Mann, wild und unkonventionell, aber keiner fürs Leben, denn er wusste um seine Wirkung auf Frauen und betrog Marion nach Strich und Faden. Sie trennten und versöhnten sich wieder. Das ging ein paar Mal so hin und her, und schließlich fragte Josh, ob Marion ihn heiraten würde, obwohl das total spießig wäre. Sie sagte nein. Nicht nur wegen der anderen, sondern weil er sich durchs Leben treiben ließ wie ein Blatt im Wind. Josh würde es nie zu etwas bringen. Sie trennten sich, und Marion fand Uwe, den alle für langweilig hielten. Eine männliche graue Maus und ihr Vorgesetzter – und genau der Mann, den sie suchte.

»Bist du so lieb und nimmst mir den Eimer ab?« Uwe riss sie aus ihren Gedanken, und das war gut. Denn der Sommer neunundachtzig hatte auch seine Schattenseiten gehabt, und seit fünfundzwanzig Jahren stopfte Marion einige Erinnerungen aus dieser Zeit immer wieder hinter eine Tür, die ebenso beharrlich wieder aufspringen wollte und die Aufschrift *Verdrängung* trug.

»Natürlich.« Sie nahm den Eimer in Empfang, leerte ihn in die Biotonne und beobachtete, wie Uwe die Aluleiter an die Haken unter dem Schuppenvordach hängte.

Er war dreiundfünfzig und noch immer ganz und gar durchschnittlich. Um die Körpermitte hatte er in den letzten Jahren ein wenig zugelegt wie alle Männer in seinem Alter. Ein schmaler Kopf mit Denkerstirn. Graumeliertes Haar, in dem sich die Geheimratsecken vorarbeiteten. Doch noch immer hatte er dieses energische Kinn und einen Blick, in dem sich Wille und Macht paarten. Er wusste, was er wollte, und setzte das durch.

Einen humorlosen Spießbürger hatte Natalie Uwe damals genannt. »Für den bist du doch der Hauptgewinn. Eine Frau, die aussieht wie du und jeden haben könnte. Merkst du das denn nicht? Er macht dich klein, bis du dir irgendwann gar nichts mehr zutraust.«

Natürlich war sie für Uwe der Hauptgewinn. Und das wusste er auch. Er hatte Angst, dass sie irgendwann entdecken könnte, wie langweilig er eigentlich war. Wie konventionell. Deshalb tat er alles, um sie an sich zu binden. Einerseits, indem er sie verwöhnte und ihr beinahe jeden Wunsch erfüllte, andererseits versuchte er ihr den Schneid abzukaufen und sie kleinzumachen, bis sie ihm irgendwann glauben würde, ohne ihn nicht klarzukommen. Es war ihr egal. Sie liebte ihn so, wie er war.

Damals hatte Natalie Uwe tatsächlich unterstellt, Marion absichtlich geschwängert zu haben. Dabei waren sie sich einig gewesen, keine Kinder in die Welt zu setzen. Sie wollten nur füreinander da sein. Nichts sollte sich zwischen sie drängen. Schon gar kein Kind, das alle Aufmerksamkeit, Zuneigung, Kraft und Liebe absorbieren würde. Und dann war sie doch schwanger geworden und hatte es erst festgestellt, als es für eine Abtreibung zu spät war und sie voller Verzweiflung überlegte, wie sie es loswerden konnte. Als sie Uwe die Schwangerschaft beichtete, legte er zu ihrer Überraschung eine Kehrtwende hin. »Wenn es so ist, dann werden wir es bekommen und großziehen. Es ist doch die normalste Sache der Welt.« Natalie dagegen war überhaupt nicht verwundert, als Marion ihr davon erzählte. »Eine Fessel mehr, die dich an ihn bindet.« Vermutlich hatte ihre Schwester recht. Auch das war ihr egal.

Uwe stand unter dem Apfelbaum und betrachtete die kahlen Äste, als ob er bereits den Frühjahrsrückschnitt plante.

Voller Stolz und Zuneigung betrachtete Marion ihren Mann. Seine Gummistiefel waren vom selben englischen Hersteller wie ihre. Auch er trug eine Cordhose und eine ausrangierte Wachsjacke von Barbour. Wenn er auch unscheinbar war, konnte man doch mit Kleidung eine Menge erreichen, und in diesem Sinn hatte sie aus Uwe das Beste gemacht.

»Na, meine Liebe. Was guckst du so?«, fragte er.

»Ich dachte nur, wie gut wir beide es doch miteinander getroffen haben.«

»Tatsächlich?«, fragte er schmunzelnd. »Ist dir nicht längst langweilig mit mir?«

»Alberner Kerl. Du weißt doch, dass das nicht stimmt.«

»Dann lass uns weitermachen, damit wir fertig werden, bevor es dunkel wird.«

Tatsächlich senkte sich bereits die Dämmerung herab, bis die vertrockneten Stauden zurückgeschnitten und die Rosen abgedeckt waren und es nichts mehr zu tun gab. »Geschafft«, sagte Uwe und nahm Marion in den Arm. »Jetzt haben wir uns einen gemütlichen Abend verdient. Wie wäre es mit einem Glas Wein an der Feuerschale?«

Im Herbst vor zwei Jahren hatte Uwe die Schale gekauft und eine Ecke des Gartens dafür pflastern lassen. Sie hatten schon unzählige schöne Abende dort verbracht. »Eine gute Idee.«

»Ich kümmere mich ums Feuer. Ist noch Papier im Schuppen?«

Marion nickte. Sie kannte sein Faible für die Feuerschale und hatte bereits die Zeitungen hinausgebracht.

»Machst du uns eine Kleinigkeit zum Wein? Vielleicht ein paar Schnittchen.« Fragend sah er sie an, obwohl klar war, dass er Schnittchen wollte. Er ließ es zwar wie eine Frage klingen und täuschte so eine Wahlmöglichkeit vor, obwohl er auf Schnittchen bestehen würde. Auch in diesem Punkt waren sie ein gut eingespieltes Team, und Marion reagierte, wie von ihm erwartet.

Sie ging hinein, belegte Brote, richtete Schälchen mit Oliven, Balsamicozwiebeln und anderen Leckereien und trug das Tablett in den Garten. Uwe hatte inzwischen die Windlichter angezündet und mit den alten Zeitungen und Reisig ein Feuer in der Schale entfacht. Im flackernden Schein las er einen Artikel. Marion fragte sich, was ihn derart interessierte, dass er sie nicht kommen hörte, und warf einen Blick über seine Schulter. Es war die Nachricht über den Leichenfund ganz in der Nähe.

»Ist das nicht schrecklich?«

Uwe fuhr herum. Er hatte sie tatsächlich nicht kommen gehört und wirkte regelrecht erschrocken. »Was meinst du?«

Sie wies auf die Headline. »Die unbekannte Tote im Wald. So nah bei uns.«

»Wäre es weniger schlimm, wenn man sie hundert Kilometer entfernt von uns entdeckt hätte?«

»Ja. Irgendwie schon. So kommt es einem vor, als wäre man selbst betroffen.«

»Du redest Unsinn, Marion.« Uwe knüllte die Zeitung zusammen und warf sie ins Feuer, und sie fragte sich, was sie falsch gemacht hatte.

11

Die Woche fängt ja gut an, dachte Dühnfort, als er mit Gina am Montagmorgen in die Ettstraße einbog und schon von weitem Melissa Wittock erkannte. Sie steuerte, von der Maxburgstraße kommend, ebenfalls das Polizeipräsidium an.

Mit der Journalistin des *Münchner Blicks* verband ihn eine spezielle Abneigung. Seit sie ihn zum »Prügelbullen« gemacht hatte, war er – milde formuliert – nicht gut auf sie zu sprechen.

Wie immer hatte sie ihre runde Figur in mehrere Lagen farbenfroher und gemusterter Kleidung gehüllt. Das war ihr Markenzeichen. Heute trug sie Rot mit Pink und Orange kombiniert, dazu olivgrüne Stiefel und eine limonengrüne Mütze. Und er dachte, dass dieser Farbklecks in alldem Grau eigentlich ein erfreulicher Anblick war. Trotzdem beschleunigte er seinen Schritt, während Gina nur »Oje« sagte und sich seinem Tempo anpasste. Doch vergebens. Vor dem Tor kreuzten sich ihre Wege. »Herr Dühnfort, wie schön, Sie zu treffen.«

»Diese Freude ist ganz einseitig.«

Gina machte sich los. »Ich muss.« Sie gab ihm einen Kuss und flüsterte: »Du wirst alleine mit ihr fertig, oder?«

»Das hoffe ich doch.« Er unterdrückte ein Lachen und sah Gina einen Moment nach.

»Die Tote aus dem Forstenrieder Park. Gibt es da Neuigkeiten?«

Dühnfort drehte sich zu Melissa Wittock um. »Steht alles in der Pressemitteilung.«

»Bestimmt nicht alles. Ich wollte Ihnen die Unterstützung des *Münchner Blicks* anbieten.«

»Danke. Kein Interesse.« Er wandte sich zum Gehen. So weit kam es noch, dass er mit diesem Drecksblatt zusammenarbeitete.

Doch Melissa Wittock gab so schnell nicht auf. »Drei Tage sind seit dem Leichenfund vergangen, und Sie haben noch immer keine Ahnung, wer die Frau ist. Wir können einen Aufruf starten. Wenn wir entsprechendes Bildmaterial und Informationen exklusiv ...«

Darum ging es also. »Vergessen Sie es.« Er hob grüßend die Hand und steuerte das Portal an, während sie ihm nachrief, dass sie nicht gedacht hätte, dass er so nachtragend sei.

Im Flur lief er Christoph Leyenfels in die Arme, dem zuständigen Staatsanwalt. Er war ein großer und schlanker Mann und bis vor einem Jahr ein eher unscheinbarer Typ gewesen. Doch dann war Kirsten zum Team gestoßen, und Leyenfels hatte in atemberaubendem Tempo eine Verwandlung hingelegt. Auf einmal trug er modische Anzüge, eine schicke Brille, und auch sein Haarschnitt war up to date. Er wollte Kirsten gefallen, und tatsächlich hatte er bei ihr gepunktet. Doch die Affäre war schnell im Sand verlaufen, denn Leyenfels konnte zwar charmant sein, war aber auch ein Kontrollfreak, und mit dieser Sorte Mann hatte Kirsten reichlich schlechte Erfahrungen gemacht. Es war also nicht gutgegangen, und seither musste Dühnfort sich gelegentlich schützend vor seine Kollegin stellen, denn der Staatsanwalt neigte zum Nachtreten.

»Willst du zu mir?«

Leyenfels nickte. »Wie steht es mit unserer Schönen aus dem Forst? Haben wir einen Namen?«

»In SIS war sie nicht zu finden. Die Anfragen bei Europol und Interpol laufen. Du weißt selbst, wie lange das dauern kann.«

»Der Innenminister macht Druck. Die Medien sitzen ihm seit den Morden der letzten Wochen im Nacken.«

Dühnfort verstand ihn ja. Im Herbst hatte es im Freistaat mehrere Frauenmorde gegeben. Keine Serie, sondern voneinander unabhängige Taten. Teils aufgeklärt, teils nicht, und die Medien hatten sich auf das Thema gestürzt. *Sind Frauen in Bayern Freiwild? Was wird für ihre Sicherheit getan? Versagt die Polizei?* So und so ähnlich lauteten die Headlines auf den Titelseiten und die Themen von Talkrunden.

»Du kennst das ja.« Leyenfels seufzte. »Und jetzt sind wir nicht einmal mehr in der Lage, eine Tote zu identifizieren. Ein Fest für die Presse.«

»Was heißt hier *nicht in der Lage*? Leichenfund war am Donnerstagmittag. Und die Obduktion ist bereits durch, und die DNA-Analyse liegt vor, was beides in so kurzer Zeit bei einem alten Mord nicht selbstverständlich ist, wie du sehr wohl weißt. Wir haben die Datenbanken durchforstet, auf die wir Zugriff haben und bei denen angefragt, die wir nicht selbst nutzen können. Wir gehen allen Spuren nach, aber hexen können wir nicht.«

»Verlangt auch keiner. Doch der Innenminister erwartet Ergebnisse, und zwar bald.«

»Dann halte mich nicht länger von der Arbeit ab.« Verärgert ließ Dühnfort Leyenfels stehen und ging in sein Büro.

Zum Morgenmeeting versammelte sich das Team im Besprechungsraum. Neben Kirsten und Alois war das Anke Frieß, die ihnen für diesen Fall als Hauptsachbearbeiterin zugeteilt war. Eine stämmige Frau mit stets rot geschminkten Lippen und dunklem Pagenkopf, die ihre Arbeit gründlich und gewissenhaft erledigte.

Viel gab es nicht zu berichten. Weder Europol noch Interpol hatten übers Wochenende auf die Anfrage reagiert. Kirsten sollte noch einmal nachhaken. Außerdem war sie bereits in Kontakt mit dem Vertriebsleiter des Turnschuhherstellers. Vielleicht ließ sich der Weg des teuren Paars zu einem bestimmten Laden und von dort zur Käuferin zurückverfolgen. Anke ging den Schmuckstücken nach, die man bei der Toten gefunden hatte. Alois versuchte die Herkunft der Wachstuchdecke zu bestimmen. In zwei Stunden traf er sich mit einer Fachfrau aus der Textilbranche, während Dühnfort sich weiter mit der Affenfigur beschäftigen wollte. Alles ging seinen Gang.

Nach dem Meeting kehrte er an seinen Schreibtisch zurück und drehte die kleine Figur zwischen den Fingern.

Weise über Schlechtes hinwegsehen. Was sollte das eigentlich bedeuten? Etwa kleinen Fehlern, wie sie jedem unterliefen, keine Beachtung zu schenken? Nachlässigkeiten, Unaufmerksamkeiten oder die alltäglichen kleinen Lügen und Tricksereien zu verzeihen, vielleicht auch Eifersucht, Neid und Hass oder am Ende gar ein Verbrechen?

Solange sie nicht wussten, wer die Frau war, hatte es keinen Sinn, sich den Kopf über deren Bedeutung zu zerbrechen. Er legte die Figur beiseite, machte sich einen Espresso und stellte sich mit der Tasse ans Fenster. Die Novembertristesse hatte München im Griff. Alle Schattierungen von Grau. In einem matten Silbergrau spannte sich der Himmel über der Stadt. Der Platz vor der Frauenkirche war betongrau. Und durch die Fußgängerzone eilten die Menschen in grauen und schwarzen Jacken und Mänteln, wie ein Heer von Trübseligen und Beladenen, während über ihren Köpfen der Wind die kahlen Äste der Baumkronen zauste.

Vielleicht war zu viel Zeit vergangen, und die Tote aus

dem Forst würde namenlos bleiben und der Fall sich nicht aufklären lassen. So wie damals bei Ellen Reitmeier. Eine alte Frau, deren Tod erst nach über einer Woche bemerkt worden war. Erdrosselt wegen zweitausend Euro. Ob Gina wohl einen neuen Ansatzpunkt entdeckte?

Dühnfort trank seinen Espresso aus. Zeit war ein wesentlicher Faktor in jeder Ermittlung. Die ersten vierundzwanzig Stunden nach der Tat waren die wichtigsten. Die Spuren waren noch frisch und ebenso die Erinnerungen der Zeugen. Mit jedem Tag, der verging, wurde es schwieriger. Und in ihrem Fall waren mehr als zwei Jahre vergangen.

Er setzte sich an den Schreibtisch und suchte im Internet nach den weisen Affen in der Hoffnung, den Hersteller zu finden oder die Firma, die sie vertrieb.

Zwei Stunden später kam Kirsten herein. Sie trug eine graphitgraue Hose, und Dühnfort fragte sich, wie viele Arten von Grau es wohl noch gab. »Gibt's Neuigkeiten?«

»Interpol hat sich gemeldet. Kein Treffer, und bei Europol hat Alois nachgehakt. Er kennt da eine Kollegin, Lehrgangsflirt vermutlich, und die hat unsere Anfrage nun beschleunigt bearbeitet. Fehlanzeige. Die DNA unserer Toten passt zu keiner Vermissten. Wie machen wir jetzt weiter?«

Wie konnte das sein? Weshalb vermisste niemand diese Frau? »Dann bleibt uns nur die Öffentlichkeit. Berichte in den Medien und ein Eintrag auf unserer Webseite mit den unbekannten Toten.«

»Dafür brauchen wir ein Bild von ihr.«

»Ich kümmere mich darum.«

»Unser Phantombildzeichner wird dir was husten, aber vorher wird er sich übergeben.«

Kirsten hatte recht. Obendrein befand sich die Leiche in einem Zustand, der eine Zeichnung nach Augenschein ohnehin unmöglich machte. Die Gesichtszüge waren durch die Fettwachsbildung zu einer unkenntlichen Masse geworden.

Da musste ein Fachmann ran. In diesem Fall eine Fachfrau. Jutta Probst vom LKA. Als Phantombildzeichnerin hatte sie angefangen. Inzwischen war sie Spezialistin für visuelle Personenidentifizierung. Der größte Teil ihrer Arbeit bestand in der Auswertung von Bildern und Videos, die von Handys oder Überwachungskameras stammten. Doch gelegentlich war ihre besondere Qualifikation gefragt. Sie gehörte zu den wenigen Experten in Deutschland, die sich auf die Weichteilrekonstruktion von Gesichtern spezialisiert hatten.

»Ich bitte Jutta Probst, uns zu helfen.«

»Gut. Mit dem Schmuck sind wir ein Stück weitergekommen. Anke hat den Ring einem Fachmann gezeigt, und er hat die Vermutung bestätigt, dass er aus den späten achtziger Jahren stammt, aus Indien oder Pakistan.«

»Vermutlich ein persönliches Erinnerungsstück. Wir sollten ein Foto davon zusammen mit unserem Aufruf veröffentlichen.«

»Ich kümmere mich darum.« Kirsten verließ das Zimmer. Dühnfort suchte Jutta Probsts Nummer heraus und rief an.

»Ja, Probst.«

»Grüß Sie. Dühnfort. Ich hoffe, Sie erinnern sich an mich.«

»Aber sicher. Das Phantombild im Fall des Samaritermörders.«

»Richtig. Sie haben sicher vom Leichenfund im Forstenrieder Park gehört. Wir haben jetzt alle Quellen durch und wissen noch immer nicht, wer sie ist. Deshalb wollen wir mit einem Bild an die Öffentlichkeit. Ich hoffe, Sie können uns weiterhelfen.«

»Von mir aus können Sie gerne sofort kommen. Ich sehe mir schon seit Stunden Überwachungsvideos an und freue mich über jede Abwechslung.«

»Dann bis gleich.«

Zwanzig Minuten später betrat er ihr Büro beim LKA. Jutta Probst war eine Frau mit herber Ausstrahlung. Groß, breitschultrig. Alles an ihr wirkte kantig und eckig, bis auf ihre Stimme, die war weich und melodisch. Angeblich sang sie im Kirchenchor. Heigl hatte das mal behauptet.

Sie stoppte ein Video, als Dühnfort hereinkam, und begrüßte ihn mit festem Händedruck. »Es wird gemunkelt, Sie hätten eine Wachsleiche ausgegraben.«

»Stimmt, und davon können wir keine Bilder veröffentlichen. Sie sieht nicht nur schrecklich aus. Die Gesichtszüge sind auch unkenntlich. Wir brauchen eine Zeichnung, wie sie zu Lebzeiten ausgesehen hat.«

»Endlich mal wieder eine Herausforderung. Setzen wir uns doch.« Sie wies auf die Besprechungsecke. Dühnfort legte die Mappe ab.

»Was haben Sie zu bieten?«

»Was benötigen Sie denn?«

»Der Obduktionsbericht wäre optimal und Fotos der Leiche.«

»Habe ich alles mitgebracht.« Er breitete die Unterlagen vor ihr aus. »Eine Frau zwischen zwanzig und fünfunddreißig, westeuropäischer Typ, rotblondes Haar, gute Zähne und vor allem nach europäischen Standards behandelt.«

Jutta griff nach den Aufnahmen. »Es gibt Haare. Sehr schön. Meistens muss ich bei der Frisur improvisieren. Wie sieht es mit Kleidung aus?«

Er reichte ihr die Bilder. »Teure Turnschuhe und Markenkleidung, aber nicht aus der Maximilianstraße. Sie gehörte wohl zur Mittelschicht.«

Konzentriert betrachtete Jutta Probst die Vergrößerungen. »Da ist ein Rest Nagellack. Sie hat also auf sich geachtet. Vermutlich war sie eine gepflegte Erscheinung.« Bei einem anderen Bild deutete sie auf das Etikett des Jeansrocks. »Größe achtunddreißig. Wie groß war sie denn?«

»Eins zweiundsiebzig.«

»Also war sie schlank.« Während Jutta Probst weiter Fotos betrachtete und daraus ihre Schlüsse über Aussehen und Erscheinungsbild der Toten zog, ließ Dühnfort den Blick durchs Büro wandern. In einer Vitrine befanden sich drei Totenschädel auf einem Fachboden. Markierungspunkte für die Weichteildicken waren daran angebracht. Sicher mehr als dreißig Stück pro Schädel. Eine Arbeit, die Erfahrung und Fingerspitzengefühl erforderte und zeichnerisches Talent.

»Der Kopf ist nicht skelettiert. Ist das ein Problem?«

Sie schüttelte den Kopf. »Ach wo. Ich lasse eine 3-D-Computertomografie machen und bearbeite das am Rechner. Mit dieser Fülle an Informationen habe ich genügend Material, um Ihrer Unbekannten das Gesicht zurückzugeben. Bald werden Sie wissen, wie sie ausgesehen hat.«

12

Mit der Visitenkarte des Schuldnerberaters in der Hand, stand Anette Körber am Werkstattfenster und sah in den Hinterhof. Sie musste endlich einen Termin vereinbaren. Das war ihr inzwischen vollkommen klar, denn seit dem Gespräch mit Claudia ließ ihr sonst so zuverlässiger Optimismus sie im Stich. Es hatte keinen Sinn, die letzten Hüte für die Messe noch fertig zu garnieren, wenn sie ihren Laden schließen musste. Es hatte nicht einmal mehr Sinn, zur Messe zu fahren.

Nach dem Banktermin am letzten Donnerstag war sie zu Basti gefahren, denn sie hatte jemanden gebraucht, der sie tröstete und vielleicht eine bessere Idee hatte, als Insolvenz anzumelden. Aber eigentlich hatte sie da schon gewusst, dass auch er ihr nicht helfen konnte.

Basti betrieb eine Eventagentur, die sich in bester Lage in der Altstadt befand. Sie hatte keine Ahnung, was er an Miete für die Räume bezahlte. Sicher eine Menge, aber gut investiert. In seiner Branche war es wichtig, dass das Ambiente stimmte, hatte er ihr erklärt. Jedenfalls wenn man an die richtigen Kunden kommen wollte, an die großen Firmen und die Münchner Prominenz. In seinem Business musste er mit Auftritt und Referenzen punkten. Er verkaufte schließlich eine Dienstleistung und kein Produkt, das man auf den Tisch stellen und anpreisen konnte, so wie sie ihre Hüte.

Als Anette kam, war er in einer Besprechung. Sie musste warten, und seine Sekretärin bot weder Kaffee noch Wasser an, stellte aber fest, dass Anette ziemlich fertig aussah.

Sie räumte ein, dass es ein anstrengender Tag gewesen war. Man musste Unfreundlichkeit nicht mit Unfreundlichkeit erwidern. Das war eine Eigenschaft, die Basti an ihr mochte. »Du hast ein wunderbar freundliches Wesen.« Er drückte sich gerne ein wenig altmodisch aus, und ihr gefiel das.

Kennengelernt hatten sie sich, als er zu ihr in die Werkstatt gekommen war, auf der Suche nach Hüten für die Brautjungfern einer Kundin, die sich für Kostüme in Petrolblau entschieden hatten und nun keine passende Fascinators fanden. Anette hatte nur so gesprüht vor Ideen. Basti inspirierte sie. Zwischen ihnen hatte sich sofort eine Spannung aufgebaut, die sich in der Nacht nach der Hochzeitsfeier entladen hatte. Seit fünf Monaten waren sie nun zusammen, und Anette schätzte einfach alles an Sebastian Wölfle. Seine Höflichkeit, sein Aussehen, seine Gewandtheit und sein Selbstbewusstsein, von dem sie sich auch eine etwas größere Portion gewünscht hätte.

Nach einer Weile trat er mit einem Mann aus seinem Büro, der nicht wie ein Kunde aussah. Ein schmales Gesicht mit breitem Kinn, das ihn derb und grobschlächtig wirken ließ. Gegelte Haare, schwarzes Hemd mit offenem Kragen, der den Blick auf eine Goldkette lenkte. Während Anette diesen Anblick noch verarbeitete, stellte Basti ihn als Mike Sebald vor. Das war also sein Geldgeber, der ihm kurzfristig mit einem Kredit ausgeholfen hatte.

»Sehr erfreut.« Sebald musterte sie ganz ungeniert. Sein Blick stockte mit einem Lächeln auf Brusthöhe. »Wirklich: Sehr erfreut.« Anette wand sich innerlich.

Nachdem Basti Sebald verabschiedet hatte, gingen sie in sein Büro. Er fragte, wie der Termin bei der Bank gelaufen war, und sie erklärte es ihm. Bei dem Wort Insolvenz schnürte es ihr die Kehle zu. Alles umsonst. Was sollte sie nur tun? Sie konnte doch Basti nicht um Geld bitten. So lange kannten sie sich noch nicht, und außerdem hatte er ja selbst Probleme.

Er zog sie an sich. Sie sog seinen Duft nach Rasierwasser und frisch gebügeltem Hemd ein. »Gibt es denn niemanden, der dir helfen könnte?«

»Leider keine Erbtante weit und breit.« Sie versuchte ein Lächeln, aber es blieb auf halbem Weg stecken.

»Und deine Eltern?«

Ihre Eltern waren eine Nummer für sich. Anette lachte, doch es klang bitter. »Sie werden mir nichts borgen, weil sie es gut mit mir meinen.« Aus lauter Fürsorge würden sie sie nicht vor dem Abgrund bewahren. In ihren Augen fehlten Anette nämlich die Fähigkeiten einer Unternehmerin. Wenn sie jetzt ankam und um Hilfe bat, würden Papa und Mama sagen, dass sie es ja gleich gewusst hatten und dass es besser war, die Geschäftstätigkeit zu beenden, als weiterhin Geld in ein Fass ohne Boden zu stopfen.

»Ich würde dir gerne helfen«, sagte Basti. »Aber ich kann nicht. Mike sitzt mir schon im Nacken. Er macht sich Sorgen, weil ich die ersten Raten noch nicht gezahlt habe.«

»Deshalb war er da?«

»Es braucht Zeit, bis ich die Firma konsolidiert habe. Versuch's doch einfach mal bei deinen Eltern. Vielleicht schätzt du sie falsch ein.«

Noch immer drehte Anette die Visitenkarte in der Hand und blickte in den Hinterhof, als wäre dort die Lösung ihres Problems zu finden. Doch es gab nur einen Weg, sie musste endlich zum Telefon greifen und einen Termin bei Jasper Seyboth vereinbaren.

Obwohl sie am Erfolg zweifelte, hatte sie Bastis Rat befolgt und ihre Eltern gestern besucht. Schaden konnte es nicht, aber sie hatte sich nicht wirklich Hoffnungen gemacht. Zu Recht. Denn ihr Besuch war genau so verlaufen, wie sie es vorhergesagt hatte.

Sowohl ihr Vater als auch ihre Mutter waren Beamte und lebten in einer Art Biotop. Wenn es nach ihnen gegangen wäre, hätte Anette eine Beamtenlaufbahn eingeschlagen. Schon die Ausbildung zur Modistin hatten sie nicht gutgeheißen und die Hände über dem Kopf zusammengeschlagen, als sie sich vor einem Jahr nach drei Monaten Arbeitslosigkeit selbständig gemacht hatte.

Sie hatten sich Anettes Probleme in Ruhe angehört und dann ebenso gelassen erklärt, dass es besser sei, kein Geld in den Hut-Traum zu stecken, es wäre verloren. »Lieber ein Ende mit Schrecken als ein Schrecken ohne Ende«, hatte ihre Mutter gesagt, und ihr Vater hatte hinzugefügt: »Wir meinen es nur gut. Du bist keine Geschäftsfrau. Zieh die Konsequenzen, und melde Insolvenz an. Wir unterstützen dich, bis du wieder auf die Beine gekommen bist. Am besten machst du eine vernünftige Ausbildung. Solange kannst du hier wohnen.«

Immer noch betrachtete Anette die Karte. Jasper Seyboth. Berater. Sie wollte ihn nicht anrufen. Sie wollte ihre Niederlage nicht eingestehen. Und wenn sie doch zur Messe fuhr? Sie würde nicht so viele Aufträge erhalten, um das Ruder mit einem Ruck herumzureißen, das war klar. Aber vermutlich genügend, um den Dispo ein wenig auszugleichen. Dann könnte sie endlich die Miete bezahlen. Mittermeyer saß ihr deswegen bereits im Nacken. Schon zweimal hatte er angerufen und sie wüst beschimpft, wenn sie nicht endlich zahlte, würde er andere Saiten aufziehen.

Also an die Arbeit. Anette wollte sich gerade vom Anblick des verregneten Hinterhofs abwenden, als sie vorne an der Straße einen dunkelgrünen Mercedes-Lieferwagen bemerkte, der rückwärts in den Hof rangierte. Sie kannte nur einen, der ein solches Auto fuhr: Mittermeyer, ihr Vermieter! Als hätte sie ihn mit ihren Gedanken heraufbeschworen.

Ihn konnte sie jetzt nicht ertragen. Rasch schloss sie die Tür ab, löschte das Licht und duckte sich hinter den Verkaufstresen. Die Wagentür schlug zu. Sekunden später stand Mittermeyer vor dem Laden und klopfte, als er nicht hereinkam. Als sie nicht reagierte, schlug er mit der Faust gegen die Tür. »Machen Sie auf! Ich weiß, dass Sie da sind!«

Sie duckte sich tiefer hinters Regal. Ihr Herz raste, und Tränen schossen in ihre Augen, während Mittermeyer sie als Schmarotzerin beschimpfte und brüllte, dass er sich das nicht bieten lasse. Irgendwann gab er Ruhe. Sie hörte ihn wegfahren und wagte sich aus der Deckung. Ihre Beine zitterten. Mit dem Handrücken fuhr sie sich über die Augen. Und wenn sie einfach abhaute? Den Rucksack packen, Pass einstecken und alles zurücklassen.

Aus den Playlisten wählte sie die Musik der Tuva, die traditionelle Musik der Mongolei, und träumte sich weg zu den Nomaden, die mit Kamelen, Yaks und Pferden durch die Steppe zogen, die ihre Jurten errichteten, wo es ihnen gefiel, die frei waren.

Was hielt sie hier? Nichts. Nicht einmal Basti, wie sie erkannte. Er war nett, und sie war in ihn verliebt. Mehr aber nicht.

13

Am Mittwochmorgen holte Marion die Zeitung herein und bereitete das Frühstück zu. Uwes Rührei war vorerst gestrichen. Seine Cholesterinwerte waren zu hoch. Stattdessen bekam er nun selbstgemachtes Müsli, denn sie wollte ihn nicht durch einen Herzinfarkt verlieren.

Becher und Teller platzierte sie an der Theke, die sie sich mit dem Einbau der neuen Küche gegönnt hatten. Der Umbau hatte ein kleines Vermögen verschlungen, und wieder einmal dachte sie darüber nach, dass Veronika all das erben würde, ohne einen Handschlag dafür getan zu haben. Dieses undankbare Kind. Seit dem letzten Streit tat ihre Tochter, als ob Uwe und sie gestorben wären. Darüber regte Marion sich wirklich auf, obwohl diese Sendepause eigentlich ganz in ihrem Sinn war. Endlich Ruhe.

Der Kaffee war gerade durchgelaufen, als ihr Handy klingelte. Im Display erschien der Name ihrer Schwester. Was wollte Natalie von ihr? Noch dazu um diese Zeit? Etwas musste passiert sein, wenn sie nach beinahe zwei Jahren des Schweigens derart früh anrief.

»Hallo, Natalie. Du bist ja früh auf.«

»Ich bin gerade von der Nachtschicht gekommen. Kannst du mir Vronis neue Telefonnummer geben?«

»Wieso neue?«

»Weil die alte abgemeldet ist. *Diese Nummer ist nicht vergeben.*« Natalie ahmte die elektronische Stimme einer Computeransage nach. »Hast du denn heute noch keine Zeitung gelesen?«

Erst jetzt bemerkte Marion die Panik in Natalies Stimme. »Ich verstehe nicht, was du meinst. Kannst du dich bitte einfach mal verständlich ausdrücken?«

»Schlag den Lokalteil auf. Ich warte so lange.«

Marion griff nach der Zeitung, blätterte zum Münchener Teil und verstand noch immer nicht, was Natalie meinte, bis sie die Zeichnung sah.

Die Polizei bat im Fall der Toten aus dem Forstenrieder Park um Mithilfe der Bevölkerung. Wer kannte die Frau? Überrascht betrachtete Marion das Bild, das man von der Unbekannten angefertigt hatte. Sie hatte eine Ähnlichkeit mit Veronika. Doch das war sie nicht. Natalie steigerte sich da in etwas hinein. Marion nahm das Handy. »Du denkst doch hoffentlich nicht, dass das Veronika ist? Die Zeichnung sieht ihr gar nicht ähnlich.«

»Natürlich sieht sie ihr ähnlich. Sie könnte es sein. Ich bete ja, dass sie es nicht ist. Aber ... Hast du auch das Foto von dem Ring gesehen?«

Unter der Zeichnung waren Bilder von Kleidung und Schmuck abgedruckt. Turnschuhe, Rock und ein T-Shirt. Sachen, wie sie unzählige junge Frauen trugen. Doch den Ring kannte auch sie. Es war der Rosenquarz, den Natalie Veronika zum achtzehnten Geburtstag geschenkt hatte. *Es ist ein besonderer Tag in Deinem Leben, der mit einer besonderen Erinnerung verbunden sein soll. Alles Liebe zum Geburtstag, Vroni.* Das hatte Natalie auf die Karte geschrieben, die Veronika ihnen unter die Nase gehalten hatte, als Uwe und sie zwei Tage nach dem Geburtstag von einer Toskanareise zurückgekehrt waren. Was war schon dabei? Veronika war kein Kleinkind mehr, dem man einen Geburtstagskuchen backen musste.

»Und? Was sagst du?«

»Zugegeben, er sieht aus wie der Ring, den du ihr geschenkt hast. Aber davon gibt es sicher Hunderte.«

»Ich rufe sie jetzt an, und wenn ich sie nicht erreichen kann, gehe ich zur Polizei. Also gib mir bitte ihre neue Nummer.«

Das war wieder typisch für Natalie. Ständig mischte sie sich in Angelegenheiten, die sie nichts angingen. »Wenn hier jemand zur Polizei geht, dann sind wir das. Wir sind ihre Eltern. Ich rede jetzt mit ihr und melde mich dann bei dir.«

»Und ihre Nummer ...?«

»Wenn Veronika sie dir hätte geben wollen, hättest du sie. Ich sage ihr, dass sie dich anrufen soll.«

»Ja. Mach das. Bitte.« Ein Seufzen klang durchs Telefon. »Du weißt ja, dass Vroni den Kontakt zu mir abgebrochen hat, weil ich ihr damals nicht helfen konnte. Ich konnte wirklich nicht. Sag ihr das. Und, dass es mir leidtut. Ich würde mich freuen, wenn sie mich mal anruft.«

»Ja. Ich richte es aus.« Marion wollte auflegen. Doch Natalie war noch nicht so weit. »Die Tote aus dem Forst ... Sie soll schon vor zwei Jahren gestorben sein. Wann hast du denn das letzte Mal mit Vroni telefoniert?«

Marion knirschte mit den Zähnen. Das ging ihre Schwester nun wirklich nichts an. »Wie gesagt, ich melde mich. Tschüs, Natalie.« Sie drückte das Gespräch weg und atmete durch.

Oben schlug eine Tür. Uwe kam aus dem Bad und ging ins Schlafzimmer, um sich anzukleiden. Bis er fertig war, würde es noch ein paar Minuten dauern.

Marion sammelte sich. Natalie verbreitete völlig unnötig Panik. Doch ein ungutes Gefühl blieb. Gut, dann würde sie dem großen Schweigen jetzt ein Ende bereiten. Marion griff zum Handy und wählte Veronikas Nummer. Doch sie meldete sich nicht. Stattdessen kam eine Bandansage. *Diese Rufnummer ist nicht vergeben.* Sie hatte sich tatsächlich eine neue Nummer zugelegt, oder sie war derart pleite, dass sie sich nicht mal mehr ein Handy leisten konnte. Gut möglich. Sie und ihr Freund lebten ja weit über ihre Verhältnisse. Schulden über Schulden. Das war jedenfalls der letzte Stand, den Marion kannte. Und sie hätten es richten sollen.

»Guten Morgen, meine Liebe.«

Sie hatte Uwe gar nicht kommen hören. »Guten Morgen, Schatz.«

»Was ist mit dir? Kopfschmerzen?«

»Nein. Es ist nur ... Sieh dir das an.« Sie reichte Uwe die Zeitung und schenkte ihm Kaffee ein. »Natalie hat deswegen angerufen.«

Er las den Artikel und zog die Stirn in Falten. »Sie glaubt doch nicht etwa, dass das Veronika ist.«

»Sie ist davon überzeugt und wollte schon zur Polizei gehen. Ich hab gesagt, dass sie sich nicht einmischen soll.«

»Sehr gut.«

»Ich kann Veronika allerdings auch nicht erreichen. Sie hat entweder eine neue Nummer oder kein Handy mehr.« Marion wies auf die Abbildung des Rings. »Und der Ring ... Es ist der, den Natalie ihr geschenkt hat.«

Uwe betrachtete das Bild. »Aber das ist kein Grund, sich verrückt zu machen. Sie wird ihn versetzt oder verkauft haben, notorisch blank, wie sie ist.«

Natürlich. Das war eine vernünftige Erklärung. »Du hast recht. Und das Bild sieht ihr nicht wirklich ähnlich.«

Sie reichte Uwe das Schälchen mit Müsli und strich Halbfettmargarine auf ihr Knäckebrot. »Wir sollten uns trotzdem an die Polizei wenden.«

»Unsinn.«

»Wenn wir es nicht tun, macht es Natalie.«

»Diese Ringe gibt es sicher hundertfach.«

»Natürlich. Aber es könnte Vronis sein.«

»Jetzt steigere dich doch nicht in diese absurde Idee hinein. Du bist ja regelrecht hysterisch.«

Das war sie ganz sicher nicht und auch noch nie gewesen, obwohl Uwe ihr das gerne unterstellte.

Er legte die Serviette beiseite. »Wenn du unbedingt willst, kannst du sie ja anrufen. Obwohl es an ihr ist, den ersten Schritt zu tun. Wir werden nicht klein beigeben.«

Nicht klein beigeben. Das war sein Mantra. Er hatte es oft genug wiederholt. »Ich habe es schon versucht. Ihre Nummer gibt es nicht mehr. Ich kann sie nicht erreichen. Wir sollten Natalie zuvorkommen und die Polizei anrufen. Wie stehen wir denn da, falls es Veronika ist und wir uns nicht gemeldet haben?«

Mit dem Mittelfinger strich Uwe eine Falte an der Nasenwurzel glatt. Es war vernünftig, die Polizei zu informieren, auch wenn es sich als Fehlalarm erweisen würde. Was gab es da groß abzuwägen?

Wie lange hatten sie von Veronika nichts gehört? Seit diesem unsäglichen Streit im vorletzten Sommer. Sie und Uwe waren richtig aneinandergeraten. Marion erinnerte sich, als wäre es gestern gewesen, wie erleichtert sie gewesen war, das Feld räumen zu können, weil sie einen Termin hatte. Als sie wieder nach Hause gekommen war, war Veronika weg gewesen. Uwe hatte sie hinausgeworfen, und sie hatte geschworen, keinen Fuß mehr in dieses Haus zu setzen. Ihre Eltern wären für sie gestorben, hatte sie gesagt.

Und nun war sie vielleicht tot.

14

Dühnfort saß an diesem Morgen noch keine halbe Stunde an seinem Schreibtisch, als sich eine Kollegin von der Hotline meldete, die für den Fall der Toten aus dem Forst eingerichtet worden war. »Ich habe hier einen Anrufer, der mit dem zuständigen Ermittler reden will und nicht mit der Sekretärin. Er klingt nicht wie ein Spinner. Soll ich ihn durchstellen?«

Spinner waren immer ein Problem, wenn man die Bevölkerung um Mithilfe bat. Wichtigtuer, Verwirrte und Leute, die nach ein wenig Aufmerksamkeit gierten. Es war nicht immer einfach, die Spreu vom Weizen zu trennen.

»Ja, gib ihn mir.« Es knackte in der Leitung. »Dühnfort, Kripo München.«

»Lindental. Ich rufe wegen Ihres Zeugenaufrufs in der Zeitung an.« Die Stimme war fest und bestimmt. »Der abgebildete Ring könnte meiner Tochter gehören. Die Zeichnung weist allerdings keine Ähnlichkeit mit ihr auf. Möglich, dass sie den Ring verkauft hat.«

»Haben Sie sie gefragt?«

»Nein.«

»Dann schlage ich vor, Sie rufen sie an und melden sich gegebenenfalls wieder bei uns.«

Der Mann zögerte einen Moment. »Sie ist telefonisch nicht erreichbar. Das hat bei ihr aber nichts zu bedeuten.«

Ein ungutes Gefühl stieg in Dühnfort auf, eine Ahnung. »Wann hatten Sie zum letzten Mal Kontakt zu ihr?«

»Das ist nicht von Belang. Sie ist nicht die Tote aus dem Wald.«

Nicht von Belang also. Dühnfort sah zum Fenster. Regentropfen liefen die Scheibe hinab. An der Espressomaschine leuchtete das grüne Licht, und die Vermutung nahm sich Raum, dass es besser war, dieses Gespräch persönlich fortzusetzen. Er bat Lindental um seine Adresse und sagte, dass er sich jetzt auf den Weg zu ihm machen würde. Ob es möglich war, dass er so lange wartete. Lindental stimmte zu.

Dühnfort bat Kirsten, ihn nach Planegg zu begleiten, wo die Lindentals wohnten. Die Gemeinde grenzte im Süden an München und im Osten an den Forstenrieder Park. Seit dem Bau der Bahnlinie nach Starnberg im neunzehnten Jahrhundert gehörte der Ort zur bevorzugten Wohngegend der Wohlhabenden. Es lag an der Nähe zur Stadt und zum See und auch an der Würm, die sich ihr Bett durchs romantische Tal gegraben hatte.

Laptop und Lederhose, der Wahlspruch der Bayern bewahrheitete sich hier. Lüftlmalerei und Zwiebeltürmchen trafen auf Postmoderne und Moderne, und Brauchtum auf Hightech.

Dühnfort parkte seinen Kombi vor einer gepflegten Doppelhaushälfte. Kirsten warf den obligatorischen Blick in den Spiegel, während er den Motor abstellte. Eigentlich hatte er Gina zur anstehenden Vorsorgeuntersuchung begleiten wollen. Doch das Gespräch hier hatte Vorrang.

»Das war ja schon ein etwas merkwürdiger Anruf. Bin gespannt, was dabei herauskommt.« Kirsten klappte die Sonnenblende zurück.

»Lindentals abwehrende Haltung ist eigentlich verständlich. Wer will schon in Betracht ziehen, dass das eigene Kind tot sein könnte.«

Sie klingelten. Die Gegensprechanlage rauschte. »Ja bitte?« Die Stimme einer Frau.

»Dühnfort, Kripo München.«

»Kommen Sie doch herein.« Der Summer erklang, und gleichzeitig sprang die Tür auf. Im Flur kam ihnen eine Frau entgegen. Schlank. Mittelgroß. Lesebrille ins blond gefärbte Haar geschoben. Designerjeans, hellblauer Kaschmirpullover. Sorgfältig geschminkt. Dühnfort konnte ihr Alter nicht schätzen. Sie konnte ebenso gut vierzig wie fünfzig sein. Trotz des ersten Eindrucks von Stärke hatte sie bei genauerer Betrachtung etwas Verhuschtes an sich.

»Herr Dühnfort.« Sie reichte ihm die Hand und warf einen Blick auf Kirsten, eher unsicher als fordernd.

»Meine Kollegin Kirsten Tessmann.«

Kirsten wurde mit einem Kopfnicken begrüßt, und Marion Lindental bat beide ins Wohnzimmer. »Mein Mann kommt gleich. Kann ich Ihnen etwas anbieten? Einen Kaffee vielleicht?«

»Gerne«, sagte Kirsten, und er schloss sich an. Marion Lindental verschwand Richtung Küche, und sie sahen sich um. Ein heller Raum, teuer möbliert. Vermutlich das Werk eines Innenausstatters. Farben und Materialien waren perfekt aufeinander abgestimmt. Ein moderner offener Kamin dominierte den Raum. Auf dem Sims standen zahlreiche Fotografien in Silberrahmen. Das Ehepaar Lindental beim Baden am Meer, beim Bergwandern und Skifahren, vor dem Taj Mahal und auf der Chinesischen Mauer. Daneben drei Bilder von Kindern. Ein Mädchen und zwei Jungen. Dem Erscheinungsbild und ihrer Kleidung nach zu urteilen, stammten sie aus dem arabischen Raum.

»Kein Bild der Tochter?«, fragte Kirsten. »Das wird sie ja nicht sein.« Sie griff nach der Aufnahme des Mädchens. Dunkle Augen, olivfarbener Teint und über das tiefschwarze Haar hatte es einen pinkfarbenen Schal geschlungen.

Marion Lindental kehrte mit dem Kaffee zurück. »Das

ist Ellaha, eines unserer Herzenskinder. Mein Mann und ich betreuen afghanische Kinder, die in Deutschland am Herzen operiert werden. In ihrer Heimat ist eine solche Operation nicht möglich.« Sie stellte das Tablett auf dem Couchtisch ab, als ihr Mann hereinkam. Vom Aussehen her ein Durchschnittstyp. Doch mit seinem Eintreten veränderte sich die Atmosphäre im Raum. Er strahlte Autorität aus. »Lindental.« Er reichte erst Dühnfort die Hand, dann Kirsten. »Ich glaube nicht, dass wir Ihnen weiterhelfen können.« Mit einem raschen Blick sah er auf die Armbanduhr. »Und ich habe leider auch nur zehn Minuten Zeit. Dann muss ich in die Klinik.«

»Sie sind Arzt?«, fragte Kirsten.

»Ich bin Leiter der Verwaltung. Setzen wir uns.«

Dühnfort legte die Fotografien des Rings auf den Tisch. »Sie sagten, dieser Ring könnte Ihrer Tochter gehören.«

Lindental nahm eine der Aufnahmen und betrachtete sie sorgfältig. »Richtig. Ein Geschenk zu ihrer Volljährigkeit vor sechs Jahren. Aber er ist sicher keine Einzelanfertigung.«

»Vorhin haben Sie versucht Veronika anrufen, um zu fragen, ob sie ihren noch hat. Doch Sie können sie nicht erreichen.«

Lindental nickte. »Sie hat entweder ihre Handynummer gewechselt und uns die neue nicht mitgeteilt. Oder sie hat keines mehr. Beides ist möglich.«

Kirsten zog ihr Notizbuch hervor. »Wir brauchen Veronikas Adresse.«

»Ihre derzeitige Adresse haben wir nicht.«

Dühnfort fing Kirstens verwunderten Blick auf, während Lindental mit übereinandergeschlagenen Beinen im Sessel saß. Teurer Businessanzug, hellblaues Hemd, elegante Krawatte. Aus seinem Mund klang es ganz selbstverständlich, dass man weder Anschrift noch Telefonnummer seiner

Tochter kannte. Dühnfort musste nicht nachfragen, die Erklärung folgte sofort. »Das Verhältnis ist derart zerrüttet, dass wir eigentlich froh sind, dass sie den Kontakt abgebrochen hat.«

»Und wann haben Sie Veronika zuletzt gesehen oder gesprochen?«, fragte Dühnfort.

Lindental wandte sich an seine Frau. »Marion, weißt du noch, wann das war?«

»Im Juli oder August vor zwei Jahren«, antwortete sie prompt.

»Und damals gab es Streit?«, fragte Kirsten.

»So ist es.«

»Und worum ging es dabei?«

»Der Grund tut nichts zur Sache«, erwiderte Lindental. »Wir wollten Sie nur informieren, dass dieser Ring möglicherweise Veronika gehört. Fragen Sie sie selbst, was aus ihm wurde. Wie schon am Telefon gesagt: Wir vermuten, dass sie ihn verkauft hat. Mit Geld kann sie nämlich nicht umgehen.«

»Wissen Sie, wo oder wie wir sie erreichen könnten?«, fragte Dühnfort. »Hat sie einen Freund? Oder vielleicht an ihrem Arbeitsplatz?«

»Veronika informiert uns nicht, mit wem sie verkehrt und was sie tut.« Eine leichte Gereiztheit schlich sich in Lindentals Stimme. »Sie ist kein Kind, das seinen Eltern Rechenschaft ablegt. Außerdem wohnt sie schon seit sechs Jahren nicht mehr hier. Wir sind über ihr Leben also nicht im Bilde.«

Dühnforts Blick wanderte zur Fotogalerie auf dem Kaminsims. Die Lindentals in aller Welt und daneben ihre Herzenskinder. Kein Bild der eigenen Tochter. Sie hatten sie aus ihrem Leben gestrichen. Was war da vorgefallen? »Sie haben doch sicher eine Fotografie von Veronika.«

»Natürlich. Das Bild in der Zeitung … Das ist nicht Veronika.« Zum ersten Mal lagen eine Spur von Unsicherheit und Angst in seiner Stimme.

»Ich würde gerne sehen, von wem wir sprechen.«

»Marion, bist du so nett?« Auffordernd sah Lindental seine Frau an, und sie federte vom Sofa hoch, wie offenbar immer, wenn ihr Mann einen Wunsch äußerte. Dühnforts Unbehagen verstärkte sich mit jeder Sekunde in diesem Haus. Lindentals Smartphone summte. Er zog es hervor und las eine Nachricht. »Entschuldigen Sie. Darauf muss ich antworten.« Er begann zu schreiben. Kirsten und Dühnfort sahen sich an und dachten beide dasselbe: Hier stimmt etwas nicht.

Kurz darauf kam Marion Lindental mit einem Foto zurück. »Das ist Veronika bei ihrer Abschlussfeier vor drei Jahren. Sie hat eine Ausbildung als Kosmetikerin gemacht.« Dühnfort nahm das Bild und bemerkte die Ähnlichkeit mit der Toten aus dem Wald sofort. Die ein wenig weit auseinanderstehenden Augen, das spitze Kinn und das rotblonde halblange Haar. Sie brauchten eine DNA-Probe.

Die Frage stellte sich nicht, wie er den beiden schonend beibringen sollte, dass die Tote sehr wohl ihre Tochter sein könnte. Er musste weder Tränen noch einen Nervenzusammenbruch befürchten und wandte sich an Marion Lindental. »Ich sehe da schon eine Ähnlichkeit und würde gerne einen DNA-Abgleich machen lassen.«

Abwehrend hob sie die Hand. »Sie täuschen sich. Ich würde Vroni doch erkennen.«

Ihr Mann erhob sich aus dem Sessel. »So ein Unsinn. Das ist sie nicht. Und ich muss jetzt in die Klinik.«

Dühnfort stand ebenfalls auf. »Einen Moment noch. Gibt es Sachen von Veronika im Haus? Eine Haar- oder Zahnbürste? Oder vielleicht getragene Kleidungsstücke.

Wenn nicht, brauche ich von Ihnen und Ihrer Frau eine DNA-Probe.«

»Was? Wieso denn?« Erschrocken sah Marion Lindental zu ihm auf und wurde ganz bleich.

»Um Gewissheit zu erhalten, ob sie es ist oder nicht. Ein DNA-Vergleich ist die sicherste Methode. Wenn wir keine Probe von ihr haben, funktioniert der Vergleich auch mit DNA der Eltern. Sie sind die nächsten leiblichen Verwandten.«

Lindental baute sich vor Dühnfort auf. Ganz Machtmensch. »Brauchen Sie dafür nicht einen gerichtlichen Beschluss?«

»In der Regel wollen Angehörige in derartigen Fällen Gewissheit und geben sie uns freiwillig«, konterte Dühnfort.

Kirsten hakte ein. »Aber wenn Sie darauf bestehen, holen wir uns die richterliche Anordnung noch heute.«

Innerhalb von Sekunden war die Stimmung gekippt, bis Marion Lindental beschwichtigend einschritt. »Lass gut sein, Uwe. Im Keller steht noch eine Kiste mit Veronikas Sachen, die sie beim Auszug nicht mitgenommen hat. Wir werden sicher etwas finden.«

Sie verschwand nach unten, ihr Mann fuhr zur Arbeit, und Dühnfort blieb mit Kirsten im Wohnzimmer zurück.

Sie stieß die Luft aus. »Die beiden möchte ich nicht als Eltern haben, da sind ja Raben fürsorglicher.«

Ein paar Minuten vergingen, bis Marion Lindental wieder erschien und einen Pappkarton mitbrachte. »Bitte wundern Sie sich nicht. Veronika ist so …« Sie legte die Hand ans Kinn, als suchte sie nach dem passenden Wort. »So provozierend. Und ich kann stur sein. Ich wollte ihr das eigentlich immer zurückgeben. Genau so, wie sie es hinterlassen hat. Und Sie sollten wissen … Also, um das hier zu verstehen …« Etwas schien ihr peinlich zu sein. Sie wies auf den Karton und holte Luft. »Sie sollten wissen, dass Uwe ihr damals unterstellt hat, schwanger zu sein.« Sie zog einen Slip und eine Schlafanzughose aus der Schachtel. Beides voller Blutflecke. »Das hat sie uns auf den Frühstückstisch gelegt, als sie ihre Tage bekam.«

Kirsten grinste. »Menstruationsblut. Ideal für eine DNA-Analyse.«

Dühnfort ließ sich einen Beutel geben, steckte die Kleidungsstücke hinein und verabschiedete sich.

Kirsten schlug die Wagentür hinter sich zu und schnallte sich an. »Wenn die beiden schon immer so waren, kann ich Veronika verstehen. Denen hätte ich noch ganz andere Sachen dagelassen. Meinst du, dass sie unsere Tote ist?«

»Der Ring und dann noch die Ähnlichkeit mit der Zeichnung …« Sein Handy klingelte. Ginas Bild erschien im Display.

In Sekundenbruchteilen puzzelte sich eine Ahnung in ihm zusammen. Kurz nach neun. Sie war bei ihrer Gyn zur Vorsorgeuntersuchung. Normalerweise schickten sie sich WhatsApps und SMS, wenn sie im Dienst waren. Doch nun rief sie an. Etwas war passiert. Er sah, dass sein Finger zitterte, als er das Gespräch annahm. »Gina, alles in Ordnung?«

»Nichts ist in Ordnung.« Ihre Stimme klang wie unter Wasser, und Angst legte sich kalt in seinen Magen.

15

Jasper Seyboth verabschiedete einen Klienten, mit dem er einen Zahlungsplan für seine Verbindlichkeiten ausgetüftelt hatte, und sah ihm nach, bis sich die Tür hinter ihm schloss.

Noch fünfzehn Minuten bis zum nächsten Termin. Eine Frau, die ihn gestern angerufen und ihm ihre verzweifelte Lage geschildert hatte. Manchen Mitarbeitern in den Jobcentern würde er am liebsten den Hals umdrehen. Drängten Menschen in die Selbständigkeit, die kaum zu vermitteln waren, und dabei interessierte es sie nicht, ob sie überhaupt die Fähigkeiten besaßen, als Unternehmer zu bestehen. Hauptsache, ein Arbeitsloser weniger. Das machte sich gut in der Statistik und langfristig besser im Budget.

In der Teeküche schenkte Jasper sich einen Becher Kaffee ein und sah in den Flur. Isabelles Tür war geschlossen. Sie befand sich in einer Beratung. Die von Felix ging auf. Er kam mit einer Klientin heraus.

Dass er Mitte fünfzig war, sah man ihm nicht an. Sein braungrau meliertes Haar war voll und lockig, die Wangen glatt und die Figur durchtrainiert. Wie immer trug er zur Jeans ein weißes Hemd und das Sakko eines italienischen Labels. Chronograph am Handgelenk und rahmengenähte Chelsea-Boots an den Füßen. Er sah gut aus und wirkte obendrein freundlich und zugewandt. Doch der Schein trog. Felix hatte auch seine dunklen Seiten. Er sah gerne Gewaltpornos. Zweimal hatte Jasper ihn schon dabei überrascht. Der Laden gehörte Felix, und manchmal fragte

Jasper sich im Scherz, ob der Verein wirklich einem gemeinnützigen Zweck diente oder nicht vielmehr ganz eigennützig als Jagdrevier für Felix.

Die Klientin, die er jetzt zur Tür begleitete, war um die dreißig und ein Schneewittchentyp. Schwarze Haare, heller Teint. Am Ausgang legte Felix eine Hand auf ihren Arm. »Machen Sie sich keine Sorgen. Wir werden das Problem schon lösen. Sie können mich jederzeit anrufen. Gerne auch privat.« Felix reichte ihr seine Karte, und ein Schneewittchenlächeln war sein Lohn. »Wirklich jederzeit?«, fragte sie. Es klang ein wenig herausfordernd.

»Probieren Sie es doch einfach.«

»Oh. Das werde ich vielleicht.« Sie wandte sich ab und entschwand mit leichten Schritten. Jasper fragte sich wieder einmal, wie Felix das machte.

Sein Chef bemerkte ihn, schob die randlose Brille ins Haar und kam zu ihm in die Küche. »Die ruft noch heute an, wetten?«, sagte er, während er sich einen Kaffee einschenkte.

»Nee. Denn die Wette hätte ich schon verloren.«

Felix lachte. Das Telefon auf seinem Schreibtisch läutete. Er ging über den Flur in sein Zimmer. Jasper kehrte in sein Büro zurück und sah hinunter auf die Straße. Während er seinen Kaffee trank, fragte er sich, ob er nicht allmählich den Job wechseln sollte. Hier verdiente er längst nicht so viel wie in der freien Wirtschaft. Doch die wollte ihn nicht, obwohl sein Abschluss exzellent war und er geglaubt hatte, dass die Türen der großen Unternehmen für ihn sperrangelweit offen standen. Doch mit Lis' Tod hatte sich alles verändert. Es war wie ein Fluch. Seither ging es in seinem Leben bergab. Mehrere Stellen hatte er so gut wie sicher gehabt, und dann hatte man doch andere Kandidaten bevorzugt, ohne ihm die Gründe zu nennen. Wobei er ahnte, woran es lag. Doch er hatte sich nie Gewissheit verschafft. Es würde nichts ändern.

Jasper setzte sich an den PC und sah auf die Uhr. Seine neue Klientin verspätete sich. Er ging online und las Nachrichten. Ein Werbefenster poppte auf und pries einen Pizzadienst an, und dabei musste er an seinen Bruder denken. Was für ein verkorkstes Leben Tobi führte. Doch sein eigenes war auch nicht wesentlich besser. Sie trugen beide ihre Päckchen. Und dann war da immer noch der Verrat, den Jasper einfach nicht verzeihen konnte. Ja, er war nachtragend. Er war egoistisch. Völlig auf sich fixiert. Ein egoistisches Arschloch! Genau, wie Lis es ihm vorgeworfen hatte.

Wobei er zugeben musste, dass Tobi am meisten unter der Tyrannei ihres Vaters gelitten hatte. Aus dieser Zeit stammten seine unbändige Wut und sein Hang zur Selbstzerstörung. Ihr Vater hatte sie geschädigt fürs Leben. Ohne diese Kindheit wäre Tobi nicht im Knast gelandet und er selbst … Unwillkürlich atmete er durch, straffte die Schultern und vertrieb wie immer jeden Gedanken an diesen unseligen Streit.

Wie naiv er gewesen war, als er geglaubt hatte, er könnte alldem entkommen, indem er abhaute und diese Familie einfach vergaß. Denn seine Kindheit klebte an ihm wie Teer und die Familie wie ein Schatten. Er wurde sie nicht los. Er konnte sie nur auf Distanz halten, obwohl er Tobi irgendwie auch mochte und sich für ihn verantwortlich fühlte.

Mochte, nicht liebte. Denn zu lieben hatten sie alle drei nicht gelernt. Auf diesem Gebiet waren sie mehr oder weniger Analphabeten. Obwohl es Lis und ihre Liebe in seinem Leben gegeben hatte, beherrschte Jasper bis heute nur eine Art Grundwortschatz in dieser fremden Sprache und kämpfte noch immer gegen das an, was Lis sein Grundmisstrauen genannt hatte. Er konnte einfach nicht glauben, dass jemand etwas an ihm liebenswert fand, und deutete das geringste Anzeichen dafür um. Sagte jemand, dass er ein netter Kerl sei, flüsterte die Missgeburt in ihm, dass der andere sich nur einschleimte, weil er etwas von ihm wollte. Die neue Actionfigur oder die Hausaufgaben abschreiben, Tipps für die Geldanlage oder Hilfe bei der Erstellung eines Geschäftskonzepts, und falls all das am Ende nicht zutraf, hatte er es einfach nicht ernst gemeint. Nur bei Lis war das anders gewesen.

Es klopfte, und Jasper schreckte aus seinen Gedanken. Renate vom Empfang sah herein. »Frau Körber ist da. Kann ich sie hereinschicken?«

»Klar. Ich bin im Betriebsmodus.« Er reichte der Frau, die kurz darauf eintrat, die Hand. Ihre kurzen rotbraunen Haare waren vom Wind zerzaust und ließen sie wie einen Kobold aussehen. Puck aus dem *Sommernachtstraum* schneite in sein Büro. Er bot ihr einen Platz an, und sie legte die schwere Umhängetasche ab und schälte sich aus einem petrolgrünen Mantel. Ihre Augen waren gerötet. Lag es am Novemberwind, oder hatte sie geweint?

Wie immer, wenn ein neuer Klient vor ihm saß, sagte er, dass der wichtigste Schritt bereits getan sei, nämlich sich einzugestehen, dass man Probleme hatte, die man nicht alleine lösen konnte. Dabei bemerkte er den Schimmer Hoffnung, der in ihren Augen aufleuchtete. Er sollte es mal wieder richten. Doch das konnte er nicht. Er konnte ihr nur den Weg zeigen, den sie beschreiten musste, wenn sie irgendwann schuldenfrei sein wollte. »Sie stecken also mit Ihrer Hutmanufaktur in Schwierigkeiten. Dann schauen wir uns das mal an. Haben Sie die Unterlagen dabei?«

Aus der Umhängetasche zog sie einen Ordner und mehrere Hefter und gab sie ihm. Es würde ein Weilchen dauern, bis er sich einen ersten Überblick verschafft hatte. »Wollen Sie einen Kaffee?«

»Besser nicht. Sonst werde ich noch hibbeliger.«

»Vielleicht ein Wasser?«

»Ja. Gerne.«

Er holte ein Glas für sie aus der Küche. Als er zurückkam, stand sie vor der Wand und betrachtete seine Afrikafotos. »Haben Sie die gemacht?«

»Ja.«

»Sie sind wunderschön. Ist das Marokko?«

»Nein, Mauretanien.« Dachte sie wirklich, dass er sich mehr Mühe bei der Beratung gab, wenn sie ihm Honig ums Maul schmierte?

Nachdenklich fuhr sie sich mit den Fingern durch die Haare. »Sie mögen keine Menschen.«

Es war keine Frage, und Ärger stieg in ihm auf. »Wie kommen Sie denn darauf?«

»Weil Sie nur die Natur fotografieren.«

»Und woher wollen Sie das wissen?« Er setzte sich und schlug den Ordner auf.

»Ich weiß es natürlich nicht. Entschuldigung.« Sie nahm wieder Platz, und er vertiefte sich endlich in ihr Desaster.

Nicht mal eine GmbH hatte sie gegründet und haftete daher persönlich. Jasper riet ihr, den Geschäftsbetrieb einzustellen, da sie als Freiberuflerin keinen Insolvenzantrag bei Gericht stellen musste. Sie sollte versuchen, eine gütliche Einigung mit den Gläubigern zu erzielen. Allen voran mit dem Vermieter, der ihr Gläubiger mit den höchsten Forderungen war. Dabei würde sie Unterstützung vom Verein erhalten. Und sie musste unbedingt den Mietvertrag für die Werkstatt kündigen. Mit Zwangsvollstreckungen war von Seiten der Lieferanten zu rechnen. Falls man sich nicht einigen konnte, würden sie den Gerichtsvollzieher schicken. Er riet ihr, das gelassen zu nehmen, außerdem einen Antrag auf Verbraucherinsolvenz zu stellen und parallel nach Arbeit zu suchen. Bisher hatte sie ihm schweigend zugehört. Doch nun widersprach sie. »Es gibt keine Stellen für Modistinnen. Deshalb habe ich mich ja selbständig gemacht.«

»Dann müssen Sie sich etwas anderes suchen.«

»Vielleicht als Hutverkäuferin.«

»Das ist eine gute Idee.« Er stand auf. »Sie kündigen jetzt erst einmal den Mietvertrag für die Werkstatt, und nächsten Donnerstag sehen wir dann, wo es Einsparpotential bei den laufenden Kosten gibt.« Er reichte ihr die Hand zum Abschied. »Sie tragen ja gar keinen Hut.«

Sie zog die Schultern hoch. »Eigentlich schon. Sogar farblich passend zum Mantel. Doch leider wurde er vom Winde verweht. Und zu allem Überfluss von der Tram überfahren.« Ein Lächeln breitete sich auf ihrem Gesicht aus. So schief, so bekannt, so vergangen. Wie vom Donner gerührt sah Jasper Seyboth Anette Körber nach.

16

Dühnfort betrachtete den Ausdruck der Ultraschallaufnahme in seiner zitternden Hand. Ihr Kind. Ein Mädchen. Das wussten sie nun, obwohl sie sich überraschen lassen wollten. Ginas Gyn hatte sich verplappert.

Diese unsägliche Ärztin! Unwillkürlich ballte er die Hand zur Faust. *Wissen Sie, was das bedeutet?*

Es war ein Schock. Ein tiefsitzendes Erschrecken. Das Zittern ließ sich nicht abstellen. Es entzog sich seiner Kontrolle. Er legte das Bild beiseite und ging hinaus zu Gina auf den Balkon. Sie wandte ihm den Rücken zu und starrte auf den Friedhof. »Lass uns spazieren gehen.« Er brauchte Bewegung, um nachzudenken. Außerdem erschien ihm die Wohnung plötzlich zu eng und zu dunkel, und er wollte nur noch raus.

»Ja. Gute Idee.« Sie wandte sich um. Ihre Augen waren vom Weinen gerötet. Er nahm sie in die Arme, und sie vergrub ihren Kopf an seiner Schulter. Ihr Duft nach Äpfeln tröstete ihn. Er war so vertraut und alles versprechend, und plötzlich wusste er, sie würden diese Krise meistern und das Richtige tun, was auch immer das sein mochte und er im Augenblick nur denken konnte, dass das eine so falsch war wie das andere. Und noch immer wusste er nicht, woher dieser Duft nach Äpfeln kam, der zu Gina gehörte wie die Sonne zum Himmel.

»Es ist so unwirklich«, sagte sie. »Ich kann es nicht glauben.«

»Noch wissen wir es ja nicht mit Sicherheit.«

Am Freitag hatten sie einen Termin in der Frauenklinik.

Dort sollten weitere Untersuchungen vorgenommen werden. Eine Feindiagnostik, hatte die Ärztin es genannt. Im Moment war es nur ein Verdacht. Allerdings ein sehr gut begründeter. Die verdickte Hautfalte im Nackenbereich, die zu kurzen Oberschenkelknochen, eine ungewöhnlich große Menge an Fruchtwasser, außerdem war der Hormonspiegel verdächtig hoch.

Nach Ginas Anruf war Dühnfort sofort zu ihr in die Praxis der Frauenärztin gefahren. Ihrer neuen Frauenärztin, die sie sich nur deshalb gesucht hatte, weil ihre ursprüngliche Ärztin darauf hingewiesen hatte, dass es in ihrem Alter ein erhöhtes Risiko gab, Eltern eines behinderten Kindes zu werden, und daher ein engmaschiges Screening vorgesehen war.

Gina hatte das verdrängt und stand dem Thema Pränataldiagnostik ohnehin skeptisch gegenüber. »Was nützen diese ganzen Untersuchungen, wenn man am Ende vielleicht vor einer Entscheidung steht, die man unmöglich treffen kann«, hatte sie gesagt. »Die medizinischen Möglichkeiten sind nicht nur Segen, sondern auch Fluch. Früher haben Frauen ihre Kinder einfach bekommen, so wie sie sind. Nenn es Zufall oder Schicksal, wenn alles gutgeht, oder meinetwegen Gottes Wille, aber lass mich glücklich schwanger sein.«

Und nun sah es so aus, als würden sie genau vor dieser Entscheidung stehen. Bei der Erinnerung an die geliftete Tussi im weißen Kittel knirschte er mit den Zähnen. *Wir können es ja wegmachen.* Sein Kind! Wegmachen! Eine Ärztin mit der Empathie eines Soziopathen.

Gina machte sich von ihm los. »Lass uns zum Flaucher gehen.«

Es wurde bereits dämmrig, der Himmel war grau, wie seit Tagen, wenigstens regnete es ausnahmsweise einmal nicht. Schweigend gingen sie durch die Pestalozzistraße und am Westermühlbach entlang, überquerten die Wittelsbacherbrücke und bogen in die Isarauen ein.

Der Regen der letzten Tage hatte den Pegel des Flusses ansteigen lassen. Tosend zogen die Wassermassen Richtung Norden. Einige Jogger begegneten ihnen und Leute mit ihren Hunden, und zum ersten Mal wurde Dühnfort bewusst, dass Gina und er – so unterschiedlich sie sonst auch waren – eine Eigenart teilten. Sie machten Probleme gerne mit sich alleine ab. In sich gekehrt, wälzten sie Gedanken, suchten nach Antworten und Lösungen. Doch hier brauchten sie eine gemeinsame. Er sah zu ihr hinüber. Die Hände in den Manteltaschen vergraben, den Kopf gesenkt, ging sie neben ihm.

Von einer Sekunde auf die andere hatte Ginas Gyn ihnen den Boden unter den Füßen weggezogen. *Ihr Kind hat das Down-Syndrom. Sie wissen, was das bedeutet? Geistige Behinderung und ein Leben lang Arbeit für Sie beide. Ein Kind, das nie erwachsen wird, das nie ein selbständiges Leben führen kann. Wir können es ja wegmachen.*

Es war ein Fehler gewesen, die Ärztin zu wechseln. Dühnfort hakte sich bei Gina ein. »Ich mag deine Ärztin nicht. Sie hat kein Einfühlungsvermögen.«

»Sie war nur die Überbringerin der schlechten Nachricht. Wollen wir sie deswegen jetzt köpfen?«

»Noch wissen wir nicht mit Sicherheit, ob es so ist, wie sie vermutet.« Er brachte es nicht fertig zu sagen: ob unser Kind behindert sein wird.

»Die Beweislage ist erdrückend.«

»Ich will sie auch nicht köpfen, sondern vorschlagen, dass wir zu deiner alten Frauenärztin zurückwechseln, zu Mira Koch.«

Dr. Mira Koch war eine warmherzige Frau kurz vor dem

Ruhestand. Er hatte sie vom ersten Moment an gemocht und gewusst, dass Gina und das Kind bei ihr in guten Händen waren.

»Sie wird mir Vorwürfe machen.«

»Weshalb denn?

»Weil ich das Ersttrimesterscreening versäumt habe.«

»Na und? Das hätte doch nichts geändert. Wenn es so ist, dann ist es von Anfang an so gewesen. Aber sie wird uns besser betreuen und beraten. Sie wird uns …« Er brachte es auch nicht über sich, das Wort *Abtreibung* auszusprechen. »Sie wird uns zu nichts drängen.«

Down-Syndrom. Die Vorstellung wollte ihm nicht gelingen. Ein behindertes Kind. Das hatte er nicht erwartet, nicht eine Sekunde in Erwägung gezogen. Sein Traum vom Vatersein war zerplatzt wie eine Seifenblase.

»Ich habe doch schon den Termin in der Klinik. Da gibt es auch Ärzte, die uns beraten werden. Kommst du mit?«

»Natürlich. Ich lass euch beide nicht allein.«

Und erst jetzt wurde ihm klar, dass er sich vom Dienst nicht offiziell abgemeldet hatte. Höchste Zeit, das nachzuholen. Heigl war in diesen Dingen pingelig wie ein Buchhalter.

Doch er war bereits weg. Dühnfort erreichte nur dessen Sekretärin Marion Höffken und erklärte ihr, dass er sich bereits am Vormittag ausgeklinkt hatte, aus privaten Gründen. Ja, bei ihm wäre alles in Ordnung, und morgen wäre er wieder da, nur übermorgen, also am Freitag müsste er ein paar Überstunden abbauen und würde den Tag freinehmen. Ja, ebenfalls aus privaten Gründen, und ja, es war unvermeidlich. Er wollte nicht sagen aus welchen Gründen und musste wieder einmal feststellen, dass der Buschfunk schneller als das Internet war. »Es gibt doch hoffentlich keine Probleme in der Schwangerschaft?«, fragte Marion

Höffken. »Ich habe gehört, dass Gina sich nach dem Vorsorgetermin abgemeldet hat.«

Wenn er sich jetzt in Schweigen hüllte, würden bald die verrücktesten Geschichten kursieren. Das wollte er Gina und sich ersparen. Also blieb nur die Flucht nach vorne. »Es besteht der Verdacht auf Down-Syndrom. Am Freitag folgen weitere Untersuchungen, dann werden wir mehr wissen.«

»Down-Syndrom? Das ist ja furchtbar. Wenn es so ist, dann lasst ihr es doch wegmachen.«

Herrgott! Wenn noch einmal jemand dieses Wort in den Mund nahm, wusste er nicht, was passieren würde!

17

Am späten Donnerstagnachmittag machte Dühnfort den Importeur der Affenfiguren ausfindig und erfuhr, dass sie aus China importiert wurden. Massenware, die man in Onlineshops, Asialäden und auf Messen und Märkten kaufen konnte. Diese Spur weiterzuverfolgen war nahezu aussichtslos. Dennoch suchte Dühnfort Anke Frieß und ihre »Mädels« auf. So nannte sie ihr Team der Sachbearbeiter, das bis auf einen Kollegen aus Frauen bestand, und der nahm es mit gelassenem Achselzucken hin, unter diesem Begriff einsortiert zu werden.

Anke versprach, der Sache weiter nachzugehen und den Onlinehändlern Kundenlisten aus den Rippen zu leiern und dem Importeur eine Aufstellung seiner Grossisten, und denen wiederum die der Geschäfte, die sie belieferten. Ermittlungsarbeit war Fieselarbeit.

Dühnfort kehrte in sein Büro zurück, lockerte die verspannten Muskeln und überlegte, was sich daheim noch im Kühlschrank befand. Er hatte Lust, heute Abend zu kochen. Vielleicht karamellisierten Fenchel mit Gorgonzola und Polenta. Die Zutaten konnte er auf dem Heimweg auf dem Viktualienmarkt besorgen.

Er schickte Gina eine WhatsApp, damit sie es entschied, als es klopfte und Buchholz eintrat. »Abend, Tino.«

»Hallo, Frank. Hast du etwa die Analyse schon fertig?«

Mit einem Ächzen ließ Buchholz sich auf den Besucherstuhl fallen. »Eure Tote hat jetzt einen Namen.«

»Veronika Lindental?«

»Richtig. Die DNA aus dem Blut von Schlüppi und

Schlafanzughose stimmen mit der der Toten aus dem Forst überein.«

Erleichtert lehnte Dühnfort sich zurück. Der Nebel lichtete sich. Endlich Fakten.

Buchholz fuhr sich über das millimeterkurz geschorene Haar auf seinem Schädel. »Sag mal, Tino, es geht das Gerücht um, dass euer Baby ... Dass es behindert sein könnte.«

»Möglicherweise. Es wird noch einige Untersuchungen geben.«

»Mist aber auch. Was werdet ihr dann tun?«

Den Kopf in den Sand stecken, die Zeit zurückdrehen. Einfach Eltern werden.

»Wir wissen es nicht.«

»Schwierige Situation.« Einen Augenblick blieb Buchholz noch sitzen und blickte zur Wand, als suche er dort nach einem Rat oder einem aufmunternden Satz. »Was soll man da sagen? Ihr werdet schon das Richtige machen. Ich muss dann wieder.«

Als Buchholz verschwunden war, ging Dühnfort über den Flur. Alois und Kirsten waren noch da. Den beiden hatte er gleich am Morgen erzählt, was los war, um ihren Fragen zuvorzukommen.

»Das tut mir leid«, hatte Alois gesagt und hinzugefügt, dass bei seinem Sohn Simon in der Grundschule ein Junge mit Down-Syndrom sei. Ein netter Bub. Immer fröhlich und eigentlich ziemlich clever. Sie wären einfach nur anders, diese Kinder. Und Kirsten hatte gemeint, sie sollten abwarten, ob sich der Verdacht überhaupt bestätigte.

»Eigentlich ist es Zeit, Feierabend zu machen«, sagte Dühnfort nun. »Aber Frank war gerade bei mir. Die Tote ist Veronika Lindental. Ich fahre jetzt nach Planegg. Wer kommt mit?«

Kirsten griff nach ihrer Tasche. »Bin gespannt, wie die Eltern auf diese Nachricht reagieren.«

Alois schwenkte auf dem Bürostuhl herum. »Ich bin auch dabei. Jedenfalls müssen wir kein Kriseninterventionsteam mitnehmen.«

Der Feierabendverkehr war dicht. Die Pendler verließen die Stadt, und es dauerte beinahe eine Stunde, bis Dühnfort Planegg erreichte. Die Kirchturmuhr schlug halb acht, als er den Wagen parkte und Alois seinen Mini dahinter ausrollen ließ. Im Haus brannten Lichter. Am Küchenfenster stand Marion Lindental und wischte sich mit einem Geschirrtuch die Hände ab. Sie bemerkte ihn und verschwand aus Dühnforts Blickfeld. Der Summer erklang, noch bevor er geklingelt hatte. Die Tür sprang auf, und Veronikas Mutter kam ihnen im Flur entgegen. Sie sah aus wie aus dem Ei gepellt, und das nach einem langen Tag. Jeans, hellgraue Seidenbluse. Das blonde Haar hielt ein Haarreif aus der Stirn. Ein Hauch Parfum schlug ihm entgegen, als er ihr die Hand reichte. »Guten Abend, Frau Lindental. Wir bringen leider keine guten Nachrichten. Die Tote aus dem Forst wurde identifiziert. Es ist Veronika.«

»So. Ja ... dann ...« Mit einer fahrigen Geste wollte sie eine Strähne aus dem Gesicht streichen, die gar nicht dort war. »Ich habe es mir ja schon gedacht, als ich Sie aus dem Wagen steigen sah.« Plötzlich wirkte sie verunsichert. »Gehen Sie doch schon vor ins Wohnzimmer. Ich hole meinen Mann.«

Im selben Moment erklangen seine Schritte auf der Treppe. Uwe Lindental erschien in Sportkleidung. Joggingtights, Funktionsjacke, teure Laufschuhe an den Füßen und ein Stirnband mit LED-Leuchte in der Hand. »Sie schon wieder. Es passt mir grad gar nicht.«

»Ihre Joggingrunde sollten Sie verschieben. Wir müssen reden. Ihre Tochter ist tot, und wir haben Fragen.«

Lindentals Mimik veränderte sich kaum. Nur unter dem Auge zuckte ein Nerv. Er wirkte eher ungehalten als bestürzt oder gar geschockt. »Ist sie es also doch.« Er sah auf die Armbanduhr. »Ich habe zehn Minuten für Sie. Das sollte reichen.« Er griff nach der Hand seiner Frau und zog sie an sich. »Schatz, wie geht es dir damit?« Sie lehnte sich einen Moment an ihn und schloss die Augen.

Endlich so etwas wie eine Gefühlsregung. Dühnfort fing den ungläubigen Blick von Alois auf und den weniger verwunderten von Kirsten. Sie hatte die beiden ja schon einmal erlebt.

Schließlich bat Lindental sie ins Wohnzimmer, bot aber keinen Platz an, und so standen sie herum wie ungebetene Gäste. »Also legen Sie los.«

Dieser kaltschnäuzige Kerl. Ärger stieg in Dühnfort auf. »Wir brauchen Namen von Freunden und Verwandten und die Adresse des letzten Arbeitgebers, den Sie kennen. Kurz gesagt von Menschen, die Veronika kannten und uns Auskunft über sie geben können. Die Anschrift Ihrer Tochter wird Ihnen inzwischen wohl nicht eingefallen sein.«

»Wie schon mehrfach erklärt: Sie hat den Kontakt zu uns abgebrochen. Wir kennen ihre Freunde nicht.«

»Sie konnte sich nicht melden, weil sie tot im Wald lag. Verscharrt und vergessen. Nur wenige Kilometer von ihrem Elternhaus entfernt. Warum haben Sie Ihre Tochter nicht als vermisst gemeldet?« Er registrierte auch ohne Kirstens hochgezogene Braue seinen aufgebrachten Tonfall. Die Gleichgültigkeit dieser Leute regte ihn auf. Sein Frust brach sich Bahn, die angestaute Enttäuschung, die Angst und der Stress, dieser Entscheidung nicht gewachsen zu sein, die Gina und er treffen mussten. Doch er baute ihn an der falschen Stelle ab.

»Weil wir sie nicht vermisst haben. So einfach ist das«, konterte Lindental. »Und wenn Sie uns deswegen verurteilen wollen, bitte, es steht Ihnen frei. Wir werden uns nicht rechtfertigen, weil wir unsere Tochter aus unserem Leben gestrichen haben. Sie werden selbst herausfinden, was für ein Mensch sie war.«

Ja, natürlich. Das Schicksal ihres Kindes scherte die beiden einen Dreck. Sie kreisten nur um sich selbst. »Wo hat Veronika im Sommer vor zwei Jahren gearbeitet?«

»In einem Kosmetikstudio in der Innenstadt. Wo genau …?« Lindental sah seine Frau an. Sie schüttelte den Kopf. »Ich weiß es nicht.«

»Wer kannte sie besser und könnte uns weiterhelfen?«

»Als wir sie das letzte Mal gesehen haben, hatte sie einen Freund. Sie nannte ihn Ronnie. Den Nachnamen kennen wir nicht. Er hat ihr nicht gutgetan«, sagte Marion Lindental.

Kirsten horchte auf. »Wie meinen Sie das?«

»Er hatte ihr nichts zu bieten. Er war ein Nichts. Ein Kerl ohne Bildung und Manieren. Viel verdient hat er nicht und Veronika als Kosmetikerin sowieso nicht. Dabei haben wir ein Vermögen für Internate ausgegeben. Sie hatte Abitur und hätte etwas aus sich machen können. Aber nein: Sie musste Kosmetikerin werden. Ausgerechnet! Jedenfalls haben die beiden über ihre Verhältnisse gelebt. Nichts als Schulden und der Gerichtsvollzieher stand quasi schon vor der Tür. In dieser Situation hat sie sich an uns erinnert und ist hier aufgetaucht. Wir sollten es richten.« Sie sah zu ihrem Mann, als wüsste sie nicht weiter, und er ergriff das Wort.

»Es wird Ihnen natürlich kaltherzig erscheinen, aber es

war das Beste für Veronika, ihr nicht unter die Arme zu greifen. Sie konnte mit Geld nicht umgehen und musste lernen, die Konsequenzen zu tragen.«

»Darum ging der Streit also. Ums Geld. Und das war im Sommer vor zwei Jahren. Im Juli oder August?«, fragte Dühnfort.

Wieder blickte Marion Lindental zu ihrem Mann, bevor sie das Wort ergriff. »Es war Montag, der fünfte August. Ich weiß es deshalb so genau, weil ich inzwischen nachgesehen habe. Meine Kalender hebe ich nämlich auf. Am Abend des Streits hatte ich ein Treffen mit der Münchner Gruppe der Herzenskinder und musste los, kurz nachdem Veronika gekommen war.«

»Vom Streit haben Sie also nur den Anfang mitbekommen. Als Sie wieder nach Hause kamen, war Veronika bereits gegangen.«

Marion Lindental nickte.

Alois sah von seinen Notizen auf. »Und seit dem fünften August haben Sie nichts mehr von ihr gehört? Keine Mail? Kein Anruf? Keine SMS? Rein gar nichts?«

»Kein Wort.« Lindental verschränkte die Arme vor der Brust. »Wir wären für sie gestorben, hat sie erklärt, als sie ging, und dass sie nie wieder einen Fuß in dieses Haus setzen würde und wir an unserem Geld ersticken sollten. Und noch einige Verwünschungen mehr, an die ich mich jetzt nicht im Detail erinnern kann. Jedenfalls hat sie sich dran gehalten und sich nicht wieder gemeldet.« Wieder sah er auf seine Armbanduhr. »Und wie gesagt: Wir waren froh darüber, denn sie hat immer nur Ärger gemacht. Vielleicht sind wir in Ihren Augen deswegen schlechte Eltern. Aber so wie Kinder erwachsen werden und sich abnabeln, nabeln sich auch Eltern ab. Wir haben unsere Pflicht erfüllt. Und jetzt würde ich gerne meine Laufrunde absolvieren.«

»Ja. Tun Sie das. Es ist ja nur Ihr einziges Kind, das gestorben ist. Ist ja nichts weiter passiert!« In Dühnfort kochte Zorn. So viel Lieblosigkeit hatte er selten erlebt, und er fragte sich, wie Veronika damit wohl umgegangen war. Ein Kind, dessen Tod seinen Eltern nicht eine Spur von Bestürzung, Trauer oder Mitgefühl entlockte. Und keiner der beiden hatte gefragt, was Veronika widerfahren war, ob man ihr Gewalt angetan hatte, ob sie leiden musste oder ob es ein schneller und gnädiger Tod gewesen war.

18

Nachdem Marion die Tür hinter dem Kommissar und seinen Kollegen geschlossen hatte, nahm Uwe sie in den Arm. »Du nimmst es hoffentlich nicht so schwer.«

»Es geht schon. Auch wenn es natürlich ... wenn es natürlich schrecklich ist. Veronika war noch so jung, und sie hätte noch so viel aus ihrem Leben machen können.« Selbst in ihren Ohren klangen diese Worte hohl, denn in Wahrheit hallte in ihrem Innersten nichts nach. Keine Trauer, nicht einmal Kummer. Eher so etwas wie Erleichterung. Das war das eigentlich Schreckliche. Sie war eine herzlose Mutter. Immer gewesen.

»Ach, Marion.« Uwe zog sie an sich, und sie lehnte ihren Kopf an seine Schulter. »Mach dir doch nichts vor. Menschen ändern sich nicht.«

»Ja, das stimmt wohl.«

»Ich laufe jetzt meine Runde. Es sei denn, du möchtest nicht allein sein. Dann bleibe ich natürlich hier.«

»Nein, nein. Ich wollte mir noch ein Farbkonzept fürs Kinderzimmer überlegen und kann mich so ablenken. Aber ich frage mich ...« Vielleicht war es besser, das Thema nicht anzuschneiden.

»Was fragst du dich?«

Obwohl? Wie stünden sie da, wenn sie das verweigerten? Außerdem konnten sie das vermutlich gar nicht. »Veronikas Beisetzung. Ich meine, sie wird an uns hängen bleiben. Wir sind die Eltern.«

»Du hast vollkommen recht. Kannst du dich darum kümmern?«

Sie nickte.

»Aber übertreib es nicht. Die Kosten sollten sich im Rahmen halten.« Er setzte die Stirnlampe auf, schaltete die Pulsuhr ein und gab ihr zum Abschied einen Kuss.

Marion nahm die Farbmusterkarten und Broschüren von *Farrow & Ball* zur Hand. Wunderbare Farbtöne, perfekt aufeinander abgestimmt. Das konnten nur die Briten. Hier hatte sie noch nichts Vergleichbares gefunden. Aus der Küche holte sie sich ein Glas Weißwein, den sie fürs Abendessen kalt gestellt hatte. Ein kleiner Aperitif. Irgendwie musste man diese Nachricht ja bewältigen.

Ihr Handy summte. Es war ihre Schwester, und Marion erinnerte sich an ihr Versprechen, Natalie auf dem Laufenden zu halten. Gleich würde eine Sturzflut an Fragen, Vorwürfen und Vermutungen über sie hereinbrechen. Doch das würde sie verhindern. »Hallo, Natalie. Wir …«

»Ich sitze seit gestern wie auf Kohlen und male mir die schlimmsten Sachen aus. Wart ihr nun bei der Polizei?«

»Uwe hat angerufen. Sie waren hier und haben Sachen von Veronika für eine DNA-Bestimmung mitgenommen und …«

»Sie glauben also auch, dass es Vroni sein könnte.«

Konnte Natalie sie nicht einmal ausreden lassen! »Sie ist es. Wir haben es gerade erst erfahren. Vor fünf Minuten. Ich kann jetzt nicht darüber reden und ruf dich morgen an.« Marion drückte das Gespräch weg und schaltete das Handy stumm. Es reichte, wenn der Kommissar über sie zu Gericht saß, da musste sie sich nicht auch noch Natalies Vorwürfe anhören. Marion trank hastig einen Schluck Wein und lehnte sich in die Kissen.

Veronika war tot. Erst jetzt kam diese Nachricht wirklich bei ihr an, und sie berührte sie noch immer nicht. Im Grunde war sie eine Fremde gewesen. Wie sie wohl gestorben war? Sie hatten ganz vergessen, danach zu fragen. Offenbar ein Mord. Weshalb sonst sollte jemand ihre Leiche im Wald begraben? Sicher kreidete ihnen dieser selbstgefällige Kommissar das bereits als Desinteresse an. Aber Uwe hatte recht. Sie mussten sich nicht rechtfertigen.

Marion spülte den Ärger mit Wein hinunter. *Wenn sie doch nur tot wäre.* Die Erinnerung holte sie aus dem Nichts kommend ein. Beinahe achtzehn Jahre war es her, dass sie das gedacht hatte, und plötzlich sah sie sich wieder auf der Bank vor dem Operationssaal sitzen, in dem Vroni nach dem Unfall operiert wurde. Eine Schwester setzte sich dazu.

»Machen Sie sich nicht verrückt«, sagte sie und griff nach Marions Hand. Offenbar sah sie so aus, als würde sie völlig neben sich stehen. »Professor Steidel operiert höchstpersönlich. Er ist der Beste.« Und sie hatte gedacht, wenn es doch der Schlechteste wäre und die Prognose nicht so gut. Wäre das Kind doch nur tot! Das hatte sie gedacht während sie gleichzeitig erleichtert war, das Bild einer verzweifelten Mutter abzugeben.

Damals war ihr das Bild von der perfekten Familie noch wichtig gewesen. Doch im Laufe der Jahre hatte es sich gewandelt, und aus Uwe und ihr waren enttäuschte Eltern geworden, die mit einem unfähigen und undankbaren Kind gestraft waren, für das sie dennoch ihr Bestes gaben und in gute Schulen investierten, die ihr den Weg in eine unabhängige Zukunft ebnen sollten.

Eigentlich hatte Uwe Veronika ebenso wenig gewollt wie sie, auch wenn er damals das Gegenteil behauptet hatte, als sie ihm die Schwangerschaft gestand. Doch als das Baby da war, beanspruchte es so viel Aufmerksamkeit. Ständig musste es gefüttert oder gewickelt werden, ständig schrie es. Uwe reagierte ungehalten, wenn er abends nach Hause kam und sie sich nicht ungestört einander widmen konnten. Er war eifersüchtig auf die Kleine. Das Kind raubte ihnen nicht nur den Schlaf, sondern vor allem die Zeit, die sie füreinander hatten.

Es nur nicht wie ihre Mutter machen, das war ihr Plan gewesen. Keine Kinder bekommen und niemals von einem Mann abhängig sein. Doch nun war sie genau das, denn Krippenplätze waren damals rar gewesen, und so war sie zwei Jahre zu Hause geblieben, bis sie endlich einen ergattert hatte. Bis dahin hatte sie sich wie eingekerkert gefühlt. Nur noch Windeln, Fläschchen und Babygläschen und der Haushalt. Sie freute sich jeden Abend, wenn sie den Lift hörte und Uwe kurz darauf die Wohnung betrat. Die wenigen gemeinsamen Stunden waren der Höhepunkt ihrer Tage. Sie brachte das Kind zu Bett, bevor Uwe kam, machte sich frisch und zog sich um und fühlte sich endlich wieder als Mensch, als Frau. Denn Mutterschaft war nicht der Gipfel des Glücks. Das wurde einem nur von denen vorgegaukelt, die in diese Falle getappt waren und nicht zugeben konnten, dass es ein Fehler war. Deshalb machten sie aus der Not eine Tugend und die Kinder zum Lebensinhalt.

An einem dieser Abende, als sie auf dem Sofa lagen und kuschelten, hatte sie es zum ersten Mal getan und dann immer wieder. Damals lebten sie in einer Wohnung in Obermenzing, und Uwe arbeitete noch als Abteilungsleiter in dem Pharmaunternehmen, bei dem auch sie bis vor kurzem angestellt war. Gut gelaunt kam er nach Hause. Er sollte zum Leiter der Unit befördert werden. Das hatte er heute unter vier Augen vom Vorstand erfahren und wollte feiern. Aus dem Kühlschrank nahm er eine Flasche Sekt und ließ den Korken knallen. Davon wachte Veronika auf und begann zu weinen. Marion wollte nach ihr sehen, doch Uwe hielt sie zurück. »Lass sie doch. Sie muss lernen, dass sie nicht immer ihren Willen durchsetzen kann. Sonst tanzt du bald ganz nach ihrer Pfeife.« Er schenkte die Gläser voll, sie stießen an. Veronika beruhigte sich nach ein paar Minuten. Im Kinderzimmer wurde es still, und sie zogen sich mit dem zweiten Glas aufs Sofa zurück.

Obwohl er ein Machtmensch war, der wusste, wie er seinen Willen durchsetzte, war Uwe ein zärtlicher Liebhaber. Er ließ sich Zeit, auch an diesem Abend, und Marion genoss es, wie er ihre Brüste mit Küssen bedachte und ihre Brustwarzen leckte und ihr Verlangen von Sekunde zu Sekunde stärker wurde, als Veronika wieder zu schreien anfing und sie zurück in die Wirklichkeit einer Mutter holte. Uwe ließ sich in die Polster fallen und stöhnte. »So ein kleiner Satansbraten. Als ob sie genau wüsste, wann sie uns am besten stören kann. Sieh nach ihr, und stell das irgendwie ab. Ja? Schatz?«

Brüllend und mit hochrotem Kopf lag die Kleine in ihrem Bettchen. Marion wickelte sie, was auch nötig war. Doch das Geschrei ging weiter. Veronika wollte sich einfach nicht beruhigen. Im Wohnzimmer wartete Uwe, Vroni wollte etwas von ihr, und sie hatte keine Ahnung, was. Wieder einmal fühlte Marion sich überfordert und war kurz davor, in Tränen auszubrechen, wie so häufig in den letzten Monaten. Die Kleine sollte endlich still sein! Und dann fiel ihr das Beruhigungsmittel ein, das ihr der Hausarzt empfohlen hatte. Kurzentschlossen träufelte sie ein paar Tropfen in den Babytee und sicherheitshalber noch ein paar mehr, rührte zwei Löffel Zucker darunter, um den bitteren Geschmack zu überdecken, und gab Vroni das Fläschchen, während Uwe nach ihr rief und sie antwortete, dass sie in zwei Minuten bei ihm wäre. Gierig trank das Kind. Vielleicht war es ja nur durstig gewesen. Jedenfalls dauerte es nur ein paar Minuten, bis Vroni fest schlief.

Marion kehrte zu Uwe zurück, kuschelte sich an ihn, und sie machten dort weiter, wo sie aufgehört hatten. Ein Zaubermittel war gefunden, und sie hatte es oft eingesetzt und Uwe kein Wort davon gesagt.

Marion riss sich aus ihren Erinnerungen los und legte die Farbkarten beiseite. Wenn sie ehrlich war, musste sie zugeben, dass Erleichterung das vorherrschende Gefühl war. Denn die Sache mit den Beruhigungstropfen war nicht das einzige Geheimnis, das sie hatte, sondern das kleinste.

19

Am Sonntagabend kehrte Anette von der Messe zurück. Ihr Versuch, das Ruder doch noch herumzureißen, war fehlgeschlagen. Sie hatte nur ein paar Aufträge ergattert und fühlte sich elend und frustriert. Mit dem Hut-Traum war es endgültig vorbei.

Es regnete, doch mit ihren beiden Rollkoffern hatte sie keine Hand für den Schirm frei. Auf dem kurzen Weg von der U-Bahn-Station nach Hause wurde sie klatschnass. Als sie in ihre Straße einbog, bemerkte sie die alte Frau Hecht, die mit ihrem King-Charles-Spaniel vom Gassigehen zurückkam. Auf den Hund passte Anette gelegentlich auf, wenn ihre Nachbarin Arzttermine hatte oder ins Kino ging. Anette hob die Hand zum Gruß. Doch Frau Hecht bemerkte es nicht, obwohl sie in ihre Richtung gesehen hatte. Sie verschwand im Haus. Die Tür schlug unmittelbar vor Anette zu. Sie musste erst den Schlüssel in der Umhängetasche suchen, bevor sie aufschließen und die Koffer nach oben schleppen konnte. In der ersten Etage bellte der Hund, und einen Moment fragte Anette sich, ob ihre Nachbarin ihr aus dem Weg ging. Doch weshalb sollte sie?

Am Donnerstagnachmittag, als Anette sich mit ihrem Gepäck zum Bahnhof aufgemacht hatte, waren sie sich im Hof begegnet, und Frau Hecht hatte ihr Erfolg auf der Messe gewünscht.

Anette schob den Schlüssel ins Schloss der Wohnungstür, doch er wollte nicht passen. Ungeduldig stocherte sie herum, und dann erkannte sie die Ursache: Ihr altes verkratztes Schloss funkelte nagelneu. Jemand hatte es ausgetauscht! Sie brauchte einen Moment, bis der Groschen fiel. Mittermeyer. Dieser Mistkerl!

Schlotternd vor Kälte und Wut, zerrte sie das Handy aus der Tasche und wusste plötzlich, weshalb die Hecht vor ihr geflohen war. Sie wohnte seit dreißig Jahren hier und konnte gut mit ihrem Vermieter. Sie musste ihm gesteckt haben, dass Anette für ein paar Tage weg war und er freie Hand hatte.

»Mittermeyer.«

»Körber. Ich stehe hier vor ...«

»Ja, da stehen Sie gut«, brüllte ihr Vermieter. »Glauben Sie etwa, ich lass mich von Ihnen ausnehmen und für blöd verkaufen? Ihren Krempel bekommen Sie zurück, sobald Sie die Miete bezahlt haben. Für Wohnung und Werkstatt. Ist alles ordentlich verpackt und eingelagert.«

»Was! Sie haben doch nicht ...?«

»Natürlich habe ich. Ihre Möbel, Ihre Klamotten, Ihr Werkzeug. Das ganze Graffel. Als Pfand für die Miete. Zahlen Sie einfach, und alles gehört wieder Ihnen.«

Sie musste sich gegen die Wand lehnen, so kraftlos fühlte sie sich plötzlich. »Das dürfen Sie nicht.« Ein matter Widerspruch.

»Und ob ich darf. Lesen Sie Ihren Mietvertrag.« Mittermeyer legte auf, und sie biss die Zähne zusammen, um nicht zu heulen. Es gab nur einen, der ihr jetzt helfen konnte. Sie wählte Bastis Nummer. »Kannst du mich abholen? Mein Vermieter hat mich ausgesperrt, und ich stehe tropfnass vor meiner Wohnung und erfriere gleich.«

»Was hat er? Das ist ja das Letzte. Ich bin gleich da. Halte durch, Hase.«

Basti brauchte tatsächlich nur zehn Minuten. Er brachte sie in seine Wohnung und trug die Koffer ins Schlafzimmer. »Du bist ja eiskalt. Ab in die Wanne mit dir.« Er schob sie ins Bad und drehte das heiße Wasser auf. »Hoffentlich erkältest du dich nicht.«

Während sie die nassen Klamotten auszog, drückte er Duschgel ins Wasser. Ein herber Duft breitete sich aus, und sie war Basti in diesem Moment unendlich dankbar. Er war ein lieber Kerl, ein echter Freund.

»Weißt du was?«, sagte er. »Ich hole dir einen Becher Glühwein. Geschenk einer Kundin. Eigentlich wollte ich ihn schon wegwerfen, aber jetzt ist er genau das Richtige.« Er verschwand Richtung Küche. Sie stieg ins heiße Wasser und zog ein Resümee: Sie war an einem absoluten Tiefpunkt angelangt. Schlimmer ging es nun wirklich nicht mehr. Ab jetzt konnte es nur noch besser werden. Immerhin ließ ihr Optimismus sie nicht im Stich.

Basti brachte einen dampfenden Becher Wein. »Trink ihn langsam. Alkohol erweitert die Blutgefäße, heißes Wasser auch. Nicht dass du ohnmächtig wirst.«

»Du würdest mich doch retten, oder?«

»Mal sehen.« Er gab ihr einen Stups auf die Nase.

Sie lachte und winkte ihn zu sich, damit sie ihm einen Kuss geben konnte. Dabei glitt seine Hand zu ihrer Brust, und sie genoss das Kribbeln, das sich in ihr auszubreiten begann. Doch dann klingelte es an der Wohnungstür, und Basti zog die Hand zurück. »Mist. Den habe ich ganz vergessen.«

»Wen denn?«

»Mike. Er wollte kurz vorbeikommen.«

»Dein Geldgeber? Macht er Stress?«

»Ach wo. Ich komplimentiere ihn raus und bin gleich wieder bei dir.« Basti schloss die Tür hinter sich. Anette ließ sich tiefer ins Wasser gleiten. Aus dem Wohnzimmer drangen halblaut Stimmen zu ihr. Mike Sebald ließ sich offenbar nicht so einfach hinauskomplimentieren.

Die Kombination von heißem Wasser und Glühwein zeigte nach einigen Minuten die prophezeite Wirkung. Plötzlich wurde ihr schwummrig. Anette stieg aus der Wanne und griff nach dem Duschtuch. Auf dem Boden lag die nasse Kleidung, die trockene war im Koffer, und der stand im Schlafzimmer. Obwohl sie Mike Sebald nicht über den Weg laufen wollte, und schon gar nicht halbnackt, blieb ihr nichts anderes übrig. Sie wand sich das Handtuch fest um den Körper.

Im Wohnzimmer standen sich Basti und Sebald gegenüber wie Boxer im Ring. Ärger lag in der Luft. Das Gespräch verstummte, als Anette eintrat. »Lasst euch nicht stören. Bin nur auf der Durchreise.« Das hatte doch lässig geklungen, obwohl sie sich innerlich wieder wand. Sebald war ein schmieriger Kerl. Und wieder konnte er es nicht lassen, sie von oben bis unten zu mustern. »Nicht schlecht. Wirklich nicht. Und die Lösung des Problems.«

Eilig durchquerte sie den Raum und verschwand im Schlafzimmer. Wie hatte Sebald das gemeint? *Und die Lösung des Problems.*

Bei dem Gedanken, dass die getragenen Kleidungsstücke im Koffer alles waren, was sie derzeit besaß, stieg Ärger in ihr auf. Freiwillig würde Mittermeyer ihre Sachen nicht herausrücken. Sie musste sich einen Anwalt nehmen, doch wovon sollte sie den bezahlen?

Sie schlüpfte in Jeans und Pulli. Die Stimmen nebenan wurden laut. Kurz darauf knallte eine Tür, und es wurde still in der Wohnung. Als Basti nicht zu ihr kam, stand sie auf und sah nach ihm.

Er saß auf dem Sofa und starrte auf den Boden. Sie setzte sich zu ihm. »Doch Ärger mit Sebald?«

»Ich hätte sein Angebot nicht annehmen sollen. Obwohl …« Basti massierte sich die Schläfen. »Dann hätte ich die Agentur längst dichtmachen müssen.«

»Warum wäre es besser, wenn er dir nicht geholfen hätte?«

»Die Zinsen sind gesalzen. Und das letzte Quartal ist nicht gut gelaufen. Ich bin in Verzug … Du kennst das ja.«

Sie wusste genau, wie er sich fühlte. Diese bohrende Sorge, wenn man die Rechnungen nicht bezahlen konnte, der Wunsch, Mahnungen ungeöffnet in die Schublade zu legen, und die Angst, irgendwann vor dem Nichts zu stehen.

»Ich will die Agentur nicht verlieren. Und das wäre sogar noch das kleinere Übel.«

»Wie meinst du das?«

Endlich hob Basti den Blick und sah ihr in die Augen. »Kerle von Mikes Schlag haben keine Anwälte, die Briefe schreiben. Die nehmen das selbst in die Hand.«

Mit wem hatte er sich da eingelassen? »Hat er dir etwa Prügel angedroht oder die Agentur kurz und klein zu schlagen?«

»Beides. Er will sein Geld zurück und jetzt nicht mehr in Raten, sondern alles auf einmal. Fünfzehntausend.«

»Und woher willst du die nehmen?«

Bastis Blick wich aus. »Es gäbe eine Möglichkeit.«

Die Art, wie er das sagte, jagte ihr einen Schauer über die Haut. »Und welche? Du denkst doch hoffentlich nicht daran, eine Bank zu überfallen?«, fügte sie scherzhaft hinzu.

Auf ihren Tonfall ging er nicht ein. »Mike gehört die Agentur Diamonds.«

»Ja und?«

»Das ist eine Escortagentur. Du weißt, was das ist?« Nun sah er sie an. Etwas wie Unsicherheit lag in seinem Blick, aber auch Trotz. Natürlich wusste sie, was eine Escortagentur war. Nannte sich Begleitservice, war aber

Prostitution auf gehobenem Niveau. Mike Sebald war also nichts anderes als ein Zuhälter.

Und die Lösung des Problems. Dieser Satz hallte plötzlich in ihr nach, und eine fürchterliche Ahnung stieg in ihr auf. »Sag jetzt bitte nicht, er erwartet, dass ich deine Schulden abarbeite.«

Doch genau so war es. »Mir steht das Wasser bis zum Hals. Und ich bin auch nicht krankenversichert; wenn er mich von seinen Leuten krankenhausreif prügeln lässt, bin ich finanziell für immer erledigt, dann komme ich nie wieder auf die Beine.«

»Ich soll für dich auf den Strich gehen? Das meinst du jetzt nicht ernst!«

»Um Himmels willen, nein.« Er zog sie an sich. »Das ist doch keine Prostitution.«

Anette machte sich von ihm los. Ich bin im falschen Film, dachte sie. Das kann nicht wahr sein. Doch Basti erklärte ihr, dass Escortdamen selbst entschieden, ob sie das Angebot eines Kunden zum Sex annahmen. In der Regel suchten die Männer nur nach einer attraktiven Begleiterin mit guten Umgangsformen, die sie zu einer Veranstaltung mitnehmen konnten. Und das werde gut bezahlt. So gut, dass sie in zwei bis drei Monaten schuldenfrei sein könnten. Sie beide. »Es ist ja nur vorübergehend. Und am Ende hast du deinen Hut-Traum noch und ich meine Agentur. Es ist die ideale Lösung.« Er griff nach ihrer Hand. »Und, was sagst du?«

20

Als Dühnfort am Montagmorgen sein Büro betrat und den PC startete, hätte er die letzten Tage am liebsten aus seinem Leben gestrichen und die Uhr zurückgestellt auf eine Zeit, in der er noch unwissend und glücklich gewesen war. Gina hatte recht: Was brachte einem dieses Wissen? Nichts. Nur die Verantwortung für eine Entscheidung, die sie nicht treffen konnten. Gäbe es diese ganzen Untersuchungen nicht, würden sie am Tag der Geburt feststellen, dass ihre Tochter ein Down-Syndrom-Kind war. Ein Schicksalsschlag, den man hinnahm, weil man ihn hinnehmen musste. Natürlich ein Schock. Doch das war es jetzt auch. Mit dem Unterschied, dass man zum Handeln gezwungen wurde. Ja oder nein? Leben oder Tod? Es war unmöglich, sich nicht dazu zu verhalten. Obendrein lief ihnen die Zeit davon. Innerhalb einer Woche mussten sie sich entscheiden. Das hatte man ihnen in der Frauenklinik erklärt, nachdem sich der Verdacht bestätigt hatte. Das Zeitfenster für eine Abtreibung war klein.

Ein schlimmes Wochenende lag hinter ihnen. Sie hatten mit Ginas Eltern über die Diagnose gesprochen, von der sie ebenso überfordert waren wie Gina und er selbst. Am Sonntag hatte Dühnfort dann seine Mutter angerufen.

Obwohl sie voller Pragmatismus und Humor in die Welt blickte, hatte sie Georges' Tod unerwartet hart getroffen. Sie musste ihren Platz im Leben neu justieren, und das fiel ihr schwerer als gedacht. In dieser Situation wollten er und Gina sie nicht mit ihren Problemen belasten und hatten zunächst geschwiegen. Doch er wusste, dass sie ihm das früher oder später übelnehmen würde.

Die Luft im Büro war stickig. Er öffnete das Fenster und las die Mails, die sich seit Freitag angesammelt hatten. Eine kam von Dr. Ursula Weidenbach. Sie hatte das Muster der Frakturen ausgewertet und war zu dem Schluss gekommen, dass die zahlreichen Knochenbrüche nicht von einem Sturz oder Verkehrsunfall stammten, sondern das Ergebnis von Schlägen und Tritten waren. Vroni war zu Tode geprügelt worden.

Um acht traf sich das Team zum Morgenmeeting. Alle waren bereits da. Kirsten und Alois, Anke und Meo, ihr IT-Spezialist. Die Gespräche verstummten, als Dühnfort sich zu ihnen setzte.

»Guten Morgen.« Er sah in die Runde und blickte in erwartungsvolle Gesichter. Bevor sich Gerüchte und Spekulationen verbreiteten, war es besser, mit den Fakten herauszurücken, also gab er sich einen Ruck. »Leider hat sich der Verdacht bestätigt. Down-Syndrom. Wir wissen noch nicht, was wir tun werden. Und jetzt an die Arbeit. Wir müssen Veronikas Mörder finden.« Ihm war bewusst, wie harsch und abweisend er geklungen hatte, aber er brauchte weder Mitleid noch aufmunternde Worte oder Ratschläge. Er wollte darüber nicht sprechen. »Was wissen wir bisher über Veronika Lindental?«

Kirsten ging zur Magnetwand und wies auf das Foto, das Marion Lindental ihnen mitgegeben hatte. »Wir haben einige Bekannte und Freunde von Vroni ausfindig gemacht und bereits mit ihnen gesprochen. Ein Bild von ihr beginnt sich abzuzeichnen: eine Vierundzwanzigjährige, die ein wenig naiv gewesen ist, dafür aber ein *Herzensmensch*. Eine ehemalige Arbeitgeberin bezeichnet sie so. Aber auch unruhig und unbeständig. Sie hat die Arbeitsplätze häufig gewechselt und auch die WG-Zimmer. Ihr Einkommen reichte nicht für eine eigene Wohnung. Zuletzt war sie in einem Kosmetikstudio in der Amalienstraße angestellt. Dort hat sie im Juni vor zwei Jahren gekündigt. Wo sie danach gearbeitet hat, haben wir noch nicht herausgefunden. Ihr Traum war es, irgendwann ein eigenes Studio aufzumachen. Außerdem wollte sie eine Familie gründen, mit Ehemann und Kindern. Eine Bekannte von ihr meinte, dass Vroni sich auf diese Weise das nehmen wollte, was ihre Eltern ihr vorenthalten haben. Eine glückliche Kindheit. Außerdem sei sie derart auf der Suche nach Liebe und Anerkennung gewesen, dass ihr die Antennen dafür fehlten, wenn sie ausgenutzt wurde. Zeigte ihr jemand, dass er sie mochte, vertraute sie ihm blind.

Das Schuldenproblem, von dem uns auch die Eltern berichtet haben, war gravierend. Vroni konnte wohl tatsächlich nicht mit Geld umgehen. Eine Freundin beschreibt ihr Verhältnis dazu als kaum existent. Abstrakte Zahlen auf dem Kontoauszug.

Und alle, mit denen wir gesprochen haben, sind davon ausgegangen, dass Vroni im Sommer vor zwei Jahren deswegen abgetaucht ist. Die Schulden sind ihr über den Kopf gewachsen. Der Gerichtsvollzieher stand quasi schon vor dem Haus, und sie hat mehrfach gesagt, dass sie von der Bildfläche verschwinden würde, falls es dazu kommen sollte. Deshalb hat niemand sie als vermisst gemeldet. Einfach abzutauchen habe zu ihr gepasst. Sie war unbeständig und labil und ging Problemen grundsätzlich aus dem Weg; das ist die Einschätzung aller, die sie kannten. Wobei man dazusagen muss, dass Vroni keine wirklichen Freunde hatte, nur Bekannte und Kollegen. Wir haben bisher niemanden gefunden, den man als beste Freundin bezeichnen könnte.«

»Und was ist mit ihrem Freund, mit Ronnie?«, fragte Dühnfort.

»Ronald Orth. Mechatroniker in einem Autohaus in

Freimann. Derzeit leider in Urlaub irgendwo in Süditalien und offenbar ohne Handyempfang. Jedenfalls konnten wir ihn noch nicht erreichen. Von seinem Chef wissen wir, dass Vroni Ronnie vor zwei Jahren verlassen hat. Sie ist Knall auf Fall ausgezogen und hat ihn mit den Schulden sitzenlassen, und seither hatte auch niemand Kontakt zu ihr. Jedenfalls keiner, mit dem wir bisher gesprochen haben.«

»Orth ist wahrscheinlich unser wichtigster Zeuge. Und jetzt macht er Urlaub in Italien. Ausgerechnet im November?« Dühnfort gefiel das nicht.

»Der Urlaub war schon geplant, bevor Vronis Leiche gefunden wurde«, wandte Alois ein. »Und er ist ein unbeschriebenes Blatt. Bisher nicht polizeilich in Erscheinung getreten, keine Vorstrafen, und sein Chef singt eine Lobeshymne auf ihn. Wir werden wohl warten müssen, bis er zurück ist oder wir ihn irgendwie ans Telefon bekommen.«

»Was hoffentlich bald der Fall ist. Apropos Telefon«, fragte Dühnfort. »Wie sieht es mit den Verbindungsdaten ihres Handys aus? Kommen wir an die irgendwie ran?« Er sah zu Meo, der gerade sein zweites Frühstück in Form eines Energieriegels zu sich nahm. Ein Schulterzucken begleitete seine Antwort. »Als Vroni verschwand, war die Vorratsdatenspeicherung zwar erlaubt, aber nur für sechs Monate. Ein Kumpel von mir arbeitet bei Vronis Provider. Er sucht für uns nach einem Backup. Vielleicht schlummert ja irgendwo noch eines, wie Dornröschen hinter der Hecke.«

Meo, ihr IT-Spezialist, war der Jüngste im Team, erst Mitte zwanzig, und hatte ein Faible für T-Shirts, die etwas mitzuteilen hatten. Heute trug er eines mit dem Aufdruck einer stilisierten Kaffeetasse und dem Spruch: *I turn coffee into code*. Dühnfort hoffte, dass die Digitalisierung niemals derart weit fortschreiten würde.

»Aber allzu viel verspreche ich mir nicht davon. Es wäre schon Zufall.« Mit der zusammengeknüllten Folie des Riegels zielte Meo auf den Papierkorb neben der Magnetwand und traf.

»Wie steht es mit der Befragung der Nachbarn in Planegg?« Dühnfort sah in die Runde.

»Wir haben uns erst mal an Vronis Umfeld gehalten. In Planegg sind noch einige Gespräche offen.« Alois reichte ihm eine Liste. »Vor allem das Ehepaar Borkowski. Sie waren vor zwei Jahren die direkten Nachbarn der Lindentals.«

21

Nach dem Meeting rief Dühnfort in der Zahnarztpraxis des Ehepaars Borkowski an und erfuhr, dass Inge Borkowski heute daheim war. Die Sprechstundenhilfe gab ihm die Privatnummer, und kurz darauf hatte er eine gutgelaunte Frau am Telefon. Kein Problem, er könne kommen, wann es ihm passte, sie hätte die Handwerker im Haus und wäre den ganzen Tag daheim.

Auf dem Weg nach Planegg kam eine WhatsApp von Gina, die er an einer roten Ampel las. *Hab einen Termin bei Mira Koch ausgemacht.* Gute Idee, dachte er und sandte ihr erleichtert einen virtuellen Kuss.

Das Navi führte ihn durch den Ort in eine ruhige Nebenstraße. Er parkte hinter dem Lieferwagen eines Installateurs, aus dem gerade ein Monteur im Blaumann stieg und das Haus ansteuerte, das auch sein Ziel war. Eine liebevoll renovierte kleine Villa, vermutlich aus den dreißiger Jahren des vorigen Jahrhunderts. Durch ein gekipptes Fenster drang das Lachen einer Frau bis zu ihm, so offen und herzlich, dass es diesen tristen Novembertag gleich ein wenig freundlicher erscheinen ließ. Der Handwerker klingelte, und einen Moment später öffnete eine zierliche Frau die Tür, ließ ihn ein und bemerkte Dühnfort. »Sie sind sicher der Kommissar.«

»Genau.« Er reichte ihr die Hand.

»Kommen Sie rein.« Inge Borkowski trug Jeans, eine sandfarbene Bluse mit aufgekrempelten Ärmeln und Ohrringe, an denen tropfenförmige Perlen baumelten. Obwohl sie ungeschminkt war, tat er sich schwer, ihr Alter zu schätzen. Vielleicht Mitte vierzig.

Der Handwerker griff nach einem Paar Überziehern, wie man sie normalerweise in Kliniken benutzte. Sie lagen auf einer Kommode bereit, und er streifte sie mit einer Selbstverständlichkeit über die dreckigen Arbeitsschuhe, die Dühnfort verriet, dass er das schon häufiger getan hatte. Sollte er etwa auch …? Er hatte den Gedanken noch nicht zu Ende gedacht, als Inge Borkowski lachte und abwehrend mit der Hand wedelte. »Das passt schon. Einfach nur die Schuhe abputzen.« Ihre unbekümmerte und fröhliche Art wirkte ansteckend und hellte seine schlechte Laune auf. Der Installateur verschwand nach oben.

»Gehen wir in die Küche.« Inge Borkowski wies den Flur hinunter, und Dühnfort bemerkte einen Strahlenkranz an Lachfältchen um ihre Augen. Ihre Grundstimmung war offenbar heiter bis fröhlich. »Dort können wir reden, während ich die Bügelwäsche erledige.«

»Ich will Sie auch nicht lange stören.«

Die Küche war ein offener Raum, der durch eine Theke von Wohn- und Essbereich getrennt wurde. Einbaumöbel mit weißen Hochglanzfronten, eine Arbeitsplatte aus Holz und eine chromblitzende Espressomaschine von Ausmaßen, die jeder Espressobar zur Ehre gereicht hätte. Allein der Anblick weckte in Dühnfort den Wunsch nach einem Espresso. Vor der Theke standen ein Bügelbrett und daneben ein gut gefüllter Wäschekorb. Inge Borkowski machte sich an die Arbeit, während Dühnfort auf der anderen Seite auf einem Hocker Platz nahm und sein Notizbuch hervorzog. »Wie schon gesagt, es geht um die Familie Lindental. Sie waren ja lange Zeit Nachbarn.«

»Ja, das stimmt. Uns gehörte die andere Hälfte des Doppelhauses.« Inge Borkowski griff nach einem Kissenbezug. »Wir haben natürlich gehört, was mit Vroni geschehen ist.

Es ist furchtbar. Der Alptraum aller Eltern. Ich mag mir das gar nicht vorstellen.«

»Wir versuchen den Todeszeitpunkt einzugrenzen. Erinnern Sie sich, wann Sie Vroni das letzte Mal gesehen oder von ihr gehört haben?«

»Die Frage habe ich mir auch schon gestellt. Und ich kann es Ihnen sogar auf den Tag genau sagen. Es war der fünfte August vor zwei Jahren.« Lächelnd sah sie auf. »Jetzt fragen Sie sich bestimmt, warum ich das noch so genau weiß. Es ist ganz einfach. Weil wir am fünften August den Kaufvertrag für dieses Haus unterschrieben haben. Es war ein Montag. Wir hatten den Termin beim Notar am späten Nachmittag. Anschließend fuhr mein Mann zurück in die Praxis und ich nach Hause. Unterwegs habe ich eingekauft, um alles für eine kleine Feier daheim vorzubereiten. Ich war gerade dabei, die Einkäufe aus dem Wagen ins Haus zu räumen, als ich Vroni bemerkt habe. Sie kam die Straße herunter, vermutlich vom Bahnhof, und ich habe mir gedacht, dass es jetzt nebenan gleich laut wird und sie uns mit ihrem ewige Gezanke den Abend verderben werden.«

»Es gab also häufig Streit zwischen Veronika und ihren Eltern?«

»Was heißt schon häufig?« Inge Borkowski zog die Schultern hoch. »Vroni war so gut wie nie da. Seit der dritten oder vierten Klasse besuchte sie ein Internat und kam nur in den Ferien heim. Als sie volljährig wurde, musste sie ausziehen. Aber wenn sie da war, gab es Streit. Eine Art Naturgesetz.«

»Sie musste ausziehen?«

»Marion und Uwe haben sie mehr oder weniger vor die Tür gesetzt. Sie haben ihr erklärt, dass sie ihnen lange genug auf der Tasche gelegen hätte und ab jetzt auf eigenen Beinen stehen müsste. Mir hat Vroni oft leidgetan. Ich habe noch nie ein so ungeliebtes Kind gesehen. Einmal habe ich gedacht …« Das Lächeln kehrte zurück. »Ach, was rede ich da.« Sie wedelte den begonnenen Satz weg und sah Dühnfort bestürzt an. »Was bin ich nur für eine Gastgeberin? Ich habe Ihnen gar nichts angeboten.«

»Kein Problem. Was haben Sie einmal gedacht?«

»Möchten Sie ein Glas Wasser oder vielleicht einen Kaffee?«

Die Espressomaschine war wirklich ein Prachtstück. »Ein Espresso wäre fantastisch.«

»Ups.« Sie legte die Hand an den Mund. »Jetzt haben Sie mich erwischt. Wenn Sie damit umgehen können. Ich kann's nämlich nicht. Das ist die Domäne meines Mannes.« Wieder perlte ihr Lachen durch den Raum, und unwillkürlich lachte Dühnfort mit. »Mal sehen.«

Er kam um die Theke. Die Maschine war eingeschaltet und aufgeheizt. Der Zeiger am Manometer stand im grünen Bereich. Die Tassen auf der Ablage waren vorgewärmt, und die elektrische Mühle gefüllt. »Das sollte ich hinbekommen. Auch einen für Sie?«

»Nein, danke.«

Während er den Espresso zubereitete, fragte er Inge Borkowski, ob sich ihre Vermutung an jenem fünften August bestätigt hatte und es im Nachbarhaus Streit gegeben hatte.

Sie nickte. Er war nicht zu überhören gewesen. Noch während sie die Einkäufe verstaut hatte, begannen drüben die Fetzen zu fliegen. Es ging um Geld, so viel hatte sie verstanden.

Uwe hatte gebrüllt wie ein Stier, und sie hatte gehofft, dass er nicht wieder gewalttätig wurde, denn diesmal würde sie einschreiten, hatte sie sich vorgenommen, und ihn rausklingeln und ihm drohen, die Polizei zu rufen, wenn er nicht aufhörte, seine Tochter zu schlagen. »Ich habe es aber nicht getan. Ich war zu feig. Eigentlich ging es mich ja nichts an. Marion hätte Vroni beschützen müssen, und ich hatte Angst vor seiner Reaktion. Er ist ein unangenehmer Mensch.«

»War Marion denn da?«

»Ich nehme es an. Sie ist meistens zu Hause, seit sie nicht mehr arbeitet.«

»Aber gesehen oder gehört haben Sie sie nicht?«

Einen Moment hielt Inge Borkowski beim Bügeln inne und überlegte. »Ich kann mich nicht erinnern. Gehört vermutlich nicht. Sie ist eine Stille, mischt sich nicht ein und lässt ihren Mann machen.«

»Haben Sie gesehen, dass Marion irgendwann weggefahren ist?«

Wieder dachte sie eine Weile nach. »Das ist so lange her. Kann sein, aber sicher sagen kann ich es nicht.«

»Als Vroni gegangen ist, haben Sie das mitbekommen?«

Zögernd schüttelte Inge Borkowski den Kopf. »Irgendwann war es drüben still, und ich habe angenommen, dass Vroni das Haus verlassen hat.«

Ein eskalierender Streit, der in einer Katastrophe endete? Es war eine Möglichkeit. Nachdenklich trank Dühnfort den Espresso.

»Sie scheinen ihn gut hingekriegt zu haben. Mit einem Mal sehen Sie so zufrieden aus.«

»Ja, der ist nicht schlecht geworden.« Lächelnd stellte er die leere Tasse ab. »Sie haben vorhin gesagt: Ich habe noch nie ein so ungeliebtes Kind gesehen. Einmal habe ich gedacht … Was haben Sie gedacht?«

Von einem Augenblick auf den anderen verschwand das Lächeln von Inge Borkowskis Gesicht. »Also gut. Dann erzähle ich es Ihnen doch. Aber das ist schon achtzehn Jahre her. Mein Mann und ich waren erst kurz zuvor nach

Planegg gezogen. Trotzdem werde ich es nie vergessen. Das war eine gruslige Situation.

An dem Tag, an dem Vroni von einem Auto angefahren wurde, war ich daheim, weil ich mich nicht ganz wohl fühlte. Als es passierte, stand ich gerade in der Küche und habe mir einen Becher Tee gemacht. Bremsen quietschten, und gleichzeitig schepperte es ganz fürchterlich. Ich bin zum Fenster gerannt, und da lag sie auf der Straße. Natürlich bin ich rausgelaufen und habe Erste Hilfe geleistet, ich bin schließlich Ärztin.

Während der Autofahrer, ein junger Mann, einen Schock hatte und pausenlos stammelte, dass er das nicht gewollt habe, dass er sie nicht gesehen hätte, stand Marion daneben und war die Ruhe selbst. Sie stand einfach da, und ich musste sie anschreien, damit sie endlich den Notarzt rief. Damals hatte noch nicht jeder ein Handy, und sie ging ganz gemächlich ins Haus, um zu telefonieren, und ich habe gedacht, dass es dieser Frau egal ist, ob ihr Kind stirbt, dass sie es am liebsten tot sehen würde.«

22

Der Regenguss vom Sonntag hatte Anette eine Erkältung beschert. Mit Halsschmerzen und laufender Nase lag sie in Bastis Wohnung auf dem Sofa und schrieb eine Nachricht an Claudia, die sich seit einer Woche mit Stefan auf Trekkingtour durch Thailand befand. Anette schilderte ihre Lage und fragte, ob sie vielleicht für ein paar Tage in Claudias Wohnung könnte. Einen Moment zögerte sie, die Mail abzuschicken, tat es dann aber doch. Sie musste hier schnellstmöglich raus. Bis Claudia antwortete, konnten allerdings Tage vergehen. Sie hatte angekündigt, nur dann online zu sein, wenn es unumgänglich war.

Wen konnte sie noch fragen? Vielleicht Manu oder Laura. Sie hatte die beiden auf der Berufsschule kennengelernt. Aber mehr als gute Bekannte waren sie nicht. Anette war weder der Typ, der zahlreiche Freundinnen hatte, noch gut vernetzt war. Sie war schon immer eine Einzelgängerin gewesen, und das rächte sich jetzt.

Wenn sie nur wüsste, wohin sie könnte, wäre sie längst weg. Natürlich hatte sie Bastis Ansinnen abgelehnt, als Escort-Girl zu arbeiten. Das konnte doch nicht sein Ernst sein! Sie war keine Nutte. Wortreich hatte er sich bei ihr entschuldigt. War ja nur eine Idee. Aber keine wirklich schlechte. Seit zwei Tagen drehte sich das Gespräch im Kreis. Immer wieder versuchte Basti, ihr Sebalds Vorschlag schmackhaft zu machen. Von Prostitution könne keine Rede sein. Sie wäre nur Begleiterin. Mehr nicht, jedenfalls wenn sie nicht mehr wollte.

Heute Abend würde es nicht anders werden, und Anette hatte gehofft, weg zu sein, bevor er nach Hause kam. Sie konnte es ja mal bei Laura versuchen und wählte ihre Nummer. Sofort ging sie ran und war überrascht, als Anette sich meldete. Im Hintergrund waren Stimmen zu hören. »Störe ich?«

»Eigentlich schon«, sagte Laura. »Ich zieh um. Mein Bruder hilft mir, und wir räumen gerade den Wagen aus.«

»Wohnst du nicht mehr in München?«

»Nee. Seit heute in Berlin. Ich habe eine Stelle gefunden.« Jemand rief nach ihr. »Du, wir müssen den Transporter in einer Stunde bei der Autovermietung zurückgeben. Ich melde mich mal die Tage.« Ehe Anette es sich versah, hatte Laura sich verabschiedet.

Blieb nur noch Manu. Anette sammelte sich und rief an. Auch sie war verwundert, dass Anette sich nach so langer Zeit rührte. Doch sie hörte sich das ganze Drama an, ohne sie zu unterbrechen.

»Um das Kind beim Namen zu nennen: Du bist pleite und obdachlos«, sagte sie, als Anette geendet hatte. »Und was erwartest du nun von mir?«

Manus Reaktion war wie ein Schlag ins Gesicht. »Nichts. Ich wollte mich nur mal melden«, stammelte Anette.

»Als es dir gutging, hab ich nichts von dir gehört, und wenn du mich jetzt fragen willst, ob ich dir Geld leihe oder ob du bei mir wohnen kannst, lautet die Antwort nein. Ciao.« Manu legte auf.

Okay. Das hatte gesessen. Aber es stimmte ja, sie hatte den Kontakt schleifen lassen. Es war so viel zu tun gewesen.

Nun blieben nur noch ihre Eltern. Doch die Enttäuschung über deren Verhalten war eher größer geworden. Sie wären in der Lage, ihr zu helfen, aber sie weigerten sich. Aus erzieherischen Gründen. Noch immer erwarteten sie, dass Anette das Leben führte, das ihnen vorschwebte. In diesem Chaos wusste sie nur eines mit absoluter Sicherheit: Auf keinen Fall würde sie wieder in ihr Kinderzimmer ziehen. Das käme einer totalen Niederlage gleich. Eher schlief sie unter einer Brücke. Was nicht auszuschließen war, denn zwischen Basti und ihr zog ein Unwetter herauf, das sich früher oder später entladen würde.

Die Halsschmerzen wurden nicht besser. Sie ging in die Küche, machte sich einen Becher Pfefferminztee und hörte, wie die Wohnungstür ging. Basti kam nach Hause. Er sah erschöpft aus und angespannt. Die Sorge um seine Zukunft stand ihm ins Gesicht geschrieben. Kaum hatte er die Wohnung betreten, klingelte sein Handy. Er warf einen Blick aufs Display, verschwand grußlos auf den Balkon und schloss die Tür hinter sich. Anette verstand kein Wort des Gesprächs. Sie sah Basti lediglich gestikulierend vor der Panoramascheibe hin und her wandern, sichtlich aufgebracht. Schließlich setzte er sich auf den Stuhl aus Kunststoffgeflecht, der vor der Brüstung stand, und hörte schweigend zu, als habe er sich in sein Schicksal ergeben. Ab und zu nickte er, und Anette ahnte, dass er mit Mike Sebald telefonierte und wie es gleich weitergehen würde.

Ein weiterer Versuch, sie zu überreden. Es wäre doch leicht verdientes Geld und nur vorübergehend, für ein paar Monate, und sie müsste ja nicht mit den Kunden ins Bett, wenn sie nicht wollte. Sie alleine entschied das.

Doch das stimmte nicht. Heute Vormittag hatte sie sich im Internet die Seite von Sebalds Agentur Diamonds angesehen. Allein die Bilder sprachen Bände. Mehr oder weniger nackte Frauen in eindeutigen Posen boten ihre Dienste an.

Sie hatte ihren Becher Tee geleert, als Basti hereinkam, ganz grau im Gesicht, doch mit einem entschlossenen Zug um den Mund. »Mike will nicht länger warten. Du musst dich heute entscheiden.«

Hallo? Hatte er nicht zugehört? »Ich mache das nicht. Hast du ihm das nicht gesagt?«

»Ach, Hase, natürlich habe ich das.« Er wollte sie in den Arm nehmen, doch sie wich aus.

»Mike akzeptiert deine Weigerung nicht.«

»Was soll das denn heißen? Er kann mich schließlich nicht zwingen.«

»Du kennst ihn nicht. Und außerdem …«

»Außerdem?«

»Du wirst doch nicht wollen, dass mich seine Leute zusammenschlagen.«

»Wenn er dir damit droht, geh zur Polizei und zeige ihn an.«

Basti wurde laut. »Verdammt, bist du wirklich so blöd! Einem wie Mike kommt man nicht mit der Polizei. So schlimm ist dieser Job nun auch wieder nicht.«

»Ich denke nicht daran.«

»Okay. Jetzt habe ich es endlich verstanden.« Mit beleidigtem Blick trat er einen Schritt zurück. »So stehst du also zu mir. Wenn du mich lieben würdest, müssten wir diese Diskussion nicht führen.«

Fassungslos sah Anette Basti an. »Ich dachte, du bist mein Freund und nicht mein Zuhälter. Aber ich bin keine Nutte!«

»Du blöde Kuh!« Sein Schlag kam unerwartet und traf sie ins Gesicht. Taumelnd stolperte sie zur Seite und fing sich gerade noch an der Arbeitsplatte. Blut tropfte aus ihrer Nase auf die Fliesen. Perplex starrte sie darauf, riss ein Stück von der Haushaltsrolle und presste es ins Gesicht.

Erschrocken versuchte Basti sie an sich zu ziehen. »Sorry. Das wollte ich nicht. Echt nicht. Es tut mir leid.«

Sie stieß ihn zurück. »Fass mich nicht an!«

»Das war keine Absicht. Es ist einfach passiert.« Er versuchte weiter sie zu beschwichtigen. Sie hörte nicht zu. Okay, das war es dann gewesen. Mit ihrer Menschenkenntnis war es offenbar nicht weit her. Wie hatte sie sich nur so in ihm täuschen können?

Langsam verklang Bastis Entschuldigungsarie. Er wechselte die Tonart zu Vorwurf. Sie wäre eine Schmarotzerin, die auf Kosten anderer lebte. Zum Beispiel auf seine. Dass er da einen kleinen Ausgleich erwartete, wäre nur fair.

Anette wollte sich das nicht eine Sekunde länger anhören. Sie ging ins Schlafzimmer und stopfte ihre Sachen in die Koffer, während Basti, der ihr gefolgt war, dabei zusah und endlich schwieg.

»Wohin willst du?«, fragte er, als sie mit ihrem Gepäck an der Wohnungstür stand.

»Keine Ahnung.«

»Ich will das wissen.«

»Ich weiß es nicht. Und es geht dich auch nichts an.«

»Okay. Dann nicht. Aber Mike wird dich finden. Vor dem kannst du dich nicht verstecken.«

»Ich muss mich nicht verstecken. Ich schulde ihm keinen Cent. Du wirst mich ja wohl nicht an ihn verkauft haben.«

Darauf erwiderte er nichts. Er sah sie nur einen Moment an wie ein Kind, das etwas ausgefressen hat, und schloss die Tür.

23

Außer ihnen saß niemand mehr im Wartezimmer von Dr. Mira Koch. Gina hatte den letzten Termin des Tages bekommen. Draußen war es längst dunkel geworden. Regen prasselte gegen die Scheiben. Dühnfort starrte in die Dunkelheit dahinter. Dieses Wetter zermürbte ihn langsam, aber sicher, und wieder fragte er sich, warum ausgerechnet ihnen das widerfuhr? Eine kindische Frage. Denn es gab keine Antwort, und ganz sicher war es keine göttliche Strafe oder Prüfung, die ihnen auferlegt wurde, denn er glaubte nicht an Gott. Es war ihr Schicksal, das sie annehmen mussten. So oder so. Egal, wie sie sich entschieden, es würde ihr Leben und ihre Beziehung für immer verändern.

Gina blätterte in einer Zeitschrift. Sie war blass und wirkte angestrengt. Doch die Lähmung nach dem ersten Schock war vorüber. Deshalb hatten sie sich am Freitag nach der Diagnose Google-Verbot erteilt und das bis jetzt auch durchgehalten. Es half nichts, sich verrückt zu machen. Es reichte schon, dass offenbar jedermann erwartete, dass Gina abtrieb, dass sie »es« wegmachen lassen würden, und diese Formulierung machte ihn wütend, denn sie entwertete ihre Tochter zu einem Objekt, sprach ihr das Menschliche ab und sollte so den Abbruch leichter machen. Welche Macht Worte doch hatten.

Dühnfort schloss die Augen und legte den Kopf in den Nacken. Gestern hatte er sich plötzlich mit seiner behinderten Tochter an der Hand gesehen, wie er mit ihr durch die Isarauen ging und sie Steine ins Wasser warfen. Ein Tagtraum. Er konnte diesen Wunsch vom Vatersein nicht loslassen. Warum nicht Vater eines Kindes mit Down-Syndrom?

Gina legte die Illustrierte weg und nahm seine Hand. »Das Schlimmste ist, dass neunzig Prozent der Eltern in unserer Situation abtreiben. Ich frage mich, tun sie das Richtige und ich liege falsch, wenn ich überlege, Angela zu bekommen?«

»Angela?«, fragte er überrascht.

Gina lächelte, und dabei verschwanden zwei der Sommersprossen in einer Falte an der Nasenwurzel. »Mein Arbeitstitel. Du bist ja immer von einem Jungen ausgegangen.«

»Das heißt aber nicht, dass ich nicht über Mädchennamen nachgedacht habe. Mir schwebt eigentlich ein italienischer vor. Chiara oder Francesca würden gut zu Gina und Tino passen.«

»Francesca klingt schon ein wenig abgehoben, so nach Comtessa. Aber Chiara ist schön. Er wird auch meinem Vater gefallen. Du kennst ja seinen Stolz auf seine italienischen Vorfahren, obwohl er ein waschechter Niederbayer ist.«

Es tat gut, für einen Moment Normalität zu spüren. Eltern überlegten sich den Namen für ihr Kind, die selbstverständlichste Sache der Welt. Doch ihr Kind würde nicht wie andere sein.

Was würde es für sie als Paar bedeuten, wenn sie die Kleine bekamen? Würde die Belastung sie überfordern und trennen oder fester zusammenschmieden im Schulterschluss gegen eine nicht immer freundlich gesinnte Umwelt? In diesem Punkt machte er sich nichts vor. Konnten sie diese Aufgabe bewältigen und dabei noch sie selbst bleiben?

»Wie geht es mit deinem neuen Fall voran?«, fragte Gina und holte ihn so aus seiner Grübelei.

Dankbar ging er darauf ein. »Es wird schwierig. Zu viel Zeit ist vergangen. Im Moment sieht es so aus, als ob niemand seit dem fünften August vor zwei Jahren Kontakt zu Veronika hatte. Von dem Gespräch mit ihrem Exfreund erwarte ich mir einen Durchbruch. Doch er ist in Urlaub. Wir können ihn nicht erreichen und müssen uns wohl bis Anfang nächster Woche gedulden. Da sollte er dann wieder an seinem Arbeitsplatz auftauchen.«

»Und wenn nicht? Es gab Zoff zwischen den beiden, hast du gesagt.«

»Wir vermuten es. Sie hat ihn mit einem Teil der Schulden sitzenlassen.«

Gina verzog den Mund. »Wenn es ums Geld geht, drehen die Leute durch. Vielleicht hat er sie im Streit erschlagen, ihre Leiche im Wald begraben und das Gerücht verbreitet, sie wäre abgehauen. Die meisten Morde sind Beziehungstaten.«

»Möglich. Aber noch haben wir niemanden aufgestöbert, der Ronnie belastet. Im Gegenteil: Alle sagen, er wäre ein netter Kerl.«

»Auch die können ausrasten.«

»Wir haben nichts in der Hand, um ihn zur Fahndung auszuschreiben, und müssen abwarten, bis er wieder da ist.«

Die Tür zum Wartezimmer wurde geöffnet. Dr. Mira Koch trat ein. Eine mollige Frau mit kurzem Hals und Doppelkinn. Im kastanienbraun gefärbten Haar war der Ansatz einige Millimeter grau nachgewachsen. Unter dem offenen Kittel lugte ein geblümtes Kleid hervor, das über Busen und Hüfte ein wenig spannte. »Frau Angelucci, grüße Sie.« Sie reichte erst Gina die Hand und dann ihm. »Eine schwere Entscheidung, vor der Sie da stehen. Ich hoffe, ich kann Ihre Fragen beantworten, damit Sie am Ende klarer sehen.«

Sie folgten ihr ins Sprechzimmer. Gina berichtete vom Verdacht, der während des zweiten Screenings aufgekommen war, und Mira Koch ging mit keinem Wort darauf ein, dass sie das erste versäumt hatte, und hakte auch nicht nach, warum sie abtrünnig geworden war und die Praxis gewechselt hatte. Dr. Mira Koch war eine souveräne Frau und Ärztin, und das gefiel Dühnfort.

Inzwischen erklärte Gina, dass sich der Verdacht bei den Untersuchungen in der Frauenklinik bestätigt hatte. Trisomie 21, lautete die Diagnose, und nun wussten sie nicht, was sie tun sollten. Die Ärzte in der Klinik drängten zur Abtreibung.

»Wenn wir wüssten, wie schlimm die Behinderung ist ... Welche Lebensqualität unsere Tochter haben wird ...« Dühnfort kam sich vor wie ein Idiot. Was faselte er da?

»Sie meinen, ob sie Schmerzen haben wird, ob sie leiden muss, wenn Sie sie bekommen? Oder bei einer Abtreibung?«

»Wenn wir sie bekommen«, sagte er und Gina im selben Moment: »Bei einem Abbruch.« Überrascht sah er sie an. »Ich will es wissen. Wir sind doch hier, um uns zu informieren.«

Dr. Mira Koch legte die Hände aneinander. »Fangen wir mit dem Bekommen an. Die Lebensqualität Ihres Kindes hängt davon ab, wie stark das Down-Syndrom ausgeprägt ist. Ich will Ihnen nichts vormachen. Einige dieser Kinder kommen mit schweren Behinderungen zur Welt. Das sind häufig angeborene Herzfehler oder geschädigte Organe. Andere sind körperlich gesund und durchschnittlich intelligent. Die allermeisten sind allerdings geistig behindert.«

»Also nicht alle?«, fragte Dühnfort.

»Das sind Ausnahmen. Wobei die Ausprägung der Behinderung individuell unterschiedlich ist. Den größten Teil kann man dem Spektrum der Leichtbehinderten zuordnen. Mit guter Förderung lässt sich eine Menge erreichen.«

Das hörte sich doch ganz gut an.

Die Ärztin zählte weitere Beeinträchtigungen auf. Schwerhörigkeit war möglich. Aber es gab Hörgeräte. In seltenen Fällen kam allerdings auch Taubheit vor, und dagegen gab es noch nichts. Für einen Moment sah Dühnfort sich beim Lernen der Gebärdensprache. Probleme mit den Augen, wie Schielen oder Kurz- und Weitsichtigkeit, waren häufig. Und er dachte, dass damit auch Nichtbehinderte zu tun hatten.

Atemwegserkrankungen traten ebenfalls häufiger auf, und in der Regel war das Immunsystem schwächer und das Risiko, an Leukämie zu erkranken, für Patienten mit Down-Syndrom höher. Die Lebenserwartung war unterdurchschnittlich und lag bei knapp über sechzig Jahren.

»Es gibt aber auch positive Besonderheiten«, fuhr Mira Koch fort. »Viele Kinder mit dieser Behinderung zeigen ein ausgeprägtes Sozialverhalten, sie sind sehr empathisch und fröhlich und sprechen stärker auf Musik an als gleichaltrige gesunde Kinder.«

Dühnfort sah Gina an. »Also das klingt doch gar nicht so schlimm.«

»Ja, schon ... Doch was ist, wenn sie zu den Kindern mit schweren körperlichen Beeinträchtigungen gehört? Wenn sie mit einem Herzfehler oder geschädigter Niere oder Leber auf die Welt kommt? Dann wird sie leiden müssen und sich quälen.«

»Das kann man doch sicher jetzt schon feststellen.« Dühnfort sah Mira Koch an.

»Eigentlich sollte das in der Klinik abgeklärt worden sein. Haben Sie die Unterlagen bekommen?«

Gina schüttelte den Kopf. »Der Arzt hat nur gesagt, dass

sich der Verdacht bestätigt hat, die Voraussetzungen für eine Spätabtreibung gegeben sind und wir uns rasch entscheiden müssen. Was bedeutet das: Spätabtreibung? Was passiert da genau?«

»Sie haben nicht gegoogelt?«

»Nein. Ganz bewusst nicht. Im Netz steht so viel Mist, und wir wollten uns nicht noch verrückter machen, als wir ohnehin schon sind.«

Mit einem Finger strich sich Mira Koch über die Stirn und ließ ihren Blick zwischen Gina und Dühnfort hin und her wandern, als ob sie prüfen wollte, wie viel Wahrheit sie ihnen zumuten konnte. »Also gut. Sie sind Anfang der neunzehnten Woche, Frau Angelucci. Der Fötus ist bereits zu groß, um ihn aus der Gebärmutter abzusaugen. Daher erhalten Patientinnen bei einer Abtreibung in diesem Stadium ein Wehen auslösendes Medikament und bringen das Kind im Kreißsaal zur Welt. Die Strapazen der Geburt überlebt es nicht. Allerdings steigen die Chancen dafür ab der zwanzigsten Schwangerschaftswoche deutlich an. In diesem Fall müssten die Ärzte alle lebenserhaltenden Maßnahmen ergreifen. Deshalb macht die Klinik Druck.«

Dühnfort wollte sich das nicht vorstellen. Er wollte es sich nicht ausmalen. Eine eingeleitete Fehlgeburt. Und doch sah er Gina plötzlich vor sich in einem Kreißsaal liegen, pressend und hechelnd ihr sterbendes Kind gebären und ein Druck legte sich auf seine Brust. Er bekam keine Luft. Er musste hier raus und sprang auf. »Ohne mich. Ich mach da nicht mit. Und meine Frau auch nicht.« Er griff nach Ginas Arm und zog sie vom Stuhl hoch. »Dann werden wir eben Eltern eines Downies. Ich lass doch mein Kind nicht umbringen.«

»Unser Kind«, sagte Gina. »Es ist unser Kind, und ich habe da auch mitzureden.«

Fassungslos sah er sie an. Wollte sie etwa abtreiben? Für einen Moment fühlte er sich hilflos und ausgeschlossen. Es war ihr Bauch und nicht seiner. Aber es war ihr gemeinsames Kind, und er würde das nicht zulassen.

24

Seit einer Woche ging Jasper dieses schiefe Lächeln nicht mehr aus dem Kopf. Noch immer sah er Anette Körber vor sich, als er an diesem verhangenen Donnerstagmorgen aufs Rad stieg und zur Arbeit fuhr. Um sechzehn Uhr hatte sie ihren nächsten Termin. Er war sich nicht sicher, ob sie auftauchen würde. Manchen gelang nur der erste Schritt, und dann steckten sie den Kopf zurück in den Sand.

Pünktlich um acht stellte er sein Fahrrad in den Ständer im Hinterhof und betrat die Geschäftsräume der Schuldnerberatung. Renate saß schon am Empfangstresen und begrüßte ihn. Es duftete nach frischem Kaffee. Isabelle hatte die Maschine gefüllt und wartete in der Teeküche darauf, dass die erste Kanne des Tages durchlief. »Guten Morgen, Jasper.«

»Hallo, Isabelle.« Er goss H-Milch in seinen Becher und stellte ihn in die Mikrowelle.

»Hast du das gelesen?« Sie hielt ihm die Zeitung mit dem Artikel über Veronika hin. Natürlich hatte er das gelesen. Man hatte ihre Leiche gefunden. »Eine furchtbare Sache.«

»Sie war eine Klientin. Erinnerst du dich nicht an sie? Die Kosmetikerin, die sich mit Ratenkäufen so richtig in die Scheiße geritten hatte?«

»Stimmt. Jetzt, wo du es sagst. Mir kam der Name gleich bekannt vor. War das nicht die, die im Sommer bei uns war, während dieser wahnsinnigen Hitzeperiode, und einmal hat sie uns Eis von Aldi mitgebracht?«

»Ja, genau. Die Polizei bittet die Bevölkerung um Mithilfe. Vielleicht sollten wir uns melden?«

»Was könnten wir schon sagen, außer, dass sie Schulden hatte. Das wissen sie bestimmt längst.« Die Mikrowelle schaltete sich aus. Er nahm den Becher heraus.

»Aber es muss etwa zu der Zeit passiert sein, als sie unsere Klientin war.«

»Bei mir ist sie nur einmal gewesen und dann nicht mehr gekommen.« Zugegeben, das entsprach nicht der Wahrheit.

»Vielleicht konnte sie nicht kommen, weil sie tot war.«

»Quatsch. Sie war im Sommer bei uns. In der Zeitung steht, dass sie vor zwei Jahren gestorben ist. Es muss also im Winter passiert sein.«

Felix kam herein. »Redet ihr gerade über die Klientin, deren Leiche während einer Polizeiübung im Wald gefunden wurde?«

Isabelle nickte. »Wir sollten denen sagen, dass sie unsere Hilfe in Anspruch genommen hat.«

Felix winkte ab. »Das hat nichts mit uns zu tun, und ich will die Polizei nicht hier haben.«

Diese Klippe war umschifft. Jasper nahm seinen Becher Kaffee mit an den Schreibtisch.

Der Tag verging in nervöser Erwartung, und er ertappte sich mehrmals bei der Frage, ob Anette kommen würde.

Um Viertel vor vier verabschiedete sich der vorletzte Klient für diesen Tag. Jasper trat ans Fenster und hielt in dem Menschengewurrle auf dem Gehweg drei Stockwerke tiefer Ausschau nach ihr.

Die Turmuhr der nahe gelegenen Kirche schlug schließlich vier und dann Viertel nach. Sie kam nicht. Er hatte es ja gewusst, und eigentlich war es gut so. Kurz darauf klopfte es, und Renate steckte den Kopf zur Tür herein. »Dein Sechzehnuhrtermin ist da. Frau Körber.«

Freude breitete sich in ihm aus, und er wollte sie sich

nicht anmerken lassen. »Nicht gerade pünktlich«, entgegnete er mürrisch. »Sie soll reinkommen.«

Renate hielt die Tür auf. Anette trug auch heute keinen Hut, aber eine Kappe. Ein burgunderrotes und orangefarbenes Gebilde aus dicken Filzfäden und einem Basecap-Schirm. Unwillkürlich dachte er an ein Vogelnest. Darunter lugten Ohrringe hervor. Puzzleteile aus gehämmertem Silber. Hinter sich zog sie zwei Rollkoffer ins Büro. Sie sah abgekämpft aus, fahl und blass, tiefe Schatten lagen unter ihren Augen.

»Wollen Sie verreisen?«

»Ich ziehe um.« Sie legte den Mantel ab und ließ sich auf den Besucherstuhl vor seinem Schreibtisch fallen.

»Sie haben sich schon mit Ihrem Vermieter geeinigt? Das ging ja schnell.«

»So würde ich das nicht nennen.«

»Und wohin ziehen Sie? Wir brauchen Ihre neue Adresse.«

»Vielleicht unter die Reichenbachbrücke.« Ihre Stimme kippte vom Scherzhaften ins Verzweifelte, und er verstand, dass sie das ernst meinte. »Von einer Räumungsklage haben Sie gar nichts gesagt, und eigentlich muss ...«

»Es gibt keine Klage. Mein Vermieter ist nicht der Typ, der Anwälte bezahlt. Der schafft Tatsachen. Er hat die Schlösser ausgewechselt, während ich weg war. Und meine Sachen hat er als Pfand behalten. Angeblich steht das so im Vertrag. Ich kann mich nicht erinnern, und nachsehen kann ich auch nicht. Er hat all meine Sachen.«

»Das darf er nicht.« Sie stand also auf der Straße.

»Ist dem doch egal.«

Jasper hatte schon die tollsten Geschichten über Vermieter gehört, aber ihrer war die Krönung. »Ich hole Ihnen jetzt einen Kaffee und ein paar Kekse, und dann erzählen Sie in aller Ruhe, was passiert ist.«

Als er mit Becher und Teller zurückkam, stand sie an der Wand und betrachtete wieder seine Fotografien. Den Flusshafen Kaédi. Die Eisenerzloren in Zouérat. Die Flamingos im Nationalpark Banc d'Arguin. Es stimmte ja: Es waren menschenleere Bilder. Und vielleicht hatte sie mit ihrer Vermutung ins Schwarze getroffen, dass er im Grunde Menschen nicht mochte.

Sie hörte ihn kommen und wandte sich um. »Es tut mir leid wegen letzter Woche. Sie wissen schon. Ich kenne Sie gar nicht und sage solche Sachen.«

»Sie haben sich doch schon entschuldigt.« Er gab ihr den Becher und stellte das Schälchen mit Keksen auf den Tisch. Sie setzten sich, und Anette breitete ihr ganzes Schlamassel vor ihm aus.

Mit dieser Art von Selbstjustiz würde Mittermeyer nicht durchkommen, erklärte er ihr. Das Einbehalten ihres Eigentums war Diebstahl, egal um welche Klauseln Mittermeyer den Mietvertrag erweitert hatte. Er musste Anette wieder in Wohnung und Werkstatt lassen. Jasper riet ihr, zur Polizei zu gehen und ihn anzuzeigen und sich beim Mieterverein beraten zu lassen. Doch das löste ihr derzeit größtes Problem nicht. Sie wusste nicht, wo sie wohnen konnte, bis sie die Angelegenheit mit ihrem Vermieter geklärt hatte, und das konnte Tage, wenn nicht Wochen dauern.

Gemeinsam gingen sie die Möglichkeiten durch. Mit ihren Eltern hatte sie Streit und schloss kategorisch aus, bei ihnen unterzukriechen. Verwandte? Keine in München. Bekannte und Freunde? Niemand, der sie für einige Zeit aufnehmen konnte. Hatte sie keinen Freund? Bei dieser Frage hob Anette abwehrend die Hand. Mit ihm sei Schluss, erklärte sie, und da sei nichts mehr zu kitten. Ihr Mund mit den hübsch geschwungenen Lippen wurde zu einem schmalen Strich.

Eine solche Krise überlebten die meisten Beziehungen nicht. Es ging ans Eingemachte, ans Existentielle, und in solchen Situationen zeigten viele erst ihr wahres Gesicht.

»Und nun? Meinen Sie, man würde mich in einem Frauenhaus für ein paar Tage aufnehmen?«

In der Karla 51 hatten sie möglicherweise ein Zimmer frei. Jasper überlegte schon, dort für Anette anzurufen, doch dann würde er sie tagelang nicht sehen, und das gefiel ihm nicht. Stattdessen nahm eine andere Idee Gestalt an, und ohne lange nachzudenken, bot er ihr sein Gästezimmer an.

Verblüfft sah sie ihn an. »Ich kann bei Ihnen wohnen?«

»Ja. Vielleicht glauben Sie mir dann, dass ich Menschen mag.«

25

Jasper Seyboth lebte in einer Altbauwohnung in der Au. Es gab einen langen Flur, von dem ein Zimmer und ein Bad abgingen und an dessen Ende sich die Küche mit Speisekammer befand, einem Überbleibsel aus alten Zeiten. Dort stand Anette nun neben dem Mann, der ihr sein Gästebett angeboten hatte.

»Gefällt es Ihnen?«, fragte er. »Wir müssen allerdings aufräumen, damit das Bett Platz hat.«

»Es ist perfekt.« Zwei Nächte hatte Anette in einer Pension verbracht, die zwar preiswert, aber unterm Strich doch zu teuer gewesen war, jedenfalls wenn man pleite war. Eine dritte konnte sie sich nicht leisten. Daher war sie über das unverhoffte Angebot wirklich froh.

Nachdem sie vorgestern bei Basti ausgezogen war, hatte sie nicht gewusst, wohin sie sollte. In der Hoffnung, dass ihr Konto vielleicht noch nicht gesperrt war, hatte sie ihr Glück am Geldautomaten versucht. Doch der hatte ihre Karte eingezogen, und sie war sicher gewesen, nun wirklich den absoluten Tiefpunkt erreicht zu haben. Schlimmer konnte es nicht mehr werden. Ab jetzt musste es wieder bergauf gehen, und siehe da, zwei Minuten später hatte sich das Problem gelöst. Sie war an einem Handyladen vorbeigekommen, auf dessen Schaufenster in großen Buchstaben stand: *An- und Verkauf von gebrauchten Smartphones*.

Ihres hatte sie leichten Herzens verkauft, denn der Provider hatte angekündigt, ihren Kunden-Account zu sperren. Neunzig Euro hatte sie dafür bekommen und das Gefühl, Ballast abgeworfen zu haben, gratis obendrein. Welch eine Erleichterung, für niemanden erreichbar zu sein. Keine weiteren Vorwürfe, Drohungen oder Beschimpfungen. Sie fühlte sich befreit.

»Ja, dann packen wir mal an«, meinte Seyboth. Gemeinsam räumten sie auf. Er trug die Snowboardausrüstung, ein Zelt und leere Wasserkanister in den Keller, und sie räumte den Rest ins Regal. Einen Fotokoffer, Gaskartuschen, Schlafsack, Fernglas, Kompass und einiges mehr an Ausrüstung, das er wohl für seine Afrikatour gebraucht hatte, und für einen Moment beneidete sie ihn. Er hatte sich getraut.

Als sie fertig waren, nahm Seyboth das Luftbett aus einer Verpackung. Eine elektrische Pumpe war integriert, und es blies sich von alleine auf. Der Schlafsack landete darauf und ein Sofakissen, fertig war das Gästebett.

»Jetzt habe ich Hunger. Sie sicher auch.« Ihr Gastgeber sah in den Kühlschrank und stellte fest, dass sie Spaghetti alla carbonara machen könnten, wenn sie Parmesan hätten.

Anette bot an, welchen zu holen, und ging zum nächstgelegenen Discounter. Spontan legte sie noch eine Flasche preiswerten Wein in den Korb. Ein kleines Dankeschön für seine Gastfreundschaft.

Doch als sie ihm die Flasche gab, bedankte er sich zwar, sagte aber reichlich harsch, dass das nicht nötig gewesen wäre. Etwas störte ihn. Vielleicht tat ihm schon leid, dass er sie mit zu sich genommen hatte, oder er glaubte, dass sie seine Gastfreundschaft nicht einfach annehmen, sondern dafür bezahlen wollte.

Sie deckte den Tisch, und während des Essens verschwand das Gefühl wieder, nicht wirklich willkommen zu sein. Zum Essen tranken sie den Wein. Nach dem ersten Glas rutschte ihm ein »Du« heraus. Er entschuldigte sich sofort. »Ist doch kein Problem«, sagte sie. »Wir können uns gerne duzen. Ich heiße Anette, das weißt du ja bereits. Und du?«

»Jasper.«

»Das ist ein ungewöhnlicher Name. Wie nennen dich deine Freunde?«

Und da war plötzlich für eine Sekunde wieder dieser Gesichtsausdruck von vorhin. Als habe sie eine unsichtbare Grenze überschritten. »Jasper.«

»Gibt es keine Koseform dafür? Jap vielleicht? Oder Per? Okay, klingt beides nicht wirklich gut.« Hoppla. Der Wein war ihr schon zu Kopf gestiegen.

»Und wie nennt dich dein Freund?«

Anette prustete los. »Hase!« Himmel! Sie war wirklich angetrunken. »Und er hätte mich gern sein Pferdchen genannt.«

»Er wollte dich auf den Strich schicken?« Ungläubig sah Jasper sie an.

»Jep. Kann man so sagen. Ich sollte seine Schulden abarbeiten.« Sie erzählte ihm, mit wem Basti sich eingelassen hatte und wie er sie dazu bringen wollte, als Escort-Dame zu arbeiten. »Warum sollte ich das tun? Ich schulde diesem Mike Sebald keinen Cent. Aber ich habe Angst, dass Basti …« Sie unterbrach sich und schüttelte den Kopf. Es war Quatsch.

»Was befürchtest du?«, hakte Jasper nach, und sie fasste ihre Befürchtung in Worte. »Als ich Schluss gemacht habe, hat er gesagt, dass ich mich vor Mike nicht verstecken könnte. Er würde mich finden. Und ich habe gesagt, warum sollte er nach mir suchen? Ich habe keine Schulden bei ihm, und du wirst mich ja wohl nicht an ihn verkauft haben. Und da hat er so komisch geguckt, so schuldbewusst.«

»Und seither hast du Angst, dass er genau das getan

hat.« Jasper fuhr sich durch die Haare. »Mit was für Typen hast du dich da eingelassen?«

»Eigentlich ist Basti ein netter Kerl.«

Jasper schüttelte den Kopf, als könnte er es nicht fassen. Okay. Er hatte ja recht. Sebastian Wölfle hatte sich als Wolf im Schafspelz entpuppt. Um ihre Menschenkenntnis war es wirklich nicht gut bestellt. Vielleicht war Jasper nicht besser. Warum half er ihr? Was versprach er sich davon?

»Ich werde mich morgen nach Sebald erkundigen«, sagte er. »Der Schwager meines Chefs arbeitet beim LKA. Sicher kann der herausfinden, mit wem sich dein Freund eingelassen hat. Und mit deinem Vermieter solltest du Tacheles reden. Er muss dich in deine Wohnung lassen.«

Leichter gesagt als getan. Mittermeyer war ein echter Sturschädel. Er würde nicht klein beigeben.

Nach dem Essen spülte Jasper das Geschirr. Sie trocknete die Gläser ab. »Wohin gehören die?«

»Aufs Bord.« Er wies an die Wand hinter sich. Dort hing ein Regalbrett. Darauf standen die Gläser und daneben zwei Fotografien in Plexiglasrahmen. Auf dem einen waren drei Kinder in einem Ruderboot auf einem kleinen See zu sehen. Das andere zeigte ein Fachwerkhäuschen auf einer Streuobstwiese, dahinter die Silhouette eines dunklen Waldes und davor, an einem Zaun, eine alte Frau. »Das ist ja ein hübsches Haus. Wie aus dem Bilderbuch.«

Jasper wandte sich um. »Es war aber kein Bilderbuchleben, das die Menschen geführt haben, die es erbauten.«

Anette verstand. »Deine Großeltern?«

»Meine Urgroßeltern. Sie haben es sich vom Mund abgespart. Als wir noch klein waren, haben meine Geschwister und ich beinahe alle Ferien bei unserer Oma im Häuschen verbracht.«

»Das war sicher schön.«

Mit einem Mal wurde seine Mimik ganz weich. »Ja, das war es.« Es war, als ob ihre Frage nach dem Häuschen eine Tür aufgestoßen hätte, und er begann zu erzählen. Er sprach von den kleinen Fluchten, die diese Ferien für ihn und seine Geschwister gewesen waren. Von Inseln des Glücks, die nach Johannisbeeren und Zwetschgen geduftet hatten und nach Mottenkugeln in den Schränken, nach Heuwiesen und dem brackigen Weiher, in dem die Karpfen an den Sommerabenden dicht unter der Wasseroberfläche auf der Jagd nach Mücken und Schnaken ihre Kreise zogen und ihre moosigen Köpfe in die Luft reckten, wenn sie nach Beute schnappten.

Warme Sommer und klirrend kalte Winter mit einer harschen Frau, die dennoch die Liebe zu ihren Enkeln nicht hinter dem Panzer verbergen konnte, den das Leben ihr angelegt hatte. Diese Liebe war warm und weich gewesen und gipfelte in Ausrufen wie: Ja, du Saukrüppel, du vermaledeit süßer! Doch Jasper erklärte, dass derartige Verwünschungen stets von einem Lachen ad absurdum geführt und immer von einer Umarmung begleitet wurden.

»Bei unserer Oma konnten wir alles anstellen, sie war nie wirklich böse mit uns.« Mit diesen Worten kehrte Jasper in die Gegenwart zurück, und Anette spürte, wie er sich wieder verschloss, als hätte er bereits zu viel von sich preisgegeben. In welchem Gegensatz musste die Zeit bei der Oma mit ihrer überbordenden Liebe wohl zu der daheim bei den Eltern gestanden haben? Dass es eine Diskrepanz gab, war offensichtlich. Aber sie fragte nicht nach. Es ging sie nichts an. »Lebt deine Oma noch in dem Häuschen?«

»Schon lange nicht mehr. Sie hatte einen Schlaganfall, als ich vierzehn war. Danach gab es keine kleinen Fluchten mehr. Nur noch das Grauen daheim.«

Das Grauen? Erschrocken sah sie ihn an, und er lachte. »Entschuldige. Ich habe zu viel getrunken. So schlimm war es nicht. Meine Eltern waren streng, und Oma hat uns eben alle Freiheiten gelassen.«

26

Jasper wälzte sich auf die andere Seite. Er konnte nicht einschlafen. Das Gespräch mit Anette ging ihm nach, und ihre Frage nach Kosenamen. Hurensohn. Missgeburt. Elender Kretin! Das waren die *Kosenamen*, die sein Vater ihm gegeben hatte, und beinahe hätte er ihr das gesagt.

Vermutlich war es ein Fehler gewesen, ihr das Gästebett anzubieten. Sie lockte ihn aus der Reserve. Wie hatte er ihr nur von Oma erzählen können! Dumme Frage. Er wusste es doch. Es lag an ihrem Lächeln, das ihm jedes Mal ins Herz schnitt, weil es ihn an eine andere Zeit erinnerte, an eine kurze Phase in seinem Leben, in der alles gestimmt hatte. Dieses Lächeln, das sie einsetzte, um ihn auszuhorchen. Und dann hatte er auch noch das Grauen erwähnt!

Das Grauen daheim in der Villa am See. Der Begriff war keine Übertreibung. Die Angst vor ihrem Vater, vor seinen unvorhersehbaren Wutausbrüchen, vor seinem unkontrollierten Jähzorn hatte beständig zwischen den Mauern gelauert und sie alle zu Sklaven gemacht. Eine stumme allgegenwärtige Furcht hatte sich ihrer bemächtigt. Wenn er nicht geflohen wäre, wäre er längst tot. So wie Mama. Einmal hatte nicht mehr viel gefehlt. Diesen Sonntag im Sommer 2001 würde er nie vergessen.

Er war sechzehn gewesen, Saskia vierzehn und Tobi zwölf. Die großen Ferien standen bevor, und der Himmel spannte sich am frühen Morgen in einem milchigen Blau über den Ort und See. Nur ein paar Schäfchenwolken zogen vorüber, und die Schwalben flogen hoch.

Beim Frühstück erklärte sein Vater, dass er mit dem Boot

rausfahren würde und grillen wollte, wenn er abends heimkam. Mama sollte alles vorbereiten. Jasper dachte sich, wie wunderbar es war, einen Sonntag ohne Vater verbringen zu können, und außerdem, dass er sicher die neue Arzthelferin mitnahm und Mama das besser nicht erfuhr. Es würde sie verletzen. Denn Mama würde ihn nie verlassen, trotz allem, was er ihr und den Kindern antat, und Jasper verstand es nicht. Warum ging sie nicht? Warum brachte sie sich und ihre Kinder nicht in Sicherheit vor seinen Wutanfällen?

Diese Frage hatte er ihr einige Wochen zuvor gestellt und zur Antwort bekommen, dass sie Martin liebte, und dann hatte sie seine Gewaltausbrüche heruntergespielt. So häufig wären sie ja nicht, und manchmal auch nicht unberechtigt. Außerdem habe Martin als Arzt einen stressigen und belastenden Beruf, der ihn ganz forderte, und diese Anspannung suche eben manchmal ein Ventil. Von ihr war keine Hilfe zu erwarten.

An diesem Sonntagmorgen fuhr sein Vater also mit dem Segelboot hinaus. Am Vormittag rief Max an, Jaspers bester Kumpel. Er wollte sich mit Agnes und Anne aus der Parallelklasse im Strandbad treffen. Jasper stand auf Anne, und die Aussicht, sie im Bikini zu sehen, war erregend. Vielleicht ging ja heute was. Ein Flirt und vielleicht sogar ein Kuss. Deshalb wimmelte er Tobi ab, der unbedingt mitkommen wollte, und machte sich allein auf den Weg.

Doch mit Anne lief nichts, sie stand wohl eher auf Max. Schon am Nachmittag seilte Jasper sich ab. Als er nach Hause kam, planschte Tobi im Pool und schmollte noch immer. Saskia saß im Schatten und zeichnete mit ihren Caran-d'Ache-Stiften eine Schale voller Zitronen. Sie sahen toll aus, beinahe wie fotografiert. Mama war mit den Vorbereitungen fürs Grillen beschäftigt. Sie marinierte Fleisch, bereitete Ofenkartoffeln vor und allerlei Salate. Eine Pfirsichtarte stand zum Auskühlen neben dem Herd und außerdem eine Panna cotta. Wer sollte das alles essen? Ein irrer Aufwand, um Papa zufriedenzustellen und ihm nur ja keine Angriffsfläche zu bieten. Und an diesem Tag, im Alter von knapp sechzehn Jahren, war ihm zum ersten Mal bewusst geworden, dass das Klima in diesem Haus nicht normal war. Dieser vorauseilende Gehorsam, dieses Kuschen, sich Kleinmachen und dabei immer das Schlimmste zu befürchten, nämlich einen Wutanfall des Haustyrannen. Er kannte es nicht anders. So war es immer gewesen. Doch es war nicht üblich.

Tobi kam herein und beschwerte sich wieder, weil Jasper ihn nicht mitgenommen hatte. Dieser Spargel in seiner Dinosaurierbadehose. Im letzten Jahr war er hochgeschossen, und seine Stimme begann zu kieksen. Er kam in die Pubertät. Jasper gab ihm einen freundschaftlichen Knuff und versprach, in den Ferien mit ihm ins Strandbad zu gehen.

Tobi war der Einzige, der Papa widersprach. Er hatte einen Sinn für Gerechtigkeit, der stärker war als Vorsicht oder gar Angst. Deshalb fing er sich regelmäßig Prügel ein.

Papa kam früher nach Hause als erwartet. Jasper lief gerade die Treppe herunter, weil Mama ihn gerufen hatte, er solle schon mal den Tisch auf der Terrasse decken, als sein Vater hereinkam. Ein hagerer Mann, mit sehnigen Beinen und Armen, die aus Bermudashorts und Poloshirt ragten. Die Sonnenbrille ins dichte Haar geschoben, die Lippen zu einem schmalen Strich zusammengepresst. Etwas passte ihm nicht. Vermutlich war es mit der Arzthelferin nicht so gelaufen, wie er es sich vorgestellt hatte. Jasper ging innerlich in Deckung, grüßte und sauste in die Küche. Doch das Unwetter zog schon herauf.

Wieso das Essen noch nicht fertig wäre? Und der Grill

noch nicht angezündet? Sei er denn nur von unfähigen Idioten umgeben und müsste alles selber machen?

Papa holte den Grill aus dem Schuppen, während Jasper und Saskia den Tisch deckten, Mama sich beeilte, das Essen fertigzubekommen, und Tobi den Sack Holzkohle aus der Garage herbeischleppte.

Papa schüttete einen Haufen in die Mulde, schloss den elektrischen Grillanzünder an, schob ihn hinein und befahl Tobi, ihm ein Glas Wein aus der Küche zu holen.

»Mach ich nicht«, sagte Tobi. Noch immer trug er die Saurierbadehose und streckte seine nackte schmale Brust vor. Jaspers Adrenalinspiegel schoss in die Höhe. Wie konnte Tobi nur! Innerlich ging er schon in Deckung.

»Machst du nicht? Und darf man nach den Gründen fragen?«, fragte Papa so ruhig, dass jeder wusste, was gleich passieren würde.

»Weil du ausflippst, wenn du besoffen bist, und Mama schlägst. Deshalb!« Eine Sekunde blieb Tobi noch stehen, und die beiden maßen sich Aug in Aug. Dann schnellte er herum, wollte davonflitzen, aber Vater war schneller, bekam ihn an einer Schulter zu fassen, riss ihn zurück und gleichzeitig den Grillanzünder aus dem Holzkohleberg. Jasper schrie. Doch es war zu spät. Sein Vater drückte Tobi das glühende Metall in den Rücken. Es zischte und roch nach verbranntem Fleisch. Tobi brüllte wie ein Stier und trat nach ihrem Vater, der hielt ihn noch immer gepackt und schleuderte ihn in den Pool. Mama kam aus dem Haus gelaufen, blieb wie festgenagelt stehen und sagte kein Wort. Saskia flüchtete sich unter den Gartentisch und kauerte sich zusammen, und Jasper sprang ins Wasser, half Tobi heraus und ging mit seinem vor Schmerzen wimmernden Bruder hinein und nach oben ins Bad. Dort stellte er ihn in die Wanne und kühlte die Wunde. Ein dreifingriges

Brandzeichen aus versengter und aufgeplatzter Haut und sich rasch füllenden Blasen. Tobi weinte leise, als Jasper einen sterilen Verband aus dem Apothekerschränkchen nahm und ihn anlegte.

»Ich hasse ihn«, schluchzte er.

Jasper hasste ihn ja auch. »Warum widersprichst du ihm auch? Hättest du ihm doch einfach den Wein geholt.«

Schritte auf der Treppe ließen Jasper aufhorchen. Papa kam nach oben. Es war noch nicht vorbei. Tobi riss sich los, spurtete in sein Zimmer und sperrte die Tür hinter sich ab. Jasper richtete sich auf. Diesmal würde er sich seinem Vater in den Weg stellen. Heute würde er die Tür nicht eintreten und Tobi nicht auch noch windelweich prügeln. Entschlossen ging Jasper seinem Vater entgegen. Auf dem Treppenvorplatz trafen sie aufeinander.

»Wo ist er?«

Angst wühlte in Jaspers Gedärm. Sein Herz schlug wie rasend. Er nahm all seinen Mut zusammen. »In seinem Zimmer, und du lässt ihn jetzt in Ruhe.«

Eine Ader an Vaters Schläfe trat hervor. »Tauschen wir jetzt die Rollen? Bin ich jetzt das Kind, das erzogen werden muss? Verdammt noch mal!« Mit der flachen Hand schlug er neben Jaspers Kopf gegen die Wand und drängte ihn so dagegen. Einen Arm rechts von ihm aufgestützt, den anderen links. Den Körper nur Zentimeter von Jaspers entfernt. Zorn in den Augen. »Hat denn in diesem Haus niemand mehr Respekt vor mir?«, brüllte er. »Du sagst mir nicht, was ich zu tun habe. Du nicht! Dir zeige ich es!« Die Ader pochte. Eine tiefe Röte stieg über Vaters Hals ins Gesicht. Seine Hände lösten sich von der Wand, schossen vor, legten sich um Jaspers Kehle und drückten zu. Im ersten Moment war er so überrascht, dass er wie gelähmt war. Doch dann schnellte Panik in ihm hoch. Er bekam keine Luft mehr, zog und zerrte an den Händen seines Vaters, krallte seine Nägel ins Fleisch, doch sie waren wie Schraubstöcke. Er konnte sie nicht lösen. Bunte Lichtpunkte tanzten vor seinen Augen, sein Kopf wollte bersten. Luft! In seiner Todesangst riss er ein Knie hoch, rammte es seinem Vater zwischen die Beine. Der heulte auf, ließ los, krümmte sich einen Moment und verpasste Jasper, der nach Luft rang, im nächsten einen Tritt. Taumelnd suchte er nach Halt, griff ins Leere und stürzte die Treppe hinab. Mehrmals überschlug er sich, hörte etwas knacken, knallte mit dem Kopf unten auf den Marmorboden, und für einen Moment wurde ihm schwarz vor Augen. Als er wieder zu sich kam, sah er Mama von schräg unten. Sie stand reglos in der Küchentür. Die Augen aufgerissen. Jasper sog Luft in seine Lunge, wollte sich aufrappeln, doch Übelkeit schwappte in ihm hoch, und er erbrach sich auf den kalten Stein.

Während er in seine Kotze starrte wie in ein Orakel, das ihm seine Zukunft offenbarte, und er weiter würgte, wurde ihm klar, dass sein Vater ihn eines Tages umbringen würde, während Mama einfach zusah.

27

Am Freitagmorgen schneite Christoph Leyenfels bei Dühnfort ins Büro, was etwa alle zwei Jahre vorkam. Als Staatsanwalt war er Herr des Ermittlungsverfahrens und ließ die Kripobeamten gerne bei sich antanzen. Etwas war also im Busch.

»Bei dir soll es Gerüchten zufolge den besten Espresso nördlich der Alpen geben.«

»Es gibt besseren. Falls ich aber mal die Nase von dem Laden hier voll habe, werde ich Barista und mach' eine Espressobar auf. Willst du einen?«

»Gerne.« Leyenfels setzte sich und zog die Bügelfalten glatt, während Dühnfort die Maschine anstellte. »Und weshalb bist du wirklich hier?«

»Da du mich im Fall Lindental am ausgestreckten Arm verhungern lässt, hole ich die Brosamen persönlich ab.«

Ironie und Humor zählten nicht zu Leyenfels' Stärken. Dühnfort rang sich dennoch ein Lächeln ab. »Es gibt nichts zu berichten. Wir tun unsere Arbeit, und das geht nach zwei Jahren nicht so schnell wie bei einem aktuellen Fall mit frischen Spuren. Das weißt du.« Er reichte Leyenfels die Tasse und die Dose mit Darc Muscovado Sugar.

»Erzähl das mal dem Innenminister. Im *Münchner Blick* war wieder so ein Artikel von der Wittock. Die beißt sich an dem Thema richtig fest und wirft sogar die Frage auf, ob die Aufklärungsquote bei Gewaltverbrechen mit männlichen Opfern höher ist als bei weiblichen. Und woran das wohl liegen könnte. Sind Frauen Opfer zweiter Klasse? Oder haben wir es gar mit institutionellem Versagen zu tun? Dieses Miststück unterstellt uns Rassismus oder Antifeminismus oder wie immer sie das nennen will. In ihren Augen sind wir ein Haufen von Machoarschlöchern. Der Innenminister ist stinksauer und sitzt dem Oberstaatsanwalt im Nacken und der mir, und ich gebe das jetzt an dich weiter. So ist die Hackordnung. Also was ist nun?« Mit einem Schluck trank Leyenfels den Espresso.

»Sie ist sauer, weil wir nicht mit ihr zusammenarbeiten. Sie wollte exklusive Informationen. Mein Rat wäre, den *Blick* einfach nicht zu lesen. Und wenn der Innenminister schnellere Ergebnisse will, soll er Stellen schaffen. Mein Team besteht gerade mal aus drei Leuten.«

»Plus Sachbearbeiter, plus die Profis aus den Sachgebieten.«

»Sag ihm, dass wir dran sind und alles tun, was wir können.«

»Habt ihr wenigstens einen Verdächtigen?«

»Ermittlungsarbeit ist keine Kaffeesatzleserei. Du wirst von mir erst dann einen Namen bekommen, wenn ich einen begründeten Verdacht habe. Und jetzt muss ich ins Meeting.«

»Ich erwarte ein schnelles Ergebnis, dass wir uns da richtig verstehen.«

Natürlich musste Leyenfels das letzte Wort haben, und jetzt war es gut. Dühnfort begleitete ihn auf den Flur. Der Staatsanwalt ging in die eine Richtung, er in die andere.

Er hatte den Besprechungsraum noch nicht erreicht, als sein Handy klingelte. Die Nummer von Ronnie Orth erschien im Display. Veronikas Exfreund hatte also endlich Handyempfang. »Dühnfort. Grüß Sie, Herr Orth.«

»Sie haben mir eine Nachricht auf der Mailbox hinterlassen, dass ich mich bei Ihnen melden soll.«

»Richtig. Vielleicht haben Sie es schon gehört …«

»Ja. Vroni ist tot. Mein Chef hat mir eine SMS geschickt und auch meine Eltern. Sie haben es in der Zeitung gelesen. Ich konnte mich nicht früher melden. Ich war in Kalabrien bei Freunden. Sie haben einen Einsiedlerhof in den Bergen, und da gibt es kein Netz.«

»Sind Sie jetzt auf der Heimreise?«

»Ich habe mich gestern gleich auf den Rückweg gemacht und bin schon da.«

»Das ist gut. Wir sollten uns unterhalten. Können Sie in einer Stunde im Präsidium sein?«

»Kein Problem.«

Dühnfort verabschiedete sich und betrat das Besprechungszimmer. Das Team war komplett und die Luft bereits stickig. Fünf Personen auf fünfzehn Quadratmetern und ein Heizkörper, der beinahe glühte, sich aber nicht regulieren ließ, weil das Ventil festgefressen war. Dühnfort öffnete das Fenster. Es regnete wieder einmal. Dieses Wetter machte ihn langsam fertig.

»Guten Morgen. Einen schönen Gruß vom Innenminister. Dort oben wünscht man Ergebnisse zu sehen.«

»Dann soll er einen Wunschzettel schreiben. Ist ja bald Weihnachten«, sagte Alois.

Kirsten hielt den *Münchner Blick* mit dem von Leyenfels zitierten Artikel hoch. »Bestimmt hat er das hier gelesen. Die Wittock lässt wieder mal kein gutes Haar an uns.«

Dühnfort zuckte mit den Schultern. »Wir können es nicht ändern. Also sehen wir zu, dass wir vorankommen. Ronnie Orth hat sich gemeldet. Er ist aus dem Urlaub zurück und kommt nachher.« Er wandte sich an Meo. »Gibt es inzwischen Neuigkeiten zu Vronis Handydaten?«

Meo fuhr sich über das Hipsterbärtchen. »Offiziell wurden die Verbindungsdaten ordnungsgemäß nach sechs Monaten gelöscht. Darüber gibt es ein Protokoll, und bisher ist kein vergessenes Backup aufgetaucht. Aber mein Kumpel ist optimistisch. Vronis Rechnungen sind trotz Zahlungsbefehl und Pfändungsversuch noch immer offen. Gut möglich, dass die Verbindungsdaten noch irgendwo schlummern, als Beleg für die erbrachte Leistung.«

»Das wäre großartig.«

Kirsten hob die Hand. »Vielleicht sollte er sich an die Rechtsabteilung wenden. Mit etwas Glück gibt es einen Ausdruck der Verbindungsnachweise in der Akte.«

»Gute Idee.« Meo machte sich in seinem Smartphone eine Notiz.

»Gibt es sonst etwas?« Fragend sah Dühnfort in die Runde. Doch es gab noch nichts zu vermelden. Weder bei den Turnschuhen oder der Wachstuchdecke noch wegen der Affenfigur oder dem Ring. Ermittlungsarbeit war ein mühsames Geschäft.

Anke Frieß sah von ihren Unterlagen auf. »Mit Vronis Konto sind wir durch. Seit dem fünften August vor zwei Jahren gibt es keine Versuche, am Automaten Geld zu ziehen, keine Abhebungen, keine Kreditkartenabrechnungen, keine Lastschriften, keine Abbuchungen für Bahn- oder Flugtickets.«

»Gut. Dann sollten wir davon ausgehen, dass dieser Tag ihr Todestag ist. Wir nehmen uns jetzt Vronis Ex vor. In einer halben Stunde wird er da sein. Wer kommt mit dazu? Alois? Kirsten?«

Sie winkte ab. »Eine Bekannte von Vroni hat sich gemeldet. Ich treffe mich gleich mit ihr.«

Alois nickte. »Bin dabei.«

»Gut. Wir treffen uns in meinem Büro.« Dühnfort beendete die Besprechung. Im Flur holte Kirsten ihn ein. »Tino? Hast du einen Moment Zeit?«

»Ja, natürlich.« Er trat zur Seite, um die anderen vorbeizulassen, und blieb mit ihr in einer Fensternische stehen.

»Ich will mich ja nicht in eure Entscheidung einmischen. Aber eine Freundin von mir war vor Jahren in einer ähnlichen Situation wie ihr. Vielleicht würde es euch helfen, wenn ihr mit ihr sprecht. Sie hat es jedenfalls angeboten.«

»Wie hat sie sich entschieden?«

»Für eine Abtreibung.«

Seine Gedanken gingen zurück zum vergangenen Abend. Für ihn war gestern in der Praxis von Mira Koch die Entscheidung gefallen. *Ich mach da nicht mit. Ich lass doch mein Kind nicht umbringen.* Im selben Moment war ihm eine Last von der Seele gefallen.

Doch was hatte Ginas *Ich hab da auch mitzureden* zu bedeuten? Zögerte sie noch, oder hatte sie sich für eine Abtreibung entschieden? Er hatte nicht gewagt, sie zu fragen. Schweigend waren sie nach Hause gegangen, und es war kein gutes Schweigen gewesen. Ihn hatte die Angst geplagt, dass sie den Abbruch wollte und ein Kompromiss nicht möglich war. Es gab nur entweder und oder, und für einen rabenschwarzen Moment sah er sein Leben den Bach hinuntergehen. Seinen Wunsch vom Vatersein und auch seine Ehe, ihre Liebe zueinander.

Zu Hause verschwand Gina gleich im Schlafzimmer, und als er kurz darauf nach ihr sah, lag sie weinend im Dunkeln auf dem Bett. Er legte sich zu ihr und nahm sie in die Arme und war erleichtert, dass sie ihn nicht zurückwies. »Ich wollte das doch nicht über deinen Kopf hinweg entscheiden«, sagte er.

»Weiß ich ja.«

»Es ist nur so, dass ich es in diesem Moment plötzlich gewusst habe.«

»Aber ich weiß es noch nicht. Ich weiß einfach nicht,

was wir tun sollen. Wenn Chiara nun schwerstbehindert ist? Wenn sie mit Herzfehler oder kaputten Nieren auf die Welt kommt. Was dann? Kann man so ein kleines Menschlein überhaupt am Herzen operieren? Stell dir mal vor, wie sie sie aufschneiden ... Und am Ende hilft vielleicht nichts, und sie leidet und stirbt. Wollen wir ihr das zumuten? Und auch uns?«

»Wenn ich deine Ärztin richtig verstanden habe, sind es nur wenige Kinder, die mit derart schlimmen Beeinträchtigungen geboren werden, und eigentlich hätten die Ärzte in der Klinik das schon abklären können. Wir sollten auf weiteren Untersuchungen bestehen. Vielleicht ist bei Chiara ja so weit alles in Ordnung.« Er zog Gina näher an sich, und sie vergrub ihren Kopf in seiner Halsbeuge.

»Ja, vielleicht. Vielleicht auch nicht. Warum kann ich nicht ganz normal schwanger sein?«

»Deine niederbayerischen Tanten wüssten es. Haben sie uns nicht Gottes Zorn prophezeit, weil wir nicht kirchlich geheiratet haben? Das haben wir jetzt davon.« Es tat gut, diesem Thema mit ein wenig Humor zu begegnen.

»Wenn das so ist, dann wallfahrten wir jetzt nach Altötting, und alles wird gut.« Schniefend löste Gina sich von ihm. »Ach, wenn es so einfach wäre. Aber du hast recht. Wir sollten auf eingehende Untersuchungen bestehen. Wie können sie in der Klinik erwarten, dass wir diese Entscheidung treffen, wenn uns die Grundlage dafür fehlt?«

Dühnforts Gedanken kehrten in die Gegenwart zurück. Noch immer stand Kirsten vor ihm und wartete auf eine Antwort. »Das ist ein nettes Angebot. Vielleicht kommen wir darauf zurück.«

»Okay. Ich sag' es ihr.« Kirsten verabschiedete sich, und er ging in sein Büro, um sich auf das Gespräch mit Ronnie Orth vorzubereiten. Doch in dem Moment summte sein

Smartphone. Im Display erschien die Telefonnummer von Lindental, und der vertat keine Zeit mit Smalltalk. Seine Frau war dabei, die Beisetzung zu organisieren, und er wollte wissen, wann Veronikas Leiche freigegeben wurde. Dühnfort erklärte ihm, dass diese Entscheidung der Staatsanwalt traf, und gab Lindental die Kontaktdaten. Er wollte sich verabschieden, als der Mann sich räusperte. Etwas kam also noch, vermutlich der eigentliche Grund des Anrufs.

»Gestern Abend ist mir noch etwas eingefallen, das für Sie möglicherweise von Interesse ist. Es betrifft Veronikas Freund.«

»Ronnie?«

»Ja, so hat sie ihn genannt, Ronnie. Ein Name für einen Zirkusclown. Einige Zeit nach dem Streit mit Veronika ist er bei uns aufgetaucht und hat nach ihr gefragt. Ich habe ihm gesagt, dass wir keine Ahnung haben, wo sie sich rumtreibt. Er hat ein wenig herumgedruckst und ist dann damit herausgerückt, dass sie ihn auf dem Schuldenberg hat sitzen lassen. Sie hat einfach ihre Sachen gepackt und ist verschwunden. Tja, Pech gehabt, habe ich geantwortet. So spielt das Leben und dass es mit seiner Menschenkenntnis nicht weit her sein kann, wenn er sich mit Veronika eingelassen hat. Und dann ist er wie ein begossener Pudel abgezogen.«

»Er hat also nach Veronika gesucht.«

»Danach sollte es wohl aussehen. Mir kam er eher vor wie ein Schauspieler, der seinen Text nicht beherrscht. Und heute denke ich, dass er nur gekommen ist, um uns zu sagen, dass Veronika ihn verlassen hat. Das war die eigentliche Botschaft, nicht die vorgeschobene Suche nach ihr.«

»Warum sollte er Ihnen etwas vorspielen?«

»Vielleicht weil er genau wusste, was passiert war, und den Verdacht von sich ablenken wollte.«

»Sie glauben, dass er Vroni im Streit wegen der Schulden erschlagen hat?«

»Nicht deswegen. Als Veronika bei uns war, an diesem Montagabend, habe ich ihr vorgehalten, mit welchem Loser sie da zusammen ist, und sie hat gesagt, es wäre vorbei und sie hätte einen anderen kennengelernt. Einen, der studiert hat. Vielleicht wollte der Clown sie ja nicht gehen lassen.«

»Es gab einen anderen? Hat sie einen Namen genannt?«

»Nein. Jedenfalls kann ich mich nicht erinnern. Ich weiß nur noch, dass es einer dieser notorischen Helfer war. So ein Gutmensch. Ein Sozialarbeiter, glaube ich.«

28

Wie ein Clown sah Ronnie Orth nun wirklich nicht aus. Der erste Eindruck war martialisch. Etwa eins siebzig groß und achtzig Kilo schwer. Ein bulliger, durchtrainierter Mann, über dessen Hals sich eine tätowierte Schlange bis hinauf in den Nacken wand. Das Haar war im angesagten Look der Fußballstars gestylt. Undercut mit einem ausrasierten Linienmuster an der Seite. Er war sechsundzwanzig Jahre alt und arbeitete als Mechatroniker in einem Autohaus in München-Freimann.

Dühnfort bot ihm Platz in der Besprechungsecke an und befüllte den Siebträger der Pavoni. »Möchten Sie auch einen Espresso oder vielleicht einen Cappuccino?«

»Danke. Ich nehme keine Drogen.«

»Ich habe Ihnen eine Tasse Kaffee angeboten und kein Koks.«

»Koffein gehört zu den psychotropen Substanzen. Ich sage ja nicht, dass es illegal ist. Aber ich nehme so was nicht.« Orth setzte sich. »Ist nicht gut für den Body.«

»Was trainieren Sie?«

»Kuntao. Eine Kampfsportart.«

Obwohl Orth versuchte, souverän und ruhig zu wirken, bemerkte Dühnfort seine Anspannung. Was nicht bedeuten musste, dass er etwas zu verbergen hatte. Ein Gespräch mit Kripobeamten war eine neue Erfahrung für ihn.

Die Tür ging auf, Alois kam herein. Die oberen zwei Knöpfe des weißen Hemdes hatte er geöffnet und die Ärmel aufgekrempelt. Er nickte Dühnfort zu, begrüßte Orth und setzte sich. Der Espresso war inzwischen in die vorgewärmte Tasse gelaufen, Dühnfort gab Zucker hinein und nahm ebenfalls Platz.

»Wird das ein Verhör?«

»Wir befragen Sie als Zeugen. Das ist alles. Wobei Sie allerdings verpflichtet sind, die Wahrheit zu sagen. Falls Sie sich mit einer Antwort selbst belasten würden, dürfen Sie den Mund halten.«

Orth nickte. »Okay.«

»Wie Sie ja schon wissen, wurde die Leiche Ihrer Exfreundin Veronika gefunden. Der Todeszeitpunkt liegt etwa zwei Jahre zurück, und wir versuchen ihn so gut wie möglich einzugrenzen. Wann haben Sie Vroni das letzte Mal gesehen?«

»Am fünften August.«

Die Antwort kam wie aus der Pistole geschossen, und Dühnfort wechselte mit Alois einen verblüfften Blick. »Nach zwei Jahren wissen Sie das noch so genau?«

»Mir war klar, dass Sie das fragen werden. Deshalb habe ich mit meinem Trainer telefoniert. Er hat nachgesehen, wann das Survivalcamp war. Es hat am Wochenende dritter und vierter August stattgefunden. Deshalb weiß ich das jetzt. Denn wenn ich nicht nach dem Taschenmesser gesucht hätte, das ich fürs Camp einpacken wollte, hätte ich nicht den Stapel mit Mahnungen gefunden, und dann hätte es keinen Zoff gegeben, und Vroni wäre nicht abgehauen.«

Dühnfort hakte nach und erfuhr, dass Orth am Freitag, den zweiten August, seine Sachen für ein Überlebenstraining des Kampfsportvereins zusammengesucht hatte. Auf der Suche nach dem Taschenmesser hatte er schließlich auch in eine Kommode im Flur gesehen, obwohl darin eigentlich nur Vronis Schals und Mützen lagen, und dabei war ihm ein Stapel Briefe in die Hände gefallen. Mahnungen, Zahlungsbefehle, etliche davon noch nicht einmal geöffnet und unzählige auf seinen Namen ausgestellt. Erst da hatte er verstanden, dass Vroni die Sache mit den Ratenzahlungen nicht im Griff hatte, wie sie immer behauptete. Der neue Fernseher. Die Wohnlandschaft. Das Boxspringbett. Ihnen stand das Wasser bis zum Hals, und er hatte nichts davon gewusst.

Sie würde das schon regeln, hatte sie gesagt, und er hatte geantwortet, dass sie das auch müsste, denn sie hätte ihnen das eingebrockt. Ihm wäre das alte Bett noch gut genug gewesen und auch der Fernseher. Sie solle zusehen, wie sie das auf die Reihe bekam. Der Tonfall war schärfer geworden. Schließlich hatten sie sich gestritten, und er war froh gewesen, als er am Samstagmorgen für zwei Tage verschwinden konnte. Doch der Streit ging weiter, als er am Sonntagabend nach Hause kam und die Schulden addierte. Böse Worte waren gefallen und ja, er habe ihr eine gescheuert. Es täte ihm leid, aber da sei einfach eine Sicherung durchgeknallt, als er gesehen habe, dass über achttausend Euro auf seinen Namen liefen. Seit zwei Jahren stotterte er das nun bei seinem Chef ab. Der hatte ihm das Geld geliehen, als die Lohnpfändung drohte.

»Sie haben Vroni also geschlagen?«, sagte Dühnfort.

Orth hielt seinem Blick stand. »Ja. Ich habe ihr eine geknallt, und ich bin echt nicht stolz darauf.«

»Kam das häufiger vor?«, fragte Alois.

»Das war das einzige Mal. Ich schwöre. Sie können sich bei Kollegen und Freunden umhören. Gewalt ist nicht mein Ding.«

Dühnfort hakte nach. »Und doch betreiben Sie Kampfsport.«

»Wie das Wort schon sagt: Es ist ein Sport. Andere joggen oder gehen in die Muckibude. Ich mache Kuntao.«

»Am Sonntag, den vierten August, gab es also Streit zwischen Ihnen und Vroni. Sie haben sie geschlagen, und sie hat daraufhin ihre Sachen gepackt und ist gegangen.«

»Gegangen ist sie am Montag. Als ich morgens zur Arbeit bin, war sie noch da, als ich heimkam, war sie weg und ihr Koffer auch, und der Kleiderschrank war halbleer.«

»Und Sie waren froh, sie los zu sein?«, fragte Alois.

»Quatsch. Ich war in sie verliebt, und es hat mir leidgetan, was passiert war. Ich wollte mich entschuldigen und habe sie angerufen, aber sie ist nicht rangegangen, und auf meine SMS und WhatsApps hat sie nicht reagiert. Gut, habe ich gedacht, soll sie erst mal runterkommen. Irgendwann wird sie schon auftauchen, um ihre restlichen Sachen zu holen.«

»Ist sie gekommen?«

»Nein. Und sie hat auch nicht gesimst oder angerufen.«

»Und Sie haben sich keine Sorgen gemacht, es könnte ihr etwas zugestoßen sein?«

»Natürlich habe ich mir Sorgen gemacht. Ich bin ins Kosmetikstudio, in dem sie gearbeitet hat, und habe erfahren, dass sie da schon Wochen zuvor gekündigt hatte. Keinen Ton hat sie gesagt. Da fühlt man sich langsam verarscht. Dann habe ich ihre Freundin Sandra angerufen, und die hat gesagt, ich soll mir keine großen Hoffnungen machen, dass Vroni zurückkommt. Zu ihr hat Vroni nämlich gesagt, dass sie die Schulden niemals bezahlen kann und wenn ihre Eltern ihr nicht helfen, dass sie dann besser von der Bildfläche verschwindet. Bei den Eltern war ich auch. Die haben ihr nichts gegeben. Das sind echte Asoziale. Vroni hatte sich also vom Acker gemacht und mir die Schulden und den Ärger dagelassen. Das habe ich jedenfalls gedacht, bis Sie mich angerufen haben.«

So weit klang das erst einmal schlüssig. »Echte Asoziale. Wie meinen Sie das?«

Orth verschränkte die Hände im Nacken und dehnte die Schultern. »Sie haben doch sicher mit denen schon geredet. Ist Ihnen nicht aufgefallen, was für ein egoistisches Pack das ist?«

Dühnfort nickte.

»Mit achtzehn haben sie Vroni vor die Tür gesetzt. Kaum, dass sie volljährig war. Sie hätte ihnen lange genug auf der Tasche gelegen und müsste jetzt auf eigenen Beinen stehen. Wie denn ohne Beruf? Vroni hatte Abi und wollte studieren. Doch ihre Eltern haben sich geweigert, sie dabei finanziell zu unterstützen. Als sie ihnen gesagt hat, dass sie gesetzlich verpflichtet sind, ihr eine Ausbildung zu finanzieren, ist ihr Pa ausgeflippt und hat sie rausgeworfen. Und dann haben sie sich beklagt, dass Vroni nur Kosmetikerin geworden ist. Das meine ich mit asozialem Pack.«

Eine treffende Beschreibung, wie Dühnfort fand. Es gab noch einen Punkt, an dem er nachhaken wollte. »Sie haben vorhin gesagt, dass Vroni das Problem mit den Schulden regeln wollte. Hat sie gesagt, wie?«

»Na, sie hat es bei ihren Eltern versucht, obwohl eigentlich klar war, dass die ihr nicht helfen würden.«

»Sie wussten nicht, dass Vroni gekündigt hat und arbeitslos war. Und auch von den Schulden wussten Sie lange Zeit nichts. Ihre Beziehung war also nicht sehr vertrauensvoll.«

»Vroni war chaotisch, und sicher hat sie gedacht, ich mache Stress, wenn ich davon weiß.«

»Und Stress haben Sie dann ja gemacht. Haben Sie Vroni eigentlich geliebt?«

»Geliebt? Das ist schon ein großes Wort. Wir hatten nicht vor zu heiraten, wenn Sie das meinen.«

»Gab es einen anderen Mann in Vronis Leben?«

Die abwehrende Reaktion war verblüffend. Ronnies Arme schlossen sich um seinen Brustkorb. Er klemmte die Hände unter die Achseln. »Nein. Das hätte sie mir gesagt, oder ich hätte es gemerkt.«

»Vronis Vater sagt, sie hat ihm gegenüber jemanden erwähnt, der ihr gefiel.«

»Quatsch. Wenn es einen gegeben hätte, wäre ihr Vater der Letzte gewesen, dem sie das erzählt hätte.«

»Was haben Sie eigentlich mit Vronis Sachen gemacht?«

»Die stehen in Kisten verpackt im Keller.«

»Die hätten wir gerne.«

»Kein Problem. Sie können sie sofort abholen.« Die Anspannung ließ nach. Orth legte die Hände locker auf die Oberschenkel.

»Sie haben nach Vroni gesucht, aber Sie haben sie nicht als vermisst gemeldet. Warum?«

Dühnfort bekam dieselbe Antwort wie bisher. Auch Ronnie hatte angenommen, dass Vroni abgetaucht war, um sich dem Schuldenproblem nicht stellen zu müssen. Als ob das so einfach ginge.

Und auch er fragte nicht, wie Vroni gestorben war.

29

Anette verließ die Polizeiinspektion in der Au und machte sich auf den Weg zurück zu Jaspers Wohnung. Wie sollte es jetzt weitergehen? Sie konnte nicht ewig bei ihm wohnen. Sie brauchte einen Job. Am besten setzte sie sich in ein Internetcafé und durchsuchte die Stellenbörsen. Etwas würde sie schon finden.

Ein Radfahrer überholte sie und stoppte ein Stück weiter vorne. Es war Jasper. »Hallo, Anette. Wie ist es mit Mittermeyer gelaufen?«

»Satz mit X. Er gibt nicht nach. Ich komme gerade von der Polizei. Jetzt hat er eine Diebstahlsanzeige am Hals.«

Am Vormittag war sie nach Freising gefahren, zu seiner Flohmarkthalle, um mit ihm zu verhandeln. Doch Mittermeyer beharrte darauf, im Recht zu sein, und war weder bereit, den Wohnungsschlüssel noch ihre Sachen herauszugeben.

Jasper stieg vom Rad und schob es neben sich her. »Du hast ihn wirklich angezeigt? Prima.«

Es klang, als hätte er ihr das nicht zugetraut. »Er hat sogar den Polizisten auflaufen lassen, der mir helfen wollte und ihn angerufen hat. Ich soll ihn ruhig anzeigen, hat er gesagt. Wobei es besser wäre, das Geld nicht für Anwälte auszugeben, sondern die Miete zu bezahlen. Ich such mir jetzt einen Job.«

Von irgendwoher drang der Duft nach Döner, und Anettes Magen zog sich vor Hunger zusammen. Seit dem Frühstück hatte sie nichts gegessen. Die dreißig Euro, die sie noch besaß, musste sie wohlüberlegt ausgeben. »Hast du schon Schluss?«

»Freitags hören wir um drei auf. Felix' Schwager wollte sich eigentlich heute melden. Hat er aber noch nicht.«

Und damit trat nun ihr anderes Problem wieder in den Vordergrund. Der Verdacht, dass Basti sie als eine Art Pfand für Mikes Kredit eingesetzt hatte. Wie ernst musste sie seine Drohung nehmen, dass sein Geldgeber sie finden und zwingen würde, für seine Agentur zu arbeiten?

Wenigstens besaß sie kein Handy mehr. Das fühlte sich echt gut an. Sie war unerreichbar, und niemand wusste, wo sie war.

Als sie in der Wohnung ankamen, nahm Jasper eine Tüte aus dem Rucksack, und der Duft nach gegrilltem Fleisch und Kreuzkümmel wurde intensiver. »Ich habe uns Döner mitgebracht. Magst du Tee dazu oder lieber Wasser?«

»Tee wäre wunderbar.«

»Hab ich mir fast gedacht. Du siehst total durchgefroren aus.«

Sie waren beide so hungrig, dass sie die Döner direkt aus der Alufolie aßen. Dazu tranken sie Pfefferminztee. Der Tag hing wie ein grauer Fetzen vor dem Fenster. Doch in Jaspers Wohnung war es warm und gemütlich. Anette verputzte den letzten Bissen und streckte sich zufrieden. War das köstlich gewesen! Dabei fiel ihr Blick auf das Bild mit dem Häuschen von Jaspers Großmutter.

Es strahlte etwas Märchenhaftes aus, und Anette erinnerte sich an eine Zeit, in der alles unkompliziert gewesen war. Für einen Moment erfasste sie eine Sehnsucht nach diesem Ort. Wie schön es wäre, dort ein paar Tage zu verbringen. Um einen klaren Kopf zu bekommen und Pläne zu schmieden, wie sie ihr Leben wieder in den Griff bekommen konnte, ohne den Hut-Traum aufzugeben.

Unterdessen kam Jasper wieder bei Mittermeyer und dessen Selbstjustiz an. »Wenn die Anzeige bei ihm eintrudelt und er bei der Polizei eine Aussage machen muss, wird er den Ernst der Lage erkennen und klein beigeben.«

»Schön wäre es«, entgegnete Anette. »Aber er ist nicht der Typ dafür.«

»Jetzt sei doch mal optimistisch.«

»Ist normalerweise einer meiner Grundwesenszüge«, erklärte sie grinsend. »Nur heute lässt er mich im Stich. Danke, für alles.«

»Keine Ursache. Ist mein Job.«

»Nicht wirklich. Eigentlich bist du Schuldnerberater und nicht bei der Obdachlosenhilfe.«

Sein Handy klingelte. »Das ist Felix.« Jasper nahm das Gespräch an, stand auf und stellte sich mit dem Rücken zu Anette ans Fenster. Mehr als ein *Hm* und *Ja* und die Nachfrage, ob das auch sicher sei, bekam sie nicht mit. Was hatte Felix' Schwager herausgefunden? Unruhig rutschte sie auf dem Stuhl herum.

»Und? Was ist nun mit ihm?«, fragte sie, als Jasper das Gespräch beendete und sich zu ihr umwandte.

Mit der Hand fuhr er sich durchs Haar. »Puh! Dein Freund hat sich echt mit den falschen Leuten eingelassen. Mike Sebald betreibt nicht nur die Escort-Agentur Diamonds, sondern auch ein Bordell. Vermutlich als Strohmann für einen Albaner, und der steht im Verdacht der Zwangsprostitution.«

»Was!«

»Das sind Kriminelle. Diese Jungs verleihen kein Geld ohne Sicherheit, sagt Felix' Schwager. Er meint, dass du mit deiner Vermutung ins Schwarze getroffen hast: Basti wird dich als Pfand eingesetzt haben.«

Das konnte doch nicht wahr sein! Anette gelang lediglich ein Kopfschütteln. Eine unsichtbare Kraft wollte ihr den Boden unter den Füßen wegziehen. Sie hatte schon genug Ärger. Das hier war zu viel!

Jasper setzte sich und griff nach ihrer Hand. »Jetzt ist es eigentlich egal, ob Mittermeyer dich wieder in deine Wohnung lässt. Du kannst nicht dorthin zurück. Sebalds Leute werden nach dir suchen. Auch bei deinen Eltern. Zu ihnen solltest du also in nächster Zeit auch nicht.« Mit aufgestütztem Kinn sah er sie an. »Wenn sie dich nicht finden, werden sie deinen Freund weiter unter Druck setzen. Hoffentlich besorgt er sich das Geld irgendwie, dann ist bald Ruhe im Karton.«

»Ich kann einfach nicht glauben, dass Basti mich … dass er mich verkauft hat.«

»Hast du ihm von deinem Termin bei der Schuldnerberatung erzählt?«

»Ja, habe ich. Warum fragst du?«

»Wenn er das an Sebald weitergegeben hat, werden sie vor unserem Büro auf dich warten.«

»Okay. Ich gehe jetzt zur Polizei und zeige Basti an und Sebald dazu.«

»Das kannst du vergessen. Du hast keine Beweise. Außerdem ist nichts passiert, was strafbar ist. Niemand hat dich bedroht oder zu entführen versucht. Die Polizei wird bestenfalls mit Basti und Sebald reden, und die werden alles abstreiten.«

Jasper hatte recht. Eine Anzeige war sinnlos. Sie sah ihm nach, als er aufstand und einen Augenblick später mit dem Bild vom Häuschen zurückkehrte. »Vielleicht ist das eine Lösung. Wenn es dir nicht zu einsam ist, könntest du dort für ein paar Tage wohnen.«

Als hätte er vorhin ihre Gedanken gelesen. Überrascht sah sie ihn an. Doch sein Blick wich ihrem aus.

30

Dühnfort stand im Besprechungszimmer vor der Magnetwand und betrachtete die Fotos. Vroni war eine hübsche junge Frau gewesen, die an einem Tag im Sommer vor zwei Jahren einen Fehler begangen hatte. Nur welchen?

Hatte sie sich mit dem falschen Mann eingelassen? Mit einem notorischen Gutmenschen, wie Uwe Lindental ihn genannt hatte. Oder war er eine Erfindung, um so von sich selbst abzulenken?

Die Tür wurde geöffnet, Kirsten kam herein. »Ach, hier bist du.«

»Hast du mich gesucht?«

»Es gibt interessante Neuigkeiten.« Sie betrachtete die Fotos und wies auf die Aufnahme von Vroni. »Ich komme gerade von dem Treffen mit ihrer ehemaligen Kollegin Monika zurück. Sie weiß auch von dem anderen Mann. Vroni hat ihn bei ihrem letzten Besuch erwähnt. Das war kurz, bevor sie verschwand. Sie hat gesagt, dass sie jemanden kennengelernt hat, der ihr sehr gefiel, und dass sie darüber nachdachte, Ronnie zu verlassen, obwohl mit dem anderen gar nichts lief. Noch nicht. Das hat sie augenzwinkernd hinzugefügt.«

»Noch nicht? Haben wir einen Namen?«

»Leider nicht. Monika kann sich nicht erinnern, dass Vroni ihn genannt hätte, und auch sonst fällt ihr nicht mehr dazu ein. Weder sein Beruf noch wo sie ihn kennengelernt hat.«

»Theoretisch gibt es jetzt drei Möglichkeiten. Entweder ist Vroni am Abend des fünften August ihrem Mörder zufällig über den Weg gelaufen, nachdem sie ihr Elternhaus verlassen hatte. Dann war sie zur falschen Zeit am falschen Ort. Oder sie hat dem Falschen vertraut. Wem? Ihrem Vater? Oder dem Mann, für den sie Ronnie verlassen wollte? Wer ist dieser Mann, mit dem *noch gar nichts lief*? Wir sollten ihn schleunigst finden.«

Kirsten lehnte sich ans Fensterbrett. »Wir sollten uns mit den Lindentals eingehender beschäftigen. Ich habe noch etwas Interessantes entdeckt.«

Im selben Moment wurde die Tür aufgestoßen. Alois schob eine Sackkarre mit Umzugskartons in den Raum. »So, da hätten wir nun Vronis Sachen, die sie bei Ronnie gelassen hat.«

Er begann die Schachteln auf den Tisch zu heben, und Dühnfort half ihm dabei. »Was hast du entdeckt?«, fragte er Kirsten.

»Ich habe mir von Anke Frieß die Auszüge von Vronis Konto geben lassen. Es stimmt zwar, dass es seit dem fünften August keine Abhebungen mehr gegeben hat, aber sie hat vergessen zu erwähnen, dass es eine Einzahlung gab.«

»Ach? Und von wem?«

»Uwe Lindental hat ein halbes Jahr nach ihrem Verschwinden Vronis Konto ausgeglichen und geschlossen. Er war zeichnungsberechtigt.«

Das war eine Überraschung. Dühnfort stellte den letzten Karton ab. »Von welchem Betrag reden wir?«

»Etwas mehr als fünftausend.«

»Ein halbes Jahr zuvor war er nicht bereit, ihr auch nur einen Cent zu leihen, und dann sind fünftausend plötzlich kein Problem? Da habe ich jetzt Gesprächsbedarf.«

»Ich habe schon mit ihm telefoniert. Er sagt, dass ihnen der Filialleiter der Bank im Nacken saß. Vroni hatte seit

Schulzeiten ihr Konto bei derselben Bank wie ihre Eltern. Sie haben es damals für sie als Taschengeldkonto eingerichtet, und sie hat sich nie ein anderes zugelegt. Als Vroni auf die Kontaktversuche der Bank nicht reagierte, hat man sich an die Eltern gewandt und mit der Rechtsabteilung gedroht und sogar mit einem Privatdetektiv, um sie ausfindig zu machen. Falls Vroni dachte, sie könnte sich aus der Verantwortung stehlen, wäre das ein Irrtum. Der Filialleiter schlug vor, dass die Lindentals das Konto ausglichen und Vroni so jede Menge Ärger und Kosten ersparten, und das haben sie getan. Eigentlich eine logische Erklärung. Gerüchte machen schnell die Runde, und die Lindentals sind wer in Planegg.«

Dühnfort gefiel das nicht. »Statt Vroni anzurufen, begleicht er ihre Schulden? Genau das wollte er doch nicht. Das war doch der Grund für den Streit. Und dann schließt er auch noch das Konto, als ob er wüsste, dass sie es nicht mehr braucht.«

»Geschlossen hat er es, weil er nicht wollte, dass Vroni es gleich wieder überzieht und er dann wieder zur Kasse gebeten wird. Sagt er. Und er sagt auch, dass er versucht hat, sie anzurufen, doch ihre Handynummer war nicht vergeben. Er hat angenommen, dass sie es abgemeldet hat, weil sie unerreichbar für ihn und seine Frau sein wollte.«

»Und warum hat er uns das nicht gleich erzählt?«

»Angeblich hat er sich erst durch meine Nachfrage dran erinnert.«

Alois klopfte den Staub vom Anzug. »Für mich sieht das eher aus, als wollte er verhindern, dass die Rechtsabteilung sich einmischt. Dann wäre herausgekommen, dass Vroni nicht abgetaucht war, sondern spurlos verschwunden.«

»Ach, und noch etwas«, sagte Kirsten. »Monika hat

erwähnt, dass Vroni überlegt hat, ihre Eltern auf Zahlung der Ausbildungskosten zu verklagen.«

Dühnforts Handy piepte. Eine WhatsApp von Gina war eingegangen. *Kannst du mal kurz runterkommen, wenn du Zeit hast*?

Bin gleich da, antwortete er. Er bat Kirsten und Alois, Vronis Sachen durchzusehen, und suchte Gina auf.

Sie wartete vor ihrem Büro im Flur auf ihn. »Alles in Ordnung?«, fragte er.

»Ja. Eigentlich schon.«

»Eigentlich?«

»Dr. Koch hat angerufen. Wir müssen wegen weiterer Untersuchungen nicht in die Klinik. Die wurden alle gemacht.«

»Und warum sagt uns das keiner?«

»Offenbar hat man es nicht für nötig befunden, uns die Ergebnisse im Detail zu erklären, da sich ohnehin so gut wie alle zur Abtreibung entschließen.«

»Ich glaube es nicht! Das ist doch das Letzte!«

»Beruhige dich. Sie hat den Arztbericht angefordert. Den will sie mit uns besprechen. Hast du um fünf Zeit?«

Er atmete durch und sah zu, dass er von seinem Zorn herunterkam. Tage voller Ungewissheit, obwohl die Ergebnisse längst vorlagen. »Natürlich. Und wenn nicht, würde ich sie mir nehmen.« Etwas war noch. »Warum *eigentlich*?«

»Sie war so ernst am Telefon, und sonst hat sie immer ein aufmunterndes Wort parat. Heute nicht.«

»Und jetzt denkst du, dass sie schlimme Nachrichten für uns hat? Vielleicht war sie nur im Stress.«

»Ja, vielleicht.«

Er zog sie an sich. »Vielleicht sind es ja auch gute Neuigkeiten.«

»Wenn es so wäre, hätte sie das doch sagen können.«

»Wer sagt denn, dass ihr der Arztbrief schon vorliegt? Sie hat ihn angefordert.«

31

Das Häuschen von Jaspers Großmutter lag in einem Weiler namens Buchbach irgendwo hinter Landsberg am Lech. Etwa eine Stunde von München entfernt. Mit Zug und Bus dorthin zu kommen dauere ewig, hatte Jasper gesagt und, dass er sie fahren würde, denn er musste ihr einiges zeigen, damit sie dort alleine zurechtkam. Wie die Heizung funktionierte, wo man das Wasser anstellte und wo die Sicherungen waren. Er konnte nicht bleiben. Sie musste alleine zurechtkommen.

Anette saß neben ihm auf dem Beifahrersitz des Geländewagens, mit dem er durch Afrika gefahren war, und warf einen Blick zu ihm hinüber. Es war Wochenende. Zwei freie Tage lagen vor ihm. Weshalb wollte er noch heute zurück nach München? Als er vorhin so schnell zum Aufbruch gedrängt hatte, war ihr für eine Sekunde der Gedanke durch den Kopf geschossen, dass er sie loswerden wollte, und das hatte ihr irritierenderweise einen kleinen Stich versetzt.

»Magst du Musik hören?«

»Ja. Gerne.«

Er schaltete das Autoradio ein. Es lief eine Sendung mit Popmusik, dann kamen die Nachrichten. Es war das Übliche. Syrienkrieg. Zwist in der großen Koalition. Ein Fußballspieler hatte gegen eine Rekordsumme zum FC Bayern gewechselt, und im Fall der Toten aus dem Forst machte die Polizei keine Fortschritte. »Die vierundzwanzigjährige …«

Jasper wechselte den Sender. Überrascht sah sie zu ihm hinüber. Etwas ging in seinem Gesicht vor sich, wie Wolkenschatten die über eine Landschaft zogen.

Alpenrock erklang. »Das ist doch besser«, sagte er mit einem Lächeln und bog in die Autobahnausfahrt ein.

Es wurde bereits dämmrig. Zwielicht lag über der Landschaft. Sanfte Hügel, abgeerntete Felder. In einem Dorf namens Wildstetten hielt Jasper bei einem Supermarkt und erklärte, dass dieser Laden die nächste Einkaufsmöglichkeit war, knapp drei Kilometer vom Häuschen entfernt. Dort gab es zwar Vorräte, an denen sie sich gerne bedienen könnte, aber nur haltbare Sachen. Frisches konnte sie entweder morgen besorgen oder jetzt gleich. Anette kaufte Milch, Butter, frisches Brot und etwas Obst.

Weiter ging die Fahrt durch das Dorf. Ein paar Bauernhöfe, ein Café, eine Wirtschaft, Kirche, Rathaus und ein Maibaum auf dem Platz davor. Jasper machte sie auf die Telefonzelle aufmerksam, die wie ein Relikt aus einer anderen Zeit wirkte. »Wenn du telefonieren willst, musst du ebenfalls einen Spaziergang machen. Im Häuschen gibt es kein Telefon und auch kein Internet.«

»Kein Problem. Ich bin froh, dass ich unerreichbar bin. Wenigstens für ein paar Tage.« Sie wollte die Zeit nutzen, um sich über ihre Situation klarzuwerden und in Ruhe darüber nachzudenken, wie sie ihre Hutmacherei vielleicht doch noch fortführen konnte.

Weiter ging die Fahrt durch ein Tal in den Weiler Buchbach, der nur aus einer Handvoll Häusern bestand. Dahinter wurde die Straße schmaler, schließlich bog Jasper auf einen geteerten Weg ein, an dessen Beginn ein einsames Haus stand, in dem Licht brannte. Anette sah eine ältere Frau in der Küche hantieren. Auf dem Fensterbrett saß eine graue Katze.

Brachliegende Felder und eingezäunte Weiden säumten den Weg. Verdorrtes Gras, verrottendes Laub und über alldem ein schiefergrauer Himmel. Das Häuschen kam in

Sicht. Es war kleiner als auf dem Bild. Die Rosen waren längst verblüht, und von den Läden blätterte die Farbe ab. Jasper hielt am Straßenrand vor dem Staketenzaun. Jenseits der Straße entdeckte Anette einen Tümpel, in dessen Wasseroberfläche sich der wolkenverhangene Himmel spiegelte. Im Sommer war das hier sicher eine Idylle. In der Dämmerung und bei diesem Wetter wirkte das Häuschen jedoch trostlos und verlassen. Ein Klumpen rutschte in ihren Hals.

Sie folgte Jasper hinein. Drinnen roch es muffig, und es war kalt. Doch ihre Bedenken verschwanden, als Jasper die Sicherung hineindrehte und das Licht anschaltete. Wie gemütlich! Das Erdgeschoss bestand aus einem Raum, der Wohnzimmer und Küche zugleich war. Ein emaillierter Küchenherd, über dem eine altmodische Uhr hing. Vanillegelbe Wände. Ein Brotkasten aus Blech. Kommoden und Schränke aus Kiefernholz und ein altmodisches Küchenbuffet mit verglastem Aufsatz. Vor dem Fenster mit dem Blick zum Teich stand ein Esstisch auf einem bunten Flickenteppich und daneben Sofa und Schaukelstuhl. Sogar einen Kaminofen mit Sichtscheibe gab es.

Doch eine Idylle. Nur lausig kalt. Anette rieb die Hände aneinander, und Jasper lächelte. »Kannst du Feuer machen?«

»Mal sehen, ob ich das hinkriege.«

»Wenn du nicht erfrieren willst, solltest du das können. Ich zeige es dir.« Er holte alte Zeitungen aus einem Verschlag vom Vorplatz und ging dann mit ihr hinters Haus zum Schuppen, wo Reisig, Feuerholz und zwei Sack Briketts lagerten.

Unter seiner Anleitung entfachte Anette ein Feuer im Ofen. Es ging einfacher als gedacht. Nur wenige Minuten später knisterte es bereits prächtig. Die Flammen arbeiteten sich durch Reisig und Späne zu den Holzscheiten vor, und Jasper erklärte ihr, dass sie die Briketts erst auflegen sollte, wenn ausreichend Glut vorhanden war.

Behagliche Wärme breitete sich aus, und Jasper führte sie durch das Haus. Oben gab es ein winziges Bad mit Waschbecken, WC und einer Badewanne, deren Emaillierung angeschlagen war. »Warmwasser erzeugt der Boiler. Du musst ihn nur einschalten.« Neben dem Bad befanden sich zwei winzige Zimmer unter den Dachschrägen. Eines hatte Jasper für sich eingerichtet. Ein Doppelbett aus dem Möbelmarkt, dazu passende Regale voller Bücher und Fotobände.

Das andere Zimmer war das Schlafzimmer seiner Großmutter gewesen. Er hatte alles so gelassen, wie es gewesen war. Als ob seine Oma nur mal kurz nach Wildstetten gegangen wäre und jeden Augenblick zur Tür hereinkommen könnte. Ein Bauernschrank und ein Kruzifix an der Wand. Rechts und links neben dem schmalen Doppelbett standen Nachttische und darauf Lampen mit Milchglasschirmen. Die Daunendecke und ein Kissen lagen vor Staub geschützt unter einem Bettlaken. Jasper griff nach dem Bettzeug. »Das ist ganz klamm. Bis es warm geworden ist, schläfst du besser unten auf dem Küchensofa.«

Sie nahmen Decke und Kissen mit hinunter und hängten beides zum Anwärmen über den Schaukelstuhl.

Jasper zeigte ihr noch den Vorratsschrank in der Schräge unter der Treppe. Darin bewahrte er allerlei Konserven auf. Während im Küchenbuffet Lebensmittel lagerten, die in Tüten und Schachteln verpackt waren. Mehl, Zucker, Nudeln, Reis. Es war eigentlich alles da. Sogar Kaffee und Tee. Anscheinend nutzte Jasper das Häuschen regelmäßig.

»Wie wäre es mit Ravioli, oder magst du lieber Linseneintopf?« Abwägend hob er zwei Dosen hoch.

32

Jasper betrachtete die Dosen in seinen Händen, und Ärger stieg in ihm auf; zunächst wusste er nicht, woher er kam, bis ihm einfiel, dass er sie im Sommer vor zwei Jahren gekauft hatte und für wen.

»Ganz wie du willst. Mir ist beides recht«, sagte Anette, und seine gute Laune war plötzlich wie weggeblasen. Auf einmal sah er sie mit anderen Augen, als hätte er eine Brille abgenommen, die alles verzerrte.

Das schiefe Lächeln war ja ganz nett, doch sie setzte es gezielt ein. Sie biederte sich an, um weiter von seiner Hilfsbereitschaft profitieren zu können. Vermutlich sah sie in ihm längst den gutmütigen Idioten. Und im selben Moment ärgerte er sich über sich selbst, weil er so dachte. Dieses Grundmisstrauen, wie Lis es genannt hatte, er wurde es einfach nicht los. Es war ihm eingebläut worden. Im wahrsten Sinne des Wortes.

Er wusste nicht, weshalb er ihr das Häuschen angeboten hatte. Es war eine spontane Idee gewesen und hing vermutlich mit diesem Lächeln zusammen, das ihn an Lis erinnerte. Doch sie war nicht Lis. Sie war ganz anders. Lis war taff gewesen, zielstrebig und ehrgeizig. Sie hatte genau gewusst, was sie wollte und wie sie ihre Ziele erreichte. In Gedanken immer schon drei Schritte voraus. Und sie war analytisch gewesen.

Lis hatte schnell erkannt, was mit ihm los war. »Du kannst dich selbst nicht lieben, weil dich deine Eltern nicht geliebt haben. Du glaubst einfach nicht, dass es etwas Liebenswertes an dir gibt. Doch da irrst du dich. Es gibt eine ganze Menge.« Mit einem Lächeln hatte sie das gesagt und ihre Arme um ihn geschlungen, so dass ihre Wärme durch sein Shirt auf seine Haut drang und er sie am liebsten nie wieder loslassen wollte. Auf ewig so dastehen. Die Gewissheit, dass das unmöglich war, jagte eine Panikwelle durch seinen Körper. »Soll ich mal aufzählen?«, fragte Lis und legte den Kopf schief.

»Davon kann ich gar nicht genug bekommen, in diesem Punkt bin ich unersättlich. Ein gieriger Wolf.« Wie zum Beweis fletschte er die Zähne, und sie lachte und küsste ihn und begann dann mit ihrer Aufzählung.

»Wenn du dich auch nicht entscheiden kannst«, sagte Anette, »dann bin ich für Ravioli.«

Er schreckte aus seiner Erinnerung hoch. »Gut, kochen wir italienisch.« Sie reichte ihm den Dosenöffner, und er dachte, dass sie das Gegenteil von Lis war. Ein wenig chaotisch und unüberlegt. Der Blick in die Zukunft war ganz eindeutig nicht ihr Ding.

Kurz darauf saßen sie mit dampfenden Tellern am Tisch. Anette spießte zwei Ravioli auf die Gabel und sah ihn abwartend an. »Bist du irgendwie sauer auf mich?«

»Wieso denn?«

»Keine Ahnung. War nur so ein Gefühl. Vielleicht weil ich mich hier breitmache. Das ist ein besonderer Ort für dich.«

Das konnte man so sagen.

»Nach dem Tod deiner Oma gab es keine Ferien mehr in Buchbach. Das hat dir sicher gefehlt.«

Er zuckte mit den Schultern. »Es wäre sowieso nicht gegangen. Ich war drei Jahre in England und habe dort die Schule besucht.«

»Wow. Das ist toll. Von einem Austauschjahr habe ich immer geträumt. Aber meine Eltern waren zu ängstlich. Sie haben es mir nicht erlaubt.«

Seine Eltern waren auch nicht von allein auf die Idee gekommen. Er hatte sie gezwungen, ihn wegzuschicken, nachdem sein Vater ihn beinahe erwürgt hatte.

An diesem vermaledeiten Sonntagnachmittag war Mama mit ihm ins Krankenhaus gefahren. Eine Platzwunde am Kopf musste genäht werden. Außerdem waren der Arm und eine Rippe gebrochen.

Während der Fahrt bläute sie ihm ein, dass er sagen sollte, er wäre gestolpert und die Treppe hinuntergefallen. »Ich will nicht, dass dein Vater deswegen Ärger bekommt.«

»Ich aber schon!«, hatte er gesagt. Sie sollten dafür büßen. Alle beide. In ihm brodelte eine Mischung aus Verzweiflung, Verachtung und Scham, und ein bisher nicht gekannter Zorn. Weißglühend wie flüssiger Stahl. Ein Hass, der dicht unter der Oberfläche saß und ihn nach außen ruhig wirken ließ. In diesem Moment war er genau wie sein Vater, bevor die Wut aus ihm herausbrach, und dafür verachtete er sich. Niemals wollte er so werden wie er!

Im Krankenhaus wich seine Mutter nicht von seiner Seite, bis er zum Röntgen musste und sie nicht mitdurfte und er sich der Schwester anvertraute. Sie holte einen Arzt dazu, und der rief die Polizei.

Zwei Schutzpolizisten kamen, und er erzählte, was er schon der Schwester und dem Arzt erzählt hatte. Seine Mutter wurde dazugebeten und wurde ganz bleich im Gesicht. »Warum erzählst du solche Geschichten?« Vorwurfsvoll sah sie ihn an und wandte sich dann an die Beamten. »Ich weiß nicht, was in den Jungen gefahren ist. Vielleicht liegt es an der Pubertät. Es stimmt, dass es Streit gegeben hat. Jasper und Tobi haben sich um den Grillanzünder gezankt. Beide wollten die Holzkohle anzünden. Es gab eine Rangelei, und dabei ist es passiert. Es war keine Absicht von Jasper, aber er hat Tobi mit dem Grillanzünder verbrannt, und meinem Mann ist leider die Hand ausgerutscht. Er hat Jasper eine Ohrfeige gegeben und ihn ins Haus geschickt. Auf dem Weg in sein Zimmer ist er auf der Treppe gestolpert und ein paar Stufen hinuntergefallen. So war das.« Sie bedachte ihn mit einem eindringlichen Blick. *Wehe dir, du widersprichst!*

Fassungslos hörte er zu, wie sie alles verdrehte, und er wusste, dass er verloren hatte. Seine Eltern waren angesehene Leute in Starnberg. Der Herr Doktor und seine Frau. Geachtete Personen und keine Lügner und Schläger. Dennoch begehrte er auf. »Sie lügt!«, schrie er mit geballten Fäusten und zitternd vor Zorn. »Fragen Sie doch einfach Tobi und Saskia! Papa hat Tobi den Grillanzünder in den Rücken gerammt! Er war es!«

Die beiden Polizisten wechselten einen Blick, und der jüngere wandte sich an Jasper. »Okay. Beruhige dich. Wir reden mit deinen Geschwistern. Wir gehen der Sache nach.«

Und das hatten sie auch getan. Aber nicht sofort. Sondern erst zwei Stunden später. Bis dahin hatten seine Eltern Tobi und Sasa auf Kurs gebracht. Sasa sagte wahrheitsgemäß, dass sie nicht gesehen hatte, wie Jasper die Treppe hinuntergefallen war, und die Sache mit dem Grillanzünder wäre so passiert, wie Mama und Papa sagten. Betreten wich sie Jaspers Blick aus. Auch Tobi bestätigte Mamas Märchen. Als Jasper ihn später zur Rede stellte, sagte er, so wäre es schließlich gewesen.

Der Arm war gebrochen und die Rippe angeknackst. An Schwimmen, Segeln, Radfahren war nicht zu denken, und die Ferien waren lang und die Wut ebenso groß wie die Angst. Eines Tages würde sein Vater ihn umbringen.

Für ihn war diese Familie aus Schlägern, Lügnern und Verrätern gestorben. Er wollte nur noch weg und suchte nach einem Plan. Am Ende ging es ganz leicht. Man musste nur wissen, was seinen Eltern wichtig war.

Erstens das Bild nach außen, von der wunderbaren Familie Seyboth, und zweitens, dass Jasper eines Tages die Praxis übernehmen sollte, die sein Großvater aufgebaut hatte. Sie sollte auch in der dritten Generation in der Familie bleiben. Doch das konnten sie sich abschminken, wenn er Selbstmord beging. Tobi war ein lausiger Schüler. Niemals konnte er Jasper ersetzen.

Also drohte er seinen Eltern, wenn sie ihn nicht für ein Austauschjahr nach England oder in die USA schickten, würde er sich umbringen. Es war kein Bluff. Er meinte es ernst. Wenn er schon sterben musste, würde er es selbst tun und nicht seinem Vater überlassen. In diesem Sommer war er völlig durch den Wind gewesen, und er hatte es tatsächlich versucht, als seine Eltern seine Drohung nicht ernst nahmen und sein Vater ihn aus dem Wohnzimmer prügelte und die Treppe hinauf und er sich in seinem Zimmer verbarrikadierte, bis es im Haus still geworden war und alle schliefen. Gegen fünf Uhr, als bereits die Sonne aufging, schlich er ins Badezimmer und nahm die Schlaftabletten seiner Mutter aus dem Schränkchen. Sie waren verschreibungspflichtig, also stark genug. Er löste alle Tabletten auf, würgte den bitteren Brei hinunter und legte sich ins Bett. Dort fand ihn am Vormittag die Zugehfrau. Bewusstlos lag er in seinem Erbrochenen. Sie rief zuerst den Notarzt und dann seine Eltern, die längst in der Praxis waren. In der Klinik pumpte man ihm den Magen aus.

Das wäre knapp gewesen, erklärte ein Kollege seinem Vater. Eigentlich müsste er den Jungen in die Psychiatrie einweisen, was denn da los sei? Fragend sah er Jasper an, dann seinen Vater, der sich wand.

Ein Psychiatrieaufenthalt seines Sohnes war so ungefähr

das Letzte, das er wollte. Wie sein Vater es geschafft hatte, ihn abzuwenden, wusste Jasper bis heute nicht, denn man schickte ihn hinaus. Jedenfalls bekam er seinen Willen. Bis zum Ende der Ferien war alles geregelt. Das folgende Schuljahr durfte er in Cardiff verbringen, bei einem Kommilitonen seines Vaters und dessen Frau. Herbert und Karin. Die beiden waren kinderlos und freuten sich, Jaspers Gasteltern zu werden.

In Cardiff war er zur Ruhe gekommen, und das Gefühl der ständigen Bedrohung war gewichen. Obwohl er zu Beginn paradoxerweise unter Heimweh litt, fuhr er an Weihnachten nicht nach Hause. Sein Körper weigerte sich. Mit Grippe und Fieber verbrachte er die Feiertage im Bett. Ostern bekam er eine Mittelohrentzündung, und gegen Ende des Schuljahres, als die Rückkehr drohte, erlitt er einen Zusammenbruch. Seine Gastmutter schleppte ihn zum Arzt, und der wollte ihn zum Psychologen schicken. Da vertraute Jasper sich seinen Gasteltern an und erklärte, dass er nicht zurück konnte und auch warum. Ob er nicht bis zum Schulabschluss bleiben könnte? Bis dahin wäre er volljährig und musste nicht wieder nach Hause.

Herbert war auf Jaspers Seite. Er telefonierte mit seinen Eltern und überredete sie, der Verlängerung zuzustimmen. Der Junge hätte sich gut eingelebt, wurde von Lehrern und Mitschülern geschätzt. Die Noten waren hervorragend. Und wer wusste schon, ob sie bei einem Schulwechsel nicht absacken würden. Zwei Jahre noch, dann hatte er sein A-Level in der Tasche, mit dem er auch in Deutschland Medizin studieren konnte. Drei Jahre war Jasper geblieben und nie wieder in das Haus in Starnberg zurückgekehrt.

»Wow. England.« Mit dieser Bemerkung holte Anette ihn zurück in die Gegenwart. »Und in Afrika warst du auch schon. Während ich es noch nicht über Europa hinaus geschafft habe.« Für einen Moment ging ihr Blick in die Ferne, und er fragte sich, von welchem Land sie wohl träumte.

Jasper sah auf die Uhr. Es war spät geworden und Zeit zurückzufahren. Er stand auf. »Du kannst bleiben, solange du willst. Wenn du etwas brauchst, ruf mich an. Hast du Münzen fürs Telefon?«

Sie nickte, und er sah, wie sie überlegte, ob sie wirklich mutterseelenallein in diesem Häuschen bleiben wollte? Der nächste Nachbar weit entfernt, die Dunkelheit des Waldes im Rücken. Dieses Waldes, aus dem in den Märchen die Hexen kamen und in Krimis die Mörder.

»Ich sehe am Wochenende mal nach dir, wenn es dir recht ist.«

»Ja, klar. Das wäre schön. Könntest du mir vielleicht ein Handy mitbringen? Das billigste, das man kriegen kann, und eine Prepaidkarte?«

»Ob das mit dem Handy eine gute Idee ist? Wen willst du anrufen? Etwa deinen Freund? Du weißt, was dann passiert.«

»Ich würde mich sicherer fühlen.« Sie zog den Geldbeutel aus der Hosentasche, und er winkte ab. »Ich hab noch ein altes Klapphandy zu Hause rumliegen. Das bringe ich dir mit.«

Als er den Wagen startete und wendete, stand Anette in der Dunkelheit vor der offenen Haustür und winkte ihm zu. Ein Scherenschnitt im Gegenlicht. Das Handy würde er ihr jedenfalls nicht mitbringen. So viel war klar.

33

Vier Stunden bevor Anette den Rücklichtern von Jaspers Geländewagen nachsah, war Dühnfort in die nahe gelegene Frauenkirche gegangen, nicht um zu beten, sondern um in Ruhe nachzudenken, und das konnte er am besten in Kirchen. Auf dem Weg dorthin rief er Ronnie Orth an und fragte, ob er von Vronis Plan gewusst hatte, ihre Eltern auf Zahlung der Ausbildungskosten zu verklagen.

»Sie hat immer wieder mal davon gesprochen. Aber das war nur Gerede. In Wahrheit hatte sie Angst vor ihrem Vater.«

»Sie glauben nicht, dass sie das durchgezogen hat?«

»Nein. Wobei …« Einen Augenblick war es still am anderen Ende.

»Wobei?«

»Wir hatten Schulden ohne Ende. Vielleicht hat sie es doch getan. Obwohl ich glaube, wenn sie ihrem Alten wirklich die Pistole auf die Brust setzen wollte, hätte sie mir das gesagt.«

Vielleicht auch nicht, dachte Dühnfort. Nicht, wenn sie dich verlassen wollte.

Er suchte sich eine Bank im Seitenschiff und setzte sich. Außer ihm waren nur einige Touristen hier und ein paar alte Frauen. Kerzenflammen flackerten, es war kalt, und der Weihrauchduft der letzten Messe hing noch in der Luft. Was hatten die Lindentals zu verbergen? Sie glichen das Konto ihrer Tochter aus, weil der Filialleiter mit der Rechtsabteilung drohte. Anstatt Vroni zu kontaktieren, zahlten sie und verloren kein Wort darüber. Außerdem hatten sie die Klageandrohung verschwiegen, falls Vroni sie wirklich ausgesprochen hatte. Es war höchste Zeit, die beiden in die Mangel zu nehmen. Vor allem ihn. Doch Lindental war aus besonders hartem Holz geschnitzt. Ein Mann, der die freiwillige DNA-Probe verweigerte und auf eine richterliche Anordnung bestanden hätte, damit die Identität seiner toten Tochter festgestellt werden konnte, ließ sich nicht aus der Reserve locken. Er würde schweigen und seine Frau ebenfalls dazu verdonnern. Und sie würde seinen Wunsch gehorsam befolgen. Erst brauchten sie Beweise und Indizien, um damit einen Durchsuchungsbeschluss zu erwirken, und dann war der richtige Zeitpunkt gekommen, die beiden zu konfrontieren.

Dühnfort kehrte ins Präsidium zurück und suchte Alois und Kirsten im Besprechungsraum auf. Stück für Stück nahmen sie Vronis Sachen aus den Kartons, sahen sie an und legten sie auf dem Konferenztisch ab. Dort stapelten sich Kleidung, Schuhe und Kosmetik, Zeitschriften, Bücher und allerlei Krimskrams. Kirsten sah auf, als Dühnfort eintrat. »Ich glaube, Ronnie können wir abhaken.«

»Wieso?«

»Es fehlt nur Vronis Sommerkleidung. Wenn Ronnie vortäuschen wollte, dass sie ihn verlassen hat, hätte er die Kleidung dann wirklich aussortiert und nur die Winterklamotten zurückgelassen? Da wäre es doch besser gewesen, einfach alles zu entsorgen.«

Alois durchsuchte eine Handtasche und hielt plötzlich inne. »Ich frage mich grad, wo ihr Koffer abgeblieben ist. Laut Ronnie war Vroni schon weg, als er abends nach Hause kam. Bei ihren Eltern ist sie am frühen Abend aufgetaucht. Sie kann also ihre Sachen nicht erst nach dem Besuch bei den Eltern gepackt haben. Dann wäre sie Ronnie begegnet. Aber weder ihre Eltern noch die Nachbarn haben einen Koffer erwähnt.«

Kirsten legte eine Leggings auf den Stapel. »Sie wird ihn in einem Schließfach am Bahnhof deponiert haben. Schließlich ist sie mit der S-Bahn gekommen.«

»Das wissen wir nicht sicher.« Alois legte die Tasche beiseite. »Vielleicht wurde sie von jemandem nach Planegg gefahren, der im Wagen auf sie gewartet hat. Dann lag ihr Gepäck im Kofferraum. Das würde auch erklären, weshalb sie die Wohnung schon mit Sack und Pack verlassen hat, bevor sie bei ihren Eltern gewesen ist. Sie wusste bereits, wohin sie danach wollte. Besser gesagt: zu wem.«

»Der große Unbekannte.« Dühnfort lehnte sich ans Fensterbrett. »Ronnie bestreitet, dass es ihn gibt. Während ihr Vater sagt, er wäre Sozialarbeiter, und auch ihre Kollegin weiß von ihm. Wir sollten davon ausgehen, dass er existiert.«

»Das war es.« Frustriert legte Kirsten das letzte Stück aus der Kiste auf den Stapel. »Vielleicht ist ein Hinweis auf ihn im Koffer, und den werden wir nicht mehr auftreiben. Entweder hat der Sozialarbeiter ihn verschwinden lassen, oder er stand in einem Schließfach, dann ist er längst weg.«

Leider war das so. Wenn eine bestimmte Frist überschritten war, wurden die Schließfächer geöffnet und der Inhalt ans Fundbüro übergeben. Nach der gesetzlichen Aufbewahrungsfrist gingen die Sachen in die Versteigerung.

»Selbst wenn sie ihren Koffer in einem Schließfach deponiert haben sollte, wissen wir nicht, an welchem Bahnhof.« Dühnfort fuhr sich über die Stirn. »Sonst könnten wir versuchen, übers Fundbüro den Käufer ausfindig zu machen.«

Alois klopfte sich Staub von den Händen. »Ich sage nur *Nadel* und *Heuhaufen.*«

Unterdessen zog Kirsten ihr Smartphone hervor und

ging online. »Allzu viele Möglichkeiten wird es nicht geben.« Sie scrollte durch eine Seite. »Genaugenommen nur drei. Schließfächer gibt es am Hauptbahnhof. Maximal drei Tage Aufbewahrungszeit. Außerdem am Ostbahnhof und in Pasing. Jeweils vierundzwanzig Stunden Lagerfrist. Es dürfte also nicht allzu schwierig werden, die Gepäckstücke herauszufiltern, die am sechsten August in Pasing und am Ostbahnhof nicht abgeholt wurden und am achten am Hauptbahnhof.«

Es gab eine weitere Möglichkeit. Die Taschen von Vronis Jeansrock waren leer gewesen und ihre Handtasche bis heute verschwunden. »Wenn wir davon ausgehen, dass Vroni den Koffer eingeschlossen hat, könnte auch ihr Vater den Schlüssel gefunden haben.«

»Du denkst wirklich, er hat sie erschlagen?«, fragte Kirsten.

»Nach jetzigem Ermittlungsstand sind ihre Eltern die Letzten, die sie lebend gesehen haben.«

Kirsten reckte die verspannten Schultern. »Das wäre dann der Klassiker. Der Mord im nahen persönlichen Umfeld. Statistisch ohnehin wesentlich wahrscheinlicher als der Unbekannte, der sich ein zufälliges Opfer sucht.«

»Wir fahren ab jetzt zweigleisig. Wir suchen weiter nach dem Sozialarbeiter ...«

»Und nehmen uns jetzt die Lindentals vor«, sagte Alois.

»Erst brauchen wir Fakten. Frag bei den Vermietern von Baumaschinen nach, ob Lindental einen Minibagger geliehen hat.«

»Die Dinger machen einen Höllenlärm. Damit weckst du das halbe Würmtal auf.«

»Mit Spitzhacke und Schaufel braucht man Tage dafür.«

»Oder Nächte. Das traue ich Lindental zu. Er hat die nötigen Nerven dafür«, entgegnete Alois.

»Und solange liegt die Leiche seiner Tochter bei brütender Hitze im Haus? Nein, das glaube ich nicht. Die Lichtung befindet sich mehr als zwei Kilometer vom nächsten Ort entfernt. Außer Füchsen und Hasen wurde niemand aufgescheucht. Lindental besitzt auch die Nervenstärke, nachts im Wald mit einer Maschine zu arbeiten.«

»Wir fahren jetzt also nicht zu ihm und stellen ihm ein paar Fragen?«

»Damit warten wir, bis wir etwas gegen ihn in der Hand haben. Er lässt uns sonst kalt lächelnd auflaufen. Beziehungsweise sein Anwalt.« Dühnfort sah auf die Uhr. »Ich muss mich jetzt für eine Stunde ausklinken. Wir haben einen Termin bei Ginas Frauenärztin.«

Alois schloss den Deckel eines Kartons. »Wisst ihr schon, was ihr tun werdet?«

»Vermutlich wird sich das heute entscheiden.« Ein Druck legte sich auf seine Brust. Für ihn war es inzwischen unvorstellbar, dieses Kind nicht zu bekommen. Seine Tochter. Chiara. Doch was, wenn es für sie das Beste wäre?

Nachdenklich beobachtete Alois ihn. »Ich habe dir doch neulich von dem Jungen in Simons Schule erzählt. Er heißt Paul. Evi hat einen guten Draht zu seinen Eltern. Sie hat angeboten, einen Kontakt zu vermitteln. So könntet ihr euch einen Eindruck verschaffen, wie es ist, mit einem solchen Kind zu leben.«

»Danke. Das ist nett. Ich bespreche es mit Gina.«

Er ging in ihr Büro, wo er sie hinter dem Schreibtisch antraf. Sie war in einen Tatortbefundbericht vertieft, den er kannte. Der Fall Ellen Reitmeier. Seine offene Wunde. »Sekunde noch«, murmelte sie und kritzelte eine Notiz auf den Collegeblock, dann sah sie hoch. »So, jetzt bin ich ansprechbar.«

»Was hast du da notiert?«

»Nur den Namen von der Visitenkarte, die in der Küchenschublade lag. Dem seid ihr nicht nachgegangen.«

Ein leiser Schreck wollte ihn schon durchfahren, doch dann bemerkte er Ginas spitzbübischen Blick und stimmte in ihr Lachen ein, als sie sagte, er hätte sein Gesicht gerade sehen sollen. Unbezahlbar!

Gemeinsam machten sie sich auf den Weg zu Dr. Mira Koch, und die Leichtigkeit von eben war einem bleiernen Schweigen gewichen, als sie schließlich Ginas Ärztin gegenüber Platz nahmen.

Vor ihr lagen Ginas Patientenakte und obenauf ein mehrseitiger Bericht mit dem Briefkopf der Frauenklinik. »Ich kann das jetzt sehr ausführlich machen und Ihnen alle möglichen medizinischen Details erklären. Es geht aber auch ganz kurz. Wie ist es Ihnen lieber?«

»Die Kurzversion.« Wie aus einem Mund kam das. Dühnfort nahm Ginas Hand. Die Langversion konnten sie gegebenenfalls später erörtern. Alles wird gut, dachte er und wiederholte diesen Gedanken voller Hoffnung noch einmal. Alles wird gut.

Dr. Mira Koch verschränkte die Hände. »Also. Die Kleine hat einen Herzfehler. Wenn Sie mich fragen, ist er das eigentliche Problem und nicht die Behinderung. Doch den kann man nach der Geburt operieren. Es gibt in München einige gute Spezialisten dafür.«

34

Am Samstagnachmittag suchte Jasper gerade DVDs und Bücher für Anette zusammen, als es klingelte und sein Bruder vor der Tür stand.

»Hey, Tobi.«

»Störe ich?«

»Ich muss etwas erledigen und bin eigentlich schon weg.«

»Es dauert nicht lange. Kann ich reinkommen?«

Eigentlich nicht, dachte Jasper. Doch er ließ seinen Bruder herein. Der folgte ihm ins Wohnzimmer und sah sich um. »Mistest du aus?« Er wies auf den Stapel Filme und Bücher.

»Ich leihe die Sachen jemandem.« Unwillkürlich musste er lächeln, als er an Anette dachte. Ja, er war ein wenig verliebt und freute sich darauf, zu ihr nach Buchbach zu fahren.

Tobi bemerkte das Lächeln. »Du hast eine Frau kennengelernt. Stimmt's?«

»Ja. Hab ich.«

»Hab ich es nicht prophezeit?« Tobi versetzte ihm einen Knuff. »Wer ist sie?«

»Kennst du nicht.«

»Nun sag schon.«

»Ein kleiner Puck mit großen Problemen. Ich helfe ihr. Und deswegen will ich jetzt los. Wenn es also nicht dringend ist …« Abwartend hob er die Hände.

»Nee. Geht ganz schnell. Der Job bei der Bahn ist mies bezahlt. Kannst du mir vielleicht hundert Euro leihen? Du bekommst sie auch bald zurück.«

Jasper zog den Geldbeutel aus der Hosentasche in der Gewissheit, das Geld nie wiederzusehen. Tobi vergaß seine Schulden gerne, und er würde ihn nicht daran erinnern. »Ich habe nur noch einen Fünfziger. Ist das okay?«

»Passt schon. Danke.« Tobi nahm den Schein. »Eigentlich wollte ich dich auch fragen, ob wir was trinken gehen sollen. Wir könnten in Sasas Geburtstag hineinfeiern.«

Den hatte Jasper glatt vergessen. Wegen eines schiefen Lächelns. Er presste die Kiefer aufeinander und sog die Luft ein. »Sie hat doch erst morgen, und ich hab jetzt wirklich keine Zeit.«

»Hätte«, sagte Tobi.

Ja: hätte! Seine gute Laune kippte von einer Sekunde auf die andere ins Gegenteil. »Ja. Ich weiß! Ich hab's nicht vergessen.«

Tobi legte ihm die Hand auf die Schulter. »He, cool down. Manchmal bist du zu empfindlich. Obwohl du eigentlich ein harter Hund bist.«

Er schüttelte die Hand ab. »Bin ich nicht! Wie kommst du denn darauf!«

Tobi ließ sich nicht beirren. »Doch. Das sind wir beide. Sonst hätten wir Papas *Zuneigung* nicht überlebt. Okay, natürlich auch, weil wir uns beide in Sicherheit gebracht haben. Du nach Cardiff und ich unter die Brücken. Jedenfalls bis ich in die Jugend-WG gekommen bin.«

Du in ein komfortables Leben und ich in eines auf der Straße. War es das, was Tobi eigentlich sagen wollte? Verdammt, dann sollte er das aussprechen.

»Und Sasa ist ja auch gegangen. Aber sie war kein harter Hund.«

»Kannst du mal damit aufhören!«

»Wenn man ständig vorgeführt bekommt, dass man Abschaum ist, dann glaubt man das irgendwann. Das hat sie fertiggemacht und auch, dass du damals fort bist.« Tobi ließ einfach nicht locker!

Damn it! Jasper ballte unwillkürlich die Hände zu Fäusten. Sie hatten ihn verraten, seine Geschwister. Sie hatten die Lügen ihrer Eltern bestätigt. Sie hätten einfach zugesehen, wenn Papa ihn eines Tages erwürgt oder erschlagen hätte. Jasper atmete durch. »Ich muss jetzt los, Tobi.«

»Okay. Und danke dafür.« Sein Bruder steckte das Geld ein und verabschiedete sich. Jasper nahm die DVDs und Bücher und machte sich auf den Weg nach Buchbach.

Während der Fahrt wurde es dunkel. Dabei war es erst sechs, als Jasper die Autobahn verließ und Richtung Buchbach weiterfuhr. Am Himmel entdeckte er die ersten Sterne.

Das Gespräch mit Tobi ging ihm nach. Natürlich hatte er durch den Aufenthalt in England die besseren Voraussetzungen für sein Leben gehabt. Warf Tobi ihm das jetzt vor? Er wusste, dass sein Bruder auch auf ein Schuljahr im Ausland gehofft hatte. Doch daraus war nichts geworden, und daran war er selbst schuld. Zweimal hintereinander war er sitzengeblieben und schließlich ohne Abschluss von der Schule gegangen. Aus Angst vor ihrem Vater war er abgehauen und hatte wochenlang auf der Straße gelebt, bis die Polizei ihn aufgegriffen und nach Hause gebracht und Papa ihn windelweich geprügelt hatte. Danach hatte Tobi keinen zweiten Versuch unternommen, wegzulaufen. Er hatte eine bessere Lösung gefunden. Er war zum Jugendamt gegangen und hatte sich selbst in Obhut nehmen lassen. Bis zur Volljährigkeit hatte er in einer betreuten WG gelebt.

Tobi war auch nur ein Opfer. Wie sie alle drei. Jeder von ihnen hatte versucht, seine Haut irgendwie zu retten. Jeder für sich allein statt alle gemeinsam. Ihm war es damals egal gewesen, was aus Tobi und Sasa wurde. Er war sechzehn gewesen und konnte ihnen den Verrat nicht verzeihen.

Jasper kurbelte das Fenster herunter und ließ frische Luft herein. Das war alles so lange her und nicht mehr zu ändern. Diesen Stein konnte er nicht wälzen. Er musste ihn endlich liegen lassen. Doch er konnte nicht.

Das Drama um Sasa hatte genau genommen bei dem Essen mit seinen und Lis' Eltern begonnen. Alles Friede, Freude, Eierkuchen. Die Inszenierung einer heilen Welt. Doch Lis' Mutter Ute hatte es nur gut gemeint. Sie konnte ja nicht ahnen, aus welcher Familie er kam, und es war verständlich, dass sie es wissen wollte, nachdem Lis und er sich entschlossen hatten, zu heiraten. Besser gesagt, Lis hatte sich entschlossen und ihm einen Antrag gemacht.

Sie war so völlig anders gewesen als er. Unkonventionell, großherzig, geradeheraus, zielstrebig und voller Humor. Meine Güte, so viel gelacht wie mit ihr hatte er in seinem ganzen Leben nicht. Unkompliziert. Ja, das war sie gewesen.

Eines Morgens – er hatte mehr oder weniger noch geschlafen – hatte sie sich im Bett an ihn gekuschelt, an seinem Ohr gezupft und hineingeflüstert: »Lass uns heiraten, ja?«

»Hm«, hatte er geantwortet. »Muss das gleich sein? Ich bin noch nicht wach.« Und erst dann hatte er verstanden, was sie gesagt hatte. Sie wollte ihr Leben mit ihm verbringen, und er war überwältigt gewesen, konnte es erst nicht glauben. Natürlich hatte er ja gesagt.

Es war ihr Wunsch gewesen, dass ihre Eltern sich kennenlernten, und Jasper sollte auch seine Geschwister einladen. Natürlich hatte er Lis den Gefallen getan.

Sie kamen zu dem Essen, das Ute stolz als Verlobungsfeier bezeichnete und entsprechend vorbereitet hatte. Ein mehrgängiges Menü, feines Porzellan, Kristallgläser und Kerzen auf dem Tisch. Und wie erwartet hatten seine Eltern das große Schauspiel vom erfolgreichen und glücklichen Ehepaar gegeben. Kultiviert, gebildet, der Herr Doktor und seine Gattin. Sie präsentierten sich von ihrer besten Seite. Nur Tobi stänkerte ständig herum und machte alles madig.

Bis auf Sasa waren alle erschienen. Mama entschuldigte sie mit Krankheit. Ute fragte nach, was ihr fehlte. *Das Kind* lag nach einer Blinddarm-Operation noch im Krankenhaus, erklärte Mama, als wäre Sasa zehn Jahre alt und würde noch bei ihnen wohnen. Dabei war sie gleich nach dem Abitur geflohen. Wenn sie gekonnt hätte, bis nach New York oder Sydney, doch ihr Talent hatte nur für die Kunstakademie Düsseldorf gereicht.

Lis' Vater erkundigte sich besorgt, ob die Operation gut verlaufen war, und wünschte gute Besserung, und da hielt es Tobi nicht eine Sekunde länger auf dem Stuhl. Er sprang auf. »Was seid ihr doch für beschissene Heuchler! Das war eine OP an den Pulsadern. Von Sasa selbst ausgeführt, und jeder in dieser Scheißfamilie weiß, warum.« Türenknallend hatte Tobi das Fest verlassen.

Jasper atmete durch. Er musste das alles endlich vergessen und konzentrierte sich aufs Fahren. Kurz hinter Wildstetten tauchte plötzlich ein Hase ins Scheinwerferlicht. Instinktiv knallte Jasper den Fuß auf die Bremse, noch bevor sein Verstand die Situation erfasst hatte. Dennoch tat es einen Schlag. Der Wagen geriet kurz ins Schlingern, er fing ihn ab, hielt am Wegesrand und hieb auf das Lenkrad ein. Verdammt! Verdammt! Verdammt!

Wahrscheinlich hatte er das Tier erwischt. Er sah nach. Zuckend lag es am Straßenrand. Die Bauchdecke war aufgerissen, Eingeweide hingen heraus. Im Feld suchte Jasper nach einem Stein, der groß genug war, und schlug ihn mit aller Wucht auf den Hasenkopf. Einmal und noch einmal. Der Schädelknochen knirschte und splitterte. Das Zittern hörte auf. Die Läufe wurden schlaff. Das Tier war tot.

Er schleuderte den Stein in die Dunkelheit. Im dürren Gras am Wegrand wischte er Blut und Gewebe von seinen verschmierten Händen, so gut es eben ging. Im Wagen wartete er darauf, dass sein Herzschlag sich beruhigte, und dabei stieg dieses verdammte Gefühl in ihm auf, das er nur zu gut kannte. Eine Art Verzweiflung überkam ihn, dass wieder einmal alles schiefging in seinem Leben. Dass es wieder völlig außer Kontrolle geriet.

35

Anette saß mit den Caran-d'Ache-Stiften am Küchentisch und colorierte den Entwurf für einen Hut mit Lampionfaltung. Während eines Spaziergangs war ihr in einem Bauerngarten eine vertrocknete Staude aufgefallen, deren Blüten orangefarbene Samenkapseln gebildet hatten, die aussahen wie Minilampions. Im Häuschen hatte sie gleich die Schachtel mit den Stiften aus dem Koffer geholt und sich ans Werk gemacht, um eine von der Natur inspirierte Kollektion zu entwerfen.

Ruhe und Einsamkeit taten ihr gut. Ihre Probleme schienen aus der Distanz betrachtet plötzlich nicht mehr unüberwindbar. Am Horizont zeichnete sich eine Lösung ab, vielleicht musste sie ihren Beruf nicht ganz aufgeben. Sie konnte sich einen Halbtagsjob suchen und in der übrigen Zeit Hüte fertigen. Verkaufen konnte sie die über das Internet und außerdem in Boutiquen in Kommission geben. Und noch eine Idee hatte sie während des Spaziergangs gehabt: Wie wäre es, wenn sie ihr Wissen in Volkshochschulkursen oder Wochenend-Workshops vermittelte? Seit sie hier war, sprudelten die Einfälle nur so.

Zufrieden schlug sie das Skizzenbuch zu und räumte die Stifte in die Schachtel. Sie legte Holz im Ofen nach und beschloss, sauberzumachen. Das Häuschen war zwar nicht schmutzig, aber staubig. Man merkte, dass es längere Zeit nicht bewohnt gewesen war. Im Schrank auf dem Vorplatz fand sie einen Staubsauger, schob Stühle und Tisch beiseite und machte sich ans Werk. Um die Staubflusen unter dem Sofa zu erreichen, musste sie sich hinknien. Plötzlich gab es ein klackerndes Geräusch, und die Saugleistung ließ abrupt nach. Etwas verstopfte die Düse. Es war eine Paybackkarte, die quer vor dem Saugschlitz hing und zu Boden fiel, als Anette das Gerät ausschaltete. Lag da noch mehr? Sie sah nach und förderte eine beinahe ausgequetschte Tube Handcreme, Mascara und acht Euro in Münzen zutage und aus dem Teleskoprohr einen Lippenstift. Offenbar war eine Handtasche heruntergefallen, und die Eigentümerin hatte nur die Hälfte der Sachen wieder eingeräumt.

Anette legte die Sachen auf den Tisch und machte weiter. Der Gedanke, dass Jasper vielleicht eine Freundin hatte, versetzte ihr einen kleinen Stich. Allerdings hatte sie derzeit genügend Probleme, da musste sie sich nicht auch noch unglücklich verlieben. Außerdem war ihr Jasper – so nett er war – auch ein wenig unheimlich mit seiner launischen und widersprüchlichen Art.

Als sie fertig war, suchte sie nach Lesestoff. Jasper hatte gesagt, sie könnte sich gerne an seinem Regal bedienen. Also ging sie nach oben und fand zu ihrer Überraschung überwiegend Reiseberichte. Sie nahm einige heraus, und aus einem fiel ein Bild zu Boden. Das Foto einer jungen Frau. Sie war vielleicht siebzehn oder achtzehn und saß mit Skizzenblock und Stiften an einem Tisch unter einem Baum. Sie war hübsch, und sie sah Jasper ähnlich. Dieselben walnussfarbenen Locken und schiefergrauen Augen. Vermutlich seine Schwester. Anette legte das Bild zurück und stellte das Buch wieder ins Regal.

Mit einem Band über eine Reise entlang der Seidenstraße machte sie es sich auf dem Küchensofa bequem, bis draußen das Brummen eines Motors erklang. Fahrzeuglichter näherten sich. Die Umrisse eines Wagens schälten sich aus der Dunkelheit. Jasper. Wie gestern parkte er vor dem Zaun und kam herein.

»Na, die erste Nacht gut überstanden?«, fragte er, wartete ihre Antwort aber nicht ab, sondern ging schnurstracks zum Spülbecken und wusch sich die Hände.

»Ich habe geschlafen wie ein Stein.«

Er ging wieder hinaus und kehrte mit einer Tüte zurück. »Ein paar Filme zum Angucken. Der DVD-Player ist oben in meinem Zimmer. Und wenn du Klamotten brauchst, bedien dich im Schrank.« Er musterte sie von oben bis unten. »Meine Jeans müssten dir eigentlich passen.«

»Ich hoffe ja, dass ich bald in meine Wohnung zurück kann.«

»Wenn dein Vermieter nicht nachgibt, kann das Wochen oder Monate dauern. Ich erkundige mich mal, ob es bei Gericht eine Schiedsstelle für derartige Fälle gibt.«

»Puh! So lange.«

»Es ist sowieso besser, wenn du nicht so bald zurückkehrst. Vergiss Sebald nicht. Er sucht nach dir.«

»Glaube ich nicht. Ich habe mit Basti nichts mehr zu tun.«

An Jaspers Nasenwurzel bildeten sich zwei steile Falten. »Er sucht nach dir. Ich war heute bei deiner Werkstatt, weil ich sehen wollte, ob Mittermeyer sie wirklich ausgeräumt hat. Du hast ja gesagt, dass du gar nicht nachgesehen hast, ob das auch stimmt.«

»Und? Hat er etwa geblufft?«

»Nein. Alles ist weg. Aber als ich dort war, kamen zwei Männer und haben nach dir gefragt. Ob der Laden geschlossen sei und ob ich wüsste, wohin du gezogen bist. Ich habe mich unwissend gestellt und zugesehen, dass ich weg kam.«

Ihr wurde ganz flau. »Was für Kerle denn?«

»Schlägertypen. Ich vermute, dass Sebald sie geschickt hat.«

Panik überrollte sie. Plötzlich fühlte sie sich hier nicht

mehr sicher und sah sich um. »Sie sind dir doch nicht gefolgt? Du hast doch aufgepasst.«

»He, keine Sorge.« Jasper nahm sie bei den Schultern und suchte ihren Blick. »Alles ist gut. Niemand hat sich an meine Fersen geheftet. Außer mir weiß niemand, dass du hier bist. Aber vielleicht solltest du nur dann ins Dorf gehen, wenn es wirklich nötig ist, und falls dich jemand nach deinem Namen fragt, denk dir einen aus.«

Benommen nickte sie. Sie konnte es nicht glauben. Das war nicht real. »Hast du an das Handy gedacht?«

»Oh. Shit! Das habe ich ganz vergessen. Schlimm?«

Ja, schon, dachte sie und versuchte dennoch zu lächeln. »Ich hätte halt gerne für Notfälle eine Rettungsleine in die Welt da draußen.«

»Ich bringe es beim nächsten Besuch mit. Okay?«

»Ja, gut. Soll ich uns Tee machen?«

Doch Jasper antwortete nicht. Er hatte die Blechschachtel mit den Caran-d'Ache-Stiften bemerkt und vom Tisch genommen. Sein Gesichtsausdruck veränderte sich. Verschloss sich, machte zu. Wieder einmal. Und doch sah sie für eine Sekunde unbändige Wut darin aufblitzen, und im nächsten war sie sicher, dass sie sich das eingebildet hatte, denn seine Mimik war wieder glatt, wie unter Eis erstarrt. Was war los mit ihm? Was ging in ihm vor und schien ihn manchmal schier zu zerreißen?

Er bemerkte ihren Blick und legte die Schachtel beiseite. »Tee? Ja, gerne.«

Sie füllte den Wasserkocher und stellte zwei Tassen auf den Tisch. Dort lagen noch die Sachen, die sie unter dem Sofa entdeckt hatte. »Das hier gehört wohl deiner Freundin. Ich habe es beim Staubsaugen gefunden.«

Jasper fuhr herum. »Ich habe keine Freundin.«

»Dann eben deiner Bekannten.« Anette griff nach der

Paybackkarte und las den Namen. »Veronika Lindental.« Für einen Moment kam er ihr bekannt vor. Hatte sie ihn nicht schon einmal gehört?

36

Jasper nahm ihr die Paybackkarte ab und drehte sie in der Hand. »Vroni hatte Schulden und wollte untertauchen. Als ob das eine Lösung gewesen wäre. Ich war so blöd und habe sie hier einquartiert, damit sie sich das noch mal überlegt.«

Verwundert über seine Erklärung, nahm Anette die Dose mit Tee vom Regal. Jasper war ihr keine Rechenschaft schuldig.

»Mit ihrem Freund gab es Zoff. Sie hat ihn verlassen und stand auf der Straße«, fuhr Jasper fort. »Es war eigentlich ganz ähnlich wie bei dir. Als ich ein paar Tage später nach ihr gesehen habe, war sie weg und mit ihr die Maria-Theresia-Taler meiner Oma.«

Anette fuhr herum und sah, wie Jasper die Karte einsteckte. »Was? Sie hat dich beklaut, obwohl du ihr geholfen hast? Das ist ja das Letzte.«

»Für die Münzen wird sie nicht viel bekommen haben, aber für mich waren sie wertvoll. Ich geh Feuerholz machen.«

»Kann ich dir helfen?«

»Nicht nötig. Das schaffe ich allein.« Noch immer war er ganz Abwehr, und dann fiel sein Blick wieder auf die Schachtel mit den Buntstiften. Abrupt wandte er sich ab und ging hinaus. Ratlos sah Anette ihm nach. Es waren nur Buntstifte. Wenn auch besondere. Man konnte sie mit Wasser vermalen, bis die Zeichnung wie aquarelliert aussah.

Aus dem Schuppen drangen wütende Schläge zu ihr, die

allmählich nachließen und schließlich verstummten. Kurz darauf kam Jasper mit einem Korb voller Holz herein und schichtete die Scheite in das Fach neben dem Ofen.

Seine Reaktion auf die Buntstifte ging ihr durch den Kopf, und sie erinnerte sich an das Bild seiner Schwester, das aus dem Buch gefallen war. Und ehe Anette es sich versah, sprach sie die Frage aus, die ihr durch den Kopf schoss. »Deine Schwester hatte dieselben Stifte wie ich, oder?«

Für einen Moment hielt Jasper mitten in der Bewegung inne und machte dann weiter, als hätte er nichts gehört. Offenbar ein weiteres Tabuthema. Wieso hatte sie auch gefragt? Sollte sie sich entschuldigen? Doch damit wäre das Thema wieder auf dem Tisch, also schwieg sie, und eine befangene, geradezu negative Spannung baute sich zwischen ihnen auf.

Wütend warf Jasper einen Seitenblick auf Anette. Sie war genauso distanzlos wie Veronika, und jetzt saß sie da wie ein Häufchen Elend und blickte betreten zu Boden. Nun tat es ihr leid, dass sie gefragt hatte.

Wie Veronika überschritt sie Grenzen. Die war scharf auf ihn gewesen, was er leider zu spät erkannt hatte. Wie sie versucht hatte, ihn zu verführen, meine Fresse. Wie sie ihm an die Hose gegangen war. Nur ein einziges Mal hatte er mit ihr geschlafen. Weil sie es unbedingt gewollt hatte und er auch nur ein Mann war. Seine Kiefermuskeln verspannten sich, er atmete durch und schichtete weiter das Holz auf.

Es wäre besser für sie beide, wenn sie hier bald wieder verschwand. Wo hatte sie das Bild von Sasa gefunden? Sie musste in seinem Zimmer herumgeschnüffelt haben, hatte in seinen Sachen gewühlt und war sogar unters Sofa gekrochen. Diese Paybackkarte musste er loswerden. Der Name schien Anette Gott sei Dank nichts zu sagen. Offenbar las sie keine Zeitungen und sah keine Nachrichten, und hoffentlich vergaß sie ihn gleich wieder.

Vielleicht war es besser, wenn er die Flucht nach vorne antrat und zur Polizei ging. Früher oder später würden sie herausbekommen, dass er Vroni gekannt hatte, und dann würden sie ihn durch die Mangel drehen. Wie damals bei Lis.

»Sorry. Ich hätte nicht fragen sollen«, sagte Anette.

Jetzt fing sie wieder damit an! Jasper fuhr herum. »Wenn du es unbedingt wissen willst: Ja, Sasa hatte dieselben Stifte. Neugier befriedigt?«

»'tschuldigung.« Ihre Augen wurden groß. »Ich wollte nicht neugierig sein. Ich habe mich nur gefragt, welche Bedeutung sie für dich haben.«

»Und das nennst du nicht neugierig?«

»Wenn du es so sehen willst, dann ist es eben Neugier.«

»Und wie würdest du es nennen?«

»Interesse.«

Wo war da der Unterschied?

»Du bist so nett zu mir. Da ist es doch ganz natürlich, dass ich mich frage, wer du bist und weshalb du das tust.«

Ging jetzt die Einschleimerei wieder los? War gar nicht nötig. Sie hatte das Dach über dem Kopf längst sicher und einen vollen Vorratsschrank obendrein.

Wer er war, wollte sie also wissen. Die Antwort würde ihr nicht gefallen. »Mach uns lieber noch eine Kanne Tee.«

»Ja klar.«

Sie stand auf und füllte den Wasserkocher. Er wartete, bis sie ihm den Rücken zukehrte, dann öffnete er die Ofentür und warf Vronis Sachen ins Feuer.

37

Über Nacht hatte ein Föhneinbruch die graue Tristesse hinweggefegt. Morgens um acht erstrahlte der Himmel über München in mediterranem Blau. Die Temperatur war bereits auf vierzehn Grad gestiegen, als Dühnfort an diesem Montag Ende November mit Gina durch die Innenstadt Richtung Polizeipräsidium ging. Ein Sommerintermezzo. Bald würden die Straßencafés überfüllt sein und überall Sonnenhungrige sitzen. Auf dem Platz vor der Oper, im Englischen Garten, an der Isar und an jedem Fleckchen, das sich dafür anbot. Luftige Kleider und kurze Hosen, Sonnenbrillen in den Haaren und Cabrios auf den Straßen. Ein letztes Aufatmen, bevor der Winter endgültig kam und demnächst der Christkindlmarkt auf dem Marienplatz eröffnet wurde.

Das Wetter passte nicht zu Dühnforts Stimmung. Die war eher bedeckt bis heiter. Am Wochenende war die Entscheidung gefallen. Sie würden Chiara bekommen, denn wie Mira Koch so treffend gesagt hatte, der Herzfehler war das eigentliche Problem, und der ließ sich korrigieren. Mit diesen Worten hatte sie auch bei Gina den Durchbruch geschafft.

Auf dem Heimweg durch die hell erleuchtete Innenstadt hatte sie ihre Hand in seine geschoben und gesagt: »Wenn man das operieren kann, ist das für die Kleine zwar eine Tortur und für uns auch. Aber wir werden das schon durchstehen, oder?«

»Aber sicher«, hatte er geantwortet. Als ob es das Selbstverständlichste wäre. Und irgendwie war es das auch. Es gab wirklich Schlimmeres. Am Sendlinger Tor stieg ihnen der Duft von gebrannten Mandeln in die Nase. Er kaufte ein Tütchen, das sie bereits leer gefuttert hatten, bis sie daheim ankamen.

Sie hatten sich also entschlossen, Eltern eines behinderten Kindes zu werden. Der Gedanke wollte ihn hin und wieder in Panik versetzen, doch er wusste, dass sie es schaffen konnten, weil sie es schaffen wollten. Sie würden in diese neue Rolle schon hineinwachsen, wie alle, die Eltern wurden. Egal, ob eines gesunden oder eines kranken Kindes.

Er trug Ginas Tasche mit den Akten im Fall Ellen Reitmeier. Die mit den Zeugenaussagen hatte sie übers Wochenende mit nach Hause genommen. Da sie nichts Schweres schleppen sollte, übernahm er das und fragte sie, ob sich der Aufwand wenigstens gelohnt hatte.

»Eigentlich nicht. Mir ist nur aufgefallen, dass ihr vermutlich mit einem Zeugen nicht gesprochen habt.«

»Mit wem denn?«

»Der Besucher von Wolfram Schrell. Der Mieter aus dem zweiten Stock links.«

»Ich weiß, wer Schrell ist. Er hatte am Tattag Besuch? Davon hat er nichts gesagt.«

»Aber seine Nachbarin. In ihrer Aussage erwähnt sie, dass bei Schrell etwa zwei Wochen lang ein Bekannter wohnte. Er ist allerdings zehn Tage vor dem Mord ausgezogen.«

»Davon weiß ich nichts. Wie heißt er?«

»Keine Ahnung. Ich werde Schrell fragen und mit dem Mann reden. Vielleicht ist ihm ja etwas aufgefallen, das uns weiterhilft.«

Dühnfort begleitete Gina bis an den Schreibtisch und legte die Tasche mit den Akten ab. Ihr Kollege Holger war schon da. Sein Mountainbike lehnte an der Wand. Es war ein teures Stück, und Holger hatte Angst, dass es ihm geklaut wurde. Obwohl er es mit einem GPS-Tracker gegen Diebstahl geschützt hatte, trug er es häufig ins Büro, und Dühnfort wurde noch immer heiß und kalt, wenn er daran dachte, wie Gina diesen Tracker benutzt hatte, um einen Verdächtigen zu überwachen, für dessen Observierung sie kein grünes Licht bekommen hatte. Gut, dass das nicht herausgekommen war.

»Dann bis heute Mittag.« Er gab ihr einen Kuss und wandte sich an Holger. »Falls Gina vorhat, den Zeugen aufzusuchen, hast du meine Erlaubnis, sie an ihren Schreibtischstuhl zu fesseln.«

Holger sah auf. »Ich habe keine Ahnung, welchen Zeugen du meinst, aber es freut mich, dass du mich für so wagemutig hältst.«

»Nix da. Fesselspielchen«, sagte Gina. »Das könnte dir so passen.«

»Ich kenne dich, du willst selbst mit ihm sprechen.«

»Und du machst dir mal wieder viel zu viele Gedanken. Ich rühre mich nicht vom Fleck. Ich kann den Mann einbestellen. Und jetzt an die Arbeit, und sag Alois, dass wir Evis Angebot gerne annehmen.«

Alois saß an seinem Schreibtisch und suchte weiter nach Firmen, die Minibagger verliehen. Bei denen er es bisher versucht hatte, war der Name Lindental unbekannt.

Dühnfort fragte, ob Evis Angebot noch galt, einen Kontakt zu Pauls Eltern zu vermitteln. »Wir würden das gerne in Anspruch nehmen.«

»Ihr habt euch also entschieden?«

»Wir werden das schon packen. Ist Kirsten nicht da?«

»Sie ist nur schnell runter zur Pforte, zwei Besucher abholen.«

»Ist sie mit der Suche nach Vronis Koffer weitergekommen?«

»Soweit ich weiß nicht.«

Dühnfort ging in sein Büro und saß noch keine drei Minuten dort, als Kirsten hereinkam. »Bei mir sitzt das Ehepaar Körber. Sie wollen ihre Tochter Anette als vermisst melden.«

»Bei der Mordkommission? Gibt es einen Grund dafür?«

»Und ob. Ich hab kein gutes Gefühl bei der Sache. Hör dir das selbst an.«

Dühnfort ging mit ihr hinüber. Am Besuchertisch saß ein Ehepaar mittleren Alters. Konservativ gekleidet, solider Mittelstand. Der Frau sah man die Sorge um die Tochter an der Körperhaltung an. Völlig verspannt. Eine steile Falte an der Nasenwurzel, Schatten unter den Augen, die hinter einer randlosen Brille lagen. Der Mann hatte seine Hand über ihre gelegt und wirkte weicher, was vermutlich am Übergewicht lag.

Kirsten stellte Dühnfort vor, und er setzte sich zu ihnen. »Ihre Tochter Anette ist also verschwunden. Seit wann?«

»Wir wissen es nicht genau«, sagte Körber.

»Sie ist erwachsen und wohnt schon lange nicht mehr zu Hause«, erklärte seine Frau. Die beiden unterbrachen sich noch mehrmals und nahmen jeweils den Faden des anderen auf. So erfuhr Dühnfort etappenweise, was vorgefallen war, und die Parallelen zu Vronis Leben waren erstaunlich. Anettes Hutmanufaktur stand vor der Insolvenz. Am Sonntag vor zwei Wochen hatte es Streit gegeben, weil die Eltern finanzielle Unterstützung ablehnten. Seither herrschte Funkstille.

Am Samstag hatten die Körbers ihre Tochter angerufen, sie wollten den Zwist beilegen. Doch Anette war nicht ans Telefon gegangen. Deshalb waren sie gegen Abend zu ihrer

Wohnung gefahren. Aber sie öffnete nicht, und auch in der Werkstatt war sie nicht. Bei einem Blick durch die Fenster hatten sie festgestellt, dass Laden und Werkstatt ausgeräumt waren, und angenommen, dass Anette den Mietvertrag bereits gekündigt und die Sachen in die Wohnung gebracht hatte.

»Gestern haben wir es dann noch mal versucht und sind wieder zu ihrer Wohnung gefahren«, sagte Körber. »Doch sie hat sich nicht gerührt. Also haben wir ihren Freund Sebastian angerufen. Er hat gesagt, dass er keine Ahnung hat, wo Anette ist und dass sie sich getrennt hätten, und dann hat er einfach aufgelegt.«

»Da haben wir es richtig mit der Angst zu tun bekommen«, fuhr Frau Körber fort. »Sie wird sich doch nichts angetan haben?« Mit der Hand fuhr sie sich über die Augen, und ihr Mann sprach weiter. »Wir haben keinen Schlüssel für ihre Wohnung. Deshalb haben wir den Schlüsseldienst kommen lassen und ihm erzählt, wir hätten uns ausgesperrt. Er hat die Tür geöffnet, und das war ein Schock.«

»Ein echter Schock«, wiederholte Frau Körber.

»Die Wohnung ist leer. Komplett ausgeräumt.«

»Leer?«, wiederholte Dühnfort. »Hatte sie Umzugspläne?«

»Nein. Natürlich nicht. Außerdem war es ihr Vermieter. Er hat die Wohnung und die Werkstatt leer geräumt. Das haben wir von einer Nachbarin erfahren und ihn angerufen. Ein ungehobelter Prolet. Er hat Anettes Eigentum als Pfand einbehalten. Hätten wir ihr doch nur das Geld gegeben.«

»Und dass sie eine neue Wohnung gefunden hat, schließen Sie aus?«, fragte Kirsten.

»Nicht bei ihrer Schufa-Auskunft. Wir haben auch

Anettes Bekannte und Freunde angerufen. Viele sind das nicht. Sie ist mehr der stille Typ und eine Einzelgängerin. Bei zweien hat sie angefragt, ob sie für ein paar Tage unterkommen könnte. Was aber nicht ging. Das war am letzten Mittwochabend, also vor fünf Tagen, und seither hat keiner etwas von ihr gehört. Und nun haben wir von dem Fall Lindental gelesen. Es gibt so viele Ähnlichkeiten, und das macht uns Angst.«

Die Parallelen waren in der Tat verblüffend, doch das musste nichts heißen. »Sie haben wirklich mit allen Bekannten und Verwandten gesprochen, ob Anette bei ihnen ist?«

Körber nickte. »Jedenfalls alle, die wir kennen.«

»Und dass sie sich in dieser scheinbar ausweglosen Situation zu einem anderen Schritt entschlossen hat, halten Sie das für möglich?«, fragte Dühnfort.

»Dafür ist sie nicht der Typ. Außerdem ist sie dabei, ihre Probleme zu lösen. Ihre Freundin Claudia arbeitet bei der Bank. Sie hat Anette einen Schuldnerberater empfohlen, der ihr helfen sollte, die Insolvenz anzumelden. Zu dem wollte sie. Das war ihr Plan.«

Ein Schuldnerberater. Dühnfort horchte auf. »Wissen Sie, wer das ist?«

Körber sah seine Frau an, und die schüttelte den Kopf. »Einen Namen hat sie nicht genannt. Ich glaube, es war ein Verein.«

»Entschuldigen Sie mich einen Augenblick?« Dühnfort stand auf und bemerkte Kirstens fragenden Blick, als er den Raum verließ. Auf dem Flur zog er das Handy aus der Tasche, rief Uwe Lindental an und fragte, ob er sicher war, dass Vroni von einem Sozialarbeiter gesprochen hatte. »Sicher bin ich mir nicht. Das ist über zwei Jahre her. So ein Gutmensch jedenfalls.«

»Könnte es ein Schuldnerberater gewesen sein?«

»Ein Schuldnerberater? Ja, ich glaube, das hat sie gesagt.«

»Wissen Sie, wer das war?«

»Nein. Tut mir leid.«

Dühnfort stellte sich ans Fenster und sah hinunter in den Innenhof. Die Ähnlichkeiten zwischen Veronika Lindentals und Anette Körbers Lebenssituation und Verschwinden konnten Zufall sein. Vielleicht war Anette einfach nur untergetaucht. Doch Dühnforts Bauchgefühl sagte etwas anderes. Und an Zufälle glaubte er ohnehin nicht.

38

Dühnfort kehrte ins Büro von Kirsten und Alois zurück. Er wollte die Körbers nicht unnötig beunruhigen und erklärte ihnen, dass es für die Polizei eigentlich keinen Grund gab, nach Anette zu suchen. Es sei denn, sie wäre hilflos und verwirrt oder ein drohender Suizid oder ein Verbrechen nicht auszuschließen. Jeder Mensch hatte das Recht, seinen Aufenthaltsort selbst zu bestimmen. Aber er verstehe die Sorge der Eltern, und deshalb würden sie nun versuchen, Anettes Handy zu orten.

Er ließ sich die Nummer geben, außerdem die Kontaktdaten von Anettes Freund und den beiden Bekannten, bei denen sie wegen einer Übernachtungsmöglichkeit angefragt hatte. Zum Schluss bat er noch um die Wohnungsschlüssel und ließ dann die Körbers von Kirsten hinunter begleiten. Kaum hatte sich die Tür hinter ihnen geschlossen, rief Dühnfort Meo an, gab ihm die Handynummer und erklärte, dass es dringend war. Er sollte das Smartphone schnellstmöglich orten.

»Mit wem hast du denn telefoniert, als du draußen warst, dass jetzt plötzlich Feuer unterm Dach ist?«, fragte Alois.

»Mit Lindental. Der Mann, mit dem *noch nichts lief,* ist nicht Sozialarbeiter, sondern Schuldnerberater.«

Bis Meo sich meldete, verging eine Stunde. Kein Signal von Anette Körbers Handy. Dühnfort gab die Fahndung nach ihr raus und rief das Team zusammen. Zehn Minuten später hatten sich alle im Besprechungsraum versammelt. Er schilderte die Lage und zog sein Fazit. »Es ist nicht auszuschließen, dass Anette Körber mit demselben Schuldnerberater zu tun hat wie Veronika Lindental. Anke, du rufst mit deinen Leuten alle Schuldnerberatungsstellen in München an. Bei welcher hat Vroni nach Hilfe gesucht, und ist auch Anette Körber dort Klientin? Macht außerdem eine Abfrage in allen preiswerten Hotels und Pensionen. Vielleicht hat sie sich ja irgendwo einquartiert, und fragt auch in den Obdachlosenunterkünften und Frauenhäusern nach.«

Anke sah von ihren Notizen auf. »Sollen wir ihr Bild auch an die Streetworker geben?«

»Ja, gute Idee. Alois, du suchst ihren Freund auf, und sprich auch mit den beiden Freundinnen, die Anette am Mittwochabend angerufen hat. Meo, du bleibst an Anettes Handy dran. Wenn es eingeschaltet wird, will ich das wissen. Kirsten und ich sehen uns in der Wohnung um. Und noch was: Kann jemand bei ihrer Bank nachfragen, wann die letzte Kontobewegung war?«

Anke hob den Stift. »Das machen wir.«

Dühnfort fuhr mit Kirsten nach Schwabing. In den Straßencafés entlang der Leopoldstraße saßen die Menschen und reckten die Köpfe in die Sonne. Ein Tag wie im Spätsommer, und morgen sollte es schneien.

Anette Körbers Wohnung befand sich in einer ruhigen Seitenstraße. Dühnfort entdeckte am Vorderhaus das Ladenschild für den Hut-Traum und die Werkstatt im Hinterhof. Sie sahen durch die Fenster. Ein großer Raum mit Oberlichtern. Er war ebenso leer wie die Wohnung, die sie kurz darauf betraten. Besenrein zurückgelassen. Kein Fitzelchen lag herum. Nichts, was ihre Aufmerksamkeit erregte. Keine Blut- oder Kampfspuren. Keine frisch gestrichenen Wände. Das war schon seltsam. Sie klingelten an der Tür gegenüber. Doch niemand war zu Hause, und auch in der Wohnung am Ende des Flurs blieb es ruhig. Dühnfort schlug vor, es eine Etage tiefer zu versuchen und Kirsten eine weiter oben. Sie trennten sich, und er begegnete im zweiten Stock einer alten Frau mit Hund, die vom Einkaufen kam. In einer Hand die Tasche, in der anderen die Leine.

Er stellte sich vor, zeigte seinen Dienstausweis und fragte, wann sie Anette Körber zuletzt gesehen hatte.

»Jetzt sucht also schon die Polizei nach ihr. Man sieht es den Leuten halt nicht an.« Der Hund bellte und zog an der Leine. »Ist ja gut Theo, gleich sind wir daheim. Dann bekommst du dein Leckerli.«

»Was sieht man ihnen nicht an?«

»Was für welche sie sind. Die Körber zum Beispiel. Die sieht aus, als könnte sie kein Wässerchen trüben, dabei ist sie eine Betrügerin. Zahlt monatelang keine Miete und denkt, dass sie damit durchkommt. Das hat es früher nicht gegeben.«

Dühnfort wurde ungeduldig. »Mich interessiert, wann Sie Ihre Nachbarin zuletzt gesehen haben.«

»Am Sonntag kam sie von der Messe zurück und hat sich gewundert, als sie nicht reinkam. Der Mittermeyer hat sie nämlich geräumt.«

»Wissen Sie, wohin sie gegangen ist, als sie nicht in ihre Wohnung konnte?«

»Sie hat ihren Freund angerufen, und der hat sie abgeholt.«

Gut, mit dem sprach Alois. Dühnfort ließ sich von der alten Dame Adresse und Telefonnummer des Vermieters geben und erfuhr von ihr, dass Mittermeyer eine Flohmarkthalle in Freising betrieb.

Mit Kirsten traf er beim Wagen wieder zusammen. »Von der *Räumung à la Selbstjustiz* wissen alle im Haus. Der Eigentümer hat einen Ruf wie Donnerhall. Die meisten fürchten sich vor ihm. Der Mieter im vierten Stock hat gesehen, wie Anette am Sonntagabend von einem jungen Mann abgeholt wurde. Sie hatte zwei Koffer bei sich.«

»Das war ihr Freund.«

»Dann sollten wir mit dem reden.«

»Das macht Alois schon. Wir fahren jetzt nach Freising und knöpfen uns den Vermieter vor. Sie ist bestimmt bei ihm aufgekreuzt.«

»Ich ruf mal an, ob er da ist. Von Beruf ist er Entrümpler. Vielleicht besorgt er gerade Nachschub für seinen Flohmarkt.«

Während Dühnfort Richtung Leopoldstraße fuhr, erhielt Kirsten von einer Mitarbeiterin Mittermeyers die Information, dass ihr Chef heute eine Wohnung in Giesing räumte. Dühnfort bog also Richtung Süden ab und hielt eine Viertelstunde später vor einem Mehrfamilienhaus in der Nähe des Giesinger Bahnhofs. Davor parkte ein uralter grüner Mercedes-Siebentonner mit Dachgepäckständer. Auf der Rasenfläche daneben stand ein Container, in den eine Metallrutsche aus einem offenen Fenster im ersten Stock führte. Dort wuchtete ein Mann einen Röhrenfernseher aus dem Fenster. Scheppernd schlidderte er hinunter und zerbarst im Container. Neben ihm erschien ein anderer und brüllte ihn an, was für ein Depp er denn sei. Es gäbe Käufer für das Graffl. Zehn Euro hätte er dafür noch verlangen können. Das würde vom Lohn abgezogen.

Dühnfort wechselte mit Kirsten einen Blick. »Ich wette, das ist unser Freund«, sagte sie.

»Und ich wette nicht dagegen. Herr Mittermeyer?«, rief er nach oben.

»Was ist?«, kam es zurück.

»Kripo München. Wir müssen reden.«

»Dann kommt's rauf. Ich hab meine Zeit nicht gestohlen.«

Von Kirsten gefolgt, betrat Dühnfort das Haus und traf in der ersten Etage auf Mittermeyer, der sie im Flur erwartete. Trotz fortgeschrittenen Alters ein Brackl-Mannsbild im Blaumann. Die grauen Haare ringelten sich im Nacken. Weiter oben auf dem Kopf wuchs hingegen nichts mehr. Hinter ihm in der Wohnung rumorten seine Männer. Dühnfort zeigte seinen Ausweis vor. Überrascht sah Mittermeyer ihn an. »Wieso Mordkommission?«

»Es geht um Anette Körber. Wann haben Sie sie zuletzt gesehen oder mit ihr gesprochen?«

»Hat sie etwa einer abgemurkst?«

»Das wollen wir nicht hoffen. Hatten Sie in den letzten Tagen Kontakt zu ihr?«

Mit der Hand fuhr Mittermeyer sich über den Schädel. »Das solltet ihr wissen. Angezeigt hat sie mich. Erst bescheißt sie mich, und dann rennt sie zur Polizei und nennt mich Dieb und Einbrecher.«

»Haben Sie nun Frau Körber in den letzten Tagen gesehen oder mit ihr telefoniert?«

»Natürlich. Sie war bei mir und wollte ihre Sachen haben.« Mittermeyer sah durch die offene Tür in die Wohnung. »Du Depp! In die Plastikkisten hab ich gesagt!«

»Und wann war das?«

»Am Freitag. Gegen Mittag. Und danach ist sie zur Polizei und hat mich angezeigt.« Mittermeyer warf die Hände in die Luft, als könnte er es nicht fassen. »Seither gibt sie Ruhe. Ich muss jetzt weitermachen.« Er wies in die Wohnung, und gleichzeitig klingelte Dühnforts Handy. Anke Frieß meldete sich. »Wir haben die Beratungsstelle gefunden, bei der beide waren.«

39

Das Sonnenlicht warf ein helles Rechteck auf Jaspers Schreibtisch. Er saß an einer Aufstellung der Einnahmen und Ausgaben einer Klientin, die seit einem Jahr in Rente war. Seither reichte das Geld weder vorne noch hinten, und er suchte nach Einsparpotential. Doch er konnte sich nicht konzentrieren. Anette ging ihm nicht aus dem Kopf.

Nachdenklich klappte er den Ordner zu. Es war besser, wenn er ein Auge auf sie hatte. Er konnte Urlaub nehmen und nach Buchbach fahren. Am Häuschen gab es ohnehin einiges zu tun. Seit einem Sturm fehlten am Dach ein paar Schindeln, das Fenster im Bad war undicht, und den Boiler wollte er schon lange entkalken. Außerdem würde der Holzvorrat nur für heute und morgen reichen, und er bezweifelte, dass Anette Holz hacken konnte.

Wie er am Samstag seine Wut mit der Axt abreagiert hatte. Bei der Erinnerung wurde ihm heiß. Als wollte er alles kurz und klein schlagen. Manchmal war er wie sein Vater. Und er wusste nicht, woher dieser unbändige Jähzorn so plötzlich kam. Meistens gelang es ihm, ihn zu kontrollieren und in Bahnen zu lenken. Dann lief er Kilometer um Kilometer an der Isar entlang, raste mit dem Mountainbike durch die Straßen der Stadt oder er hackte eben Holz. Und manchmal blieb ihm nur, die Nägel ins eigene Fleisch zu drücken. Und auch das schaffte er nicht immer.

Weshalb er am Samstag so wütend geworden war, wusste er allerdings. Anette schnüffelte im Häuschen herum und fand Sachen, die sie besser nicht gefunden hätte. Außerdem war sie neugierig, stellte Fragen, die zu weit gingen. Deshalb war der Zorn auf Veronika hochgekocht, die ihn bestohlen hatte, und auch die Wut auf sich selbst, weil er mit seinem Helfersyndrom auf sie hereingefallen war. Sie hatte ihn enttäuscht und seltsamerweise auch wieder nicht. Denn im Grunde hatte er ja gar nichts anderes erwartet. Er war wieder einmal nur der Depp, der sich ausnutzen ließ.

Als er den Diebstahl der Münzen bemerkt hatte, war merkwürdigerweise Freude in ihm aufgeflammt, erst danach war die Wut gekommen. Noch immer irritierte ihn diese Kombination. Weshalb hatte er sich gefreut?

Und mit Anette würde es ihm nicht anders ergehen. Obwohl er nicht glaubte, dass sie ihn beklauen würde. Sobald Mittermeyer einlenkte und ihr Freund sich irgendwo Geld besorgt hatte und dadurch die Gefahr für sie gebannt war, würde sie nach Hause fahren. Vermutlich würde sie sich sogar bei ihm bedanken, weil man das so machte und sie gut erzogen war. Aber sie würde nicht ihn meinen, denn ihn gab es eigentlich gar nicht.

Er schob diese Gedanken beiseite und wandte sich wieder der Frage zu, die ihn umtrieb, seit Anette Vronis Paybackkarte gefunden hatte. Es wäre klüger, zur Polizei zu gehen und zu sagen, dass er ihr geholfen hatte. So behielt er vielleicht die Kontrolle. Aber so einfach, wie er dachte, war das vermutlich nicht, und er wagte nicht, sich die Folgen auszumalen.

Und mit dieser Überlegung kam er nun wieder bei Anette an. Es war besser, wenn er für ein paar Tage nach Buchbach fuhr und nach dem Rechten sah.

Entschlossen stand er auf und verließ sein Büro. Bei Felix war die Tür nur angelehnt, er war also frei. Jasper klopfte und trat ein. Für einen Moment hörte er leise Schreie und Stöhnen und erhaschte einen Blick auf nackte Haut, ehe

Felix mit einem Klick das Browserfenster schloss und sich umdrehte. »Kannst du nicht anklopfen?«

»Hab ich.«

»Dann brauche ich wohl allmählich ein Hörgerät.« Mit einem Lächeln entschärfte Felix die Situation, wie es seine Art war, und schien so zu suggerieren, dass es das Normalste der Welt war, am Vormittag im Büro Gewaltpornos zu gucken.

Aus seinem Chef wurde er nicht schlau. Jasper hatte Felix während des Studiums kennengelernt. Als Gastdozent hatte er ein BWL-Seminar gegeben und Jaspers Arbeit mit Bestnote bewertet. Damals hatte Felix in leitender Position bei einem Telekommunikationskonzern gearbeitet und Jasper dort ein Betriebspraktikum ermöglicht. Knall auf Fall hatte Felix den Konzern kurz darauf verlassen, ohne dass die Gründe dafür öffentlich wurden. Aber es gab Gerüchte. Angeblich war er wegen Unregelmäßigkeiten rausgeflogen und hatte ein Jahr später den Verein nur deshalb gegründet, weil er nichts Neues fand. Sein Name schien auf einer schwarzen Liste gelandet zu sein.

»Was gibt's?«, fragte Felix nun.

»Ich würde mir gern zwei Wochen freinehmen.«

Seit Jasper hier arbeitete, hatte er noch keinen Tag Urlaub genommen. Er sparte ihn für eine Afrikareise auf. Im kommenden Frühjahr wollte er für vier Monate durch Marokko und Mauretanien fahren. Dieser Plan war mit Felix abgesprochen. Er hatte zwar Bedenken geäußert, doch zugestimmt und gesagt, dass Jasper seine Meinung jederzeit ändern könnte.

»Ist es jetzt also so weit?« Felix wies auf den freien Stuhl, und Jasper setzte sich. »Mitten im November. Wohin soll es denn gehen?«

»Ich bleibe hier. Ich brauche nur Zeit, um einer Freundin

zu helfen, die Probleme hat. Kannst du mit Isabelle solange meine Klienten übernehmen?«

»Kein Problem. Jedenfalls wenn ich die Hübsche mit der beachtlichen Oberweite bekomme.« Felix hob feixend die Hände vor die Brust und formte sie zu Schalen. »Die Hutmacherin, du weißt schon?«

Jasper biss die Zähne zusammen. Felix überschätzte sich mal wieder. Vom Empfang waren Stimmen zu hören.

»Wann hat sie ihren nächsten Termin?«

»Am Donnerstag«, antwortete er. Doch Anette würde nicht kommen.

»Ich glaube, bei der habe ich Chancen. Die braucht den erfahrenen Typ.«

Jasper ballte die Fäuste. Was für ein eingebildetes Arschloch Felix doch war. Anette würde nicht mal auf einen Drink mit ihm gehen. »Aber keinen alten Sack.«

»He, he«, konterte Felix lachend. »Du bist wohl selbst scharf auf sie. Jedenfalls sieht sie ziemlich ausgehungert aus.«

»Das Leben dreht sich nicht immer nur um Sex.«

»Nicht?«, entgegnete Felix. »Gut. Nimm dir frei, solange du willst. Von mir aus bis ins neue Jahr hinein. Isabelle soll deine Termine umschichten.«

In diesem Moment kam Renate herein. »Die Polizei hat vorhin angerufen. Sie haben nach zwei Klientinnen gefragt. Und jetzt sind sie da und wollen dich sprechen. Ich hab sie im Konfi geparkt.«

Der Schreck durchfuhr Jasper wie ein elektrischer Schlag. Er sah zu, dass er in sein Büro kam, während Felix verwundert fragte, was die wohl wollten.

Jasper schloss die Tür hinter sich, obwohl er keinen Klienten hatte. Seine Gedanken rasten. Panik wollte sich in ihm ausbreiten, doch er zwang sich zur Ruhe und kämpfte den Fluchtimpuls nieder. Wenn er abhaute, machte er sich verdächtig. Er musste das jetzt durchstehen, und ihm blieben nur ein paar Minuten, um sich eine Geschichte zurechtzulegen.

Er ließ sich auf seinen Stuhl fallen. Möglichst nah an der Wahrheit zu bleiben war sicher das Beste. Er rief sich die Treffen mit Veronika in Erinnerung und war kaum damit fertig, als Renate ihn holte. »Sie wollen auch mit dir reden.«

Jasper atmete durch und ging in den Konferenzraum, der eigentlich nur ein kleines Zimmer mit einem Tisch und sechs Stühlen war. Doch niemand saß. Felix stand vor dem Fenster, ihm gegenüber ein Mann von Mitte vierzig mit dunklen Haaren und Dreitagebart. Er trug eine sandfarbene Chino, ein weißes T-Shirt und darüber einen grauen Pullover mit V-Ausschnitt. Neben ihm seine Assistentin oder Kollegin, die aussah wie eine Bankangestellte. Hosenanzug, hohe Schuhe, das Haar durchgestuft.

»Herr Seyboth.« Der Mann reichte ihm die Hand. »Dühnfort, Kripo München. Meine Kollegin Kirsten Tessmann.« Er wies auf die Frau. »Sie haben sicher vom Fall Lindental gehört.«

40

Dühnfort musterte die beiden Männer. Felix Breitenstein, der ihn an einen in die Jahre gekommenen Grünen-Politiker erinnerte, und Jasper Seyboth, der gerade hereingekommen war und die Uniform der Jugend trug. Jeans, Sweatshirt, Turnschuhe. Er reichte ihm die Hand. »Dühnfort, Kripo München. Meine Kollegin Kirsten Tessmann. Sie haben sicher vom Fall Lindental gehört.«

»Ja, klar. Es stand in der Zeitung und im Netz.«

»Uns wundert, dass sich niemand von der Beratungsstelle bei uns gemeldet hat. Es gab einen Zeugenaufruf.«

Seyboth wechselte einen Blick mit seinem Vorgesetzten. »Wir haben darüber gesprochen. Aber wir dachten nicht, dass das wichtig ist. Frau Lindental war im Sommer bei uns, und in den Medien heißt es, dass sie Monate später gestorben ist. Im Winter.«

Es war dieselbe Antwort, die auch Breitenstein gegeben hatte, und in Dühnforts Ohren klang sie wie eine faule Ausrede, als hätte in der Zeitung das genaue Todesdatum gestanden. *Vor etwa zwei Jahren.* So hatte die Pressestelle es an die Medien weitergegeben, und die hatten korrekt zitiert.

»Sie haben die Beratung von Frau Lindental von Ihrem Chef übernommen, als er wegen Krankheit für einige Zeit ausgefallen ist?«

Seyboth nickte. »Ja, das stimmt. Sie …«

Felix Breitenstein, der auf seinem iPad tippte, fiel seinem Mitarbeiter ins Wort. »Ich wusste bis vor zwei Minuten nicht mal, dass ich sie beraten habe. Ich musste erst im

Klientenverzeichnis nachsehen«, sagte er an Seyboth gewandt. »Mein Namensgedächtnis ist eine Katastrophe. Jasper, du kennst das ja.«

»Ja, das ist so«, antwortete Seyboth, und Dühnfort beschlich das Gefühl, einer schlechten Inszenierung beizuwohnen.

»Bei mir war sie auch nur einmal.« Breitenstein präsentierte den Screen seines iPad mit dem elektronischen Kalender.

»Und das war wann?«

»Am neunzehnten Juli hatte sie ihren ersten Termin. Das war ein Freitag, und bei Jasper war sie eine Woche später, am sechsundzwanzigsten. Danach ist sie nicht mehr gekommen.«

Seyboth nickte. »Sie hat Eis mitgebracht. Daran erinnere ich mich.«

»Und die Folgetermine hat sie nicht wahrgenommen? Und Sie haben nicht nachgefragt, weshalb sie nicht mehr kam?«

Ein Schulterzucken begleitete Seyboths Antwort. »Warum sollte ich? Die Beratung ist freiwillig und keine Pflichtveranstaltung. Sie war nicht die Erste, die sie abgebrochen hat. Manche stecken lieber wieder den Kopf zurück in den Sand, als sich ihren Problemen zu stellen.«

Kirsten hatte die ganze Zeit neben ihm gestanden und die beiden Männer beobachtet. Nun bemerkte Dühnfort, dass ihr eine Frage auf der Zunge lag, und nickte ihr zu.

»Herr Seyboth, wir haben gehört, dass Veronika Lindental mehr in Ihnen gesehen hat als nur einen Berater.«

»In mir?« Verblüfft zeigte Seyboth auf sich. »Bestimmt nicht.«

»Sie hat das einer Kollegin und ihrem Vater gegenüber erwähnt.«

»Unsinn. Und falls es so war, hat sie das gut verborgen. Mir ist nichts aufgefallen. Und dann wäre sie doch sicher zu ihren Terminen gekommen.«

»Ganz sicher? Kein Flirt? Kein Annäherungsversuch?«, hakte Kirsten nach.

»Nein. Ich habe jedenfalls nichts bemerkt.« Ein Nerv zuckte unter dem linken Auge, und Dühnfort fragte sich, ob Seyboth nur nervös war oder ob er sie gerade angelogen hatte. War er der Mann, *mit dem noch nichts gelaufen war*? Dühnfort war unschlüssig. »Gut, dann wäre das geklärt. Wann hat Anette Körber ihren nächsten Termin?«

Überrascht sah Seyboth ihn an.

»Sie ist doch Ihre Klientin?«

»Ja schon. Aber wieso fragen Sie nach ihr?«

»Ihre Eltern haben sie als vermisst gemeldet. Am vergangenen Donnerstag hatte sie einen Termin bei Ihnen und war auch da. Ihre Kollegin hat uns das schon bestätigt.«

»Ja, stimmt. Sie kam ein wenig zu spät und mit zwei Koffern. Ihr Vermieter hat sie auf die Straße gesetzt. Aber das wissen Sie sicher schon.«

Dühnfort nickte. »Wann ist Frau Körber gegangen?«

Einen Moment überlegte Seyboth. »Das wird kurz nach achtzehn Uhr gewesen sein. Der Termin hat länger gedauert. Sie hat sich furchtbar über ihren Vermieter aufgeregt. Ich habe ihr geraten, erst einmal das Gespräch mit ihm zu suchen und ihn anzuzeigen, falls er nicht einlenkt.«

»Wissen Sie, ob sie ihn aufgesucht hat?«

»Das werde ich am Donnerstag erfahren. Da hat sie ihren nächsten Termin.«

»Hat sie gesagt, wohin sie wollte?«, fragte Dühnfort.

»Nein. Aber ich habe angenommen, dass sie wieder in die Pension geht.«

»Sie wohnt in einer Pension?«

»Das hat sie jedenfalls gesagt. Eine Familienpension in der Nähe des Hauptbahnhofs. Sie musste ihr Handy verkaufen, um das Zimmer bezahlen zu können.«

Dühnfort tauschte mit Kirsten einen Blick. Wenn das stimmte, brauchte Meo die Ortung nicht länger zu versuchen. Dann lag das Handy ausgeschaltet und ohne SIM-Karte in einem Laden und war nicht zu orten. »Aber Sie haben gesagt, dass sie ihre Koffer dabeihatte. Wenn sie in die Pension zurückkehren wollte, wozu die Koffer?«

»Keine Ahnung.« Ein Achselzucken folgte. »Vielleicht hat sie sich eine andere gesucht.«

»Aber gesagt hat sie das nicht?«

Eine Weile überlegte Seyboth. »Dazu fällt mir jetzt nichts ein. Vermutlich hat sie etwas in der Art gesagt, sonst würde ich ja nicht annehmen, dass sie in eine Pension wollte.«

»Haben Sie seit Donnerstagabend noch einmal Kontakt zu ihr gehabt?«

»Nein. Warum auch? Sie hat ihren nächsten Termin am Donnerstag. Aber Sie sagen ja, sie würde vermisst.«

Wieder erschien dieser ratlose Blick, der Dühnfort plötzlich wie aufgesetzt erschien. Mit dem Mann stimmte etwas nicht. »Wenn sie sich meldet, sagen Sie uns Bescheid.«

»Ja, natürlich.«

»Und wenn Ihnen zu Veronika Lindental noch etwas einfällt, ebenfalls.« Das kam von Kirsten, und sie wandte sich mit dieser Bitte sowohl an Breitenstein, der erstaunlich still geworden war, als auch an Seyboth.

Dühnfort reichte beiden die Hand, als er sich verabschiedete. Die von Seyboth war schweißfeucht, die von Felix Breitenstein kühl und trocken, und erst jetzt fiel ihm auf, dass dieser Mann erstaunlich attraktiv war. Er sah gut aus und wirkte wie jemand, der in allen Lebenslagen wusste, was zu tun war. Seriös, vertrauenerweckend, einer, der einer Frau Schutz und Sicherheit bieten konnte.

War nicht Seyboth der Mann, in den Veronika sich verguckt hatte, sondern er? Auf eine junge Frau, die Halt suchte und Liebe und Anerkennung, möglicherweise auch eine Vaterfigur, wirkten dreißig Jahre Altersunterschied vielleicht sehr anziehend.

41

Wie eine föhnblaue Kuppel schwang sich der Himmel über Hügel und Weiher. Anette kam von einem Spaziergang zurück und setzte sich auf die Bank vorm Haus. Das Wetter war einfach zu schön, um schon hineinzugehen.

Sie schlug das Skizzenbuch auf, das um einige Zeichnungen reicher war, die sie von Pilzen, Beeren und Strukturen für ihr Moodboard der neuen Kollektion angefertigt hatte. Wenn sie ihr Smartphone noch hätte, könnte sie das alles fotografieren. Hoffentlich dachte Jasper bei seinem nächsten Besuch daran, eines mitzubringen. Mit diesem Gedanken war sie nun wieder bei ihm angelangt. Ja, er gefiel ihr. Vielleicht weil er so widersprüchlich war und etwas Geheimnisvolles an sich hatte. Etwas schien ihn zu bedrücken, und das musste mit seiner Schwester zu tun haben.

Am Samstag hatte er ihr vorgeworfen, neugierig zu sein. Doch Neugier und Interesse waren nicht dasselbe. Neugier hatte kaum etwas mit dem Menschen zu tun, dem sie galt, sondern hauptsächlich mit den eigenen Emotionen. Man geilte sich daran auf, wie schräg, wie krass und furchtbar das war, was anderen widerfuhr, während man selbst behaglich auf dem Sofa saß. Interesse hingegen galt immer dem anderen. Und ihr Interesse galt Jasper. Obwohl oder weil er diese andere Seite an sich hatte, diese dunkle.

Der Wind wurde kühler, fröstelnd zog sie die Jacke enger um sich und ging dann doch hinein. Sie legte das Skizzenbuch auf die Ablage neben dem Ofen, und dabei bemerkte sie, dass die Sachen von Veronika Lindental verschwunden waren, und wieder zermarterte sie sich den Kopf, woher sie diesen Namen kannte. Es war zum Verrücktwerden. Sie wusste, dass sie ihn schon einmal gehört hatte, doch es fiel ihr nicht ein, in welchem Zusammenhang.

Ihre Jeans und ihr Pulli hingen auf dem Wäschegestell und waren beinahe trocken. Die Sachen hatten eine Wäsche nötig gehabt, daher hatte sie Jaspers Angebot angenommen und sich eine Hose und ein Sweatshirt von ihm geliehen. Es war ein merkwürdiges Gefühl, sie zu tragen, als käme sie ihm zu nahe, und das war etwas, das er ganz und gar nicht mochte.

Von draußen erklang das Brummen eines Motors. Sie sah aus dem Fenster. Es war Jasper, der mit dem Geländewagen kam. Eigentlich hatte sie nicht mit ihm gerechnet, denn die Fahrt hierher und wieder zurück dauerte zwei Stunden und er war berufstätig.

Sie ging vors Haus. »Hallo, Jasper.«

»Servus, Anette.« Er nahm zwei Tüten mit Baumarktlogo und eine Reisetasche aus dem Wagen. »Ein paar Reparaturen am Häuschen sind nötig. Die muss ich machen, bevor der erste Schnee kommt.«

»Du bleibst hier?«

»Stört es dich?«

»Nein. Natürlich nicht. Das ist dein Haus.«

Er ging mit den Tüten an ihr vorbei und nach oben. Sie folgte ihm und nahm die Wäsche vom Gestell, als Jasper wieder herunterkam, und genau in diesem Moment fiel ihr ein, woher sie den Namen kannte. Er hatte in der Zeitung gestanden. Veronika Lindental. Sie war die Tote aus dem Forst. Erschrocken sah sie Jasper an.

»Was ist mit dir?«

»Nichts«, stammelte sie. »Es ist nur ... Veronika Lindental ... Mir ist gerade eingefallen, woher ich den Namen kenne. Weißt du, dass sie tot ist?« Was redete sie denn da? Er musste ja denken, dass sie ihn für einen Mörder hielt.

Doch er blieb ganz gelassen. »Es stand in der Zeitung, und die Kripo war deswegen bei uns in der Beratungsstelle.« Aus dem Küchenbuffet nahm er die Packung Schokoriegel. »Auch einen?«

Sie schüttelte den Kopf. »Dann bist du gekommen, weil die Polizei das Häuschen sehen will und ich raus muss?«

»Unsinn. Da gibt es keinen Zusammenhang. Du kannst bleiben, solange du willst.«

»Du hast denen nicht gesagt, dass sie hier war?«

»Warum sollte ich? Das hat nichts miteinander zu tun. Veronika ist erst Monate später gestorben.«

»Aber die Polizei wird rekonstruieren wollen, wo sie war.«

»Die letzten Tage vielleicht. Aber doch nicht Monate. Denkst du etwa, ich habe sie umgebracht?«

»Quatsch.«

Nachdenklich musterte er sie und steckte die Hände in die Hosentaschen. Sie bemerkte die braunen Einsprengsel in seinen schieferfarbenen Augen. »Ich habe Veronika einen Rückzugsort geboten. Mehr nicht. Ich habe ihr nichts getan.«

»Das glaube ich doch gar nicht.«

»Doch. Für eine Sekunde stand es dir ins Gesicht geschrieben. Hilfe! Ich habe mich mit einem Mörder eingelassen!« Jasper lachte, und sie stimmte in sein Lachen ein.

»Hab ich gar nicht gedacht.«

»Ich hab's aber gesehen.«

Anette wurde wieder ernst. »Vielleicht hat sie jemanden angerufen, und der hat sie abgeholt. Wie sollte sie sonst von hier weggekommen sein?«

»Das glaube ich nicht. Schließlich wollte sie untertauchen. Das war von Anfang an ihr Plan, und vor ihrem Freund hatte sie Angst. Sie wird mit dem Bus nach Landsberg gefahren sein und ist dort in einen Zug gestiegen. Sie ist von der Bildfläche verschwunden, wie sie es immer vorhatte.«

Aus der Hosentasche zog Jasper ein Handy. »Heute habe ich dran gedacht. Das muss aber erst aufgeladen werden. Deshalb leihe ich dir jetzt meines.« Plötzlich wirkte er besorgt.

»Wieso? Wen soll ich denn anrufen?«

»Deine Eltern. Sie haben dich vermisst gemeldet.«

»Was! Drehen sie jetzt völlig durch? Ich bin kein kleines Kind und kann tun und lassen, was ich will.«

»Sie machen sich Sorgen um dich. Ist doch verständlich.«

»Wenn sie sich Sorgen um mich machen würden, hätten sie mir geholfen. Ich werde sie nicht anrufen.«

Jasper legte seine Hand auf ihre, und die Berührung ging ihr durch und durch. »Willst du wirklich, dass die Polizei nach dir sucht? So mit Fahndungsplakat und deinem Bild in der Zeitung?«

Das wollte sie natürlich nicht. »Also gut.«

Er zog sein Smartphone hervor und gab die PIN ein, ein Warnton erklang, und Jasper fluchte. »Shit. Der Akku hat sich gerade verabschiedet. Ich hole das Ladekabel rein.«

Er ging hinaus und kam mit leeren Händen zurück. »Es muss in der Tasche sein.« Als er wieder nach unten kam, hatte er ein Ladekabel dabei. Es war das für das Klapphandy. Das für sein Smartphone hatte er daheim vergessen. »Deine SIM-Karte hast du noch?«

»Die ist längst gesperrt.«

»Dann laden wir jetzt das Klapphandy auf und fahren nach Wildstetten. Im Schreibwarenladen gibt's Prepaidkarten.«

Doch als Anette das Kabel einsteckte, blieb das Display dunkel. Das Handy war kaputt.

»*Damn it*«, fluchte Jasper. »Wenn etwas schiefläuft, dann gleich richtig. Lass uns nach Landsberg fahren. Dort bekomme ich ein Ladekabel für mein Handy, und dir fällt sicher schon die Decke auf den Kopf.«

Nach drei Tagen im Häuschen lechzte sie wirklich nach Abwechslung und stimmte seinem Vorschlag zu.

Eine halbe Stunde später parkte Jasper den Geländewagen auf dem Parkplatz vor dem Landsberger Bahnhof, denn in der Altstadt würde er keinen finden.

Anette stieg aus und schlug die Wagentür hinter sich zu. Also gut, sie würde ihre Eltern anrufen, sobald Jaspers Handy aufgeladen war, und stutzte plötzlich. »Sag mal, woher weißt du eigentlich, dass meine Eltern mich vermisst gemeldet haben?«

»Die Polizei hat bei uns nachgefragt, ob du zu deinem Termin am Donnerstag gekommen bist. Deine Eltern wussten offenbar davon.«

»Und warum hast du nicht gesagt, wo ich bin und dass es mir gutgeht?«

»Ich wusste nicht, ob du das willst, und wollte dir die Entscheidung überlassen. Es ist schließlich nicht strafbar, bei einem Freund unterzukriechen. Aber du solltest jetzt deine Eltern informieren. Und dann ist es an ihnen, der Polizei Bescheid zu sagen, sie haben das ja angezettelt.« Nachdenklich sah er sie an, und Anette fragte sich, was jetzt noch kommen würde.

»Wenn du meinen Namen vielleicht raushalten könntest? Ich will keinen Ärger. Weder mit deinen Eltern noch mit der Kripo.«

42

Dühnfort verließ mit Kirsten die Pension Huber in der Bayerstraße, in der Anette Körber die Nacht von Mittwoch auf Donnerstag verbracht hatte. Sie hatte beim Check-in bar bezahlt und war am Donnerstagvormittag abgereist, wie es die Mitarbeiterin am Empfang formuliert hatte.

Bis jetzt hatte die Fahndung nach Anette Körber zu keinem Ergebnis geführt. Sie schien wie vom Erdboden verschluckt, und er hatte kein gutes Gefühl bei der Sache. Es war zwar möglich, dass sie bei einer Bekannten untergeschlüpft war, die die Eltern nicht kannten. Aber die gemeinsame Schnittstelle »Schuldnerberatung« zwischen Vroni und Anette gefiel ihm nicht.

Es war bereits halb vier und die Mittagspause ausgefallen. Es sei denn, man würde eine Ochs'n-Semmel auf dem Viktualienmarkt auf die Hand als Mittagspause bezeichnen. Außerdem hatte Dühnfort Kaffeedurst. »Ich brauche jetzt einen Espresso, damit ich klar denken kann. Lass uns zu Marcello fahren.«

»Ist mir recht«, sagte Kirsten. »Ich simse Alois, wo er uns findet.«

Kurz darauf parkte Dühnfort im Halteverbot am Rindermarkt und legte seine Visitenkarte aufs Armaturenbrett. Auch Marcello hatte die Tische noch einmal aus dem Keller geholt und draußen aufgestellt. Einer wurde gerade frei, Kirsten besetzte ihn, und Dühnfort ging hinein, um für sie einen Latte macchiato und für sich einen Doppio zu holen. Marcello stand hinter dem Tresen und hantierte mit mehreren Tassen gleichzeitig. »Ciao, Tino. Wie geht's euch dreien?«

»Danke, bestens.«

»Und wisst ihr jetzt, ob bella ragazza oder ragazzo?«

»Bella Chiara.«

Ein breites Lachen erschien auf Marcellos Gesicht. »Ah! Chiara! Wunderschöner Name. Gib Gina einen Kuss von mir.«

Dühnfort legte zwei Amaretti morbidi zum Kaffee aufs Tablett, zahlte und ging damit nach draußen. Die Sonne stand bereits tief über den Dächern der Stadt. Der flirrend blaue Föhntag neigte sich seinem Ende zu.

»Ich glaube nicht, dass wir weiter nach ihr suchen sollten«, sagte Kirsten. »Es gibt eigentlich keinen Grund dafür.«

Er war unschlüssig. »Ich weiß nicht. Veronika und Anette haben ähnliche Probleme. Schulden und kein Dach über dem Kopf. Beide lassen sich von derselben Schuldnerberatung helfen. Beide sind verschwunden, und eine ist tot.«

»Du meinst, die Fäden laufen bei Felix Breitensteins Verein zusammen? Ich würde dir zustimmen, wenn wir wüssten, dass Anette nicht freiwillig verschwunden ist. Doch danach sieht es nicht aus. Du verknüpfst da zwei Ereignisse, die nichts miteinander zu tun haben, und konstruierst einen Fall, den es nicht gibt.«

»Mir sind das einfach ein paar Parallelen zu viel.«

Kirsten biss in ihr Amarettini. »Mit der Schuldnerberatung sind wir auf dem Holzweg. Wir sollten uns an die Lindentals halten. Ihr Vater ist der Letzte, der Vroni lebend gesehen hat, die beiden hatten einen fetzen Streit. Und die Eltern haben sich merkwürdig verhalten, als die Bank Druck machte, obendrein haben sie uns einiges verheimlicht. Anette wird irgendwo untergekommen sein, bei einer Bekannten oder einem Freund. Du wirst schon sehen. Bei Vronis Eltern sind wir richtig.«

Dühnfort entdeckte Alois, der über den Platz auf das Café zusteuerte und ihnen zuwinkte.

»Wir sollten trotzdem die Mitarbeiter des Vereins überprüfen«, sagte Dühnfort, während Alois sich setzte.

»Meinst du die von der Schuldnerberatung?«, fragte er. »Das hab ich grad gemacht. Jasper Seyboth ist ein unbeschriebenes Blatt. Kein Eintrag im Vorstrafenregister. Aber Felix Breitenstein hat eine, die zur Bewährung ausgesetzt war. Körperverletzung in Tateinheit mit Freiheitsberaubung in einem minder schweren Fall. Er hat seine Freundin zwei Tage in der Wohnung eingesperrt und misshandelt.«

»Und macht ihn das jetzt verdächtig, Veronika Lindental dasselbe angetan zu haben?«, fragte Kirsten. »Wie lange ist das überhaupt her?«

»Fünf Jahre«, räumte Alois ein. »Aber er hat seine Freundin getreten und geschlagen. Sie hat etliche Knochenbrüche davongetragen.«

»Hm«, überlegte Kirsten und schüttelte dann den Kopf. »Ich weiß nicht. Keine junge Frau würde sich mit dem einlassen. Ein eingebildeter alternder Schnösel. Wenn schon, dann hatte Vroni sich in Jasper Seyboth verguckt. Ich glaube nicht, dass die Schuldnerberater etwas mit ihrem Tod zu tun haben. Sie war am sechsundzwanzigsten Juli zuletzt dort. Und zuletzt gesehen wurde sie zehn Tage später, am Abend des fünften August, als sie ihr Elternhaus betrat. Und niemand hat gesehen, dass sie es wieder verlassen hätte. Wir sollten uns auf die Lindentals konzentrieren, wie wir das auch tun würden, wenn nicht das Ehepaar Körber bei uns aufgetaucht wäre. Normalerweise würden wir nicht nach Anette suchen. Jeder hat schließlich das Recht, von der Bildfläche zu verschwinden. Wir haben nicht den geringsten Anhaltspunkt dafür, dass sie nicht freiwillig untergetaucht ist und sich in der Gewalt eines potentiellen Serienmörders befindet. Denn das würde es ja bedeuten. Erst Veronika, jetzt Anette, und wer weiß, vielleicht gibt es ja noch andere. Wir verrennen uns, wenn wir da weitermachen.«

Kirstens Einwände waren schlüssig. »Hast du mit ihrem Freund gesprochen?«, fragte Dühnfort.

Alois nickte. »Ich hab ihn in seiner Agentur aufgesucht. Schicker Laden. Er sagt, dass sie drei Nächte bei ihm war. Von Sonntag bis Mittwoch. Es gab Streit wegen ihrer Schulden. Er konnte ihr nicht helfen, weil er selbst keine Kohle hat. Doch sie dachte, dass er nicht wollte. Ein Wort gab das andere, und sie hat ihre Koffer genommen und ist gegangen. Seither hat er nichts von ihr gehört. Ich denke auch, dass wir uns an die Lindentals halten sollten, oder ...«

Dühnfort war da noch nicht so sicher. »Lasst uns das morgen entscheiden.«

»Oder an Ronnie Orth«, fügte Alois hinzu. »Eine ehemalige Kollegin von ihm hat sich bei mir gemeldet. So cool, wie er bei uns getan hat, war er nicht. Als Vroni ihn mit den Schulden hat sitzenlassen, war er stinkwütend. Er bringt sie um, wenn er sie in die Finger bekommt, soll er gesagt haben. Wenn sie nun doch gekommen ist, um ihre restlichen Sachen abzuholen, und es Streit gegeben hat?« Fragend sah Alois in die Runde. »Immerhin macht er Kampfsport, und er hat zugegeben, dass er sie geschlagen hat.«

Es war eine Möglichkeit, die ins Bild passte. Ein eskalierender Streit, der in einer Gewaltorgie endete. »Wenn jeder zum Mörder würde, der sagt, *ich bringe sie um*, dann hätten wir reichlich zu tun«, sagte Dühnfort. »Aber du hast recht. Wir sollten uns mit Orth beschäftigen. Übernimm du das.«

Dühnfort fühlte sich wie ein Wanderer im Moor. Nirgendwo fester Grund unter den Füßen. Nichts Substantielles bisher in dieser Ermittlung. »Wenden wir uns also den Lindentals zu. Was macht die Suche nach dem Minibagger?«

Alois hob die Hände. »Ist im Sand verlaufen. Ich habe alle Firmen durchtelefoniert, die Baumaschinen verleihen, sowohl in der Stadt als auch im Landkreis. Der Name Lindental ist unbekannt.«

Auch bei den Verbindungsdaten von Vronis Handy gab es keine Neuigkeiten. Meos Quelle beim Provider hatte bisher keinen Erfolg gehabt, wollte aber weiter am Ball bleiben.

Hätte. Würde. Wäre. Im Konjunktiv kamen sie nicht weiter. Sie brauchten endlich Fakten. Dühnforts Handy klingelte. Er zog es hervor. Die Nummer im Display kannte er nicht. »Ja? Dühnfort.«

»Körber. Sie erinnern sich? Mein Mann und ich waren heute bei Ihnen.«

»Natürlich erinnere ich mich.« Schließlich hatten sie heute kaum etwas anderes getan, als nach Anette Körber zu suchen.

»Es tut mir leid, dass wir einen solchen Wirbel gemacht haben. Sie hat angerufen.«

»Sie hat angerufen?«, wiederholte Dühnfort und fing Kirstens Blick auf. *Hab ich doch gleich gesagt.*

»Vor zehn Minuten. Es geht ihr gut. Sie ist bei einem Freund, sagt sie, und dass wir uns keine Sorgen machen sollen. Sie braucht nur Zeit, um zu überlegen, wie es weitergehen soll.«

»Da ist Ihnen sicher ein Stein vom Herzen gefallen.« Einen ganzen Tag vertan wegen Bauchgefühlen. *Merde!*

Ein Seufzer klang durchs Telefon. »Das können Sie wohl glauben.«

Dühnfort legte das Handy auf den Tisch und sah in die Runde. »Ihr habt es ja mitbekommen. Anette Körber hat bei einem Bekannten Unterschlupf gefunden. Dann wissen wir das jetzt und konzentrieren uns auf Veronika.«

43

Zufrieden betrachtete Jasper das Fenster im Bad. Es war wieder dicht. Er ging nach unten zu Anette. Mit angezogenen Beinen saß sie auf dem Sofa und starrte in die Flammen im Ofen. Worüber sie wohl nachdachte? Vielleicht darüber, wie ungewohnt es war, kein Handy zu haben und von der Außenwelt abgeschnitten zu sein.

Natürlich hatten sie in Landsberg kein Ladekabel für sein Smartphone bekommen, denn der einzige Laden, in dem es das gab, befand sich nicht in der Altstadt. Er wollte nicht, dass sie telefonierte, außer mit ihren Eltern. Und dieses Gespräch hatte sie erledigt, und zwar so, dass es nicht zurückzuverfolgen war. Vom Münzfernsprecher am Bahnhof. Es war zu ihrem eigenen Schutz. Und auch zu seinem. Allerdings konnte er nicht sicher sein, dass sie den Mund halten würde, was Veronika betraf, und das beunruhigte ihn. Er hatte das Gefühl, dass ihm wieder einmal alles entglitt. Er meinte es nur gut, und am Ende verlor er die Kontrolle und es endete in einem Fiasko.

Anette bemerkte ihn und wandte sich um. »Fertig?«

»Yep. Morgen ist der Boiler dran.«

»Hast du Hunger? Ich hab uns was vorbereitet.«

Ein Brett mit belegten Broten und zwei Dosen Bier standen vor ihr auf dem Couchtisch. Er setzte sich und bemerkte, dass sie gar nicht ins Feuer guckte, sondern den Fotoband über die Reise auf der Seidenstraße las.

»Es ist doch in Ordnung, dass ich mir das geholt habe? Ich habe auch sonst nichts angerührt.«

Das stimmte nicht. Sie hatte Sasas Foto gefunden, und

das hatte nicht in diesem Buch gelegen. Jedenfalls hatte sie ein Gespür für Menschen, das ihm oft fehlte. Sie war still und konnte zuhören, und noch immer traf ihn ihr Puck-Lächeln mitten ins Herz. Wie hatte Tobi neulich gesagt? *Du wirst sehen, eines Tages steht sie vor dir, die Frau, die Lis' Platz einnehmen kann.* Er hatte sich das nicht vorstellen können, und nun war es so weit. Er hatte sich gegen seinen Willen in Anette verliebt.

»Du bist doch sauer deswegen.« Anette wies auf das Buch.

»Es ist schon in Ordnung. Mit etwas musst du dich schließlich beschäftigen.«

Sie nahm sich ein Käsebrot, und dabei streifte sie wie zufällig seinen Arm, und er wich zurück. Wenn das jetzt Absicht gewesen war, dann ließ sie das besser bleiben.

»Hast du diese Reise gemacht? Entlang der Seidenstraße?«

»Ich hab's vor. In ein oder zwei Jahren vielleicht.« Erst wollte er noch einmal nach Afrika. Marokko und vor allem Mauretanien. Das Land hatte es ihm angetan. Nach Lis' Tod hatte er dort so etwas wie Frieden gefunden.

Und wieder begann seine Kopfhaut zu kribbeln, wieder hallte der Schrei in seinem Schädel nach. Wenn er ihr doch nur verziehen hätte! Durch seine Schuld. Durch seine große Schuld.

»Alles in Ordnung mit dir?«

Er riss sich zusammen. »Na klar.«

»Du hast für einen Moment wie weggetreten gewirkt.«

»Wirklich nicht.« Er öffnete die Dose Bier. Anette blätterte weiter in dem Buch und stellte ihm Fragen zu seinen Reisen. Sie interessierte sich für Abenteuer, und er erzählte ihr, worauf man achten musste, wenn man alleine unterwegs war, welche Ausrüstung sinnvoll war und worauf man keinesfalls verzichten sollte. Die sonst so stille Anette wurde immer lebhafter, und als sie schließlich wissen wollte, ob man auch als Frau alleine eine solche Tour unternehmen konnte, kapierte er es. »Du willst allein durch Afrika? Das ist keine gute Idee.«

»Nicht durch Afrika. Durch die Mongolei. Das ist ein Traum von mir. Total spinnert, ich weiß.« Sie lachte, legte den Kopf auf die angezogenen Knie und sah zu ihm hoch. »Bis jetzt war es nur ein Hirngespinst, eine sehr theoretische Möglichkeit, aber seit ich dir zuhöre ... Es wäre möglich.«

»Aber nicht allein. In Asien war ich zwar noch nie, aber ich glaube nicht, dass man das als Frau solo machen sollte. Und du schon gar nicht.«

»Wieso ich nicht?«

»Weil du nicht aus dem Holz geschnitzt bist, das dafür nötig ist.«

»Abenteurerholz?«

»Du kannst ja nicht mal deinem Vermieter die Stirn bieten. Wie willst du da mit störrischen und korrupten Beamten verhandeln? Außerdem fehlen dir die körperlichen Voraussetzungen, um einen festgefahrenen Jeep aus dem Schlamm zu schieben oder Hindernisse auf der Piste aus dem Weg zu räumen. Du bist zu zart dafür.«

»Ich könnte trainieren.«

»Warum willst du überhaupt allein dorthin?«

Wieder sah sie ihn an und verzog den Mund zu diesem schiefen Lächeln. »Ganz einfach. Weil ich niemanden habe, der mitfahren würde.«

Dieses verdammte Lächeln gab ihm den Rest. Plötzlich sah er sie neben sich im Geländewagen sitzen und bei einer Polizeikontrolle die Fiches herausreichen. Diese vorgefertigten Zettel, auf denen er alle Daten seines Passes und der Wagenpapiere notiert hatte, damit die Posten sie nicht jedes Mal mühsam abschreiben mussten.

Ehe er es sich versah, schlug er ihr vor, ihn zu begleiten. Weil es genau das war, was er in diesem Moment wollte. Nicht allein sein. Mit ihr durch Afrika fahren. »Du kannst mitkommen, wenn du willst. Zwar nicht in die Mongolei. Da ist es im Winter sowieso zu kalt. Aber nach Marokko und Mauretanien. Ich breche im Februar wieder auf.«

In ihrem Gesicht ging die Sonne auf. »Wow. Ist das dein Ernst?«

Es war falsch. Es war ein Fehler. Er wusste es schon jetzt. Und doch wollte er unbedingt, dass sie mitkam. Er wollte ihr das Land zeigen, das er so sehr liebte.

Es konnte nicht gutgehen. Sie würde Lis verdrängen und ihn nur benutzen. Mehr war da nicht. Er atmete durch. Wie war er nur in diese Situation geraten?

Ganz einfach: Zuerst hatte sie ihn dazu gebracht, sie mit in seine Wohnung zu nehmen, und dann, ihr das Häuschen anzubieten, und wenn er nun dieses Gespräch Revue passieren ließ ... Genaugenommen hatte sie es geschickt in die Richtung gelenkt, in der sie es haben wollte. Noch konnte er einen Rückzieher machen, sein Angebot als Scherz darstellen oder als spontane Idee, noch war Zeit, um Hindernisse zu erfinden.

Doch er sagte nichts dergleichen und versicherte ihr, dass er es ernst meinte, und sie fing sofort an, Pläne zu schmieden, und wollte mehr über das Land hören und die Menschen. Und er erzählte ihr davon, bis das Feuer heruntergebrannt war und die Glut blutrot im Ofen flackerte, und bis Anette ihren Kopf an seine Schulter lehnte.

44

Vor einer Stunde hatte Marion den Mitarbeiter des Bestattungsinstituts verabschiedet. Veronikas Beisetzung war geregelt. Ein einfacher Sarg für die Kremierung. Dezenter Blumenschmuck. Keine Karten, wem sollten sie die auch schicken? Keine Trauerfeier, keine Reden, keine Musik. Wer sollte schon kommen? Sie kannten niemanden von Vronis Freunden. Für sie und Uwe war diese Form von Abschied nicht nötig, und allein wegen Natalie diesen Zirkus zu veranstalten war absurd.

Marion hatte nicht die billigste Urne ausgewählt, aber eine preiswerte für eine anonyme Beisetzung irgendwo. Der letzte Akt stand bevor, sobald die Leiche von der Staatsanwaltschaft freigegeben wurde.

Marion ging in die Küche, um sich ein Glas Wein zu holen. Heute Abend war sie allein. Uwe besuchte einen Vortrag und würde erst spät nach Hause kommen. Die Post lag noch auf der Küchentheke. Eine Karte von Josh war dabei. Hin und wieder schrieb er ihr, obwohl sie ihm noch nie geantwortet hatte. Herrgott. Es war fünfundzwanzig Jahre her. Er sollte sie endlich in Ruhe lassen.

Natürlich hatte sie ihn gekränkt, als sie damals seinen Antrag zurückgewiesen hatte. Vor allem aber hatte sie seinen Ehrgeiz geweckt, sie zurückzuerobern, Vorstadtcasanova, der er war. Bis heute war er nicht verheiratet und noch immer Musiker. Noch immer musste er jeden Cent umdrehen. Er hatte es zu nichts gebracht, genau wie sie es vorhergesehen hatte, und nun kondolierte er ihr und Uwe zu Veronikas Tod. Wie kam er dazu? Marion warf die Karte in den Müll, nahm die Flasche Wein aus dem Kühlschrank und schenkte sich ein Glas ein. Noch immer funkte Veronika in ihr Leben. Dieses eine letzte Mal noch, und dann war endgültig Schluss.

Mit dem Glas kehrte Marion ins Wohnzimmer zurück, löschte die Lichter und stellte sich ans Panoramafenster. Der Wind war kräftiger geworden. Er fuhr durch die kahlen Sträucher, schüttelte die Buchsbäume durch, diese kleine Armee akkurat gestutzter Kegel rechts und links der Teakholzbank, und wirbelte die Asche aus der Feuerschale.

Marion hatte ganz vergessen, sie zu leeren. Eine Sekunde war sie versucht, das Glas abzustellen und die Arbeitshandschuhe überzuziehen, doch ihr fehlte die Kraft. Stattdessen nahm sie einen Schluck Wein, lehnte die Stirn gegen die Scheibe und hinterließ einen fettig beigen Fleck darauf. Den konnte sie morgen wegputzen. Jetzt musste sie sich setzen.

Sie war eine herzlose Mutter. Das war keine neue Erkenntnis, das hatte sie immer gewusst, doch bisher hatte sie damit kein Problem gehabt. Dieses bohrende Gefühl, völlig versagt zu haben, war neu und irritierend, und es machte ihr Angst, denn sie spürte, dass es das Potential hatte, ihr Leben implodieren zu lassen. Warum stellte es sich erst jetzt ein? So spät? Wo nichts mehr zu ändern war.

Vielleicht wäre alles anders gekommen … Nein, nicht vielleicht, ganz sicher sogar. Sie hätte Veronika lieben und ihr eine bessere Mutter sein können, wenn … Ja, wenn … Marion vertrieb diese Gedanken mit einem weiteren Schluck. Es war so, wie es war, und ließ sich nicht mehr ändern. Und es war falsch und dumm, sich ausgerechnet jetzt mit Vorwürfen zu quälen. Es war zu spät. Sie stand auf, schaltete das Licht auf der Terrasse an und die Gartenbeleuchtung ein und ging hinaus. Das Glas stellte sie auf dem Fensterbrett ab, holte aus dem Schuppen Jacke und Handschuhe, Eimer und Handbesen und säuberte die Feuerschale. Nach zehn Minuten war die Arbeit erledigt, und sie setzte sich mit dem Wein auf die Teakbank vor der Gartenmauer, und die bange Frage war wieder da, was an diesem Abend im August vor zwei Jahren geschehen war, als Vroni ohne jede Vorankündigung aufgetaucht war. Marion wusste es nicht, denn sie hatte nur die Ouvertüre miterlebt.

Sie hatte sich gerade umgezogen, als es unten klingelte. Kurz zuvor war Uwe von der Arbeit nach Hause gekommen und rief hinauf, dass sie sich nicht stören lassen sollte, er würde öffnen. Sie hörte Stimmen und sah vom Treppenvorplatz hinunter in den Flur. Tatsächlich Veronika. Spazierte einfach herein, ohne sich anzukündigen. Marion schlüpfte in die Schuhe und nahm ihre Handtasche. Als sie nach unten kam, saßen Uwe und Veronika im Wohnzimmer.

Er auf dem Sofa, beide Arme über die Lehne gebreitet. Sie im Sessel, aufrecht sitzend und mit trotzig gerecktem Kinn. Im Blick eine Mischung aus Vorwurf und Beleidigtsein.

Veronika erklärte, dass sie ihren Job gekündigt hatte und deshalb vorerst kein Arbeitslosengeld bekam, dass Ronnie nicht viel verdiente und die Wohnung so teuer wäre. Kurz und gut: Das Geld reichte vorne und hinten nicht. Und Marion ahnte, was Veronika wollte, und sah, dass Uwe das auch längst erkannt hatte und wie die Ader an seinem Hals schwoll. Bei Marion schrillten alle Alarmglocken. Sie sah zu, dass sie sich verabschiedete, denn bald würden die Fetzen fliegen.

Als sie drei Stunden später vom Treffen des Vereins zurückkam, saß Uwe allein auf dem Sofa. Er hatte sich umgezogen, trank ein Glas Wein und erzählte, dass er am Morgen die Borkowskis auf dem Garagenvorplatz getroffen hatte. Sie hatten die alte Villa ein paar Straßenzüge weiter gekauft, und Borkowski hatte gefragt, ob Uwe und Marion Interesse an ihrer Hälfte des Doppelhauses hätten. Uwe hatte abgewinkt. Wozu ein zweites Haus? Sie gaben ihr Geld lieber für Reisen aus.

Marion stimmte ihm zu und ging in die Küche, um auch für sich ein Glas Wein zu holen. Dabei bemerkte sie, dass die Tür des Putzschranks einen Spaltbreit offen stand, und wollte sie schließen. Doch etwas klemmte. Es war eine Ecke des Putzlumpens, der feucht über dem Eimer hing. Verwundert sah Marion sich das an. Sie hatte ihn heute nicht benutzt, und die Zugehfrau kam erst in zwei Tagen.

»Mir ist eine Flasche Rotwein heruntergefallen.«

Marion fuhr herum. Sie hatte Uwe nicht kommen gehört. »Puh, hast du mich erschreckt.« Er stand so dicht hinter ihr, dass sie sich zwischen ihm und dem Schrank wie gefangen fühlte.

Mit einer Hand strich er über ihre Wange. »Tut mir leid. Das war nicht meine Absicht.«

»Wieso putzt du denn? Das hätte ich schon gemacht.«

»Ich will nicht ganz zum Pascha verkommen. Es ist doch nichts dabei.« Er gab sie frei.

Natürlich war nichts dabei. Aber es war überraschend. Normalerweise brachte Uwe den Müll raus und schleppte die Getränkekisten, das war sein Beitrag zur Hausarbeit.

Sie folgte ihm mit dem Glas Wein ins Wohnzimmer. Er legt eine CD ein. Ein altes Album von Bob Dylan, und sie fragte, was Veronika gewollt hatte, und das hätte sie besser nicht getan, denn mit dieser Frage kippte die Stimmung. Uwe stellte sein Glas so abrupt ab, dass der Wein überschwappte. »Erpressen wollte sie uns.«

Marion lachte. »Womit denn? Soweit ich weiß, haben wir keine Leiche im Keller.«

Doch Uwe fand das nicht lustig. Sie bemerkte eine kleine Abschürfung an den Knöcheln seiner rechten Hand und wusste, dass er Veronika geschlagen hatte. »Sie droht uns mit einer Klage.« Uwe erzählte von Vronis unverschämter Forderung. Sie sollten die Kosten für die Kosmetikschule rückwirkend übernehmen. Natürlich hatte er dieses Ansinnen zurückgewiesen, woraufhin sie mit Anwalt und Gericht gedroht hatte. Als Eltern müssten sie ihr laut Gesetz eine Ausbildung bezahlen. Uwe hatte geantwortet, dass sie das mal versuchen sollte. Ihre Eltern, die ihr alles gegeben hatten, die ein Vermögen in Internatsaufenthalte gesteckt hatten, vor Gericht zu zerren. Dann brauchte sie sich hier nie wieder blicken zu lassen, und Vroni hatte geantwortet, dass sie nur deshalb das Internat bezahlt hätten, um sie los zu sein, und dass sie nicht vorhabe, jemals wieder einen Fuß in dieses Haus zu setzen. Für sie wären ihre sogenannten Eltern gestorben! Wütend war sie abgezogen.

Marion saß noch immer auf der Gartenbank und blickte fröstelnd in die Novembernacht. Für einen Moment wusste sie nicht, ob es am Wind lag, der gedreht hatte und dem Föhntag ein Ende bereitete, oder an der Erinnerung an Uwes Worte. »Wir werden nichts mehr von ihr hören. Darauf kannst du dich verlassen.«

Es hatte so absolut geklungen. Wie eine unumstößliche Wahrheit, und sie hatte sich gefragt, wie er das denn wissen wollte. Am nächsten Morgen hatte sie nach dem Frühstück die Küche aufgeräumt und im Mülleimer keine Scherben einer Weinflasche entdeckt. Vielleicht hatte Uwe sie gleich zur Mülltonne gebracht. Vielleicht gab es diese Scherben aber auch gar nicht. Vielleicht hatte Uwe etwas ganz anderes aufgewischt.

An dieser Stelle hatte Marion sich zurückgepfiffen und nicht nachgesehen, was sich in der Mülltonne befand – oder auch nicht. Am Vormittag war sie geleert worden, und das war gut so.

Doch nun war die Frage wieder da. Weshalb war Uwe so sicher gewesen, dass sie von Veronika nichts mehr hören würden? Weil er es am Ende nicht vermutete, sondern wusste?

Mit einem Quietschen wurde die Terrassentür geöffnet. Marion schreckte aus ihren Gedanken hoch. Uwe kam heraus. Sie hatte seinen Wagen gar nicht gehört. »Da bist du ja. Weshalb sitzt du denn in der Kälte? Ist alles in Ordnung mit dir?«

Den Putzlumpen hatte sie damals einfach weggeworfen, und als die Zugehfrau das nächste Mal gekommen war, hatten sie gemeinsam einen gründlichen Hausputz gemacht. Das war ohnehin mal wieder nötig gewesen.

Uwe setzte sich zu ihr und legte den Arm um sie.

»Mir geht es gut. Ich habe nur überlegt, ob wir nicht einen Wintergarten anbauen sollten. Es gibt da sehr hübsche eines britischen Herstellers.«

45

Über Nacht hatte sich der November die Stadt zurückerobert. Seit Stunden ging aus einer geschlossenen Wolkendecke Schneeregen nieder und hüllte München in tristes Grau. Schaudernd wandte sich Dühnfort von diesem Anblick ab und trat neben Frank Buchholz, der ihn vor zehn Minuten angerufen hatte. Er solle ins Labor kommen. Es gäbe da etwas Stimmungsaufhellendes für ihn.

»Guck selbst.« Buchholz heftete Computerausdrucke von DNA-Mustern an die Magnetwand. Dühnfort betrachtete die charakteristischen Strichcodes. »Für mich sehen sie identisch aus.«

»Sind sie auch.« Buchholz verschränkte die Hände über seinem mächtigen Bauch. Er wollte sich die Würmer also mal wieder einzeln aus der Nase ziehen lassen.

»Soll ich jetzt raten, woher die Spur stammt, oder lüftest du das Geheimnis auch so?«

»Du kommst schon drauf.«

»Stimmungsaufhellend wäre für mich jetzt nur Täter-DNA.«

»Sagte ich doch: Du kommst darauf.«

»Die stammt vom Täter?«

»Davon gehe ich aus. Er hat sich beim Abtransport der Leiche eine winzige Verletzung zugezogen. Vielleicht eine Abschürfung an der Hand oder einen Riss oder Schnitt. Wir haben sie an der Wachstuchdecke gefunden. Außen und innen. Zwischen den großflächigen Anhaftungen vom Blut des Opfers waren sie kaum zu entdecken. Jedenfalls haben wir jetzt seine DNA. Sind wir gut? Oder sind wir gut?«

»Ihr seid die Größten. Kein Treffer in der Datenbank?«

»Richtig.«

»Schade.« Dennoch verließ Dühnfort das Labor gutgelaunt und suchte Leyenfels auf. Der Staatsanwalt sah von seinen Unterlagen auf, als Dühnfort eintrat. »Gibt es endlich Fortschritte im Fall Lindental?«

»Wir haben eine Genspur des Täters. Ich brauche Anordnungen zur Entnahme von Speichelproben für alle, die wir auf dem Radar haben.« Er zählte sie auf: die Lindentals, Ronnie Orth, Felix Breitenstein und Jasper Seyboth.

Leyenfels schob die Brille auf der Nase nach unten und blickte über den Rand. »Weshalb die Schuldnerberater?«

»Wir nehmen an, daß Vroni mit einem der beiden eine Affäre hatte. Ihrem Vater und einer Freundin gegenüber hat sie einen Mann erwähnt, der ihr gefiel und der laut Uwe Lindental ein Gutmensch ist. Ein Sozialarbeiter, hat er zunächst gemeint, das aber revidiert, als ich ihn nach den Schuldnerberatern gefragt habe.«

»Das ist schon sehr vage.« Bedächtig schüttelte Leyenfels den Kopf. »Mehr hast du nicht? Gibt es Zeugen, die Vroni mit einem der beiden gesehen haben?«

»Nicht außerhalb der Beratungsstelle.«

»Wann war sie dort?«

Dühnfort wusste bereits, dass er verloren hatte, als er das Datum nannte.

»Diese einseitige Liebesgeschichte ist Hörensagen. Und verschwunden ist Veronika Lindental beinahe zwei Wochen nachdem sie das letzte Mal bei dem Verein war. Damit bekomme ich von keinem Richter eine Anordnung zur Entnahme einer Speichelprobe. Vielleicht geben sie die freiwillig ab.«

»Du kannst es wenigstens versuchen.«

»Mit nichts in der Hand? Ich bitte dich.« Mit diesen

Worten wandte Leyenfels sich wieder seinen Unterlagen zu, und Dühnforts Laune rutschte eine Etage tiefer. »Erst machst du Druck, und jetzt stehst du auf der Bremse.«

»Liefere Fakten, dann gibt es Beschlüsse.«

»Du stellst jetzt nicht ernsthaft die Huhn-oder-Ei-Frage!«

Leyenfels sah auf. »Ich melde mich.« Audienz beendet. Verärgert verließ Dühnfort das Büro des Staatsanwalts. Leyenfels fehlte einfach der Biss. In der zweiten Etage sah Dühnfort bei Gina rein. Sie telefonierte. Offenbar war sie dem Übernachtungsgast von Ellen Reitmeiers Nachbarn auf der Spur. Dühnfort wollte nicht stören, warf ihr eine Kusshand zu und kehrte in den dritten Stock zurück, um Alois und Kirsten zu informieren.

Es wurde früher Nachmittag, bis der Anruf von Leyenfels kam. Dühnfort verteilte die richterlichen Anordnungen. Alois übernahm Ronnie Orth und Kirsten Uwe Lindental. Er selbst wollte die Probe bei Vronis Mutter nehmen und dann sein Glück bei der Schuldnerberatung versuchen.

Als er am Haus der Lindentals in Planegg klingelte, öffnete niemand. Doch gegenüber kam eine ältere Dame aus dem Haus und ging mit einer Tüte zur Mülltonne. Dühnfort kannte sie von der Nachbarschaftsbefragung und wechselte die Straßenseite. »Grüß Sie, Frau Burger. Wissen Sie, wo ich Frau Lindental finden kann?«

»Heute ist Dienstag, nicht?«

»Genau.«

»Ja dann ist sie bei der Tafel und teilt Lebensmittel an Bedürftige aus.« Frau Burger beschrieb ihm den Weg zum Gelände einer Spedition, deren Eigentümer der Planegger Tafel eine Halle zur Verfügung gestellt hatte.

Als Dühnfort eintraf, herrschte an den Tischen Gedränge. Schließlich entdeckte er Marion Lindental an einem

Stand mit Backwaren. Sie reichte gerade einer jungen Mutter einen Beutel mit Brot und gab ihrem kleinen Sohn, der im Buggy saß, eine Laugenstange. Sie strahlte eine Herzlichkeit und Wärme aus, die er bisher bei ihr noch nicht gesehen hatte und die ihn überraschte. Lächelnd strich sie sich mit dem Handrücken eine Strähne aus dem Gesicht und bemerkte ihn dabei. Sofort verschwand das Lächeln. Dühnfort ging an der Schlange der Wartenden vorbei und vernahm hinter sich Murren. Eine Frau mit Dauerwelle packte ihn am Ärmel. »Hier geht es der Reihe nach.«

»Keine Sorge, ich nehme Ihnen nichts weg. Ich will nur …«

»Ach, so einer sind Sie. Ein feiner Schnösel mit dickem Auto. Woher kommt denn eure fette Kohle? Von uns kleinen Leuten.«

»Genau«, stimmte ihr ein Mann mit schütterem Haar und fadenscheiniger Winterjacke zu. »Jetzt stellen Sie sich mal schön hinten an.« Mit dem Daumen wies er über seine Schulter.

Dühnfort machte sich von der Frau los. »Ich will nur kurz mit Frau Lindental reden. Das ist alles. Gleich geht's hier weiter.« Er ignorierte das Geraune und arbeitete sich nach vorne durch.

»Vordrängen kommt hier nicht gut an«, sagte sie, und er wusste nicht, ob sie das ernst meinte oder Spaß machte.

»Haben Sie zwei Minuten Zeit für mich?«

»Was ist denn schon wieder? Sie sehen doch selbst, was hier los ist.«

Einen Moment war er in Versuchung, ihr die Speichelprobe vor interessiertem Publikum abzunehmen. Das würde für Gesprächsstoff sorgen. »Es dauert wirklich nicht lange.« Er sah sich um. »Können wir hier irgendwo ungestört reden?«

»Also gut.« Sie rief eine Kollegin und bat sie, kurz die Brotausgabe zu übernehmen. »Wir können ins Büro gehen. Während der Ausgabe der Lebensmittel ist dort niemand.«

Sie führte ihn in einen Raum mit vergittertem Fenster, unter dem ein verschrammter Schreibtisch stand, und zog die Fleecejacke enger um sich. Abwartend sah sie ihn an, und er erklärte ihr, dass sie die DNA des Täters gesichert hatten und sie nun für einen Vergleich Proben von ihr und ihrem Mann benötigten. Dabei zog er das Kunststoffröhrchen mit dem Watteträger aus der Jackentasche. Doch sie schüttelte den Kopf, und er sah, wie sie unter dem Makeup grau wurde und kurz schwankte. Instinktiv griff er nach ihrem Arm, zog den Schreibtischstuhl heran, und sie setzte sich. »Geht es wieder? Ein Glas Wasser vielleicht?«

Sie winkte ab, strich sich mit einer Hand über die Stirn, atmete durch und straffte die Schultern. Der Moment der Schwäche war vorüber. »Ich mach das nicht.«

»Sie haben keine Wahl.« Er gab ihr den Beschluss. »Das ist eine richterliche Anordnung. Frau Lindental, wollen Sie mir etwas sagen?«

Sie las das Dokument, und er sah, wie ihre Hände zitterten. Hinter ihm stand ein Stapel Plastikkisten, er zog ihn heran, setzte sich und stellte so Augenhöhe her. »Was ist los?«

Bedächtig faltete sie das Papier zusammen und steckte es ein. In ihrem Gesicht spiegelten sich widersprüchliche Gefühle, als ob sie einen stillen Kampf mit sich ausfocht. Schließlich suchte sie seinen Blick. »Gibt es bei Ihnen auch so eine Art Schweigepflicht wie beim Arzt?«

»Eigentlich nicht. Es kommt darauf an, was Sie mir anvertrauen wollen. Wenn Sie oder Ihr Mann am Tod von Veronika in irgendeiner Weise beteiligt sind, geht das natürlich nicht. In diesem Fall haben Sie aber das Recht zu schweigen.«

»Darum geht es nicht. Ich meine ...« Beinahe flehentlich sah sie ihn an. »Mein Mann ... Wird er das Ergebnis dieses Tests erfahren?« Sie wies auf das Röhrchen, und er verstand endlich, was sie meinte. Schon bei seiner ersten Bitte um eine DNA-Probe der Eltern, um Vroni identifizieren zu können, war Marion Lindental ganz blass geworden. »Ihr Mann ist nicht Vronis Vater?«

Sie nickte, griff nach seinem Arm und klammerte sich daran. »Er darf das nie erfahren. Bitte! Sie müssen mir das versprechen!«

46

Während der Rückfahrt in die Stadt beschäftigte ihn Marion Lindentals Geheimnis. Solange das Ergebnis für den Fall nicht relevant war, würde ihr Mann nicht erfahren, dass Vroni das Kind eines anderen war. Das hatte er ihr mit gutem Gewissen versprechen können.

Sieh mal an, dachte er nun. Auch bei den Lindentals, die eine beinahe symbiotische Partnerschaft eingegangen waren, war nicht alles Gold, was glänzte. Wie er wohl reagieren würde, wenn er je erfuhr, dass er ein Kuckuckskind großgezogen hatte? Und was würde sie tun, falls ihre Lebenslüge aufflog?

Schneeregen pladderte gegen die Windschutzscheibe. Die Lichter der entgegenkommenden Fahrzeuge blendeten. Es wollte an diesem Tag einfach nicht richtig hell werden. Interessant war Marion Lindentals Reaktion aus einem anderen Grund. Ihre Sorge hatte nur dem Geheimnis um die Vaterschaft gegolten, nicht einer möglichen Enttarnung als Tatbeteiligte. Oder sie hatte gut geschauspielert. Wie auch immer, bald würden sie es wissen. Das Röhrchen mit der Speichelprobe steckte in seiner Tasche. Hoffentlich gaben Breitenstein und Seyboth ihre freiwillig ab.

Dühnfort parkte im Hof der Schuldnerberatung und ging durchs Treppenhaus nach oben. Am Empfang saß niemand. Er sah sich um und bemerkte eine Frau, die aus der Teeküche kam.

»Kann ich Ihnen helfen?«

»Dühnfort, Kripo München. Arbeiten Sie hier?«

»Aber sicher. Isabelle Schuhmacher.« Sie reichte ihm die Hand.

»Ich würde gerne Herrn Breitenstein und Herrn Seyboth sprechen.«

»Jasper ist nicht da. Er hat Urlaub.«

»Er ist verreist?«

»Soweit ich weiß, ist er in München. Nachdem er drei Jahre durchgearbeitet hat, war es Zeit, dass er sich mal ein paar Tage ausklinkt, bevor er ein Burnout bekommt.«

Die Tür von Breitensteins Büro wurde geöffnet. Er kam in Begleitung eines Mannes heraus, der Bomberjacke und Doc Martens trug. »Sie kriegen das schon auf die Reihe. Dann bis zum nächsten Termin.« Nachdem er seinen Klienten verabschiedet hatte, kam er zu Dühnfort. »Sie schon wieder.«

»Sie haben mir gar nicht gesagt, dass noch jemand hier arbeitet.«

»Isabelle war gestern krank, und ich dachte nicht, dass es wichtig wäre.«

Breitensteins Mitarbeiterin blies eine Haarsträhne aus ihrer Stirn. »Sie kommen wegen Veronika Lindental, oder?«

»Kannten Sie sie?«

»Flüchtig. Sie hat uns einmal Eis mitgebracht. Die meisten Namen kenne ich sonst nur aus der Klientendatei. Für die bin ich zuständig.«

»Kann ich mich später mit Ihnen unterhalten?«

»Kein Problem. Ich habe Zeit.«

Dühnfort wandte sich an Breitenstein. »Vorher würde ich gerne mit Ihnen reden.«

»Ich wüsste nicht, was Sie gestern nicht gefragt hätten, aber bitte.« Breitenstein gab sich souverän und wies auf sein Büro. Er ging voran und blieb mitten im Raum stehen. »Also, was wollen Sie noch?«

»Sie um einen Gefallen bitten.«

Ein trockenes Lachen war die Antwort. »Ist nicht Ihr Ernst. Weshalb sollte ich der Polizei einen Gefallen tun? Sie haben inzwischen doch sicher mein Vorstrafenregister studiert.«

»Das gehört zum Job. Eine Bewährungsstrafe wegen Körperverletzung und Freiheitsberaubung. Das ist fünf Jahre her und interessiert mich nicht.«

»Das interessiert Sie nicht?« Breitensteins Brauen schnellten in die Höhe. »Dass ich nicht lache. Ich weiß, wie ihr arbeitet. Voreingenommen ist noch milde formuliert. Das hat mich meine Karriere gekostet. Und jetzt verlassen Sie dieses Büro. Ohne was auch immer Sie von mir wollen. Vermutlich eine Speichelprobe.«

Angriff ist die beste Verteidigung, dachte Dühnfort, und dass das eine interessante Bemerkung war. »Wie kommen Sie darauf?«

»Gestern stellen Sie Fragen nach einer ermordeten Klientin, und jetzt tauchen Sie auf und wollen mich um einen ›Gefallen‹ bitten.« Mit verschränkten Armen stand der Schuldnerberater vor ihm, und der ruhige Tonfall kostete ihn sichtlich Mühe. »Tja, was kann das wohl für eine Gefälligkeit sein, in einer Zeit, in der Täter gerne durch Genanalyse überführt werden? Doch Sie haben nichts gegen mich in der Hand. Sonst wären Sie mit einem Beschluss hier angetanzt. Und jetzt gehen Sie.« Mit einem Lächeln wies Breitenstein ihm die Tür, und Dühnfort wusste, dass er sich den Atem sparen konnte. Mit keinem Argument der Welt würde er eine Speichelprobe erhalten.

Im Flur begegnete ihm Isabelle Schuhmacher. Aus dem Gespräch in den Geschäftsräumen der Beratungsstelle wurde ebenfalls nichts. Breitenstein hatte das Hausrecht.

Er konnte ihn vor die Tür setzen und würde das tun. Daran zweifelte Dühnfort nicht. Also lud er Frau Schuhmacher ins Café an der Ecke ein.

Kurz darauf saß er mit ihr an einem Tisch in der Fensternische. Das Lokal war gut besucht. Die Luft roch nach feuchten Mänteln und Kaffee. Im Hintergrund spielte leise Musik. Sie rührte Zucker in ihren Kaffee, und er fragte sie nach Vroni, und sie wiederholte, dass sie sie nicht wirklich gekannt hatte. Aber als sie ihren Namen vor einigen Tagen in der Zeitung gelesen hatte, hatte sie Jasper und Felix gefragt, ob sie nicht die Polizei informieren sollten. »Doch die beiden haben keinen Grund dafür gesehen. Sie war ja auch nur dreimal bei uns.« Isabelle Schuhmacher leckte den Löffel ab und legte ihn beiseite.

»Ich dachte zweimal. Den ersten Termin hatte sie bei Ihrem Chef, und als der krank wurde, ist Seyboth eingesprungen.«

»Ja, das stimmt. Aber ich dachte, dass sie bei Jasper zweimal war. Wenn ich mich recht erinnere, sind in der Klientendatei drei Termine eingetragen.«

»Können Sie nachsehen und mich anrufen?«

»Ist das wichtig?«

»Es ist eher lästige Routine.« Etwas war faul bei den Schuldnerberatern. Man konnte es beinahe mit Händen greifen. Und mit diesem Gedanken war er nun wieder bei Anette Körber angelangt. Durch sie waren sie überhaupt erst auf den Verein aufmerksam geworden. Aber bei ihr war alles in Ordnung. Sie war bei einem Freund.

Und was, wenn nicht? Dieser Gedanke streifte ihn ganz unerwartet. Wenn sie nicht freiwillig angerufen hatte, sondern dazu gezwungen worden war? Doch dafür gab es keinen Anhaltspunkt.

Dühnfort gab Isabelle Schuhmacher seine Nummer. »Sie

haben vorhin gesagt, dass Seyboth seit drei Jahren keinen Urlaub hatte. Weshalb eigentlich?«

»Er will im Frühjahr wieder für vier Monate nach Afrika und spart seine Urlaubstage dafür auf. Beim ersten Mal war er ein halbes Jahr dort unten. Er ist richtig vernarrt in diesen Kontinent. Vermutlich liegt es daran, dass er dort wieder zu sich gekommen ist und seinen Frieden gefunden hat.«

»Wie meinen Sie das?«

»Wissen Sie das nicht? Die Sache mit seiner Freundin?«

»Nein«, sagte Dühnfort zögernd, und eine Ahnung erfasste ihn, was gleich folgen würde. »Was ist mit ihr?«

»Sie wurde ermordet. Auf dem Rückweg von einer Party. Jasper macht sich seither Vorwürfe, weil er sie nicht begleitet hat.«

Zu diesem Fall fiel ihm nichts ein. Da klingelte absolut nichts. »Wann und wo war das?«

»Das ist schon vier Jahre her, und passiert ist es in Erding. Der Täter ist bis heute nicht gefasst.«

47

Die Kreisstadt Erding lag im Münchner Einzugsbereich und war in einer Dreiviertelstunde über die A94 zu erreichen. Während der Fahrt ging der Schneeregen in Regen über. Die Landschaft verschwamm hinter grauen Schleiern. Kurz vor Anzing klingelte Dühnforts Handy. Er aktivierte die Freisprecheinrichtung. Isabelle Schuhmacher meldete sich. Sie hatte in der Klientendatei nachgesehen und festgestellt, dass sie sich geirrt hatte. Veronika Lindental war nur zwei Mal zur Beratung gekommen. Am neunzehnten und sechsundzwanzigsten Juli. »Da muss ich etwas verwechselt haben. Tut mir leid.«

»Das kommt vor. Sie vergeben die Termine im Wochenrhythmus?«

»Normalerweise.«

»Dann wäre Vronis Folgetermin am 2. August gewesen.«

»Stimmt. Aber sie hat ihn nicht wahrgenommen.«

»Verwalten Sie die Datei allein, oder hat noch jemand Zugang?«

»Wir sind nur ein kleiner Verein und kein Konzern. Unsere Rechner sind nicht mit Passwörtern geschützt, wenn Sie das meinen.«

Dühnfort bedankte sich und legte auf. Falls Vroni am zweiten August doch zur Beratung gekommen war, lagen nicht zehn, sondern nur drei Tage zwischen dem letzten Beratungsgespräch und ihrem Verschwinden. Es war Zeit, mit Seyboth zu reden, doch vorher wollte Dühnfort sich bei der Kollegin in Erding über den Mordfall Elisabeth Stetten informieren.

Er hatte seinen Besuch angekündigt, und die Kollegin, KHK Stephanie Bühler, die den Fall vor vier Jahren bearbeitet hatte, erwartete ihn und holte ihn an der Pforte ab. Sie war um die vierzig, einen Kopf kleiner und trug enge Jeans und einen hautengen Pullover. Beides betonte ihre muskulöse und durchtrainierte Figur. »Jasper Seyboth also. Ich wusste, dass ich diesen Namen noch mal hören werde.« Ihr Händedruck war fest. »Ich habe die Akten schon bringen lassen.«

Er folgte ihr ins Büro und legte seinen Mantel über einen Stuhl, während sie den Wasserkocher füllte und löslichen Kaffee in einen Becher löffelte. »Auch einen?«

»Danke. Muss nicht sein.«

»Wie Sie meinen.« Sie goss das Pulver mit heißem Wasser auf. »Sollen wir uns nicht duzen, wie unter Kollegen üblich?«

»Gerne. Tino.«

»Und ich bin die Steffie.« Sie setzte sich. »Elisabeth Stetten also. Wie kommst du auf sie?«

»Ihr Name ist am Rande einer Ermittlung aufgetaucht. Im Fall Lindental führt eine Spur zu einer Schuldnerberatung, bei der Seyboth arbeitet. Seine Verlobte wurde vor vier Jahren ermordet und der Täter bis heute nicht gefunden …«

»Stopp.« Steffie hob die Hand. »Er wurde nicht überführt. Gefunden habe ich ihn schon. Ich bin mir sicher, dass Seyboth es war. Nur kann ich es nicht beweisen. Es passt alles. Motiv, Möglichkeit und Mittel. Am Tattag flogen bei den beiden die Fetzen, und sie hat irgendwann gebrüllt, dass er die Hochzeit vergessen kann. Dafür gibt es Zeugen. So etwas sollte eine Frau besser nicht zu einem Mann vom Schlage Seyboths sagen. Niedrige Frustrationstoleranz. Liegt in der Familie. Der Vater war der reinste Choleriker und hat Frau und Kinder regelmäßig verdroschen. Wenn Seyboth eines gelernt hat, dann, dass Gewalt ein adäquates Mittel ist, um Probleme zu lösen. Es muss ihm den Boden unter den Füßen weggezogen haben, als Lis Schluss gemacht hat. Er war völlig vernarrt in sie, und sie lässt ihn quasi vor dem Altar stehen.« Steffie trank einen Schluck von ihrem Kaffee, und Dühnfort schauderte unwillkürlich. »Der ist lecker. Vanille-Karamell-Cappuccino. Bist du sicher, dass du keinen magst?«

»Cappuccino ist nicht so mein Ding. Eher Espresso.«

»Hab ich auch da.« Sie stand auf, nahm ein Glas aus dem Regal und zeigte es ihm. »Original italienisch. Hundert Prozent Arabica. Ich gebe immer einen Schuss Vanillesirup dazu. Musst du probieren.«

Ehe er ablehnen konnte, löffelte sie schon das Pulver in eine Tasse, kippte heißes Wasser und einen Schwaps Sirup dazu und stellte den Espresso vor ihm ab. Eine braune Brühe, auf der löchriger Schaum schwamm, den der Hersteller sicher als perfekte Crema pries. »Danke.« Es kostete ihn Mühe, die Tasse nicht wegzuschieben. »Die beiden hatten also Streit, und Lis hat Schluss gemacht. Was ist danach passiert?«

»Sie ist zur Einweihungsparty ihrer Freundin gefahren. Die war damals gerade mit ihrem Freund zusammengezogen, und der wohnte hier in Erding. Lis kam mit der S-Bahn kurz vor zwanzig Uhr und wollte eigentlich über Nacht bleiben. Aber zwischen ihr und Seyboth gingen einige SMS hin und her. Er hat sie überredet, mit der letzten S-Bahn zurückzufahren. Es täte ihm leid. Sie müssten reden, und sie hat sich auf den Heimweg gemacht. Dabei hat sie den kürzesten Weg zum Bahnhof genommen, und der führt durch den Stadtpark. Dort ist es dann passiert. Mit einem Messerstich ins Herz wurde sie getötet. Keine Abwehrverletzungen, keine Kampfspuren. Sie muss von dem Angriff völlig überrascht worden sein. Ich sage dir, sie kannte den Täter und vertraute ihm.«

Etwas stieg aus Dühnforts Erinnerungen an die Oberfläche. Ein Fall, in dem sein Kollege Moritz Russo ermittelt hatte. »Im Sommer vor vier Jahren hatten wir in München einen ähnlichen Mord. Eine junge Frau, die an der Isar joggte. Ein Angriff aus heiterem Himmel. Ein Stich ins Herz. Keine Vergewaltigung. Keine Zeugen. Ein Kollege von mir hat den Fall bearbeitet.«

»Ich weiß. Moritz Russo. Nach dem Mord an Lis habe ich mich an ihn gewandt. Die Parallelen waren so offensichtlich, dass ich zunächst dachte, wir hätten es mit demselben Täter zu tun.«

»Aber Russo hat ihn erwischt. Ein psychisch kranker Exsoldat.«

»Genau, und danach war eines klar: Der kam als Täter im Fall Lis Stetten nicht in Frage, denn zur Tatzeit war er nach einem psychotischen Schub in der geschlossenen Abteilung in Haar.«

»Und du bist sicher, dass Seyboth seine Verlobte erstochen hat?«

»Und ob ich das bin. Ad eins.« Steffie hob den Daumen der linken Hand. »Er hatte ein Motiv. Sie wollte ihn verlassen. Zwei. Er hatte die Möglichkeit.« Der Zeigefinger folgte. »Niemand hat ihn an diesem Abend gesehen. Angeblich war er allein daheim und hat für eine Prüfung gelernt. Er war damals BWL-Student. So ein richtiger Streber. Aber wir haben ihn auf einem Überwachungsvideo am S-Bahnhof Isartor entdeckt. Im Zwischengeschoss taucht er dort vom Bahnsteig kommend auf, und zwar zwei Minuten nachdem die letzte S-Bahn aus Erding dort gehalten hat. Er hatte einfach das verdammte Glück, dass es ein Zug ohne Videoüberwachung war. Und drei.« Steffie öffnete den Mittelfinger. »Er hatte die Mittel. Aus dem Messerblock in seiner Küche fehlte ein Messer mit einer Neun-Zentimeter-Klinge. Die Tatwaffe war laut Rechtsmedizin ein Messer mit acht bis zehn Zentimeter langer Klinge. Nur gefunden haben wir es nie.«

»Und was hat die Auswertung seines Handys ergeben?«

»Er ist nicht blöd. Er hat gewusst, dass wir damit seinen Weg nachvollziehen können, und hat es zu Hause gelassen. Das ist auch der Grund, weshalb er auf die letzte SMS von Lis nicht reagiert hat. Sie hat geschrieben, dass sie sich jetzt auf den Weg zum Bahnhof macht. Da war er längst hier, in Erding.«

Dühnfort war skeptisch. »Sein Vorgehen würde bedeuten, dass er den Mord geplant und in Wahrheit kein Gespräch gesucht hat.«

»Ich nehme an, dass das Messer für Plan B bestimmt war, falls sie die Trennung wirklich ernst meinte. Mal dir das mal aus. Er sitzt in seiner Bude und ist gekränkt und verletzt, vor allem aber ist er unruhig. Wird sich Lis besinnen? Wird sie zu ihm zurückkehren? Wird sie ihn heiraten? Die Ungewissheit macht ihn wahnsinnig. Er kann nicht warten, bis sie endlich da ist, und fährt ihr entgegen. Sie muss bei ihm bleiben. Wenn nicht, wird sie dafür büßen. Du kennst das doch. Das Übliche beim Intimizid. Besitzansprüche und die Unfähigkeit, mit Zurückweisungen umzugehen. Wenn ich sie nicht haben kann, dann auch kein anderer.«

Natürlich kannte er das. Die größte Gefahr, Opfer eines Gewaltverbrechens zu werden, ging nicht vom geheimnisvollen Unbekannten aus, sondern vom Partner, gefolgt vom persönlichen Umfeld. Von Familienmitgliedern und Freunden, von Menschen, denen man vertraute oder mal vertraut hatte.

»Dein Espresso wird kalt.« Steffie wies auf die Tasse, und er zog sie näher zu sich. »Aber gestanden hat er nicht.«

»Nee, hat er nicht. Er kann zwar herrlich ausrasten – während eines Verhörs hat er mal versucht, mit dem Stuhl auf mich loszugehen –, aber er kann auch schweigen. Wir haben ihn mehrfach vernommen. Ich, meine Leute und sogar einen Vernehmungsspezialisten haben wir dazugeholt. Nach der Stuhlattacke hat Seyboth sich entschlossen, sein Recht zu nutzen und den Mund zu halten. Er muss erkannt haben, dass er sich sonst in die Scheiße reitet. Hat einfach stur an die Wand geguckt und so getan, als würde er nicht ein Wort hören.«

»Und wie erklärt er die Sache mit dem Messer und seine Anwesenheit am Bahnhof Isartor?«

Steffie hob die Hände, und ihr Blick fiel wieder auf die Espressotasse. »Schmeckt er nicht?«

Dühnfort gab sich geschlagen. Wenn er sich damit herauszureden versuchte, dass der »Espresso« kalt geworden war, würde sie frischen machen, noch bevor er abgelehnt hatte, also trank er ihn. Lauwarm, bitter, ekelhaft süß. Jede Menge chemische Aromen blieben in seiner Mundhöhle kleben.

»Lecker, oder?«

»Sehr eigen jedenfalls. Hast du vielleicht ein Glas Wasser?«

Sie stand auf und brachte ihm eines. Er spülte den Geschmack aus seinem Mund und wiederholte seine Frage.

»Das Messer fehlte schon, als er den Block auf dem Flohmarkt gekauft hat«, sagte Steffie. »Dafür hat er leider Zeugen. Was aber nicht bedeutet, dass er es nicht irgendwann ersetzt hat. Und am Bahnhof war er angeblich, um Lis von der S-Bahn abzuholen. Nur sieht man nicht, wie er den Bahnhof betritt. Er sagt, dass er den Zugang Ecke

Frauenstraße und Thomas-Wimmer-Ring dafür benutzt hat, und ganz zufällig gibt es dort keine Videoüberwachung. Er hat einfach nicht aufgepasst, als er aus Erding zurückgekommen ist, und den falschen Ausgang genommen, den, der überwacht wird. Ein Fehler. Aber das alleine war für eine Anklage nicht ausreichend. Wir haben zwar Lis' DNA an seiner Kleidung gefunden und auch Fasern ihrer Jacke, aber die beiden haben sich am Tattag ja gesehen und berührt. Die Spuren waren so erklärbar.«

»Wieso ist er mit der S-Bahn gefahren?«

»Er hatte kein Auto.«

»Und es gab keine Blutspuren an seiner Kleidung?«

»Lis wurde von hinten erstochen. Ihr Körper hat seinen verdeckt. Hier ist der Tatortbefundbericht.«

Steffie öffnete den Aktenordner und breitete Fotos auf dem Tisch aus.

Die Leiche der jungen Frau lag auf dem Rücken am Rande eines Kieswegs. Steppjacke und Bluse waren geöffnet und der Oberkörper entblößt. »Das war der Notarzt«, sagte Steffie. »Als sie gefunden wurde, war sie korrekt bekleidet.«

Dühnfort zog eine Detailaufnahme der Stichverletzung heran. Eine kleine Wunde. Etwa drei Zentimeter lang, wenige Millimeter breit und an einem Ende mit dem charakteristischen Schwalbenschwanz versehen, der entstand, wenn das Messer beim Herausziehen ein wenig gedreht wurde. Es sah so unspektakulär aus, und doch hatte ein einziger Stich gereicht, um ein Leben auszulöschen. Kaum Blut.

Die Handtasche lag neben der Toten auf dem Boden. Der Inhalt war auf dem Weg verstreut. Schilder mit den Spurennummern standen neben jedem Objekt. »Wir nehmen an, dass sich die Tasche beim Aufprall auf dem Boden geöffnet hat«, sagte Steffie. »Der Verschluss war defekt. Es fehlte nichts.«

Er sah die Aufnahmen durch. Geldbörse, Handy, Lippenstift, der Schlüsselbund, Tempos, ein angebrochenes Päckchen Kaugummis, ein Kosmetiktäschchen und eine kleine Figur, die seine Aufmerksamkeit erregte. »Gibt es davon eine größere Aufnahme?«

»Aber sicher.« Steffie suchte sie heraus und reichte sie ihm. »Wohl eine Art Talisman.«

Fasziniert betrachtete er das Bild. Nein, das war kein Glücksbringer. Das war eine Botschaft. Jedenfalls war jetzt eines klar: Es gab eine Verbindung zwischen dem Mord an Veronika Lindental und Elisabeth Stetten.

Die Figur war etwa sechs Zentimeter groß und aus Bronze. Mizaru, der Affe, der nichts sieht.

48

Der Nachmittag bei der Tafel war schnell vorübergegangen. Wieder mal war alles ausgeteilt, und Marion tat der Rücken weh. Sie spürte jeden Knochen und sehnte sich nach einem heißen Bad und einem Glas kalten Prosecco.

Beate und Christa fegten zusammen und winkten ab, als sie ihre Hilfe anbot. Also machte sie sich auf den Heimweg. Es waren nur ein paar Minuten zu Fuß.

Dunkelheit hatte sich längst über den Ort gelegt. In den Geschäften waren die Fenster weihnachtlich geschmückt. Nur noch vier Wochen bis Heiligabend. Wie furchtbar, dachte sie. Alle Jahre wieder dasselbe. Haus dekorieren, Baum schmücken, Geschenke kaufen, ein mehrgängiges Menü kochen. Nein, sie war nicht gut drauf. Es ging ihr nicht gut. Seit Tagen lag eine Schicht aus Angst über ihrem Leben, und heute war eine weitere hinzugekommen. Uwe durfte das nie erfahren.

An der Fußgängerampel blieb Marion stehen und starrte auf das rote Männchen. Der Kommissar hatte es versprochen. Aber er hatte hinzugefügt, dass seine Zusage nur galt, wenn ihr Geheimnis mit dem Mord an Veronika nichts zu tun hatte. Was ja eine absurde Idee war.

Woher kam dann die Angst?

Am Nachmittag hatte Uwe angerufen, als sie gerade hinten in der Halle die leeren Gemüsekisten stapelte. Wie furchtbar er sich aufgeregt hatte, weil die Polizei auch von ihm eine Speichelprobe wollte. »Die Kommissarin schneit in mein Büro und zieht diese Anordnung hervor. Vor allen Mitarbeitern, als wäre ich ein Verbrecher.«

Lag da in seiner Stimme ein Anflug von Furcht?, hatte sie sich gefragt und gesagt, dass im Grunde doch nichts dabei war. Sie machten nur ihre Arbeit. »Wir haben schließlich nichts zu verbergen?« Es sollte eine Feststellung sein, wurde aber zur Frage. Ihre unausgesprochene Angst, dass an diesem Abend vor zwei Jahren etwas Fürchterliches geschehen war, ließ ihre Stimme am Ende ansteigen und wie eine Frage klingen.

»Natürlich nicht«, sagte Uwe. »Ich habe aber die Befürchtung, dass sie etwas falsch interpretieren werden.«

»Wieso denn? Und was?«

Sie hörte, wie Uwe durchatmete. »Vroni war bei ihrem letzten Besuch unausstehlich. Mir ist die Hand ausgerutscht.«

»Ja, ich weiß.«

»Wenn die Polizei nun meine DNA an ihrer Kleidung findet, werden sie versuchen, mir einen Strick daraus zu drehen.«

»Wieso an ihrer Kleidung?«

»Herrgott, Marion. Jetzt stell dich nicht dumm.«

»Du meinst die Sachen, in denen man sie gefunden hat?«

»Es sind die, die sie an jenem Abend trug.«

Und da hatte sie es verstanden. Veronika war nicht nur in denselben Kleidungsstücken ermordet worden, die sie bei ihrem Besuch getragen hatte, sondern Uwe erinnerte sich auch zwei Jahre später noch daran, welche es gewesen waren. Weshalb?

Er musste Rock und Schuhe auf den Bildern in der Zeitung erkannt haben und hatte keinen Ton gesagt. Und er hatte zuerst abgewiegelt, als sie vorgeschlagen hatte, sich bei der Polizei zu melden. Sie selbst hätte nicht sagen können, wie Veronika im August vor zwei Jahren gekleidet war. Und nun stand sie an dieser roten Ampel und befahl sich, in Worte zu fassen, was sie sich seit Tagen nicht einzugestehen traute. Sie verdächtigte Uwe, Veronika erschlagen zu haben.

Nun war es raus, und Marion merkte, wie sie ruhiger wurde. Die Ampel schaltete auf Grün. Sie ging weiter. Wenn es so war, war Veronika selbst schuld. Sie musste Uwe derart provoziert haben, dass er nicht anders gekonnt hatte. Es würde ihr nicht gelingen, einen Keil zwischen ihre Eltern zu treiben. Auch posthum nicht. Diesen Triumph würde sie ihrer Tochter nicht gönnen. Doch wenn die Polizei nun Uwes DNA an der Kleidung fand?

Dann war es egal. Es spielte keine Rolle. Das bewies gar nichts. Uwe hatte Vroni umarmt oder berührt. Oder sie war auf ihn losgegangen. Irgendwas würde ihnen schon einfallen. Sie musste mit Uwe reden, sobald er nach Hause kam.

Marion beschleunigte ihre Schritte, bog um die Ecke und entdeckte Natalies postgelben Polo vor dem Haus. Auch das noch! Sie drückte den Rücken durch und steuerte das Gartentor an. Ihre Schwester stieg aus dem Wagen. »Hallo, Marion.«

Auf dem Absatz drehte sie sich um und spürte, wie sich jeder Muskel und jede Sehne in ihrem Körper anspannte. Haltung bewahren! Und die Ruhe!, befahl sie sich. Natalie hatte sich kein bisschen verändert. Doch, zugenommen hatte sie. Ihre schlampige Figur geriet immer weiter aus der Form. Alles an ihr war schwammig und weich, und voller Genugtuung malte Marion sich Winkfleisch an den Oberarmen ihrer Schwester aus, während ihre eigenen fest und straff waren. »Grüß dich, Natalie. Was ist denn passiert, dass du hier aufkreuzt?«

»Nichts. Das ist es ja. Ich habe dir zwei Nachrichten auf der Mailbox hinterlassen. Die hast du doch bekommen.«

Natürlich hatte sie die bekommen. Doch sie hatte dem Streit aus dem Weg gehen wollen. Ein Fehler, wie sie jetzt erkannte, denn nun würde er nicht telefonisch stattfinden, was ihr die Möglichkeit gegeben hätte, einfach aufzulegen. »Entschuldige. Ich hatte viel zu tun und habe es ganz vergessen.«

»Vergessen? Oder willst du nicht, dass ich zu Vronis Beisetzung komme?«

»Ich habe es vergessen, weil es nicht wichtig ist. Wir haben uns für eine anonyme Bestattung entschieden.«

Für einen Moment stand Natalie der Mund offen. Sie schüttelte den Kopf. »Und was ist mit der Trauerfeier?«

»Wir wollen keine. Und wir alleine entscheiden das. Misch dich also nicht ein.«

»Ihr beiden seid echt das Letzte.«

»Das muss ich mir von niemandem sagen lassen. Und schon gar nicht von dir.« Marion nahm den Schlüssel aus der Handtasche, während Natalie die Hände in die Jackentaschen stopfte. »Du bist froh, dass sie tot ist. Gib es zu. Endlich ist die Gefahr gebannt, dass Uwe eines Tages die Wahrheit erfährt. Nichts soll dich an deine Lüge erinnern. Denn genau das hat Vroni jeden Tag getan, den sie in diesem Haus verbracht hat. Das ist der Grund, weshalb du sie irgendwo verscharren lässt. Ohne Grab und ohne Stein.«

Marion wurde ganz übel, als sie begriff, was Natalies Worte bedeuteten. Sie wusste Bescheid oder ahnte es zumindest! »Du fährst jetzt besser heim, denn hereinbitten werde ich dich nicht.«

»Uwe ist ein Trottel. Sei froh, dass er sich nie gefragt hat, weshalb Vroni angeblich vier Wochen zu früh auf die Welt kam, wo sie doch gut entwickelt war, und weshalb sie ihm nicht ähnlich sieht.«

»Offenbar geht es dir nicht gut, Natalie. Deshalb sehe

ich dir deine Tiraden nach, denn ich weiß, woher das kommt. Du bist nur neidisch, weil ich all das habe, was dir fehlt. Einen Mann, ein gut gefülltes Bankkonto und ein schönes Haus.«

»Und ein Kind. Das hast du vergessen, Marion. Du hast Vroni vergessen, deine und Joshs Tochter.« Auf dem Absatz machte Natalie kehrt, stieg in ihre Klapperkiste und brauste davon.

Mit unsicheren Schritten ging Marion ins Haus. Natalie konnte es nicht wissen. Sie konnte es nur vermuten. Niemand kannte ihr Geheimnis. Sie hatte nie auch nur ein Wort darüber verloren.

Im Flur warf sie Jacke und Schal auf die Kommode und die Handtasche in der Küche auf den Tisch. Sie brauchte jetzt etwas für die Nerven und schenkte sich das Glas randvoll. Eiskalt perlte der Prosecco im Mund. Kurzentschlossen nahm sie die Flasche mit nach oben ins Bad, ließ die Wanne volllaufen und sich ins warme Wasser gleiten. Müde schloss sie die Augen und sah plötzlich Veronika vor sich.

Sie war vierzehn gewesen, als sie angefangen hatte, Fragen zu stellen. Während der Pfingstferien war sie für ein paar Tage nach Hause gekommen. Uwe war auf einer mehrtägigen Konferenz in Antwerpen und Marion allein mit diesem pubertierenden Mädchen.

Eines Tages kehrte sie vom Einkaufen zurück und sah, dass die Tür zum Bügelzimmer nur angelehnt war. Dieses Zimmer diente zwar auch zum Bügeln, war aber hauptsächlich ihr gemütlich eingerichtetes Reich, das Uwe nie betrat. Vroni saß dort in Marions Sessel und blätterte in den Fotoalben, die sie aus der Kommode genommen hatte, als wäre es ihre. Marion stellte sie zur Rede, und Vroni sagte, dass sie einfach nur wissen wollte, nach wem in der

Familie sie kam. Woher sie die braungrünen Augen hatte und das helle Haar. Sie sähe weder Marion noch Uwe ähnlich.

In diesem Moment hatte Marion verstanden, dass sie erstens ihr Tagebuch aus jener Zeit vernichten musste, Vroni würde es sonst irgendwann finden, und zweitens musste sie diesem Kind jeden Zweifel nehmen, damit es nicht weiter dumme Fragen stellte oder gar nachforschte.

»Aber das stimmt doch gar nicht«, sagte sie und bugsierte Veronika vor den Spiegel im Flur. »Sieh selbst. Deine Gesichtsform hast du von mir, und wenn du lachst, auch dasselbe Grübchen am Kinn wie ich.« Und das stimmte auch.

Veronika verzog das Gesicht zu einem Lächeln. »Ist mir noch nie aufgefallen. Und was habe ich von Papa?«

»Ganz eindeutig die Nase. Lang und schmal, und du hast seinen Mund.« Dieser Mund, der sie so sehr an Josh erinnerte.

Während Marion mit Vroni vorm Spiegel stand und ihr weitere Ähnlichkeiten mit Uwe einzureden versuchte, stellte sie sich vor, er wäre wirklich ihr Vater. Es war ein überwältigendes Gefühl. Es trieb ihr die Tränen in die Augen, und für einen kurzen Moment fegte ein Sturm an Zuneigung und Zärtlichkeit für dieses Kind über sie hinweg. Sie könnte Vroni lieben, wenn nicht Josh ihr Vater wäre.

Mit schaumiger Hand griff Marion nach dem Glas am Wannenrand und trank den Rest in einem Zug. Natalie wusste nichts. Sie vermutete nur. Vielleicht war ihr Joshs Lachen bei Vroni aufgefallen. Wenn sie lachte, wurde ihr Mund genauso eckig wie seiner. Außerdem hatte Vronis helles Haar Natalie sicher weiter auf diese Fährte gelockt. Joshs Haare. Doch auch in einem Zweig von Uwes Familie gab es diesen hellhäutigen und blonden Typ. Natalie reimte sich da etwas zusammen und würde sich hüten, Uwe gegenüber eine Andeutung zu machen, solange sie keine Beweise hatte.

Wie hatte sie sich damals nur wieder mit Josh einlassen können? Heute war es ihr unerklärlich. Er hatte damals einfach nicht lockergelassen und versucht, sie zurückzugewinnen, während sie längst mit Uwe zusammen war. Er hatte sie nach allen Regeln der Kunst umworben und sogar einen Song für sie geschrieben. Und einmal war sie schwach geworden. Ein einziges Mal. Sie war beschwipst gewesen und hatte seinem Drängen nachgegeben. Er hatte keine Kondome dabei, und sie vertrug die Pille nicht, und so war es passiert, obwohl er gesagt hatte, er würde aufpassen. Die Schwangerschaft hatte sie lange nicht bemerkt. Vielleicht auch verdrängt. Schließlich war sie zu ihrem Frauenarzt gegangen und hatte die schreckliche Wahrheit erfahren. Zwölfte Woche. Zu spät für eine Abtreibung.

Marion schüttelte die Erinnerung daran ab, wie sie mit Vroni vor dem Spiegel gestanden hatte, und stieg aus der Wanne. Ihr Tagebuch hatte sie damals verbrannt. Sie war die Einzige, die die Wahrheit kannte. Bis jetzt. Doch sie musste sich keine Sorgen machen. Dühnfort würde es für sich behalten. Er hatte es versprochen. Es sei denn, Vronis Tod hing irgendwie mit ihrer Lüge zusammen. Und das war unmöglich. Ganz und gar unmöglich.

49

Es war kurz vor acht, als Dühnfort aus Erding zurückkam und vor Seyboths Haus parkte. Er läutete, doch es rührte sich nichts. Dem Klingelbord nach zu urteilen, musste es die Wohnung links im zweiten Stock sein. Er wechselte die Straßenseite und sah hinauf. Die Fenster waren dunkel.

Eine Weile blieb Dühnfort im Wagen sitzen und beobachtete das Haus, dann rief er Meo an. Er sollte versuchen, Seyboths Handy zu orten, und sich melden, wenn ihm das gelungen war. Anschließend forderte er eine Zivilstreife an und bat die Kollegen, ihm Bescheid zu sagen, sobald Seyboth nach Hause kam. Es war höchste Zeit, sich mit ihm zu unterhalten.

Um eine freiwillige Speichelprobe brauchte er ihn nicht mehr zu bitten. Sie hatten seine DNA. Seit vier Jahren war sie in der Analyse-Datei beim BKA gespeichert. Dühnfort schrieb Buchholz eine SMS, dass er sie in DAD finden würde. Kirsten und Alois hatte er bereits darüber informiert, dass es eine Verbindung zwischen Vronis Tod und dem von Seyboths Verlobter gab, einen zweiten Affen.

Morgen war auch noch ein Tag. Jetzt war es Zeit, nach Hause zu fahren. Wieder einmal erwies sich die Suche nach einem Parkplatz als Geduldsspiel. Beinahe zwanzig Minuten kreiste er im Viertel. Er war müde, und seine Stimmung war nicht die beste, was auch an Steffies Espresso lag, der ihm Magenschmerzen bereitete. Außerdem war er hungrig. Das Mittagessen war ausgefallen, stattdessen hatte er etliche der Chocobars gefuttert, und jetzt hatte er Lust auf etwas Deftiges. Ein schönes Steak mit Kartoffeln und Sour Cream, oder Rindsbratwürste mit Rieslingsauerkraut.

Als er die Wohnung betrat, schlug ihm ein exotischer Duft entgegen. Gina stand in der Küche am Herd und rührte in einem Topf. »Du kochst?« Das machte sie so gut wie nie.

»Ich tu nur so.« Sie wischte die Hände am Geschirrtuch ab und gab ihm einen Kuss. »Meine Mutter war da und hat Kürbissuppe mitgebracht. Selbst gekocht. Nach einem Rezept von Witzigmann.«

»Oje. Ich mach uns Steaks.« Seine Schwiegermutter Dorothee war eine ebenso begeisterte wie untalentierte Köchin, der Kuchen beim Backen gerne »über den Brenner fuhren«, die eine Mahlzeit, die ihr misslungen war, mit »das Zeug ist jedenfalls drin« kommentierte und es sicher auch fertigbringen würde, eine Suppe anbrennen zu lassen.

Gina lachte. »Musst du nicht. Sie schmeckt wirklich gut. Magst du probieren?« Sie hielt ihm den Löffel hin.

Tatsächlich war sie köstlich. »Das kann nicht Dorothees Werk sein. Sie schummelt.«

»Wie auch immer. Wir müssen nicht selbst kochen. Wein steht im Kühlschrank.«

»Und was trinkst du? Schorle oder lieber Wasser?«

»Ich habe alkoholfreien Wein gekauft. Kann man ja mal probieren.«

Alkoholfreier Wein, Instantespresso. Lieber würde er Wasser trinken. Ein kühles, frisches Glas Wasser.

Er deckte den Tisch und nahm den Wein aus dem Kühlschrank. Ein Bio-Chardonnay mit Schraubverschluss. »Ganz alkoholfrei ist er nicht. Null Komma zwei Prozent sind noch drin.«

»Ich denke, das kann ich verantworten.«

Er schenkte ein Glas für sie ein und für sich vom Luganer und stellte auch eine Flasche Wasser auf den Tisch.

Während des Essens erzählte er ihr von Elisabeth Stetten und der Affenfigur, die man bei ihrer Leiche gefunden hatte. »Es besteht also ein Zusammenhang, und Seyboth kannte beide Frauen. Bei Lis wissen wir, dass sie die Beziehung zu ihm beendet hat, und zwar kurz vor der Hochzeit. Von Vroni wissen wir, dass es einen Mann gab, der ihr gefiel und den sie erobern wollte. Ich vermute, dass sie Seyboth meinte.«

»Du glaubst, die beiden hatten was miteinander, und dann hat sie das beendet, und er flippt wieder aus. Er erschlägt sie?«

»Möglich.«

»Und weshalb legt er die Affenfiguren zu den Leichen?«

»Vielleicht als Entschuldigung oder als Rechtfertigung. Sie müssen eine Bedeutung für ihn haben.«

Gina trank einen Schluck Wein. »Und?«, fragte Dühnfort. »Schmeckt er?«

»Nicht schlecht. Magst du probieren?«

»Danke. Ich halte mich lieber an den Luganer.«

»Elisabeth Stetten wurde vor vier Jahren ermordet, sagst du. Und Vroni vor zwei. Vielleicht der Beginn einer Serie? Oder jemand hat den Affen zu Vronis Leiche gelegt, um von sich abzulenken. Wäre ja denkbar.«

»Die Information über die Affenfigur im Fall Stetten wurde nicht an die Presse gegeben. Es stand in keiner Zeitung. Wir haben es mit demselben Täter zu tun. Wenn es Seyboth ist, dann wissen wir das morgen. Seine DNA ist in der Datenbank gespeichert.«

Der Teller war leer. Er nahm sich von der Suppe nach und fragte Gina, wie es ihr heute ergangen war. »Langsam kommen wir voran. Wir haben den Namen von Schrells Übernachtungsgast. Günther Nadler heißt er. Schon mal gehört?«

Dühnfort überlegte, aber von einem Übernachtungsgast bei Schrell hatte er nichts gewusst. Er hatte ihn übersehen, und das war kein gutes Gefühl.

»Nadler ist für einen neuen Job von Düsseldorf nach München gezogen und hat für etwa zehn Tage bei Schrell gewohnt, bis die Wohnung frei wurde, die er gemietet hatte. Holger wird ihm morgen einen Besuch abstatten. Und außerdem habe ich heute mit Pauls Mama telefoniert.«

»Wer ist Paul?«

»Paul und Simon. Du erinnerst dich? Der Kontakt, den Evi vermittelt hat. Die Downiefamilie.«

»Downie? Findest du das nicht ... Also es klingt irgendwie abwertend.«

»Das hast du selbst gesagt. Neulich, bei Mira Koch in der Praxis. Außerdem nennt Pauls Mutter das selbst so. Downiefamilie. Ich finde, das klingt nett. Jedenfalls besser, als zu sagen, mein Kind ist mongoloid oder meine Tochter hat das Down-Syndrom. Das ist so distanziert. Nee, sie ist ein Downie.« Gina griff über den Tisch nach seiner Hand. »Ich bin froh, dass wir uns so entschieden haben. Auch wenn ich mich erst daran gewöhnen muss, dass es nun anders läuft, als wir uns das vorgestellt haben.«

»Geht mir genauso. Es ist die richtige Entscheidung, und ich werde jetzt mal das Wort *Downie* üben. Was hast du mit Pauls Mutter ausgemacht?«

»Sie heißt Martina und hat vorgeschlagen, dass wir uns am Wochenende auf dem Haidhauser Christkindlmarkt treffen. Passt dir das?«

Er wusste es nicht. Morgen war schon Mittwoch. Im Fall Lindental standen sie vor dem Durchbruch, und dann konnte es plötzlich sehr schnell gehen.

Sie räumten die Küche auf, und Dühnfort rief Rita an. Es ginge ihr den Umständen entsprechend gut, sagte sie. Sie käme alleine zurecht, und wenn sie Hilfe bräuchte, würde sie sich melden. Ob er und Gina nicht über Weihnachten zu ihr ins Elsass kommen wollten? Vielleicht würde auch Julius, sein Bruder, sie besuchen. Seit seine Frau sich von ihm getrennt hatte, wurde der Kontakt wieder enger. Und Dühnfort meinte, dass dann ja nur noch Vater fehlen würde, um die Familie komplett zu machen. »Gut, dann lade ich ihn auch ein. Das wird nett. Sagt mir Bescheid, wenn ihr euch entschieden habt. Wie geht's eigentlich Gina und dem Baby?«

»Ja, da gibt es Neuigkeiten. Es wird ein Mädchen. Wir werden sie Chiara nennen.«

»Chiara Dühnfort. Ungewöhnlich.« Seine Mutter schnalzte mit der Zunge. »Aber schön.«

»Und sie wird behindert sein. Sie hat das Down-Syndrom.«

Einen Moment schwieg Rita. »Das ist nun überraschend.«

»Das war es für uns auch.«

»Und was …«

»Wir werden nichts tun. Wir werden unser Kind einfach bekommen und es großziehen, wie man das so macht.«

»Ich wollte doch gar nicht fragen, ob ihr an Abtreibung denkt. Du hast ja schon gesagt, wie ihr die Kleine nennen werdet, also habe ich nicht an Abbruch gedacht. Ich wollte fragen, was ich für euch tun kann. Wenn ihr Hilfe braucht bei der Betreuung … Vielleicht sollte ich doch nach München ziehen. Jedenfalls zeitweise.«

»Du weißt, wie sehr wir uns darüber freuen würden, Mama. Ich spreche mit Gina wegen Weihnachten und melde mich bei dir.«

Sie sahen noch einen Film im Fernsehen und anschließend die Spätnachrichten, dann gingen sie zu Bett. Es war ein anstrengender Tag gewesen, und Dühnfort schlief sofort ein. Gegen drei wachte er auf, und die Gedanken begannen zu kreisen. Zuerst um Chiara und wie sich das Leben mit ihr wohl gestalten würde. Dann um Rita. Sie wurde nicht jünger. Früher oder später würde sie Hilfe brauchen. Es wäre besser, wenn sie nach München zog. Und schließlich kam er bei der Arbeit an. Vroni und Lis. Was war damals geschehen, und wo war Seyboth? Jedenfalls nicht zu Hause. Keine Nachricht von der Zivilstreife.

Die Lindentals geisterten durch seine schlaflose Zeit und auch das Ehepaar Körber. Blinder Alarm. Gott sei Dank hatte Anette sich gemeldet. Und plötzlich war Dühnfort hellwach. Und wenn sie nicht aus freien Stücken angerufen hatte? Kaum zwei Stunden nachdem Dühnfort Seyboth nach Anette Körber gefragt hatte, hatte sie ihre Eltern angerufen. War das Zufall?

Er stand auf und ging leise in die Küche, um Gina nicht zu wecken. Es war vier Uhr morgens. Unmöglich, die Körbers um diese Zeit aus dem Bett zu scheuchen. Bis fünf blieb er dort sitzen, wälzte Gedanken und legte sich dann noch einmal hin, bis kurz vor sechs der Wecker klingelte.

Um Viertel nach sechs – Gina war im Bad – hielt er es nicht mehr aus, obwohl er bis halb sieben hatte warten wollen, und rief an. Nach dem zweiten Klingeln meldete Frau Körber sich mit munterer Stimme.

»Guten Morgen, Dühnfort. Ich hoffe, ich rufe nicht zu früh an.«

»Ach was. Ich bin schon seit einer Stunde auf den Beinen. Es ist doch hoffentlich nichts mit Anette?« Plötzlich klang sie beunruhigt.

»Ich würde mich gerne mit ihr unterhalten. Können Sie mir die Nummer geben?«

»Sie hat ihr Handy verkauft. Das haben Sie mir doch gesagt.«

»Ich meine die Nummer, unter der sie erreichbar ist, oder den Namen des Freundes, bei dem sie wohnt?«

»Den hat sie gar nicht genannt. Das Gespräch war auch sehr kurz. Es lief nicht gut. Wir haben gestritten, und sie hat einfach aufgelegt.«

»Aber Sie wissen, wo sie ist.«

»Nein. Das hat sie nicht gesagt. Nur, dass sie bei einem Freund ist. Warum fragen Sie das alles? Um sechs Uhr in der Früh?«

»Ich will mich nur mit ihr unterhalten. Wenn sie sich bei Ihnen meldet, soll sie mich anrufen.«

Dühnfort gab Anettes Mutter seine Nummer und verabschiedete sich. *Merde!* Mist!

Gina kam herein. »Was ist denn mit dir?«

»Ich glaube, dass Anette Körber bei Seyboth ist.« Er erklärte ihr, wie er auf die Idee kam, und Gina wurde mit jedem Wort nachdenklicher. Schließlich setzte sie sich rittlings auf den Küchenstuhl und legte die Arme über die Lehne. »Falls die Theorie stimmt, die wir neulich gesponnen haben, sollte Anette sich besser nicht mit ihm einlassen, und falls sie das schon getan hat, sollte sie besser keinen Rückzieher machen.«

50

Um sieben Uhr morgens wurde Anette wach und stand vom Küchensofa auf. Die Zwischendecke war nur aus Holz und nicht schallgedämmt. Sie wollte Jasper nicht wecken, der über ihr in seinem Zimmer schlief, und versuchte, leise zu sein. Sie schlüpfte in ihre Jeans, zog den Fleecepulli über den Kopf und machte sich einen Becher Tee. Damit setzte sie sich an den Tisch und schaltete das Licht aus.

Vor dem Fenster wechselte die Dunkelheit langsam ins Morgengraue. Schemenhaft traten Hügel, Büsche und Bäume aus den Schatten der Nacht. Während sie dieses Schauspiel beobachtete, dachte sie über sich und Jasper nach.

Sie hatte sich in ihn verliebt, obwohl sie das nicht wollte. Im Moment war ihr Leben voller Probleme. Noch eines brauchte sie wirklich nicht. Doch genau das hatte sie nun. Jasper wollte nichts von ihr.

Es war eine spontane Geste gewesen, als sie ihren Kopf an seine Schulter gelehnt hatte, und es hatte sich absolut richtig angefühlt. Wie eine logische Konsequenz am Ende eines schönen Abends.

Anette zog die Füße auf den Stuhl und legte das Kinn auf die Knie. Wie gut er erzählen konnte und so spannend. Sie spürte förmlich, welche Leidenschaft ihn mit Afrika verband. Er war alles, was sie nicht war. Mutig, entschlossen, zupackend. Ein Abenteurer. Während sie sich ihre Touren durch die Mongolei immer nur ausmalte. Als er gesagt hatte, sie könne nach Mauretanien mitkommen, verschlug es ihr für einen Moment die Sprache. Genau das wollte sie! Monatelang durch Afrika ziehen. Mit ihm. Ohne groß darüber nachzudenken, hatte sie sich bei ihm angelehnt, und ihre Gefühle pendelten irgendwo zwischen Dankbarkeit und gespannter Erwartung. Wie würde er reagieren?

Einige Sekunden saßen sie so da, bis er aufstand, ihr eine gute Nacht wünschte und nach oben verschwand. Puh! Eine ziemlich kalte Dusche. Er hatte ihren kleinen Annäherungsversuch einfach ignoriert. Keine Erklärung. Aber die war auch nicht nötig. Die Botschaft war schon klar. Er wollte nichts von ihr.

Während der Tag heraufdämmerte, überlegte Anette, wie es weitergehen sollte. Bis die Sonne aufgegangen war und die Bäume am Rand des Weihers in ihrem Pelz aus Raureif zu funkeln begannen, hatte sie einen Entschluss gefasst. Sie würde heute zurück nach München fahren.

Oben quietschte die Tür. Jasper ging ins Bad und kam ein paar Minuten später die Treppe hinunter. Er wünschte ihr einen guten Morgen, als wäre gestern Abend nichts gewesen, und bereitete das Frühstück zu. Gut, dann würden sie eben nicht darüber reden. Das war ohnehin besser. Anette half ihm den Tisch zu decken und fragte, wie seine Pläne für heute aussahen. Vielleicht hatte er ja Zeit, sie zum Bahnhof zu bringen.

»Ich will ein paar Schindeln am Dach auswechseln und den Boiler entkalken. Und was machst du? Bei dem schönen Wetter könntest du mit deinem Skizzenheft weiter auf Jagd nach Inspiration gehen.«

»Das ist ja nicht der Zweck meiner Klausur hier. Ich wollte zur Ruhe kommen, und das bin ich. Ich wollte überlegen, wie ich mein Leben wieder auf die Reihe bekomme, und ich habe einen Plan.«

»Ja?«, fragte er mit vollem Mund und sah sie abwartend an.

Sie erklärte ihm, was sie sich überlegt hatte. Zuerst in

den sauren Apfel beißen und doch bei ihren Eltern wohnen, bis sie wieder in ihre Wohnung konnte. Dann einen Teilzeitjob suchen, der ihr genügend Zeit ließ, ihre Hüte anzufertigen, und obendrein wollte sie einen Onlineshop aufbauen. Außerdem konnte sie die Münchner Boutiquen abklappern und die Hüte in Kommission geben. »Wenn das klappt und einigermaßen läuft, kann ich vielleicht nach und nach das Gewicht verlagern. Vom Brotjob zurück zur Modistin.«

»Du vergisst dein Insolvenzverfahren. Es wird Jahre dauern, bis du schuldenfrei bist. Bis dahin darfst du nur einen Teil von deinem Verdienst behalten.«

»Ich weiß. Aber da muss ich durch, und irgendwann bin ich fertig damit, und bis dahin kann ich Kurse an der IHK belegen, wie man einen Laden richtig führt, denn ich will meinen Hut-Traum wieder eröffnen, und beim zweiten Mal mache ich es richtig. Du siehst, mein Optimismus ist zurück.« Sie war ihm dankbar, dass er ihr die Auszeit hier ermöglicht hatte, und verspürte ein Ziehen in der Brust. Sie suchte seinen Blick, sah die braunen Einsprengsel in seinen Augen, die dunkler wurden, und bemerkte, wie er sich wieder einmal verschloss. »Du willst also zurück nach München.«

Sie nickte. »Meine Mutter würde jetzt sagen, alles hat seine Zeit. Und für mich ist es jetzt Zeit, die Ärmel hochzukrempeln. Du hast so viel für mich getan. Danke.« Sie kämpfte den Impuls nieder, nach seiner Hand zu greifen. »Und unersättlich, wie ich bin, habe ich noch eine Bitte. Könntest du mich vielleicht zum Bahnhof bringen? Aber wenn du keine Zeit hast, ist das in Ordnung. Dann nehme ich den Bus.«

»Das ist keine gute Idee«, fuhr er sie an. »Du vergisst Sebalds Männer. Sie suchen nach dir.«

Daran hatte sie gar nicht mehr gedacht. »Ich wohne ja erst einmal bei meinen Eltern. Die haben einen Schäferhund und seit einem Einbruch auch eine Alarmanlage. Ich pass schon auf mich auf, und ich kann mir ja ein Pfefferspray kaufen.«

Jasper schüttelte den Kopf.

»Ich kann nicht ewig hierbleiben.«

»Nein. Natürlich nicht.« Er sah an ihr vorbei zum Fenster hinaus, und sie spürte, dass er gekränkt war. Warum? Schließlich hatte er sie zurückgewiesen.

»Okay. Ich repariere Dach und Boiler, und dann fahren wir heute Abend gemeinsam zurück. Ist das für dich in Ordnung, oder hast du es eilig?«

Ganz im Gegenteil. Es kam ihr angesichts von lächerlichen zwanzig Euro Barvermögen sogar sehr entgegen. Wenn sie Pech hatte, würden die nicht mal für das Bahnticket reichen. »Das wäre sogar ganz super. Kann ich dir bei den Reparaturen irgendwie helfen?«

»Nicht nötig. Aber du könntest hier klar Schiff machen, bis wir fahren.«

»Mach ich.« Das wäre schnell erledigt. Aufräumen, ein bisschen putzen und durchsaugen. Obwohl sie das erst am Sonntag gemacht hatte. Veronika Lindentals Paybackkarte fiel ihr wieder ein. Es war ein Fehler, wenn Jasper der Polizei verschwieg, dass sie hier gewesen war. »Sei bitte nicht bös, wenn ich das Thema noch mal auf den Tisch bringe. Aber ich glaube, es wäre besser, wenn du der Polizei sagst, dass Veronika hier war. Wie sollen sie sonst ihre Spur aufnehmen, wenn sie gar nicht wissen, wo sie anfangen müssen zu suchen?«

»Da gibt es bessere Methoden. Die Verbindungsdaten des Handys überprüfen beispielsweise und die Kreditkartenabrechnungen. So können sie feststellen, wo sie sich vor ihrem Tod aufgehalten hat. Ich will da nicht mit hineingezogen werden, und du hast hoffentlich nicht vor, mir in den Rücken zu fallen und zur Polizei zu rennen.«

»Quatsch! Das mache ich nicht. Ich verstehe nur nicht, weshalb du dich so dagegen sträubst.«

»Das ist ganz einfach …« Abrupt brach er ab. Seine Hände ballten sich zu Fäusten, und die Nägel drückten sich ins Fleisch. Was war los mit ihm? Diese unterschwellige Wut, die bei ihm so dicht unter der Oberfläche saß, machte ihr langsam Angst. »Ganz einfach … Und weiter?«

Er atmete durch, die Spannung wich aus seinem Körper, es war, als ob er in sich zusammenfiel. »Also gut.« Er sah ihr direkt in die Augen. »Weil ich das nicht noch einmal mitmachen will. Ich weiß, wie es ist, wenn sie einen erst einmal verdächtigen, dann lassen sie nicht mehr locker und machen dich fertig.«

Ein Gefühl wie Blei legte sich auf Anettes Brustkorb. Das Atmen fiel ihr schwer. »Was soll das jetzt heißen?«

»Das heißt, dass die Polizei eine Zeitlang geglaubt hat, dass ich Lis umgebracht habe.«

Anette schwirrte der Kopf. Wer war Lis? Saß sie etwa einem Mörder gegenüber? In einem Haus am Ende der Welt, wo ihr niemand zu Hilfe kommen konnte. Und weit und breit kein Handy!

»Du fragst dich jetzt, wer Lis ist.«

Natürlich fragte sie sich das!

Jasper blickte auf seine Hände. »Sie war meine Freundin. Wir wollten heiraten. Doch daraus wurde nichts. Sechs Wochen vor dem Termin ist eine Freundin von ihr umgezogen. Es gab eine Einweihungsparty, und ich sollte mitkommen. Doch ich wollte für die Klausuren lernen. Wir haben uns gestritten, ziemlich heftig sogar. Manchmal kann ich das richtig gut. Streiten, meine ich. Rumbrüllen und Sachen gegen die Wand werfen. Sie ist allein gefahren und kam nicht mehr zurück. Jemand hat sie überfallen und erstochen.« Er sagte das so ruhig und gleichmütig, dass Anette erschauerte. »Zuerst gab es einen Verdächtigen, doch als sich herausstellte, dass er es nicht gewesen sein konnte, waren alle Spuren kalt, und sie haben sich auf mich gestürzt. Plötzlich haben sie behauptet, dass Lis sich von mir getrennt hätte. Was völliger Schwachsinn ist. Wir wollten schließlich heiraten! Es war wie in Kafkas *Prozess*. Noch einmal mache ich das nicht mit.« Er stützte beide Hände auf den Tisch und stand auf. »So, jetzt weißt du das. Ich geh jetzt aufs Dach, und wenn wir hier fertig sind, fahren wir zurück.«

Thema beendet. Kein weiteres Wort darüber. Die Tür schlug hinter ihm zu. Anette fror plötzlich und schlang die Arme um sich.

Nach einer Weile gab sie sich einen Ruck und machte sich an die Arbeit. Räumte die Küche auf, zog die Bettwäsche ab und steckte sie in die Waschmaschine, putzte das Bad und suchte ihre Sachen zusammen. Gegen Mittag kam Jasper wieder herein. »Ich muss nach Landsberg in den Baumarkt. Magst du mitkommen?«

»Eigentlich nicht. Ich will die Wäsche aufhängen, sobald die Maschine durchgelaufen ist.«

»Wie du meinst.« Nachdenklich musterte er sie, als ob er sich fragte, ob er ihr vertrauen konnte. »Bleib im Haus. Ich will nicht, dass Sebald dich aufstöbert.«

Was ja unwahrscheinlich war. Es sei denn, er hätte sich an Jaspers Fersen geheftet. »Ich hab genug zu tun.«

Sie hörte, wie er mit dem Wagen davonfuhr, und war dann mit Putzen und Aufräumen doch schneller fertig als gedacht. Das Wetter war schön, und sie beschloss, einen kleinen Spaziergang zu machen. Nur den Weg hoch, bis zum Haus mit der grauen Katze, wo auch die Bushaltestelle war.

Der Wind war eiskalt. Auf dem Weiher hatte sich eine dünne Eisschicht gebildet, und das trockene Gras auf den Wiesen trug weiße Spitzen. Sie schritt zügig aus, trotzdem wurde ihr schnell kalt. Der Wind drang durch Jacke und Mütze. Bei der Bushaltestelle stellte sie sich in den Windschatten, um ein wenig aufzutauen. Im Haus gegenüber saß wieder die Katze im Fenster und beobachtete Anette. Sie rieb die kalten Hände aneinander und entdeckte eine Zeitung im Papierkorb. Eine Überschrift weckte ihr Interesse. *Was geschah mit Veronika L.?* Sie fischte die Zeitung heraus, und ihr stockte der Atem, als sie las, wann der Mord geschehen war. Nicht im November, wie Jasper gesagt hatte. Sondern im August.

Zu der Zeit, als Veronika im Häuschen gewesen war.

51

Der Wagen der Zivilstreife war ein unauffälliger Golf mit getönten Scheiben. Dühnfort entdeckte ihn in einer Parkbucht gegenüber von Seyboths Wohnung und klopfte ans Fenster. Die Scheibe ging runter. »Es hat sich nichts getan, seit wir übernommen haben.«

»Wir gehen jetzt rein.« Dühnfort wies auf Alois, der bereits vorm Klingelbord stand. »Sagt Bescheid, falls er kommt.«

Es war Meo nicht gelungen, Seyboths Handy zu orten, und nun war er auf dem Weg zu Anettes Eltern, um die Rufnummer des Telefons zu sichern, das sie für ihren Entwarnungs-Anruf benutzt hatte. Falls die nicht unterdrückt worden war, musste sie im Mobilteil oder in der Basisstation zu finden sein. Kirsten begleitete ihn, um die Eltern zu beruhigen. Noch war nicht sicher, ob Anette bei Seyboth und er überhaupt ihr Mann war. Bisher war es nur ein Verdacht. Und diesmal hatte Leyenfels sich nicht geziert und den Durchsuchungsbeschluss beantragt.

Sie klingelten Miroslav Cerović heraus, den Hausmeister. Ein bulliger Mann mit missmutigem Blick. Dem Namen und seinem Akzent nach zu urteilen, kam er aus dem ehemaligen Jugoslawien. Er musste erst seine Brille holen, um den Beschluss lesen zu können, und studierte ihn mit enervierender Gründlichkeit. »Wenn ich Verantwortung haben, muss ich lesen.«

Alois wippte auf den Sohlen seiner teuren Boots auf und ab, und Dühnfort dachte sich seinen Teil. Ein Wichtigtuer, der vermutlich nicht einmal die Hälfte des Textes verstand.

Den würde kaum ein Muttersprachler in seiner Komplexität vollständig erfassen, denn er war in bestem Juristendeutsch abgefasst. Dennoch ließ er Cerović gewähren. Alles andere würde länger dauern.

Endlich nickte er. »Ist gut.« Er griff hinter sich ans Schlüsselbord und nahm einen dicken Bund vom Haken. »Nicht nötig Schlüsseldienst. Habe ich Zweitschlüssel von fast alle Mieter. Geben sie mir, falls aussperren. Ich schon hier fünfundzwanzig Jahre. Guter Hausmeister.«

Das musste er wohl sein, wenn die Mieter ihm ihre Ersatzschlüssel anvertrauten. Er händigte Dühnfort den für Seyboths Wohnung aus. »Sie bringen zurück, wenn Sie gehen.«

»Wir brauchen einen Zeugen. Würden Sie mitkommen?«

Der Mann wich einen Schritt zurück. »Geht mich nichts an, was Seyboth macht in seiner Wohnung. Ist netter Mann, will ich nicht Ärger mit ihm.«

Alois hörte zu wippen auf. »Mit uns wollen Sie sicher auch keinen Ärger.«

»Sie tun ihm einen Gefallen«, sagte Dühnfort. »Sie werden bezeugen, was wir in seiner Wohnung tun, und falls wir etwas mitnehmen, werden wir das im Durchsuchungsprotokoll vermerken. Das bekommen Sie. Es wird alles seine Ordnung haben.«

»Also gut.« Seufzend schloss der Hausmeister die Tür hinter sich und führte sie nach oben zu Seyboths Wohnung. Dühnfort sperrte auf und trat ein. In den Räumen war es kühl und die Luft abgestanden. Zusammen mit Alois verschaffte er sich einen ersten Überblick, während der Hausmeister zögernd in der offenen Tür stehen blieb.

Eine Altbauwohnung mit langem Flur. Rechter Hand das Wohn-Schlafzimmer, anschließend das Bad und am Ende des Gangs eine Küche mit angrenzender Speisekammer.

»Du das Wohnzimmer. Ich Küche und Bad.« Dühnfort

hatte die Erfahrung gemacht, dass diese häufig ergiebigere Fundstätten waren als die Wohnräume.

Er begann mit der Küche. Schubladen, Ober- und Unterschränke. Auf einem Bord standen Familienfotos. Auf einem erkannte er Jasper Seyboth im Alter von vierzehn oder fünfzehn Jahren. Daneben zwei Kinder. Vermutlich Bruder und Schwester. Auf einem anderen war ein kleines Fachwerkhaus am Rande eines Weihers abgebildet. Kein Foto der Eltern. Eine schwache Mutter, das hatte die Kollegin Steffie aus Erding gestern erzählt, und ein misshandelnder Vater. Dass kein Bild von ihm dort stand, überraschte Dühnfort nicht, aber er hätte eins von ihr erwartet. Söhne liebten ihre Mütter. Und in diesem Fall, hätte er vermutet, sogar ganz besonders. Der Sohn, der die Mutter beschützen will und den Vater ausstechen.

In der Küche fand er nichts. Er ging weiter in die Speisekammer. Offenbar das Gästezimmer. Ein aufblasbares Bett stand darin. Sofakissen und Schlafsack lagen obenauf. Darunter lugte etwas hervor. Ein Damenshirt in Größe 38. Und auf dem Boden hinter dem Bett entdeckte Dühnfort schließlich eine kleine Broschüre.

Es war eine Preisliste, und er wurde erst einmal nicht schlau daraus. Was waren Krinolinbänder, Steifleinen und Sinamay? Erst als er das Wort Huttüll las, fiel der Groschen. Anette Körber war Modistin. Sie war hier gewesen!

Seyboth hatte ihm also kalt lächelnd ins Gesicht gelogen. Dühnfort zog das Handy hervor und rief Buchholz an. »Anette war in Seyboths Wohnung. Ich brauche dich und deine Leute hier.«

Alois kam dazu. »Hast du was gefunden? Ich nämlich nicht.« Dühnfort gab ihm die Preisliste. »Von wegen, er hat sie am Donnerstag in der Beratungsstelle zuletzt gesehen. Verdammt! Wo ist sie? Und wo ist er?«

Inzwischen hatte sich der Hausmeister in die Wohnung gewagt und sah sich um. »Wissen Sie, wo Seyboth sein könnte?«

»Keine Ahnung. Ist Montag weggefahren. Wird schon wiederkommen.«

»Soll ich die Fahndung nach ihm und seinem Fahrzeug rausgeben?«, fragte Alois.

»Ja. Mach das.« Dühnfort wischte zum Foto von Anette, das er mit dem Handy abfotografiert hatte, und zeigte es dem Hausmeister. »Haben Sie diese Frau bei Seyboth gesehen?«

Cerović betrachtete das Bild gründlich, wie es offenbar seine Art war. »Nicht mit Seyboth. Aber hier in Haus. Am Freitag kam sie mit Supermarkttüte in der Hand. Ist mir auf Vorplatz zur Treppe begegnet.«

Dühnfort wischte weiter zum Foto von Veronika Lindental. »Und diese Frau?«

Wieder betrachtete der Mann die Aufnahme sorgfältig, und Dühnfort revidierte seine erste Meinung über ihn. Kein Wichtigtuer, sondern jemand, der seine Aufgabe ernst nahm. Bedächtig nickte Cerović. »Ist aber lange her. Bestimmt zwei Jahre. Hat Seyboth endlich neue Freundin, habe ich gedacht. Obwohl sie nicht hat zu ihm gepasst. Irgendwie billig. Hat auch nicht lange gedauert. Habe sie nur einmal hier gesehen.«

Dühnfort sah Seyboth vor sich, wie er die Frage beantwortete, ob Vroni mehr in ihm gesehen hatte als einen Berater. *In mir?*, hatte er gesagt und verblüfft auf sich gezeigt. *Bestimmt nicht.*

Alois lehnte sich gegen den Kühlschrank. »Dann ist er also der Mann, *mit dem dann doch was lief*. Wo ist er? Wo hat er sie versteckt? Wir sollten uns schleunigst durch den Kram hier wühlen.«

Plötzlich machte es klick bei Dühnfort. Das Foto des Häuschens neben den Fotos der Geschwister. Weshalb stellte er sich ein Bild davon in die Küche? Weil es eine ähnlich wichtige Rolle in seinem Leben spielte wie Bruder und Schwester. Er nahm das Bild vom Regal und zeigte es Alois. »Er ist hier. Das hoffe ich jedenfalls.« Und wandte sich dann an Cerović. »Wissen Sie, wo dieses Haus ist?«

In gewohnter Gründlichkeit betrachtete der Mann das Foto und schüttelte dann den Kopf. »Ich kenne nicht. Aber Herr Seyboth hat mal gesagt, dass er Wochenendhaus hat. Von der Oma geerbt. Aber nicht, wo.«

Das war gut. Wenn es Seyboth gehörte, mussten hier irgendwo Unterlagen darüber zu finden sein. Grundbuchauszug. Wasser- und Stromrechnung. Grundsteuerbescheid.

Sie machten sich auf die Suche und durchforsteten Aktenordner und Schubladen. Der Hausmeister setzte sich und beobachtete sie. Er nahm seine Aufgabe als Zeuge ernst und ließ sie nicht aus den Augen. Buchholz kam mit seinen Leuten und ließ einen Schwall an Verwünschungen los, weil weder Alois noch Dühnfort, geschweige denn der Hausmeister ein Ganzkörperkondom trugen. Doch Dühnfort glaubte nicht, dass das hier ein Tatort war. Das hier war die Zwischenstation. Sie mussten Anette finden, bevor es zu spät war.

Wie machte der Kerl das? Was war seine Masche? Machte er die Frauen in sich verliebt, oder verliebte er sich tatsächlich, und wenn sie ihn dann enttäuschten, mussten sie dafür büßen? Wie auch immer, jetzt war nicht die Zeit, einen Psychologen zu befragen. Sie mussten dieses Haus finden. Dühnfort war bereit, seine Pavoni darauf zu wetten, dass Anette dort war, auch wenn er nicht hätte sagen können, weshalb er so sicher war. Es war ein Gefühl. Dieses Bauchgefühl, auf das er zu vertrauen gelernt hatte.

»Fangt mit der Speisekammer an«, sagte er zu Buchholz. »Anette Körber hat sich dort aufgehalten. Du wirst massenhaft ihre DNA darin finden, und wenn du die von Vroni auch noch findest, hast du einen Kasten Bier gut bei mir.«

»Apropos DNA«, Buchholz grinste. »Hast du nicht gesagt, dass Vronis Mutter ihrem Mann ein Kuckuckskind untergeschoben hat und Panik schiebt, dass er das herausfinden könnte?«

»Ja. Und?«

»Ich weiß ja nicht, wie sie auf die Idee kommt. Denn eines ist klar: Mit neunundneunzig Komma fünf Prozent Sicherheit ist Vroni Uwe Lindentals Tochter.«

»Das ist ja eine Überraschung.« Er sah Marion Lindental noch vor sich, wie schlagartig alle Farbe aus ihrem Gesicht gewichen war, als er ihr erklärte, dass sie die Probe abgeben musste, und einen Moment tat ihm die Frau leid. Jahrzehntelange Angst und ein schlechtes Gewissen, und das wegen nichts. Was für ein Drama.

»Und Seyboths DNA? Hast du die inzwischen mit dem vom Wachstuch und der Kleidung abgeglichen?«

»Haben wir. Und jetzt wird es kompliziert. An der Kleidung von Vroni befindet sich genetisches Material von Jasper Seyboth und auch von Uwe Lindental, und dann gibt es noch mehrere unbekannte Spuren, unter anderem an der Innenseite des Wachstuchs. Kann von weiß Gott wem stammen. Von dem, der das Stück beim Verkauf von der Rolle geschnitten hat, oder von Interessenten, die es angefasst haben. Aber natürlich auch vom Täter. Aber es finden sich keine von Seyboth oder Lindental an der Decke. Was aber auch damit erklärbar wäre, dass der Täter nach der Tat und vor dem Beseitigen der Leiche clever genug war, in den Baumarkt zu fahren und sich einen Maleroverall und Handschuhe zu besorgen.«

Alois kam in die Küche und wedelte mit einem Blatt. »Ich habe eine Rechnung der Müllabfuhr gefunden. Das Haus steht im Weiler Buchbach, Gemeinde Wildstetten.«

»Wo ist das denn?«

»Ich google.«

Dühnforts Handy klingelte. Meo meldete sich. »Anettes Anruf kam von einem Münztelefon am Landsberger Bahnhof.«

Dühnfort dankte Meo und legte auf, während Alois noch nach Wildstetten suchte. »Sag mir, dass es in der Nähe von ...«

Alois sah auf. »Landsberg am Lech liegt?«

»Ja. Das ist es.«

52

Wie betäubt starrte Anette auf die Zeitung. Jasper hatte sie belogen! Und sie hatte ihm vertraut! Sie erwachte aus ihrer Schockstarre und stopfte die Seiten zurück in den Papierkorb.

Die Katze sah noch immer unverwandt zu ihr herüber und hatte sich in der Zwischenzeit nicht einen Millimeter bewegt, und erst jetzt erkannte Anette, warum. Das Tier war nicht echt, es war aus Stoff und Fell gemacht. Gut imitiert. Beinahe hätte sie gelacht. Ganz offensichtlich hatte sie ein Talent dafür, auf Täuschungen hereinzufallen.

War sie Jasper wirklich auf den Leim gegangen? Sie konnte es nicht glauben. Doch wie wahrscheinlich war es, dass jemand zwei Menschen kannte, die ermordet wurden? Frauen noch dazu und beide im selben Alter? Höchst unwahrscheinlich!

War er ein Mörder und sie sein nächstes Opfer? Anette schüttelte den Kopf und machte sich auf den Rückweg. Das war eine absurde Idee. Geradezu grotesk. Er hätte sie längst töten können, wenn er das wollte.

Doch sie war keine gute Menschenkennerin. Basti war der beste Beweis dafür. Auch auf ihn war sie hereingefallen. Nie hätte sie gedacht, dass er versuchen würde, sie zur Prostitution zu zwingen. Und was er alles versucht hatte! Erst behutsam mit vielen Worten, dann mit Gewalt. Aber letztlich hatte sie sich von ihm nicht manipulieren lassen und war gegangen. Immerhin das hatte sie geschafft!

Vielleicht stimmte diese Geschichte mit Sebalds Leuten ja gar nicht, die Jasper ihr aufgetischt hatte. Vielleicht hatte er niemanden bei ihrer Werkstatt angetroffen, der nach ihr gefragt hatte. Vielleicht war er gar nicht dort gewesen. Vielleicht hatte er sich ganz einfach ihre Angst vor Basti und seinem Deal mit Sebald zunutze gemacht und alles erfunden, um sie hierherzulotsen, an diesen einsamen Ort. Und sie hatte ihm geglaubt. Woher sollte sie überhaupt wissen, ob das mit dem Deal stimmte? Schließlich hatte sie nicht gehört, was sein Chef Jasper am Telefon darüber gesagt hatte. Dass man sich vor Sebald in Acht nehmen müsste, Strohmann eines üblen Kerls, der keine Geschäfte ohne Sicherheiten machte. Vielleicht war das alles erstunken und erlogen.

Vielleicht. Vielleicht. Vielleicht.

Und sie war sofort mit ihm gegangen, mit einem Mann, den sie nicht kannte. Sie hatte ihm alles von sich erzählt und gedacht, er wollte ihr helfen. Dabei hatte er sie in die Einsamkeit gelockt. In die völlige Isolation.

Deshalb das Theater mit den Handys. Na klar! Anette blieb mitten auf dem Weg stehen und schlug sich in Gedanken die Hand vor die Stirn. Deshalb hatte sie kein Handy. Deshalb war sein altes »kaputt« und der Akku in seinem leer. Deshalb hatten sie in Landsberg kein Ladekabel gefunden, weil er keines finden wollte. Wetten, dass es oben in seinem Zimmer war, gut versteckt. Und die Nummer mit dem Münztelefon hatte er ja auch super eingefädelt. Als die Polizei in der Beratungsstelle nach ihr gefragt hatte, musste er in Panik geraten sein. Er musste dafür sorgen, dass sie sich schnellstmöglich bei ihren Eltern meldete, damit die Suche nach ihr abgeblasen wurde. Aber bitte nicht mit einem Handy, das man zurückverfolgen konnte. Das war der Grund, weshalb er am Bahnhof geparkt hatte, direkt vor der Telefonsäule. Nicht wegen Parkplatzmangel in der Altstadt.

Alles passte zusammen. Wie blind sie gewesen war! Eine gutgläubige Idiotin! Er war nicht gekommen, um Dächer zu flicken und Boiler zu entkalken. Was besorgte er im Baumarkt? Folien, um den Tatort auszukleiden? Säcke mit Zement, um ihre Leiche einzubetonieren? Eine Kettensäge?

Anette atmete durch und rief sich zur Ordnung. Es half nicht, wenn sie ihre Phantasie jetzt Amok laufen ließ. Sie musste weg. So schnell wie möglich. Wann fuhr der Bus?

Sie lief zurück zur Bushaltestelle. Ihr Zeigefinger zitterte, als sie damit die Spalte mit den Abfahrtszeiten entlangfuhr. In fünfunddreißig Minuten kam der nächste. Rasch überschlug sie, wann Jasper frühestens aus Landsberg zurück sein konnte. Etwa um dieselbe Zeit. Wenn er kam, musste sie weg sein!

Sie rannte zurück, suchte mit fliegenden Fingern ihre Sachen zusammen, stopfte sie in die Koffer, während die Angst ihr im Nacken saß und ihre Hände derart zitterten, dass ihr die Schachtel mit den Caran-d'Ache-Stiften entglitt, auf den Boden fiel und alle herauspurzelten. Sie suchte sie hektisch zusammen, steckte sie lose in den Koffer und zog den Reißverschluss zu. Geschafft. Sie riss den Mantel vom Haken, setzte ihre Kappe auf und hörte, wie sich draußen ein Wagen näherte.

Er war da! Er war zurück! Für eine Sekunde blieb ihr Herz stehen, dann setzte es in rasendem Stakkato wieder ein. Das Blut rauschte in ihren Ohren. Wohin? Panisch sah sie sich um. Der Motor erstarb.

Das Küchenfenster. Dort konnte sie raus. Sie rannte nach hinten und riss es auf.

53

Dühnfort hangelte das Blaulicht aus dem Fußraum, knallte es aufs Dach, auch wenn das nicht den Vorschriften entsprach, und startete den Wagen. Das Gefühl, keine Zeit verlieren zu dürfen, war diesmal stärker als seine Bereitschaft, jede Regel zu akzeptieren.

Alois saß neben ihm. Er beendete das Gespräch mit Meo und legte auf. »Im ganzen Orbit kein Signal von Seyboths Handy.«

»Ruf die Kollegen in Landsberg an. Gib ihnen die Personenbeschreibungen durch und das Kennzeichen des Geländewagens. Sie sollen nach Buchbach fahren und die Lage sondieren. Und sie sollen eingreifen, wenn es ihnen nötig erscheint. Wie lange brauchen wir dorthin?«

»Eine knappe Stunde.«

Merde! Mist!

Alois rief die Kollegen von der PI Landsberg an. Dühnfort steuerte den Wagen auf den Mittleren Ring und gab Gas. Der Verkehr war dicht und das Entgegenkommen der anderen Verkehrsteilnehmer, Platz zu machen, trotz Blaulicht eher verhalten. Erst auf der Autobahn konnte er richtig beschleunigen.

»Du scheinst dir ja sicher zu sein, dass Seyboth unsere Hutmacherin nach Buchbach verschleppt hat«, sagte Alois mit Blick auf den Tacho.

»Sie war bei ihm. Und er lügt uns ins Gesicht, dass er keine Ahnung hätte, wo sie ist. Genau wie bei Vroni. Es lief doch was zwischen den beiden.«

»Das muss nicht heißen, dass er sie umgebracht hat.

Vielleicht hat er gelogen, weil er vor vier Jahren am eigenen Leib erfahren hat, wie es ist, unschuldig verdächtigt zu werden.«

Das war eine eher theoretische Möglichkeit. »Steffie ist überzeugt davon, dass er seine Verlobte erstochen hat, und sie hat gute Argumente dafür. Außerdem: zwei ermordete Freundinnen in vier Jahren. Ich bitte dich, das soll Zufall sein?«

»Dann ist Lindental aus dem Rennen, obwohl wir auch seine DNA an Vronis Leiche gefunden haben?«

»Du vergisst die Affen. Vronis Mörder ist auch der Mörder von Elisabeth Stetten.«

»Und wer sagt, dass Lindental sie nicht gekannt hat?« Überrascht sah Dühnfort zu ihm hinüber.

»Bisher hat das noch niemand überprüft«, wandte Alois ein.

»Die Fäden laufen aber bei der Schuldnerberatung zusammen.«

Sie ließen die Stadt hinter sich. Die Landschaft wurde hügelig. Im Süden zeichnete sich die Alpenkette im Dunst ab. Bei Inning am Ammersee zog Nebel über die Autobahn. Kurz hinter Landsberg summte Alois' Handy. Es waren die Kollegen, die jetzt vor Ort waren. Eine Weile lauschte Alois und stellte zwischendurch Fragen. »Sicher? ... Ihr habt überall nachgesehen? ... Wie sind die Verschlussverhältnisse? ... Wir sind in zehn Minuten vor Ort.« Mit Blick auf den Tacho korrigierte er sich. »Eher in sieben.«

»Was ist?«

»In Buchbach ist niemand. Aber das Haus ist nicht abgeschlossen, und über dem Wäschegestell hängt feuchte Bettwäsche. Hinter dem Haus lehnt eine Leiter an der Wand, und daneben liegen ein paar kaputte Dachschindeln. Sieht so aus, als ob Seyboth etwas am Dach repariert und Wäsche gewaschen hat. Vielleicht ist er einkaufen gefahren und hat vergessen abzuschließen.«

Das glaubte Dühnfort nicht. Nach den Anweisungen des Navi bog er von der Bundesstraße auf die Landstraße Richtung Wildstetten ein. Sie durchquerten den Ort, und er hielt unwillkürlich Ausschau nach Seyboths Geländewagen. Knapp anderthalb Kilometer hinter dem Dorf zweigte ein schmaler Weg ab. An der Kreuzung befand sich eine Bushaltestelle, gegenüber stand ein einsames Haus. In einem der Erdgeschossfenster saß eine Katze, und dahinter stand eine Frau und blickte auf die Straße. In etwa sechshundert Metern Entfernung entdeckte Dühnfort den Streifenwagen der Kollegen auf der Wiese vor dem Fachwerkhaus.

Er stoppte bei der Bushaltestelle und ließ Alois raus. »Sprich mit der Frau. Ich fahre schon mal vor.« Eine Minute später ließ er seinen Wagen hinter dem der Kollegen ausrollen.

Zwei junge Beamte kamen aus dem Haus und stellten sich als Polizeiobermeister Häusler und Polizeihauptmeister Kriebe vor.

Kriebe hakte die Daumen in die Gürtelschlaufen. »Wir haben Haus und Schuppen durchsucht. Da ist niemand.«

»Als Sie kamen, stand die Haustür offen?«

»Sie war zugezogen, aber nicht abgeschlossen. Dafür ist das Küchenfenster sperrangelweit offen.«

»Ich sehe mir das mal an.« Dühnfort betrat das Haus. Ein kleiner Vorplatz, von dem eine schmale Treppe steil nach oben führte, darunter ein Schrank. Weiter ging es in einen Raum, der Küche und Stube in einem war. Das Trockengestell stand neben einem Kaminofen. Die Wäsche war noch feucht und das Feuer im Ofen bis auf einen Rest Glut heruntergebrannt. Alles war ordentlich und aufgeräumt. Nirgendwo stand Geschirr herum oder benutzte Töpfe. Dühnfort öffnete den Mülleimer. Der Beutel darin war halbvoll. Auf dem Sofa lagen Daunendecke und Kopfkissen, beides nicht bezogen.

Das Badezimmer war klein und frisch geputzt. Der Geruch nach Citrusreiniger hing noch in der Luft. Im Spiegelschrank Männerduschgel, Zahnbürste, Zahnpasta, Herrendeo, Kamm. Keine Kosmetik, die eindeutig einer Frau zuzuordnen war. Neben dem Bad ein Zimmer, in dem es nach Mottenkugeln und alter Frau roch. Die Fensterläden waren geschlossen. Dühnfort schaltete das Licht ein. Kruzifix und ein Madonnenbild an der Wand über einem altmodischen Doppelbett. Den angrenzenden Raum nutzte offenbar Seyboth. Kiefernholzbett, Flickenteppich, Schrank und Regale aus dem Möbelmarkt. Ein Bildband über eine Reise auf der Seidenstraße lag auf einem Tischchen. Etliche weitere Reisebücher standen im Regal. Dühnfort durchsuchte den Raum und fand keinen Hinweis auf die Anwesenheit von Anette Körber. Keine Kleidung, keine Kosmetik, kein Koffer. Nichts. Er kehrte ins Bad zurück und sah in den Mülleimer. Er war leer. Buchholz und seine Leute würden schon etwas finden. So gründlich konnte niemand putzen.

Die Treppenstufen knarrten, als er wieder nach unten ging und den Inhalt des Küchenmülleimers genauer inspizierte. Zwei Bananenschalen, leere Tüten von Toast und Vollkornbrot. Etliche Teebeutel. Wurstpapier und die Späne, die entstanden, wenn man Buntstifte spitzte. Buntstifte hatte er hier nirgends gesehen. Er strich das Papier glatt, das zuunterst gelegen hatte. Es war die zarte Zeichnung eines Frauenkopfs. Augen, Nase, Mund waren lediglich als Konturen angedeutet. Beinahe fertig ausgearbeitet war hingegen der Hut, der auf diesem Kopf saß.

Dühnfort sog die Luft ein. Anette war hier gewesen.

Und sie war mit Seyboth nicht einfach einkaufen gefahren. Denn ihre Sachen waren weg.

Die Tür wurde aufgestoßen. Alois kam herein. »Seyboth ist seit Montagnachmittag hier. Und davor war er am Freitag und Samstag ebenfalls im Häuschen und nicht allein. Er hat eine Frau mitgebracht. Beschreibung leider Fehlanzeige. Frau Hofer hat sie nur aus der Ferne gesehen.«

»Und wo sind die beiden jetzt?«

»Seyboth ist vor etwa zwei Stunden weggefahren. Ob er allein war oder Anette bei ihm, weiß Frau Hofer nicht. Sie hat nur den Wagen vorbeifahren sehen. Später ist noch der Postler mit seinem Lieferwagen vorbei und irgendwann ein blauer Golf und ein weißer Audi. Aber sie steht nicht immer am Küchenfenster. Zwischendrin hat sie Betten gemacht und aufgeräumt und ist erst kurz bevor wir am Haus vorbeigefahren sind wieder in die Stube gekommen. Seyboth könnte also in der Zwischenzeit zurückgekehrt und wieder weggefahren sein. Sie sagt, dass aus Jasper ein netter junger Mann geworden wäre. Hilfsbereit und zuverlässig, obwohl sein Vater ihn misshandelt hat. Die Großmutter scheint das ausgeglichen zu haben. Eine Seele von Mensch, laut Frau Hofer. Und nun? Wie machen wir weiter?«

»Buchholz soll sich hier umsehen. Anette war hier.« Er zeigte Alois die Zeichnung. »Wo ist er mit ihr hin?« Dühnfort zog das Handy hervor. Kein Empfang. Er trat vors Haus.

Kriebe lehnte am Streifenwagen und drehte sich eine Zigarette. Häusler telefonierte, und er selbst wählte die Nummer der Spurensicherung, als er den Geländewagen sah. Er bog bei der Bushaltestelle auf den Weg zum Häuschen ein. »Da ist Seyboth«, rief Alois im selben Moment. Der Wagen fuhr zügig weiter, stoppte nach hundert Metern plötzlich, blieb eine Sekunde stehen und wendete dann.

»Er haut ab!« Kriebe sprang in den Streifenwagen. Häusler hechtete auf den Beifahrersitz.

»Organisieren Sie Straßensperren!«, rief Dühnfort ihnen zu, während er zu seinem Kombi rannte. Alois hinterher. Motoren heulten auf, zwei Fahrzeuge schossen davon. Martinshörner jaulten, Blaulichter rotierten.

54

Nach ein paar hundert Metern endete die Verfolgung. Seyboth nahm den Abzweig nach Wildstetten zu eng, kam von der Straße ab und schlingerte ins Feld. Dühnfort, der dicht hinter ihm war, bremste, sprang aus dem Kombi und riss im Laufen seine Dienstwaffe aus dem Holster. Inzwischen hatte Seyboth den Allradantrieb reingeknallt. Steine und Erde spritzten unter den Reifen hervor. Dühnfort hob die Waffe und brüllte: »Motor aus! Aussteigen!«

Seyboth starrte durch die Scheibe. Alois lief zur Beifahrerseite, nahm ihn von dort ins Visier, während Kriebe den Streifenwagen auf der Straße quer stellte und Häusler ebenfalls seine Dienstwaffe zog.

»Schalten Sie den Motor aus!«, schrie Dühnfort.

Der Widerstand im Blick des Mannes brach. Der Motor erstarb, und Seyboths Kopf sank aufs Lenkrad. »Heben Sie die Arme!« Die Hände erschienen im Blickfeld. Keine Waffe. Mit einem Ruck riss Dühnfort die Fahrertür auf, und Seyboth stieg aus. Inzwischen war Alois um den Wagen gegangen, durchsuchte den Mann und legte ihm Handschellen an, während Dühnfort seine Waffe wieder einsteckte. »Wo ist Anette Körber?«

Überrascht sah Seyboth auf. »Bei Ihnen, oder? Sie hat mich doch …« Er brach ab und schüttelte den Kopf.

»Wovon reden Sie?«

Seyboths Brustkorb hob und senkte sich. Ein verbissener Zug erschien um den Mund. »Sie hat mich nicht hingehängt?«

»Womit hingehängt?«

Kurz maßen sie sich mit den Augen. »Also gut«, stieß Seyboth schließlich hervor. »Wegen Vroni. Anette weiß, dass sie hier war. Vor zwei Jahren. Nur kurz. Sie wollte unbedingt, dass ich Ihnen das sage. Und nun hat sie es Ihnen selbst gesteckt, oder nicht? Warum fragen Sie nach Anette?«

»Sie hat uns gar nichts gesteckt. Wo ist sie?«

Seyboth schüttelte den Kopf. »Wenn sie nicht bei Ihnen ist, ist sie im Haus, oder sie macht einen Spaziergang.«

»Im Haus ist sie nicht. Und ihre Sachen sind weg.«

Seyboth schloss für einen Moment die Augen. »Dann hat sie doch den Bus genommen.«

Dühnfort gab Alois ein Zeichen, damit er den Wagen durchsuchte. »Wieso *doch*?«

»Beim Frühstück hat sie gesagt, dass sie heute zurück nach München will, zu ihren Eltern. Sie wollte mit dem Bus nach Landsberg fahren und von dort mit dem Zug weiter. Ich habe ihr angeboten, sie mitzunehmen, wenn sie so lange warten kann, bis ich hier fertig bin. Und wenn sie jetzt mit ihren Koffern weg ist, dann ist sie wohl doch mit dem Bus gefahren.«

»Ohne sich zu verabschieden? Hatten Sie Streit?«

»Nein. Wir hatten keinen Streit.«

»Außer wegen Veronika Lindental. Herr Seyboth, wo ist Anette Körber?«

»Ich weiß es nicht. Rufen Sie ihre Eltern an. Zu denen wollte sie.«

Dühnfort zog das Handy hervor. Ihm war klar, was dieser Anruf für sie bedeutete, wenn Anette sich nicht bei ihnen gemeldet hatte. In diesem Fall konnte er den Ball nicht länger flach halten. Das wollte er ihnen erst antun, wenn er sicher sein konnte, dass ihre Tochter verschwunden war. Entführt? Ermordet? Bereits irgendwo verscharrt?

Kriebe trat an seine Seite. »Ich kann den Busfahrer anrufen. Wir spielen im selben Verein Fußball. Er fährt die Strecke nach Landsberg zum Bahnhof. Wenn sie nicht den Bus gleich am Morgen genommen hat, dann kommt nur der um halb eins in Frage.«

»Danke. Gute Idee. Bevor wir hier die Pferde scheu machen.«

Alois schloss die Heckklappe des Geländewagens, schüttelte den Kopf und breitete die Hände aus, was wohl heißen sollte, dass er im Wagen nichts Verdächtiges gefunden hatte. Nun spreizte er Daumen und kleinen Finger der rechten Hand und hob sie zum Ohr. Dühnfort nickte. Buchholz sollte den Wagen abholen lassen und auseinandernehmen, und wenn Seyboth sie angelogen hatte und die KTU nur einen Tropfen Blut von Anette und Vroni darin fand, dann gnade ihm Gott!

Unterdessen telefonierte Kriebe mit dem Busfahrer. »Eine junge Frau, ja. Mit zwei Koffern ... Bei der Haltestelle Buchbach müsste sie eingestiegen sein ... Ja, dank dir, Franz.« Kriebe steckte das Handy ein. »Da ist niemand zugestiegen, sagt der Franz. Im Bus saß überhaupt nur die Schweighöfer Marie vom Moarhof aus Kreuz. Die musste zum Arzt nach Landsberg.«

Unterdessen hatte Seyboth sich auf einen Steinhaufen am Feldrand gesetzt. Die Hände auf dem Rücken gefesselt, starrte er zwischen den gespreizten Beinen hindurch auf das verdorrte Gras. Dühnfort setzte sich zu ihm. »Anette war nicht im Bus. Hat sie ein Handy?«

»Sie hat ihres verkauft, um die Übernachtung in der Pension zu bezahlen. Das habe ich Ihnen doch schon gesagt.«

»Und um Ihres hat sie Sie nicht gebeten?«

»Natürlich hat sie das. Doch der Akku war leer, und ich hatte das Ladekabel in München vergessen. Deshalb sind wir nach Landsberg gefahren. Ich wollte, dass sie ihre

Eltern anruft. Das war ja der Wahnsinn, dass die sie gleich vermisst gemeldet haben.«

»Aber Ihr Handy ist noch immer aus. Sie hätten ein neues Ladekabel besorgen können.«

Ein trocknes Lachen war die Antwort. »Also gut. Ich erkläre es Ihnen, obwohl Sie mir nicht glauben werden. Ich wollte nicht, dass Anette telefoniert. Bis auf das eine Mal mit ihren Eltern. Haben Sie mit Basti gesprochen?«

»Mit ihrem Freund, ja. Warum?«

»Hat er Ihnen erzählt, dass er Anette als Sicherheit für einen Kredit verpfändet hat, den er von einem Kerl namens Mike Sebald bekommen hat?«

Mike Sebald. Den Namen hatte Dühnfort schon einmal gehört. »Er betreibt ein Bordell.«

»Und eine Escortagentur. Basti kann seine Schulden nicht bezahlen und wollte Anette zwingen, für ihn anzuschaffen. Sie hat sich geweigert, und er hat gesagt, dass nicht sie das entscheidet und dass Sebald sie schon finden wird. Das war auch ein Grund, weshalb sie für einige Zeit untertauchen wollte. Ich wollte nicht, dass Sebalds Leute sie aufstöbern, deshalb habe ich mein Handy nicht aufgeladen. Ihr Freund weiß, dass sie zur Schuldnerberatung wollte. Nachdem sie nicht mehr in ihre Wohnung konnte und bei ihm ausgezogen war, waren die einzigen Anknüpfungspunkte für Sebald ihre Eltern und unser Verein. Vorausgesetzt, Basti hat ihm davon erzählt, und davon gehe ich aus. Ich hatte Angst, dass sie bei uns ihre Spur aufnehmen. Anscheinend haben sie das. Sie müssen mir gefolgt sein und haben gewartet, bis sie allein war.«

Das klang sehr nach einer Räuberpistole. Doch die Story war leicht zu überprüfen. Dühnfort rief Kirsten an und bat sie, Sebastian Wölfle aufzusuchen und ihm auf den Zahn zu fühlen, ob Seyboths Geschichte stimmte.

Wenn ja, dann war es möglich, dass Sebald Anette aufgespürt und entführt hatte. Doch Dühnfort glaubte das nicht. Er befürchtete vielmehr, dass sie irgendwann ihre Leiche finden würden. Und daneben einen Affen, der sich die Ohren zuhielt oder den Mund.

»Warum haben Sie mich vorgestern angelogen, als ich Sie nach Anette gefragt habe?«, fragte Dühnfort Seyboth, der noch immer auf dem Steinhaufen saß.

»Weil ich mich nicht einmischen wollte. Es war ihre Entscheidung, für eine Weile von der Bildfläche zu verschwinden. Das ist nicht strafbar.«

»Sie haben sich in Anette verliebt?«

Seyboths Blick wich aus. »Sie ist eine gute Freundin. Mehr nicht.«

»Sie kennen sie doch erst seit zwei Wochen.«

»Na und? Was sagt das schon? Mit manchen Menschen versteht man sich auf Anhieb, mit manchen nie.«

»Und weshalb haben Sie wegen Vroni gelogen?«

Seyboth reckte sich und stand auf. »Das können Sie sich doch denken. Jedenfalls, wenn Sie wissen, was mit Lis passiert ist und dass man mich verdächtigt hat. Ich war es aber nicht. Ich habe sie nicht umgebracht. Ich bin kein Mörder.«

»Wenn Sie mit alldem nichts zu tun haben, weshalb haben Sie dann versucht abzuhauen, als Sie uns gesehen haben? Herr Seyboth, wo ist Anette Körber?«

»Ich weiß es nicht. Ich weiß es wirklich nicht. Das ist alles ein einziger Alptraum.«

55

Die Dunkelheit senkte sich über Buchbach und den angrenzenden Wald, aus dem man ab und zu das Bellen eines Polizeihundes hörte. Seit einer Stunde durchkämmte ihn eine Hundertschaft. Skeptisch sah Dühnfort auf die Uhr. Etwa vierzig Minuten blieben ihnen noch, dann würde es zu dunkel sein und sie mussten für heute abbrechen.

Er schob die Hände in die Manteltaschen. Sein Atem stieg in weißen Wölkchen in die Abenddämmerung. Weiter vorne auf dem Acker wurde Seyboths Wagen auf das Abschleppfahrzeug gezogen, um zur Kriminaltechnischen Untersuchung gebracht zu werden. Alles brauchte seine Zeit. Doch Dühnfort hatte das Gefühl, keine verlieren zu dürfen. Er wollte Gewissheit, ob hier ein Mord geschehen war, und wartete auf Doro Gutsch und ihre Ronja.

Hinter ihm im Häuschen arbeiteten Buchholz und seine Leute. Seyboth hatte zugegeben, dass Vroni dort gewesen war. Irgendwann Ende Juli oder Anfang August vor zwei Jahren. Das war der Lichtblick des Tages. Das Desaster war, dass sie noch immer keine Spur von Anette Körber hatten. Sie tauchte weder auf den Überwachungsvideos des Bahnhofs in Landsberg auf noch auf dem des Regionalzugs nach München. Sie hatte auch kein Taxi genommen oder sich bei ihren Eltern gemeldet, geschweige denn, dass sie dort erschienen wäre. Der Letzte, der sie nach jetzigen Erkenntnissen gesehen hatte, war Jasper Seyboth.

Seine Geschichte über Sebastian Wölfle und Mike Sebald stimmte allerdings. Jedenfalls teilweise. Wölfle hatte Kirsten gegenüber zugegeben, dass er seine Freundin als

»Sicherheit« für einen Kredit eingesetzt hatte. Doch einen Teil seiner Schulden hatte er vorgestern getilgt, und damit war Anette vorläufig aus Sebalds Fokus verschwunden. Die zuständigen Kollegen für Zwangsprostitution observierten ihn und sein Bordell dennoch, obwohl Dühnfort nicht glaubte, dass Sebald sie entführt hatte.

Seyboth hatte ihn mehrfach angelogen, ohne mit der Wimper zu zucken. Er gehörte offenbar zu den Menschen, die die Gabe besaßen, Wahrheit und Lüge kunstvoll miteinander zu verweben. Dühnfort hatte ihn vorläufig festgenommen und in eine Haftzelle nach München bringen lassen.

Er umrundete das Haus und sah sich um. An der Nordseite lehnte die Leiter. Der Werkzeugkasten stand daneben. Zwei gebrochene Schindeln lagen im Gras. Im Laderaum von Seyboths Wagen hatten sie eine Rolle Dachpappe gefunden und eine Plastikbox mit kleinen Metallhaken zum Befestigen der Schindeln. Dieser Teil seiner Einlassung schien zu stimmen. Doch was war passiert, nachdem er die Leiter heruntergestiegen war? Hatte Anettes Wunsch, nach München zurückzukehren, ihn enttäuscht? Hatte er sich wieder einmal zurückgewiesen gefühlt und war daraufhin ausgerastet? Bei Lis hatte es allerdings Stunden gedauert, bis aus ihrer Zurückweisung eine mörderische Wut entstanden war. Und bei Vroni? Tausend offene Fragen.

Das Sirren der Seilwinde am Abschleppwagen drang bis hinters Haus. Dühnfort ging zum angebauten Schuppen. Die Tür war nur angelehnt, und er trat ein. Natürlich hatten sie ihn längst durchsucht. Keine Spur von Anette. Kein Hinweis, was ihr widerfahren sein könnte.

Das ungute Gefühl verdichtete sich, ballte sich zu einer furchtbaren Ahnung.

Im Schuppen war es wärmer. Er roch nach Holz, Briketts und Schmieröl. Der Lichtschalter knackte. Über einer Werkbank ging eine nackte Birne an. Dahinter hingen Werkzeuge an der Wand. Hammer, Zangen, Schraubendreher, Stechbeitel, Akkuschrauber und Bohrmaschine.

Im hinteren Teil lag ein Haufen Meterholz, das noch gesägt, gespalten und gehackt werden musste. Im Hackklotz steckte die Axt.

Dühnfort zog sie heraus und betrachtete die Klinge. Blatt und Haupt waren sauber und glatt, die Schneide scharf, bis auf ein paar Schrunden im Bart. Wenn es hier irgendwo Blutspuren gab, würde Buchholz sie dank Luminol finden, das jeden noch so winzigen oder weggeputzt geglaubten Fleck sichtbar machte.

Er legte die Axt beiseite und wollte den Schuppen schon verlassen, als ihm etwas auffiel. Die Stechbeitel steckten in einer Holzleiste an der Werkzeugwand und waren der Größe nach geordnet wie die Orgelpfeifen. Normalerweise wurden sie in Sets zu sechs oder zwölf Stück verkauft. Es waren aber nur fünf. Er sah sie sich genauer an. Alle waren scharf, und eine Bohrung in der Leiste war frei. Der zwanzig Millimeter breite Beitel fehlte und war nirgendwo zu entdecken.

Als er aus dem Schuppen in den Garten trat, fuhr ihm eine eisige Bö unter den Mantel, und oben am Weg bemerkte er einen smaragdgrünen Clio, der stoppte. Jemand stieg aus und hob beide Hände in der typischen Geste der Smartphone-Fotografen.

Klein, rund, bunt gekleidet. Das konnte nur Melissa Wittock vom *Münchner Blick* sein. Herrgott! Sie musste irgendwo im Polizeipräsidium einen Informanten haben.

Kriebe lehnte vor dem Absperrband, das quer über dem Weg im Wind flatterte, am Streifenwagen und drehte sich eine Zigarette. Dühnfort ging zu ihm hinüber. »Die Frau dort hinten ist von der Presse. Haben Sie ein Auge auf sie, und passen Sie auf, dass sie die Absperrung respektiert. Das hat sie nämlich nicht vor.«

»An mir kommt sie nicht vorbei.« Das Zippo flammte auf, Kriebe zündete die Zigarette an.

Alois kam den Weg aus dem Wald herauf. Den Kaschmirschal um den Hals geschlungen, die Hände in den Taschen des Wollmantels vergraben. An den Boots klebte Dreck. Ruhig steuerte er auf Dühnfort zu. Es gab also keine Neuigkeiten, und langsam, aber stetig wurde es dunkler.

»Eine halbe Stunde bleibt uns höchstens noch.« Alois blieb neben ihm stehen. »Und bis jetzt haben wir nichts gefunden. Keinen Koffer, kein Kleidungsstück, keine Waffe …«

»Keinen Stechbeitel.« Müde fuhr Dühnfort sich über die Augen.

»Wieso Stechbeitel?«

»Einer fehlt im Schuppen. Die Dinger sind scharf wie Skalpelle.«

»Wir müssen herausfinden, wo er war, bevor wir ihn gestellt haben. Irgendwo auf dem Weg zum Baumarkt oder zurück muss er die Leiche abgelegt haben.«

Seyboth hatte ihnen eine Quittung mit Datum und Uhrzeit ausgehändigt, die bewies, wann er im Baumarkt gewesen war. »Solange wir nicht sicher sein können, dass sie tot ist, sollten wir davon ausgehen, dass wir sie lebend finden.«

»Und wo? Dann müsste er ein weiteres Versteck hier in der Gegend haben«, entgegnete Alois. »Das halte ich für unwahrscheinlich. Das Häuschen ist schließlich ideal dafür.«

»Aber zu offensichtlich, wenn einem die Polizei schon

auf den Fersen ist. Wir haben ihn mit unserem Besuch vorgestern aufgeschreckt.«

Alois rieb die Hände aneinander. »Wovon gehen wir hier eigentlich aus? Wie lautet unsere These? Ich glaube nämlich nicht, dass er sie hier gefangen gehalten hat. So wie es aussieht, war Anette seit Freitagabend aus freien Stücken hier, und er ist am selben Abend zurückgefahren. Durchgehend ist er erst seit achtundvierzig Stunden in Buchbach. Sieht alles nicht danach aus, als wäre Anette seine Gefangene gewesen. Sie konnte sich frei bewegen. Frau Hofer hat sie mehrfach gesehen. Anette hat das Haus verlassen und Spaziergänge gemacht, sogar bis nach Wildstetten.«

»Das schließt nicht aus, was ich befürchte. Denn wir wissen nicht, was zwischen den beiden vorgefallen ist. Vielleicht eine beiderseitige Verliebtheit oder heiße Affäre. Vielleicht aber auch nur Gefühle seinerseits für sie. Er verliebt sich, und sie will nichts von ihm wissen. Fakt ist, dass er ein Problem damit hat, wenn eine Frau ihn zurückweist.«

»Wenn ich da mal kurz den Advocatus Diaboli geben darf?«, hakte Alois ein. »Wir wissen nicht, ob er seine Verlobte erstochen hat. Die Beweislage hat nicht mal für eine Anklage gereicht. Du legst dich voreilig fest, Tino. Du übersiehst Lindentals DNA an Vronis Leiche …«

»Und du übersiehst die Affen.«

»Ich wiederhole: Wer sagt, dass Lindental Elisabeth nicht gekannt hat?«

»Und Anette Körber etwa auch?«

»Warum nicht? München ist ein Dorf, und Anette hatte einen Laden mit Laufkundschaft.«

»Das glaubst du ja selbst nicht. Aber meinetwegen, häng dich an Lindental. Es dürfte ja nicht allzu schwer sein, herauszufinden, ob er Elisabeth Stetten kannte.«

Von der Absperrung drangen laute Stimmen herüber.

Melissa Wittock diskutierte mit Kriebe, doch der blieb stur und ließ sie nicht passieren. Als sie Dühnfort bemerkte, rief sie zu ihm hinüber: »Was geht denn hier ab, Herr Dühnfort? Steht die Kriminaltechnische Untersuchung des Hauses in Zusammenhang mit dem Mordfall Lindental? Haben Sie den Tatort gefunden? Und den Täter? Haben Sie einen Namen für mich?«

»Wenn wir so weit sind, erfahren Sie es wie alle bei der Pressekonferenz.«

»Sie zwingen mich also zu spekulieren.«

»Tun Sie, was Sie ohnehin nicht lassen können.« Oben an der Straße erschien ein sandfarbener Kombi. Doro Gutsch kam endlich mit Ronja.

56

Es war kurz nach einundzwanzig Uhr, als Dühnfort aus Buchbach zurückkam und im Büro die Pavoni einschaltete. Jetzt einen Espresso, und statt eines Abendessens musste Schokolade genügen. Aus der Schublade nahm er die letzten beiden Choco Bars und schrieb eine WhatsApp an Gina. *Bei mir wird es spät. Warte nicht auf mich.*

Die Antwort kam, während er den Siebträger der Espressomaschine füllte. *Heiße Spur?*

Ich weiß nicht recht. Und so war es. Die gute Nachricht war die, dass Ronja keinerlei Anzeigeverhalten gezeigt hatte. Sprich: Es gab keinen Leichengeruch im Haus, am Haus oder im Schuppen. Und die schlechte: Es gab noch immer keine Spur von Anette Körber.

Ich warte trotzdem auf dich. :X

Muss Chiara nicht ins Bett? :X

Da ist sie doch ;-) und schläft tief und fest.

Ein Gefühl tiefster Zuneigung für seine beiden Mädels erfasste ihn. Seine Tochter würde nur anders sein als andere Kinder und auf ihre eigene Art besonders. Die Operation am Herzen machte ihm allerdings Angst, und er verdrängte jeden Gedanken daran sofort wieder.

Während er den Espresso trank, überlegte er, wie er das Verhör mit Seyboth angehen sollte. Er hatte bereits einmal bewiesen, dass er schweigen konnte.

Langsam herantasten. Die wunden Punkte aufspüren. Verständnis zeigen. Vertrauen aufbauen. Vorsichtig sein. Sonst würde Seyboth dichtmachen.

Nachdem er den zweiten Schokoriegel gegessen hatte,

rief er die Kollegen unten bei den Haftzellen an und bat darum, Jasper Seyboth in den Vernehmungsraum Nummer zwei zu bringen. Das war der größte und in diesem Fall der am besten geeignete, denn er wollte dem Mann nicht von Anfang an das Gefühl vermitteln, in der Falle zu sitzen.

Als Seyboth gebracht wurde, wirkte er angespannt und nervös. »Haben Sie Anette gefunden?«, fragte er, während er in den Raum geführt wurde.

Dühnfort ließ ihm die Handschellen abnehmen, wies zum Stuhl auf der anderen Seite des Tischs und schob eine Flasche Wasser zu Seyboth hinüber. Der rieb sich die Handgelenke und sah sich um. Das Mikrofon auf dem Tisch, die Videokameras, das Neonlicht. Etwas in ihm schien zusammenzusacken. Seine Schultern sanken nach unten. Die Körperspannung ließ nach. Nicht noch einmal. Nicht schon wieder, schien seine Haltung auszudrücken. »Anette … Sie ist doch nicht tot?«

Sagen Sie es mir. Dühnfort verkniff sich diesen Satz. Wenn er Seyboth beschuldigte, würde er nichts aus ihm herausbekommen. »Wir haben keinen Kontakt zu ihr. Sie ist nicht bei ihren Eltern und war auch nicht im Bus oder im Zug. Sie machen sich Sorgen um sie?«

»Ja. Natürlich.«

»Ich befrage Sie hier nicht als Beschuldigten …«

»Ach nein? Sie haben mich festgenommen!«

»Weil Sie fliehen wollten. Weshalb?«

»Das habe ich Ihnen bereits erklärt. Soll ich es wiederholen?«

Dühnfort sammelte sich. So ging das nicht. Das Gespräch lief in die falsche Richtung. »Ich befrage Sie jetzt als Zeugen. Falls sich das im Laufe unseres Gesprächs ändern sollte, werde ich Ihnen das mitteilen. Dann haben Sie das Recht, einen Anwalt anzurufen, und müssen sich auch nicht selbst belasten.«

»Ich weiß.« Seyboth fuhr sich durch die Haare. »Ich bin also nicht länger verdächtig?«

»Im Moment nicht. Als Zeuge müssen Sie antworten und bei der Wahrheit bleiben.«

Seyboth nickte.

»Gut, dann fangen wir an. Sie haben Anette Körber erst vorletzte Woche kennengelernt, als sie zu einem Beratungstermin kam. Wie war sie da?«

»Wie meinen Sie das?«

»War sie niedergeschlagen oder optimistisch?«

»Optimistisch. Vielleicht ein wenig naiv. Sie hatte sich noch gar nicht wirklich klargemacht, wie gravierend ihre Probleme sind.«

»Sind« war ein Wort, das Dühnfort gefiel. Präsens. Es untermauerte seine Hoffnung, dass sie lebte. Seyboth begann zu erzählen, und seine Körpersprache änderte sich, sie wurde offener. Als Anette eine Woche später zum Folgetermin erschienen war, war sie genaugenommen obdachlos gewesen. Ihr Vermieter hatte sie auf die Straße gesetzt, und mit ihrem Freund war Schluss. Anette wusste nicht, wo sie bleiben konnte. Pleite, ohne ein Dach über dem Kopf, keine Freundin, bei der sie unterkommen konnte, und die Eltern ließen sie im Stich. Da hatte Seyboth ihr spontan angeboten, bei ihm zu übernachten. »Sie hat mir einfach leidgetan. Und in meiner Wohnung hat sie dann das Bild vom Häuschen gesehen, und ich habe ihr vorgeschlagen, dass sie dort eine Weile wohnen könnte, bis sie klarsieht, wie sie ihr Leben wieder auf die Reihe bekommt.«

»Das war sehr großzügig von Ihnen.«

»Ich helfe eben gerne.«

»Vorgestern haben Sie sich überraschend Urlaub genommen und sind nach Buchbach zu Anette gefahren. Gab es dafür einen besonderen Grund?«

»Da ist eins zum andern gekommen. Ein paar Reparaturen, die ich eigentlich längst machen wollte, und außerdem habe ich mir Sorgen um sie gemacht. Sebalds Leute suchten nach ihr. Jedenfalls habe ich zwei Männer getroffen, die mich nach ihr ausgefragt haben, als ich bei ihrer Werkstatt war, um nachzusehen, ob ihr Vermieter sie wirklich ausgeräumt hat.« Ein Lächeln huschte über sein Gesicht. »Sie hat ihm das tatsächlich unbesehen geglaubt.«

Hier hakte Dühnfort ein. Eine Frau, die man also beschützen musste, die nicht unbedingt alleine im Leben klarkam, bei der man sich noch als Mann fühlen konnte. Hatte Anette diese Gefühle in ihm geweckt? Seyboth bestritt das. Er habe sich nicht in sie verliebt, nur irgendwie verantwortlich gefühlt. »Ich habe ihr geholfen, weil sie Hilfe brauchte und ich dazu in der Lage war.«

»Es war also eine rein freundschaftliche Beziehung. Sie wollten nichts von ihr und sie nichts von Ihnen?«

»So ist es.«

Dühnfort glaubte ihm nicht.

»Und wie war das mit Veronika Lindental?«

Seyboth zuckte mit den Schultern. »Also gut. Ich habe Sie neulich angelogen. Offenbar war ich der Mann, in den sie sich verguckt hatte. Ich hab das nur zu spät mitgekriegt. Ich wollte nichts von ihr. Sie war nicht mein Typ. Aufdringlich und irgendwie laut und schrill. Eigentlich ein wenig prollig.«

»Wenn sie Ihnen unsympathisch war, wie kam es dann, dass Sie Veronika in Buchbach untergebracht haben?«

»Weil ich ein Trottel bin.« Mit beiden Händen fuhr Seyboth sich übers Gesicht. »Sie stand eines Abends bei mir vor der Tür. Keine Ahnung, woher sie meine Adresse hatte, denn ich habe sie ihr nicht gegeben. Ein verprügeltes Häufchen Elend, mit blauen Flecken, aufgeplatzter Lippe und verheulten Augen. Ihr Vater hatte sie geschlagen, als sie ihn um Geld gebeten hat. Wobei ... Sie hat ihn nicht gebeten. Sie hat ihm mit einer Klage gedroht. Es ging um die Kosten ihrer Ausbildung.«

Dühnfort nickte. »Ja, davon wissen wir.«

»Jedenfalls habe ich sie reingelassen, damit sie sich beruhigt, und dann hat sie gesagt, dass sie nicht weiß, wo sie hin soll. Ihr Freund hatte sie rausgeworfen. Das hat sie jedenfalls an diesem Abend gesagt. Ich habe erst später mitgekriegt, dass sie ihn verlassen hat. Ich habe mich breitschlagen und sie bei mir übernachten lassen. Ins Häuschen habe ich sie nur gelassen, um sie loszuwerden. Wie Anette hat sie das Foto gesehen und sich an Bullerbü erinnert gefühlt, und dann hat sie mir so lange in den Ohren gelegen, ob sie dort nicht ein Weilchen bleiben könnte, bis ich ja gesagt habe. Ich wollte sie nicht länger bei mir in der Wohnung haben, aber auch nicht auf die Straße schicken. Sie hat mir zwar leidgetan, aber sie hat auch genervt.« Seyboth unterbrach sich. »Rede ich mich jetzt gerade um Kopf und Kragen? Ich bin viel zu ehrlich.«

Mit dem Ehrlichsein war das so eine Sache bei Seyboth. Wie viele Lügen hatte er bereits zugegeben? »Wenn wir jetzt den Punkt erreicht haben, an dem Sie sich selbst belasten würden, sollten Sie vielleicht einen Anwalt anrufen.« Abwartend beobachtete Dühnfort ihn. Dass Seyboth jetzt schwieg, war das Letzte, was er wollte.

»Ich habe nichts zu verbergen.«

»Gut, dann machen wir weiter. Vroni hat Sie also genervt.«

»Ja. Hat sie. Ihre ganze Art war irgendwie aufdringlich

und weinerlich. Ich habe sie also nach Buchbach gebracht. Als ich zwei Tage später nach ihr gesehen habe, war sie weg. Und mit ihr waren Münzen verschwunden, die meine Oma gesammelt hatte. Fünf Maria-Theresia-Taler.«

»Vroni war also fort. Einfach so?«

»Ja. Abgehauen. Mit Sack und Pack und den Münzen.«

»Und Sie haben sich keine Sorgen gemacht?«

»Wirklich nicht! Ich war stinkwütend auf sie.«

»Hatten Sie eine Vermutung, wohin sie ist?«

Mit einem Finger massierte Seyboth seine Nasenwurzel. »Ich habe angenommen, dass sie entweder untergetaucht ist, um ihren Gläubigern zu entkommen – das war ihr ursprünglicher Plan –, oder dass sie einen zweiten Versuch bei ihren Eltern unternimmt. Sie war nämlich nicht bereit, die Sache mit den Ausbildungskosten auf sich beruhen zu lassen. Ein Teil von Vronis Schulden stammte aus der Zeit, als sie die Kosmetikschule besucht hat. Ich habe ihr den Hinweis gegeben, dass Eltern eine Ausbildung finanzieren müssen. Das hat sie richtig elektrisiert. An dem Abend, als sie bei mir auftauchte, sah sie wirklich schlimm aus. Ich habe ihr geraten, ihren Vater wegen Körperverletzung anzuzeigen. Doch sie hat nur gelacht und gesagt, dass sie eine bessere Möglichkeit weiß. Nämlich ihm damit zu drohen, falls er ihr das Geld nicht gibt, deshalb hat sie Selfies von ihren Blessuren gemacht.«

»Sie glauben, sie ist von Buchbach zurück nach München, um ihren Vater zu erpressen?«

»Ich halte es für möglich.«

»Wann genau stand Vroni bei Ihnen vor der Tür?«

»Das war am Montag nach ihrer letzten Beratung.«

»Also am neunundzwanzigsten Juli?« Das passte nicht.

Seyboth hielt seinem Blick stand. »Nein, am fünften August, abends. Sie war zwei Mal bei mir. Ich wollte da einfach nicht mit hineingezogen werden.« Entschuldigend breitete Seyboth die Hände aus.

Dühnfort versuchte seine Mimik unter Kontrolle zu behalten. Wie oft hatte dieser Mann ihn bereits belogen und es zugegeben? Drei Mal? Vier Mal? »Vroni war also am fünften August in der Beratungsstelle?«

Seyboth nickte.

»Am fünften August abends stand sie bei Ihnen vor der Tür, misshandelt und heulend, und Sie haben ihr Asyl gewährt?«

Wieder nickte Seyboth.

»Am sechsten August, einem Dienstag, haben Sie Vroni nach Buchbach gebracht. Wann haben Sie festgestellt, dass sie weg war?«

»Am Donnerstag oder Freitag. Ganz genau weiß ich das nicht mehr.«

Dühnfort lehnte sich zurück. Glauben oder nicht glauben? Sagte Seyboth ausnahmsweise die Wahrheit? Hatte Vroni einen zweiten Versuch unternommen, bei ihren Eltern an Geld zu kommen? Mit einer Erpressung? Nicht nur mit der Drohung, sie wegen der Ausbildungskosten zu verklagen, sondern auch ihren Vater wegen Körperverletzung anzuzeigen? Damit kam man einem Uwe Lindental nicht. Es brauchte nicht viel Vorstellungsvermögen, um sich auszumalen, wie er in diesem Fall reagieren würde.

57

Dühnfort unterdrückte einen Fluch, als er am nächsten Morgen das Plakat des *Münchner Blicks* am Stummen Verkäufer entdeckte. Melissa Wittock hatte alles gegeben, um die Auflage dieses Drecksblatts in die Höhe zu jagen. *Ist dieser Mann ein Frauenmörder?* Darunter prangte ein Foto von Jasper Seyboth mit schwarzem Balken über den Augen. Dühnfort nahm eine Zeitung heraus, und Gina blieb neben ihm stehen. »Schau dir das am besten gar nicht erst an.«

»Wenn Leyenfels mich gleich einen Kopf kürzer macht, sollte ich wissen, weshalb.«

Die Headline wiederholte sich auf der Titelseite. Darüber die Stichzeile: *Tötete er Elisabeth S. und Veronika L.?* Fotos der beiden Frauen waren in den Text eingebettet und dazwischen noch einmal das Bild von Seyboth sowie eines vom Haus in Buchbuch und eine Aufnahme vom Verladen des Geländewagens. Dühnfort brauchte nicht viel Phantasie, um sich auszumalen, wie Melissa Wittock Seyboth zum Killer stilisierte. Immer hübsch mit Fragezeichen versehen, denn noch war nichts bewiesen. Nur vom Verschwinden Anette Körbers hatte sie bisher keinen Wind bekommen. Und er selbst war sich längst nicht mehr so sicher wie noch vor zwölf Stunden, ob Seyboth wirklich ihr Mann war. Wenn er die Wahrheit sagte, waren sie bisher von einem falschen Todeszeitpunkt ausgegangen.

Er legte die Zeitung zurück. Gina hakte sich bei ihm ein. Gemeinsam gingen sie weiter und trennten sich am Treppenabsatz zur zweiten Etage. Er hatte den Mantel im Büro noch nicht aufgehängt, als Heigls Vorzimmerdame anrief und ihm mitteilte, dass der Chef ihn sprechen wollte, und zwar sofort.

Als Dühnfort kam, saß Marion Höffken an ihrem Platz und sah ihn mitleidig an. »Der Sprecher des Innenministers hat ihn im Morgengrauen aus dem Bett geholt. Entsprechend ist seine Laune.«

»Meine ist auch nicht besonders. Da passt das ja ganz gut.« Dühnfort klopfte an und trat ein, als ein *Herein* erklang. Heigl saß an seinem Schreibtisch. Krawattenknoten aufgezogen, Hemdsärmel hochgekrempelt. Er erweckte immer den Eindruck, dass er sich im Dienst für Gesetz und Ordnung aufarbeitete. Vor ihm lagen Fachzeitschriften und die aktuellen Tageszeitungen und obenauf der *Münchner Blick*.

»Die Wittock mal wieder! Die hat uns echt gefressen. Woher weiß die immer, wo du bist?«

Dühnfort hob die Hände. »Vielleicht hat sie mein Handy gehackt und einen GPS-Tracker installiert. Keine Ahnung. Ich weiß nicht, wo sie ihre Quelle hat.«

»Meo soll dein Handy checken.«

»Das war ein Scherz.«

»Und das ist eine dienstliche Anordnung. Der traue ich alles zu.« Heigl lehnte sich im Stuhl zurück und verschränkte die Arme. »Es macht keinen Spaß, morgens um fünf aus dem Bett gescheucht zu werden. Der Innenminister will Ergebnisse. Und ich will ihm keine dritte Frauenleiche erklären müssen. Habt ihr eine Spur von der Körber? Ist Seyboth unser Mann?«

»Zu eins: Nein. Und zu zwei: Ich weiß es nicht.«

Mit dem Daumen fuhr Heigl sich übers Kinn. »Lass ihn gehen, und zwar so, dass er überzeugt ist, er wäre raus aus der Nummer, und observiert ihn. Er wird euch zu ihr führen.«

Wenn das so einfach wäre. Vielleicht hatte Seyboth mit alldem nichts zu tun. »Gut. Machen wir das.«

Er war entlassen und rief auf dem Weg zu Meo den Einsatzleiter der Hundertschaft an, die seit dem Morgengrauen weiter den Buchbacher Wald durchsuchte. Es gab keine Neuigkeiten.

Meo nahm das Handy in Empfang und sagte, dass Dühnfort darauf warten könnte. Er stöpselte es an, öffnete ein Programm und scannte das System. »Die Analyse läuft über eine standardisierte Software ab. Dauert zehn Minuten.« Aus einer Schublade nahm er einen Energieriegel und riss die Folie ab. »Auch einen?«

Dühnfort schüttelte den Kopf. »Danke.«

Das Smartphone auf Meos Schreibtisch summte. Er las die eingegangene Nachricht und hob den Daumen. »*Yes!* Kaum versucht man es drei Wochen, klappt das auch schon. Ich habe die Verbindungsdaten von Vronis Handy. Allerdings noch nicht offiziell. Sie waren tatsächlich in der Rechtsabteilung abgelegt.«

»Was heißt *nicht offiziell*?«

»Eine Art Raubkopie.«

»Dann nützen sie uns nichts.«

»Wir bekommen die Liste schon noch auf legalem Weg. Aber das wird ein paar Tage dauern. Soll ich die Datei etwa löschen?«

»Zeig mal.«

Meo überspielte sie auf seinen Rechner und druckte sie für Dühnfort aus. Es waren die Verbindungsdaten von drei Monaten, und er blätterte gleich zum Ende. Am siebten August hatte Vroni ihr letztes Telefonat geführt. Nicht am fünften. Ein Anruf um acht Uhr zwei, der eine Minute und zwölf Sekunden gedauert hatte, und die Rufnummer kannte er. Es war der Festnetzanschluss von Vronis Eltern.

»Fertig«, sagte Meo. »Der Scan ist durch. Kein eingeschleuster GPS-Tracker auf deinem Handy.«

»Danke.« Die Wittock musste hier irgendwo einen Informanten haben. Dühnfort steckte es ein und machte sich auf den Weg zum Morgenmeeting. Es dauerte nicht lange.

Als er den bisher angenommenen Todeszeitpunkt von Veronika Lindental revidierte, ging ein Raunen durch den Raum. Vronis letztes Telefonat war Wasser auf Alois' Mühlen. »Damit rückt Lindental auf der kurzen Liste unserer Verdächtigen aber ganz nach oben.«

Kirsten zog die Stirn kraus. »Ich weiß nicht. Weshalb sollte er zwei Jahre zuvor Elisabeth Stetten erstochen haben? Und jetzt Anette Körber entführt? Da gibt es keinerlei Verbindung.«

»Irrtum«, entgegnete Alois. »Lindental kannte Elisabeth Stetten. Ich habe mit ihren Eltern telefoniert. Elisabeth hat Gesundheitsmanagement studiert, und drei Monate vor ihrem Tod hat sie ein Praktikum gemacht. Und jetzt ratet mal wo?« Fragend sah er in die Runde, obwohl er die Antwort gleich selbst gab. »Am Sankt-Ulrich-Krankenhaus, und dort leitet Uwe Lindental die Verwaltung. Wenn wir jetzt noch herausfinden, woher er Anette kennt, dann war es das.«

Dühnfort fehlte der rote Faden, das Motiv. »Ein Totschlag an der eigenen Tochter, in einem Anfall von Wut. Das ist nachvollziehbar. Aber ein kühl und präzise ausgeführter Mord an einer ehemaligen Praktikantin? Warum sollte er Elisabeth Stetten erstochen haben? Und wie passt die Entführung von Anette Körber ins Bild?«

»Und wenn das eine mit dem anderen nichts zu tun hat und es zwei Täter sind?«, wandte Anke Frieß ein.

»Du vergisst die Affen«, entgegnete Dühnfort. »Diese Figuren sind seine Botschaft. Nichts Böses tun, im Fall von

Veronika. Was hat sie getan, dass sie sterben musste? Was hat Elisabeth Böses gesehen?«

»Vielleicht hatte sie ein Verhältnis mit Lindental?« Das kam von Alois.

Kirsten verdrehte die Augen. »Mit dem? Eine junge, attraktive Frau? Vergiss es. Wenn schon, dann muss in der Klinik etwas vorgefallen sein. Aber ich sage euch, es ist Seyboth. Elisabeth hat kurz vor der Hochzeit mit ihm Schluss gemacht. Eine solche Demütigung ist schwer zu verkraften. Vroni hat sich in ihn verliebt. Wer weiß, wie sich das in diesem Häuschen am Ende der Welt entwickelt hat? Was, wenn auch sie ihn am Ende zurückgewiesen hat? Wir wissen nicht, was dort passiert ist.«

Dühnfort schüttelte den Kopf. »Und wenn es gar nicht um Zurückweisung geht, sondern um eine Art von Rache? Nichts Böses tun. Nichts Böses sehen. Wir müssen herausfinden, wann Elisabeth und Vroni mangelnde Zivilcourage bewiesen haben. Wir fahren ab jetzt zweigleisig. Ich werde die vorläufige Festnahme von Jasper Seyboth aufheben. Ein Team des MEK wird ihn observieren, und außerdem werden wir uns die Lindentals vorknöpfen. Sie haben uns belogen. Vroni hat sie am siebten August angerufen. Mit dem Verbindungsnachweis bekommen wir einen Durchsuchungsbeschluss.«

Dühnfort beendete das Meeting und kehrte in sein Büro zurück. Er wollte gerade das MEK anfordern, als sein Handy summte. Im Display erschien die Nummer von Marion Lindental. »Guten Tag, Herr Dühnfort.« Er hörte den kaum unterdrückten Ärger in ihrer Stimme.

»Nachdem Sie einen solchen Wirbel wegen der Speichelproben gemacht haben, interessiert uns das Ergebnis. Ist das topsecret, oder haben Sie einfach vergessen, uns zu informieren?«

Es kostete ihn Mühe, die Ruhe zu bewahren. »Ermittlungsergebnisse darf ich Ihnen nicht mitteilen.«

»Was soll das jetzt heißen? Mein Mann hat nichts damit zu tun, und in der Klinik zerreißen sie sich das Maul. Wenn es also entlastende Informationen gibt, dann sollten wir das wissen.«

»Kennen Sie Anette Körber?«

»Was?«

»Der Name Anette Körber, haben Sie den schon mal gehört?«

»Nein.«

»Und den Hut-Traum? Ein Laden in Schwabing.«

»Was hat das jetzt mit der DNA-Probe zu tun?«

»Ich kann es Ihnen nicht sagen.«

»Natürlich könnten Sie. Sie verdächtigen uns, Sie schikanieren uns, und dann verweigern Sie jede Auskunft. Das wird eine Dienstaufsichtsbeschwerde für Sie zur Folge haben.«

Dühnfort hatte heute keinen guten Tag. Der Ärger suchte ein Ventil, und die Erwiderung platzte einfach aus ihm heraus. »Also gut. Eines der Ergebnisse kann ich Ihnen verraten: Wie Sie auf die Idee kommen, Ihr Mann wäre nicht Vronis Vater, ist unseren Spezialisten ein Rätsel. Mit neunundneunzigprozentiger Wahrscheinlichkeit ist er es nämlich.«

Einen Moment herrschte Schweigen am anderen Ende, und Scham stieg in ihm auf. Er war zu weit gegangen. »Frau Lindental, entschuldigen Sie. Ich hätte …«

Das Gespräch war plötzlich weg. Sie hatte aufgelegt.

58

Marion legte das Mobilteil zurück in die Ladeschale. Ihr war schlecht, und ihr Herz raste. Sie musste sich am Tischchen abstützen und durchatmen, bevor sie mit unsicheren Schritten zurück in die Küche ging.

Grundgütiger!

Das konnte nicht sein. Ein Irrtum! Ein Versehen. Schlampige Arbeit.

Doch bei der Polizei arbeiteten Spezialisten auf dem Gebiet der DNA-Analyse. Die konnten sich keine Fehler erlauben!

Sie rutschte auf einen Hocker an der Theke und starrte auf diesen irrsinnig teuren britischen Herd, den sie um jeden Preis gewollt hatte.

Doch ein Fehler. Es konnte gar nicht anders sein! Josh war Vronis Vater. Josh! Kein Kondom dabei und nicht aufgepasst. Aber ihr Zyklus war schon seit jeher unregelmäßig gewesen. Also doch Uwe? Ein Loch im Pariser? Oder war es passiert, als sie es ohne getan hatten, weil sie sich auf der sicheren Seite wähnte?

Was hatte sie ihrem Kind nur angetan!

Marion stand auf, nahm eines der hübschen Gläser aus dem Schrank, die sie letztes Jahr in Paris gekauft hatten, und die offene Flasche Crémant aus der Kühlung. Es war egal, dass es ein Wasserglas war und erst zehn Uhr morgens.

Vroni war Uwes Tochter. Ein Abgrund tat sich vor ihr auf und wollte sie verschlingen.

Beim zweiten Glas liefen die Tränen. Marion ging in den

Keller, holte die wenigen Fotoalben, die sie angelegt hatte, und setzte sich auf die Kellertreppe. Mit dem Daumen strich sie über die Bilder ihrer Tochter. Uwes Nase! Sein Mund! Das Haar seiner Großcousinen väterlicherseits. Alles, was sie Vroni vorgelogen hatte, stimmte. Sie war blind gewesen!

Mit zwei Schlucken leerte sie das Glas. Das Album fiel zu Boden. Schwankend ging sie nach oben und legte sich weinend ins Bett. Alles hätte ganz anders verlaufen können. Ihr ganzes Leben und auch Vronis. Vertan. Zu spät. Aus und vorbei!

Ihren Verrat, ihre Lüge und ihre immerwährenden Schuldgefühle hatte sie an Vroni ausgelassen, und nun war es gar nicht so, wie sie immer geglaubt hatte. Es gab keinen Verrat. Keine Lüge. Kein Geheimnis. Und bei diesem Gedanken überkam sie wieder Verzweiflung, und sie zog die Decke über den Kopf und weinte um ihr Kind und um sich selbst, um ihre vertanen Leben.

Du bist froh, dass sie tot ist. Das hatte Natalie gesagt. *Nichts soll dich an deine Lüge erinnern. Doch genau das hat Vroni jeden Tag getan. Deshalb lässt du sie irgendwo verscharren. Ohne Grab und ohne Stein.*

Natalie hatte recht. Das war der Grund, weshalb sie Vroni nicht hatte lieben können und weshalb sie über ihren Tod erleichtert gewesen war. Sie war eine kaltherzige, egoistische und lieblose Frau. Und nun war alles ganz anders, und es war zu spät. Nichts war noch zu ändern. Nur …

Marion setzte sich mit einem Ruck auf.

Ja, bis auf die Beisetzung. Die war noch zu ändern.

Sie warf die Decke von sich und schwang die Beine aus dem Bett. Hoffentlich war es noch nicht zu spät! Hoffentlich hatten sie die Urne nicht schon irgendwo begraben! Sie rannte die Treppe hinunter zum Telefon, riss das Mobilteil aus der Schale und stürzte in Uwes Arbeitszimmer. Dort lagen die Unterlagen des Bestattungsinstituts noch auf dem Schreibtisch. Mit bebenden Fingern wählte Marion die Nummer und vertippte sich. Erst beim zweiten Mal gelang es ihr, sie richtig einzugeben. Ein Mann mit weichem Timbre meldete sich. »Bestattungen Engel.«

»Lindental. Die Beisetzung Lindental, Veronika. Sie hat doch nicht schon stattgefunden?« Mit einer Hand wischte sie die Tränen weg, die wieder liefen.

»Warten Sie einen Moment. Ich sehe nach.«

Etwas raschelte. Stimmen im Hintergrund. Marions Nerven bebten. Bitte nicht!, flehte sie lautlos. Bitte nicht!

»Die Kremierung war gestern. Die Urne wird morgen bei uns eintreffen.«

Erleichtert atmete Marion durch. »Gut.« Sie hangelte nach einem Tempo und schnäuzte sich. »Ich habe es mir anders überlegt. Schicken Sie Ihren Mitarbeiter noch einmal vorbei. Wir wollen doch keine anonyme Beisetzung, sondern eine richtige, mit Trauerfeier und Musik und allem, was sich gehört.«

»Gerne. Wann haben Sie Zeit?«

Die Uhr auf Uwes Schreibtisch stand schon auf zwei. »Sagen wir um drei.« Sie verabschiedete sich und legte auf. Wenigstens das konnte sie noch für Vroni tun.

Sie ging nach oben und musste nicht in den Spiegel sehen, um zu wissen, dass sie grauenhaft aussah. Hose und Bluse zerknüllt, das Make-up auf dem weißen Kopfkissenbezug verschmiert und die Haare zerwühlt. Sie zog sich um und schminkte sich frisch. Ihre Augen waren ganz verheult. Es war egal. Dass sie etwas tun konnte, half ihr, ihre Gefühle in den Griff zu kriegen und diesen Abgrund von sich fernzuhalten. Sie kämmte sich. Der Ansatz war schon wieder nachgewachsen. Weshalb färbte sie die Haare seit Jahrzehnten blond? Sie wusste es nicht. Sie wusste gar nichts mehr. Ihr ganzes Leben fühlte sich mit einem Mal wie auf schwankenden Planken an, als ob etwas unter ihr nachgeben und sie in die Tiefe reißen wollte.

Pünktlich um drei klingelte es. Marion ließ den Mitarbeiter des Bestatters ein. Es war derselbe wie neulich. Sie bot Kaffee und Kekse an und sah mit ihm die Bildmappen und Preislisten durch, die er mitgebracht hatte. Zuerst wählte sie eine wunderschöne Urne mit asiatischen Vogelmotiven aus, die Vroni gefallen hätte, und dazu exotischen Blumenschmuck. Sie entschied sich für weiße Callas und Anturien, ergänzt mit viel frischem Grün. Anschließend suchte sie nach einem Foto von Vroni, das der Bestatter für die Feier vergrößern und rahmen lassen würde. Bei der Musik wurde es schwierig. Marion wusste nicht, was ihre Tochter gerne gehört hatte. Der Bestatter, der inzwischen mitbekommen hatte, dass es hier auf Geld nicht ankam, schlug Livemusik vor. Er kannte da ein junges Paar – er Klavier, sie Cello –, das erst vor kurzem bei der Beisetzung eines jungen Mannes gespielt hatte. Die beiden verfügten über ein entsprechendes Repertoire an modernen Stücken, die auch für eine Trauerfeier geeignet waren. Dann noch die Rede. Marion schüttelte den Kopf. Das konnte sie nicht. Aber sie wusste, wer es konnte, und bat den Bestatter, kurz zu warten, während sie ins Arbeitszimmer ging und Natalie anrief.

»Ist Uwe gestorben? Oder was ist passiert, dass du mich anrufst?«

Schon wieder ein Angriff. Es war nicht anders zu erwarten gewesen. »Ich will jetzt mit dir nicht streiten. Wir haben es uns anders überlegt. Es wird doch eine Trauerfeier für Vroni geben, und ich wollte dich fragen, ob du ein paar Worte über sie sagen magst.«

»Ich? Also das ist jetzt eine Überraschung.«

»Willst du das nun für sie tun? Wenn nicht, dann lass es bleiben.«

»Jetzt komm mal wieder runter. Ich mache es ja.« Ein Seufzer klang durchs Telefon, und aus Natalies Stimme verschwand jede Feindseligkeit, sie wurde warm und weich. »Danke, Marion, dass du dabei an mich denkst. Wirklich. Das ist ... Also damit hätte ich nie gerechnet, und ich mache das gerne für Vroni, und auch für dich.«

Marion brach wieder in Tränen aus. Nette Worte von Natalie war sie gar nicht mehr gewohnt, dabei hatten sie sich früher so gut verstanden. Sie sagte, dass sie sich melden würde, sobald der Termin feststand, und kehrte ins Wohnzimmer zurück, um die übrigen Details zu klären. Das Bestattungsinstitut sollte sich auch um die Grabstelle und den Stein kümmern. Marion entschied sich für weißen Marmor. Als sie den Auftrag unterschrieb, zuckte sie kurz zusammen. Billig war das Ganze nicht.

Nachdem der Mitarbeiter des Bestattungsinstituts gegangen war, setzte sie sich hin und entwarf den Text für die Traueranzeige, die sie in die Münchner Zeitungen setzen wollte, sobald sie den Termin kannte. Hoffentlich wurde sie von Vronis Freunden, Bekannten und Kolleginnen gelesen. Es sollte ein schöner Abschied werden, und es wäre schrecklich, wenn niemand käme.

Die Beschäftigung tat ihr gut. Es ging ihr besser. Sie hatte alles unter Kontrolle. Doch irgendwann war sie fertig, und es gab nichts mehr zu tun.

Sie hob das Fotoalbum auf und nahm ein paar Bilder heraus. Vroni auf ihrem ersten Fahrrad. Mit Schultüte bei der Einschulung. Ein Bild aus dem Internat, und in einer Schublade fand sie das Foto, das Natalie bei der Abschlussfeier der Kosmetikschule gemacht und ihr geschickt hatte.

Sie war sich nicht sicher gewesen, ob sie es weggeworfen hatte. Kalt und herzlos, wie sie war.

Marion goss sich ein Glas Crémant ein, nahm die Herzenskinder aus den Silberrahmen auf dem Kaminsims und legte die Fotos ihrer Tochter hinein.

So hätte es immer sein sollen. Eine unsichtbare Hand drückte ihr die Kehle zu. Alles hatte sie falsch gemacht! Es war nicht mit Worten zu beschreiben, was sie ihrer Tochter angetan hatte und auch sich selbst, und sie spürte das Schwanken wieder und den Abgrund in sich, hörte den Schlüssel im Schloss und fuhr herum. Uwe kam nach Hause. Wie spät war es denn? Schon halb sechs, stellte sie mit einem Blick auf ihr Smartphone verwundert fest. Er war zeitig dran. Hastig fuhr sie sich durch die Haare und mit der Zunge über die Lippen. Hoffentlich sah sie nicht allzu derangiert aus.

»Hallo, Liebling, bin da.«

Sie ging ihm entgegen und hatte plötzlich das Gefühl, seinen Anblick nicht ertragen zu können, und gleichzeitig stieg der irrsinnige Wunsch in ihr auf, ihn zu schlagen, zu kratzen und zu treten. Sie rang ihn nieder. »Grüß dich, Uwe.«

»Meine Güte, was ist mit dir? Hast du geweint?« Er zog sie an sich, und es tat gut, an seiner Brust zu lehnen. »Es ist nur wegen Vroni.« Sie zog ein Papiertaschentuch aus der Hosentasche und wischte die Tränen ab. »Ich habe erst jetzt so richtig verstanden, dass sie tot ist.«

»Ach herrje.« Er hob ihr Kinn mit einer Hand und gab ihr einen Kuss auf die Stirn.

Ach herrje! Mehr hatte er nicht dazu zu sagen? Er hatte sein einziges Kind verloren. Seine Tochter. Seine! Doch er hatte ja nie daran gezweifelt. Nie durfte er erfahren, was sie bis heute geglaubt hatte.

»Es geht schon wieder.« Sie machte sich von ihm los und trocknete sich das Gesicht. Es war Zeit, zu beichten, was sie getan hatte, bevor er den Auftrag sah. »Ich muss etwas mit dir besprechen«, begann sie. »Ich habe mir überlegt, dass eine richtige Beisetzung vielleicht doch besser ist. Du weißt ja, wie die Leute sind. Es wird Gerede geben.«

Verwundert sah er sie an. »Ganz wie du meinst. Wobei ich dachte, das wäre längst passiert.«

Sie erklärte ihm, was sie mit dem Bestatter vereinbart hatte. Mit jedem Wort wurde sein Gesichtsausdruck mürrischer. Als sie bei dem Stein ankam, unterbrach er sie. »Ich hatte gesagt, dass die Kosten sich im Rahmen halten sollen. Und jetzt orderst du Musiker und weißen Marmor. Wie teuer wird das Ganze denn?« Bereits an der scheinbaren Ruhe in seiner Stimme erkannte sie den Grad seiner Verärgerung. »Na ja, wenn man es richtig machen will, hat das seinen Preis.« Sie folgte ihm ins Wohnzimmer, wo er die Auftragsbestätigung vom Couchtisch riss und sie las.

»Siebeneinhalbtausend Euro! Bist du denn verrückt geworden!«, herrschte er sie an, und sie sah rot und schrie zurück: »Ja und! Wir können es uns leisten, und sie war unser einziges Kind!«

»Schrei mich nicht an!« Mit der flachen Hand schlug Uwe ihr ins Gesicht. Sofort bereute er es. »Entschuldige. Du weißt, dass ich das nicht leiden kann. Benimm dich wie ein zivilisierter Mensch, dann passiert so etwas nicht.« Er rieb sich die Hand und sie sich die Wange. Etwas ging durch mit ihr. »Weil es ja so zivilisiert ist, seine Frau zu schlagen!«, brüllte sie. »Und die Tochter! Hast du sie umgebracht? Ich will das jetzt wissen! Hast du Vroni erschlagen?«

Mit einem Mal standen sie sich wie Feinde gegenüber, und in die plötzlich eingetretene Stille hallte das Läuten der Türglocke.

59

Dühnfort überquerte, von Kirsten und Alois gefolgt, den Garagenvorplatz und trat vor das Haus der Lindentals. Hinter ihm stoppte der VW-Bus mit den Kollegen, die bei der Durchsuchung helfen würden, sowie zwei Streifenwagen mit Schutzpolizisten, die das Grundstück sichern sollten. Eine Hausdurchsuchung war immer spektakulär, und es würde nicht lange dauern, bis die Nachbarn aus den Fenstern sahen oder sich, der Kälte trotzend, auf dem Gehweg versammelten.

Zunächst hatte der Richter gezögert, den Beschluss zu erlassen, weil die Verbindungsdaten von Vronis Handy noch nicht offiziell vorlagen. Bei einem Telefonat mit der Justitiarin des Providers hatte er sich vergewissert, dass die Ermittler sie bekommen würden, und dann den Hausdurchsuchungsbeschluss erlassen, den Dühnfort nun aus der Brusttasche seines Mantels zog. Er wollte gerade klingeln, als der Lärm eines lautstark ausgetragenen Streits nach draußen klang.

»Die beiden kreisen also nicht immer umeinander«, meinte Alois. »Im Moment sieht es eher nach Kollisionskurs aus. Vielleicht sollten wir dazwischengehen, bevor es Tote gibt.«

Im selben Moment erstarb das Geschrei, und Dühnfort klingelte. Einen Augenblick später hörte er Schritte hinter der Tür. Lindental öffnete und musterte ihn verärgert. Dann bemerkte er die Streifenwagen. »Was soll das denn werden?«

»Guten Abend, Herr Lindental. Ich habe hier den richterlichen Beschluss für eine Hausdurchsuchung.«

Eine Ader an seiner Schläfe schwoll an. Er riss Dühnfort das Dokument aus der Hand und las. »Sie sind ja verrückt. Ich habe mit dem Tod meiner Tochter nichts zu tun. Aber es ist wieder mal typisch für sie. Sorgt auch jetzt noch für Ärger.« In einer übertriebenen Geste riss er die Tür sperrangelweit auf und trat zur Seite. »Tun Sie, was Sie nicht lassen können.«

Im Flur stand Marion Lindental mit verweinten Augen und geröteter Wange. Sie erwiderte Dühnforts Gruß nicht.

Er nahm Kirsten beiseite. »Kümmerst du dich um sie?«

Während sie Marion Lindental nach oben dirigierte, übergab Dühnfort die Leitung der Durchsuchung an Alois, er selbst wollte mit Lindental reden und wählte dafür das Wohnzimmer. Vronis Vater blieb vor dem Panoramafenster stehen. »Ich habe meiner Tochter nichts getan.«

»Setzen wir uns doch, dann redet es sich leichter.«

»Das könnte Ihnen so passen. Auf Ihre Tricks falle ich nicht herein. Ich rufe jetzt meinen Anwalt an. Das Recht dazu habe ich schließlich.« Lindental zog das Smartphone hervor und bat seinen Anwalt zu kommen. Als er auflegte, wirkte er ein wenig entspannter.

»Sie leiten die Verwaltung des Sankt-Ulrich-Krankenhauses. Was macht man da genau?«, fragte Dühnfort.

Lindental schien über den scheinbaren Themenwechsel erleichtert. Seine Schultern sanken herab. »Alles, was nach außen nicht sichtbar ist. Wir halten den Laden am Laufen.« Er sprach über Investitionen, Controlling, über Bilanzen und Budgetverantwortung. Derzeit planten sie einen Erweiterungsbau. Die Koordination während der Bauphase fiel in seine Zuständigkeit. Dühnfort fragte, ob er auch fürs Personal verantwortlich war. Für Einstellungen und Entlassungen.

»Ja, das fällt in mein Ressort.«

»Dann erinnern Sie sich bestimmt an Elisabeth Stetten.«

In Lindentals Mimik regte sich nichts. »Elisabeth Stetten? Zu diesem Namen fällt mir kein Gesicht ein. Sollte ich sie kennen?«

»Sie hat Gesundheitswissenschaften studiert und ein Praktikum im Sankt Ulrich absolviert. Das ist vier Jahre her.«

»Für Praktikanten ist eine Mitarbeiterin aus meinem Team zuständig.«

Dühnfort gab sich mit dieser Antwort vorerst zufrieden. Als Studentin der Gesundheitswissenschaften war der einzig sinnvolle Praktikumsplatz in einem Krankenhaus die Verwaltung. Lindental musste sie gekannt haben. Aufschlussreich war, dass er nicht fragte, weshalb die Polizei sich für sie interessierte.

Im Haus war das Rumoren der Kollegen zu hören, und wieder schüttelte Lindental den Kopf. »Was Sie hier veranstalten ist irrsinnig. Verschwendete Steuergelder.«

Wie oft Dühnfort diesen Satz schon gehört hatte, konnte er nicht sagen. Vielleicht gelang es ihm, Lindental aus der Reserve zu locken, bevor sein Anwalt hier war, denn der würde ihm raten, den Mund zu halten. »Durchsuchungsbeschlüsse sind nicht einfach zu bekommen. Wir haben also gute Gründe, hier nach Beweismitteln zu suchen.«

»Und welche Gründe sollen das sein?«

»Da wäre erstens Ihre DNA an der Leiche Ihrer Tochter. Zweitens …«

»Das soll ein Beweis sein? Ich habe sie natürlich berührt. Sie war mein Kind!«

»Richtig. Sie haben sie ja verprügelt. Wenn wir Vronis Handy hier finden, werden auch die Selfies darauf sein, die sie von ihren Verletzungen nach Ihrer Attacke gemacht hat. Dafür haben wir einen Zeugen.«

Nun setzte Lindental sich doch. Müde fuhr er sich über die Augen. Dieser Eindruck von Schwäche dauerte aber nur einen Augenblick, dann straffte er sich, schlug die Beine übereinander und zog die Bügelfalten glatt.

»Zweitens haben Sie uns den Kontoausgleich verschwiegen und vor allem, dass Sie das Konto Ihrer Tochter geschlossen haben, als ob Sie gewusst hätten, dass sie es nicht mehr benötigen wird.«

»Warum ich das getan habe, habe ich Ihrer Kollegin bereits erklärt und werde es jetzt nicht wiederholen.«

»Und drittens haben Sie uns belogen, was den letzten Kontakt betrifft. Der war nicht am fünften August, sondern am siebten. Vroni hat Sie angerufen. Und der Streit am fünften ging auch nicht um Geld, das sie sich von Ihnen leihen wollte. Sie hat Ihnen gedroht, die Ausbildungskosten einzuklagen. Und bei ihrem Anruf am siebten hat sie diese Forderung mit einer Strafanzeige wegen Körperverletzung unterstrichen.«

»Unsinn. Vroni hat sich nach dem fünften August nicht mehr blicken lassen, und sie hat auch nicht angerufen.«

»Wir haben den Verbindungsnachweis ihres Providers bekommen. Am siebten August um acht Uhr zwei hat sie hier angerufen, auf dem Festnetz. Das Gespräch hat eine Minute und zwölf Sekunden gedauert.«

»Davon weiß ich nichts. Wenn das so ist, muss sie mit meiner Frau gesprochen haben.«

Das war natürlich eine Möglichkeit. Dühnfort überlegte, wie er weitermachen sollte, und entdeckte dabei die Bilder auf dem Kaminsims. Die Fotos der Herzenskinder waren aus den Rahmen verschwunden, stattdessen steckten nun Aufnahmen von Vroni darin, und er fühlte sich plötzlich schuldig. Es war falsch gewesen, Marion Lindental die Wahrheit über die Vaterschaft zu offenbaren. Er war zu weit gegangen. Vierundzwanzig Jahre hatte sie mit der Gewissheit gelebt, dass Vroni das Kind eines anderen war, und ihre Ehe auf einer Lüge aufgebaut, die nun keine war, und er hatte keine Ahnung, was er ihr mit seiner unbedachten Äußerung angetan hatte.

Er wandte sich wieder an Lindental. Der Mann sah erschöpft aus. Ein guter Moment für eine Überraschungsfrage. »Kennen Sie Anette Körber?«

Keine Regung in seinem Gesicht. »Ich habe täglich mit Dutzenden Namen zu tun. War sie etwa auch Praktikantin in der Klinik? Und weshalb fragen Sie danach?«

Entweder hatte der Mann sich gut im Griff – wobei Beherrschung ja nicht zu seinen hervorstechenden Eigenschaften zu zählen schien –, oder er hatte nichts damit zu tun. Bei Dühnfort wollte sich wieder das Gefühl einstellen, auf moorigem Grund unterwegs zu sein, als Kirsten das Wohnzimmer betrat. Sie hielt eine Hutschachtel in Händen, darauf das Logo von Anette Körbers Laden Hut-Traum.

60

Die letzten Blätter der Linde hatten die Unausweichlichkeit ihres Schicksals akzeptiert, sich von den Ästen gelöst und waren resigniert zu Boden getaumelt. Als Jasper den Innenhof betrat, war dieser vom ohrenbetäubenden Lärm des Laubbläsers erfüllt. Cerović fegte die vertrockneten Blätter zusammen und schaltete das Gerät aus, als er Jasper sah.

»Alles wieder gut?«, fragte er. Jasper nickte und fuhr sich mit der Hand über die Augen. Als könnte er diesen Alptraum einfach fortwischen, wie eine unwillkommene Nachricht auf dem Smartphone. Anette war weg. Spurlos verschwunden, und bis vor einer Stunde war die Polizei davon überzeugt gewesen, er hätte sie getötet.

Genau wie Lis.

Es wiederholte sich!

Wo war Anette? Wer hatte sie verschleppt? Oder ermordet? Ein einziger Stich, und sie lag vielleicht tot auf einem Weg. Genau wie Lis.

»Haben Sie gemacht Wohnungsdurchsuchung«, sagte Cerović. »Ich haben aufgepasst. Sie nicht Chaos hinterlassen und sie nur mitgenommen ein paar Sachen von der Frau. Gibt es ein Protokoll. Ich gebe Ihnen.«

»Ja, danke.«

»Und ich nicht glauben diesen Schund, der steht in Zeitung. Sie gesehen?«

Das hatte er nicht, und das würde er sich auch nicht zumuten. All das kannte er. Vier Jahre schrumpften zu einem Tag. Der Alptraum wiederholte sich.

»Ist besser, Sie nicht lesen das.« Cerović griff wieder zum Laubbläser. »Alles kommt gut. Sie werden sehen.«

Jasper zwang sich ein Lächeln ins Gesicht. Brüllend ging das Gerät wieder in Betrieb und spie weiße Abgasschwaden aus.

An seiner Wohnungstür klebte ein Siegel. Jasper riss es ab. Drinnen umfing ihn Stille. In der Küche setzte er sich an den Tisch und starrte auf die Platte.

Er hatte sich in Anette verliebt. Genau in dem Moment, als sie sein Büro verlassen hatte. Mit diesem verdammten schiefen Lächeln im Gesicht. Er hatte ja gar nicht anders gekonnt!

Und nun würde sie sterben.

Er war wie paralysiert, unfähig, ein Gefühl zuzulassen. Eigentlich war das gut, denn er hatte Angst, sonst auszurasten, seine Fäuste und seinen Kopf gegen die Wände zu donnern, gegen Schränke und Türen, bis Blut lief.

Tief in ihm saßen eine unbändige Wut und eine lähmende Ohnmacht. Sie hatten sich in den hintersten Winkel seines Selbst verzogen, dort, wo auch die Angst mit ihrer Schwester lauerte, der Panik.

Es wiederholte sich! Alles begann von vorne. Er musste etwas tun, doch was? Wo sollte er denn anfangen, nach ihr zu suchen? Vielleicht bei den Eltern. Alle Körbers in München durchtelefonieren. Zu Mittermeyer gehen, ob er noch mal etwas von ihr gehört hatte, oder zu ihrem Freund, der sie an andere Männer verkaufen wollte. Basti. Sebastian Wölfle. Eine Eventagentur besaß er. Das war alles, was er über ihn wusste.

Jasper ging ins Wohnzimmer, dort lag der Laptop auf dem Fensterbrett. Als er hinunter auf die Straße sah, bemerkte er den grauen Golf. Er war ihm schon aufgefallen, als er nach Hause gekommen war. Zwei Kerle mit Basecaps hatten darin gesessen, und dort saßen sie noch immer. Sie glaubten ihm also nicht. Sie beobachteten ihn und dachten, er würde sie zu Anette führen. Diese Idioten!

WS Eventagentur. Die Adresse war schnell gefunden. Jasper zog die Jacke wieder an, schloss das Mountainbike vom Radständer im Hof und schwang sich darauf. An der ersten roten Ampel stoppte der Golf zwanzig Meter hinter ihm. Kurz überlegte er, die Jungs abzuhängen, doch er hatte keinen Grund dazu. Er hatte nichts zu verbergen, und je schneller sie das kapierten, umso eher würden sie ihre Suche nach Anette auf andere Möglichkeiten konzentrieren.

Als er fünfzehn Minuten später das Bike an einen Baum in der Altstadt kettete, konnte er den Golf nirgends entdecken. Die Polizisten hatten ihn verloren. Die konnten ihn nicht mal ordentlich beschatten und sollten Anette finden!

Am Firmenschild neben dem Hauseingang suchte er nach der Agentur. Zweite Etage. Jasper rannte die Treppen hoch. Auf dem Absatz im ersten Stock kam ihm ein Mann entgegen. Ende zwanzig. Schicker Anzug und Krawatte. Der selbstsichere Blick eines Kerls, der sich für einen Macher hielt. Er war schon fast vorbei, als Jasper kapierte, dass das Basti war. Keuchend blieb er stehen. »Sind Sie Herr Wölfle?«

Verwundert drehte sich der Mann um. »Wollen Sie zu mir?«

Aus dem Nichts kam die Wut auf diesen Kerl und schlug in einer heißen Welle in ihm hoch. Er stürzte sich auf ihn, packte ihn am Revers und drängte ihn gegen die Wand. »Wo ist Anette?«

Aus Wölfles Gesicht verschwand die abwartende Freundlichkeit. Sein Körper spannte sich. Er schlug Jaspers Hände weg und rammte ihm die Faust in den Magen. »Was soll der Scheiß!«

Jasper krümmte sich, zwang den Brechreiz nieder, rang nach Luft. »Was hast du mit ihr gemacht?« Er drückte Wölfle gegen die Mauer.

»Nichts, du Depp! *Cool down!*« Sein Gegner ließ ihn los und hob beide Hände. »Es reicht. Ich hab echt keine Ahnung, wohin die blöde Kuh verschwunden ist. Wegen der lasse ich mir nicht den Armani-Anzug ruinieren. Wer bist du überhaupt?«

»Ein Freund. Sie hat mir die ganze Geschichte erzählt. Ist sie bei Sebald?«

Basti lachte. »Wirklich nicht. Und wenn du mir nicht glaubst, dann fahr hin und sieh nach.« Mit einem Lächeln machte er sich los und verschwand durchs Treppenhaus nach unten.

Die Tür schlug zu, und Jasper sah ihm fassungslos nach. Etwas in ihm hatte sich daran geklammert, dass Basti wusste, wo Anette war, und dieses Etwas sagte nun, dass er nicht log, dass er ebenso wenig Ahnung hatte wie er selbst.

Als Jasper vors Haus trat und das Bike loskettete, entdeckte er am Ende der Straße den grauen Golf. Doch keine Idioten. Der Idiot war er.

Während er zurück zur Wohnung radelte, rief Ute an. Er fuhr auf den Gehweg und hielt. Natürlich wollte Lis' Mam wissen, wie es ihm ging, und war erleichtert, als sie hörte, dass die Polizei ihn nicht länger verdächtigte. Ute und Bernd hatten nie an seiner Unschuld gezweifelt, und er war ihnen dankbar dafür. »Können wir dir irgendwie helfen?«, fragte sie.

»Ich komme schon zurecht. Danke.« Eilig verabschiedete er sich und lehnte sich an die Hauswand. Sein Atem stieg als Kondenswolke in den Novembertag, und der Gedanke, dass Anette sterben könnte wie Lis, war wieder da.

Wer tat ihm das an?

Nicht ihm. Sondern Lis und Anette. Er schämte sich für sein Selbstmitleid, lehnte den Kopf in den Nacken und sah in den grauen Himmel über der Stadt. Zwei Krähen zogen ihre Kreise. Die Bremsen der Straßenbahn quietschten, und plötzlich dachte er an Vroni. Auch sie war tot. Er hatte nichts mit ihr gehabt. Bis auf diesen One-Night-Stand. Er war nicht einmal in sie verliebt gewesen. Im Gegenteil, sie hatte genervt.

Aber auch sie war tot. Der Gedanke war so unerhört wie erschreckend: Vielleicht galt das alles ihm. Denn Vroni hätte man für seine Freundin halten können. Sie hatte sich ständig bei ihm eingehakt, ihn berührt und umarmt, körperliche Nähe gesucht. Völlig distanzlos. Wenn nun jemand geglaubt hatte, er wäre mit ihr zusammen, und ihm das nicht gönnte? So wie er ihm auch die Liebe zu Lis nicht gegönnt hatte und die zu Anette. Gab es jemanden, der ihm sein Glück neidete?

Jasper schüttelte den Kopf. Langsam drehte er durch. Was für eine abgefahrene Idee. Er schwang sich aufs Rad und fuhr nach Hause. Doch die Idee fuhr mit, sie ließ ihn nicht los.

61

Die Schachtel mit dem Hut-Traum-Logo stand vor Lindental auf dem Couchtisch. »Ich erinnere mich selbstverständlich an den Laden. Schließlich habe ich dort einen Hut für meine Frau gekauft. Aber der Name Anette Körber sagt mir trotzdem nichts.«

Dühnfort zeigte ihm das Foto, woraufhin er einräumte, dass sie die Verkäuferin gewesen war, die ihn und seine Frau beraten hatte, und nein, er war nicht noch einmal dort gewesen, er habe sie nie wiedergesehen.

Der Anwalt traf ein. Ein Mann in Lindentals Alter, der einen grauen Businessanzug trug, sich als Jürgen Frey vorstellte und leise und zurückhaltend auftrat, dafür aber sehr bestimmt. Er besprach sich in der Küche mit seinem Mandanten. Als die beiden ins Wohnzimmer zurückkehrten, fiel der Satz, den Dühnfort erwartet hatte. Lindental würde sich nicht weiter äußern.

Daraufhin beschloss Dühnfort, Marion Lindental als Zeugin zu befragen. Frey erklärte, dass das nur in seiner Anwesenheit geschehen würde, was bei einer Zeugenbefragung ungewöhnlich war. Aber auch als Zeugin hatte sie unter Umständen das Recht zu schweigen, falls sie ihren Mann oder sich selbst belasten würde, und gegebenenfalls wollte Frey sie rechtzeitig darauf aufmerksam machen können.

Dühnfort traf Vronis Mutter im Schlafzimmer an. Sie saß weinend in einem Polstersessel, während Kirsten die Schubladen einer Kommode durchsuchte. Die linke Wange war noch immer gerötet und ein wenig geschwollen. Wenn man genau hinsah, konnte man die Konturen von Fingern erkennen. Als Dühnfort in Begleitung von Frey hereinkam und fragte, ob sie in der Verfassung für ein Gespräch sei, nickte sie und bot ihm Platz auf einem Footstool an, der am Fußende des Doppelbetts stand, und begrüßte den Anwalt.

Während Frey wie ein Schiedsrichter am Spielfeldrand stehen blieb, setzte Dühnfort sich. »Es geht um das letzte Telefonat mit Veronika. Wissen Sie noch, worüber Sie gesprochen haben?«

»Das letzte Telefonat?«, wiederholte sie und strich mit den Fingern über die Stirn. »Ich weiß gar nicht, wann das war. Es muss Monate vor Vronis Besuch im August gewesen sein.«

»Es hat danach stattgefunden. Vroni hat zwei Tage nach ihrem Besuch noch einmal angerufen. Am siebten August, morgens um acht.«

»Das kann nicht sein. Jedenfalls erinnere ich mich nicht. Vielleicht hat sie mit meinem Mann gesprochen.«

»Es war ein Anruf auf dem Festnetz, und Ihr Mann sagt, dass er ihn nicht entgegengenommen hat. Also müssen Sie es gewesen sein.«

»Am siebten August?«, wiederholte sie. »Am siebten …?« Plötzlich ging ein Ruck durch sie, und sie stand auf. »Weder mein Mann noch ich können Vronis Anruf entgegengenommen haben. Es muss der Anrufbeantworter gewesen sein. Warten Sie.« Aus einem Regal nahm sie ein dickes Buch mit einem bunt gemusterten Kunststoffeinband. Ein breites elastisches Band war darum gelegt. »Das ist mein Trip-Book der New-York-Reise. Uwe und ich sind am siebten August für eine Woche dorthin geflogen.« Sie entfernte das Band, und das Buch entpuppte sich als eine Art Sammelordner mit Klarsichthüllen und Einstecktaschen für allerlei Reiseerinnerungen. Eintrittskarten, Zuckertütchen, Münzen, Postkarten und Fotos steckten darin. Aus einer der vorderen Hüllen zog Marion Lindental Flugtickets und Bordkarten. »Sehen Sie selbst. Unser Flug ging um halb neun. Boardingtime war um acht. Wenn Vroni um acht angerufen hat, muss sie auf den AB gesprochen haben.«

Dühnfort sah die Unterlagen durch und ließ sich die Pässe mit den Ein- und Ausreisestempeln zeigen, und damit schieden die Lindentals aus. Denn das letzte Lebenszeichen von Vroni stammte vom siebten August.

Die Hausdurchsuchung führte zu keinem Ergebnis. Kurz vor neun beendete Dühnfort sie und dankte dem Team für die Unterstützung.

Während der Fahrt zurück in die Stadt rief er Kölle und Reiter an, die Kollegen des MEK, die Seyboth observierten, und erfuhr, dass er zu Hause war. »Er hat die Wohnung nur verlassen, um Sebastian Wölfle in seiner Agentur abzupassen und ihn nach Anette zu fragen. Die beiden haben sich beinahe geprügelt. Sieht so aus, als ob er selbst nach Anette Körber sucht«, meinte Kölle.

Es hatte wieder zu nieseln begonnen. Schneeflocken mischten sich unter den Regen. Etwas lief hier falsch. Dühnfort fragte sich, was er übersah, und er fragte sich das noch immer, als er nach Hause kam.

Gina lag auf dem Sofa, las in einer Zeitschrift für werdende Eltern. »Grüß dich, Tino. Alles in Ordnung bei dir?«

»Ganz und gar nicht.« Er beugte sich zu ihr hinunter und gab ihr einen Kuss. »Ich habe keine Ahnung, was mit Anette Körber passiert ist, ob sie überhaupt noch lebt oder ob wir ihre Leiche demnächst finden werden. Lindental ist raus, und Seyboth sucht selbst nach ihr. Irgendetwas erkenne ich nicht.«

»Iss erst mal was. Im Kühlschrank steht noch ein Rest Lasagne. Hat meine Mutter gebracht und dabei das Geheimnis um die leckere Kürbissuppe gelüftet. Rate mal.«

»Ein Witzigmann-Rezept, hast du gesagt. Also hat sie die fertig gekauft.«

»Falsch. Sie besucht einen Kochkurs, den Papa ihr spendiert hat. Stell dir mal vor, mit Anfang sechzig lernt sie doch noch Kochen.«

Gina folgte ihm in die Küche. Er schob die Lasagne in die Mikrowelle, schenkte ihr ein Glas vom alkoholfreien Wein ein und sich einen Luganer. »Kennst du das Gefühl, einen blinden Fleck zu haben? Man steht davor und sieht es nicht.«

»Du meinst, wie der Name, der einem auf der Zunge liegt, aber partout nicht einfällt?«

»Ja, so ähnlich.«

Die Mikrowelle schaltete sich aus. Dühnfort setzte sich mit dem Essen zu Gina an den Tisch. »Ich war mir sicher, dass Seyboth unser Mann ist. Alles läuft bei ihm zusammen. Er kennt sie alle drei. Lis, Vroni, Anette, und auf irgendeine Art sind alle drei Beziehungsgeschichten. Lis wollte er heiraten, doch sie macht Schluss. Vroni war in ihn verliebt, doch er angeblich nicht in sie, und für Anette scheint er mehr zu empfinden als nur Freundschaft, und ich bin davon ausgegangen, dass Zurückweisung das Motiv in diesen Fällen ist. Ganz offensichtlich liege ich damit falsch.«

Gina hörte ihm zu, während er weiter seine gescheiterten Theorien ausbreitete und nach einem neuen Ansatz suchte. Schließlich stützte sie das Kinn in die Hand. »Du sagst, dass Seyboths Vater ein Tyrann war, der Frau und Kinder verprügelte. Jasper Seyboth ist also ein misshandeltes Kind. Ein Opfer, das für die Schläge des Lebens keine adäquate

Bewältigungsstrategie entwickelt hat und so selbst zum Täter wird. Der Klassiker gewissermaßen.«

Dühnfort nickte. »Ja. Das war eine meiner Theorien.«

»Und was ist mit den weisen Affen?«

»Vermutlich eine krude Art von Rechtfertigung. Shirazu, der Affe, der bei Lis lag, bedeutet: Habe keinen Spaß. Sie hat die Beziehung beendet und war damit frei für eine neue. Das wollte er nicht. Wenn er sie nicht haben konnte, sollte sie auch mit keinem anderen Spaß haben. Und bei Vroni lag der Affe, der nichts sieht. Aber frage mich bitte nicht, was sie nicht gesehen hat? Ich habe keine Ahnung.«

»Hm?«, machte Gina.

»Was meinst du mit ›hm‹?«

»Hm, ich glaube, du übersiehst da wirklich etwas.« Nachdenklich zog sie die Stirn in Falten. Er sah, wie es hinter ihrer Stirn arbeitete, wie die Rädchen ineinandergriffen. Was überlegte sie? Natürlich war Seyboth das Opfer seines Vaters, und es war eine Binsenweisheit, dass misshandelte Kinder häufig selbst zu Tätern wurden.

Und plötzlich erkannte er, was er übersehen hatte.

62

Anette saß zusammengekauert auf der Matratze, aus der muffiger Kellergeruch stieg, den Rücken an die kalte Wand gelehnt. Ihre Gefühle schwankten zwischen Verzweiflung, Hoffnungslosigkeit und Angst. Angst, dass er zurückkehren und sie wieder schlagen und treten würde.

Ihr Körper bestand nur noch aus Schmerzen. Stumpf bohrenden, wild pochenden, spitz pulsierenden.

Wenn ihr Zeitgefühl sie nicht im Stich gelassen hatte, mussten es jetzt zwei Tage sein, seit sie den Wagen gehört und geglaubt hatte, es sei Jasper, der zurückkehrte und sie töten wollte. So wie er Vroni getötet hatte und auch Lis.

Sie erinnerte sich, wie sie das Küchenfenster geöffnet hatte, um hinauszuklettern, als es vorne an der Tür klopfte und sie innehielt. Jasper würde nicht klopfen, sondern einfach hereinkommen. Er war es gar nicht. Vor Erleichterung wäre sie beinahe in Tränen ausgebrochen.

»Frau Körber? Sind Sie da?« Es war die Stimme eines Mannes.

»Ja. Ich komme.« Sie ging zur Tür und öffnete. Ein Fremder stand vor ihr und lächelte sie an. »Bitte erschrecken Sie jetzt nicht. Polizeihauptmeister Martin Meissner. Ich komme von der Polizeiinspektion Bad Wörishofen und soll Sie dorthin begleiten.« Er zeigte ihr kurz seinen Ausweis und steckte ihn gleich wieder ein, während sich ihre Gedanken überschlugen. »Wieso denn?«, stieß sie hervor, obwohl sie es ahnte. Jasper!

»Ich habe den Auftrag, Sie in Sicherheit zu bringen. Der Mann, mit dem Sie hier sind …« Er zögerte, als ob er überlegte, wie viel Wahrheit sie verkraften würde. »Er wird verdächtigt, einen Mord begangen zu haben.«

Es stimmte also. Anette schluckte. Sie fiel wirklich immer auf die Falschen herein.

Meissner sah an ihr vorbei ins Häuschen. »Sie haben ja schon gepackt.«

»Also eigentlich ... Ich wollte grad den Bus nehmen.«

»Mein Chef hat ein paar Fragen an Sie. Ich bekomme Ärger, wenn er die nicht stellen kann.« Wieder erschien dieses nette Lächeln.

»Ja, natürlich.« Ihr schwirrte der Kopf. »Sie tragen gar keine Uniform.«

»Ich bin von der Zivilen Einsatzgruppe und auch mit einem Zivilfahrzeug hier. Sobald Seyboth kommt, erfolgt der Zugriff. Bis dahin sollten wir weg sein.« Meissner nahm sie am Arm, führte sie zu einem blauen VW-Golf, und sie stieg ein.

»Ich hole Ihre Koffer.« Der Polizist verschwand im Haus, kehrte einen Augenblick später mit ihrem Gepäck zurück und verstaute es im Kofferraum. »Geht es Ihnen gut?«, fragte er von hinten. Ihre Blicke trafen sich im Rückspiegel. »Sie sehen ganz käsig aus. Vielleicht sollten Sie etwas trinken? Im Handschuhfach müsste eine Flasche Wasser sein.«

»Ja, danke.« Sie nahm sie heraus, schraubte sie auf und trank. Die Anspannung der letzten halben Stunde fiel von ihr ab, als Meissner einstieg und den Wagen startete. Plötzlich fühlte sie sich elend und schwach. Sie war in Sicherheit und hatte bis vor einer halben Stunde nicht gewusst, in welcher Gefahr sie sich seit Tagen befunden hatte.

Ein hysterisches Kichern stieg in Anette auf, als sie sich jetzt daran erinnerte. Denn kaum hatte sie das gedacht, war ihr schwarz vor Augen geworden.

Wie dämlich konnte man sein! Sie war auf einen falschen Polizisten hereingefallen. Martin Meissner. So hieß er garantiert nicht.

Sie musste hier raus. Doch es gab kein Entkommen. Den Keller hatte sie in den ersten Stunden ihrer Gefangenschaft erkundet, als er noch stockdunkel gewesen war. Zunächst mit ausgestreckten Armen, jeden Schritt ertastend, immer an der Wand entlang und auf der Suche nach einer Tür, einem Fenster oder wenigstens einem Lichtschalter. Ein Fenster hatte sie gefunden. Statt einer Glasscheibe enthielt es eine Metallplatte, und anstelle des Riegels gab es nur ein Loch, wo er gewesen war. In der Laibung hatte sie eine Flasche gefunden und bemerkt, wie durstig sie war. Beim Öffnen hatte der Schraubverschluss geknackt. Er konnte also nichts hineingetan haben. Gierig hatte sie getrunken und kurz darauf die Tür entdeckt. Auch sie war aus Metall. Kalt und glatt und nur ein Knauf auf der Innenseite, der sich nicht drehen ließ. Sie saß in der Falle! Wer tat ihr das an und warum?

Diese Frage beschäftigte sie auch jetzt wieder. Warum sie? Noch immer hielt sie mit ihren Armen die Beine umfangen, um möglichst wenig Wärme zu verlieren. Es war so kalt hier unten wie in einem Grab. Und es roch auch so: erdig. Der rechteckige Raum war aus Ziegeln gemauert und etwa vier mal fünf Meter groß. Das wusste sie, seit der falsche Polizist zum ersten Mal hier bei ihr erschienen war. Plötzlich waren zwei Neonröhren angegangen, und von draußen hatte sie ein Brummen gehört. Er kam herein und mit ihm der Geruch nach Abgasen.

Seine Augen verbarg eine Sportsonnenbrille, die von einem breiten elastischen Band am Kopf gehalten wurde, an dem auch eine Actioncam befestigt war. Unwillkürlich rutschte sie auf der Matratze weiter nach hinten. Ihr Herz raste, ein Schweißfilm bildete sich auf ihrer Haut. Ihr

Fluchtinstinkt erwachte. Sie musste hier raus! Doch die Tür war schon wieder zu.

An ihr vorbei ging er zur Wand. In der Hand hielt er ein Stück Kreide. Er schrieb etwas auf die Ziegelwand und trat zur Seite. Lektion 1: Alltägliches.

Was sollte das? Das war ja wie in der Schule. »Was ... Was wollen Sie von mir?« Ihre Stimme war so brüchig, dass selbst sie die Angst darin hörte.

»Von dir? Nichts. Es geht nicht um dich.« Er klang ruhig, und sie schöpfte Hoffnung. Wenn es nicht um sie ging, würde er sie gehen lassen, wenn er – womit auch immer – fertig war. Mit Lektion 1? Mit dem Alltäglichen?

»Du solltest dir trotzdem keine Hoffnungen machen.« Er beugte sich zu ihr hinunter. Die Brille lag eng an, sie umschloss die Augen und ließ ihn wie ein Insekt aussehen. Ein grünes Licht blinkte an der Kamera. Sie war also eingeschaltet. Er filmte das hier. Mit der Hand fasste er unter ihr Kinn, hob es an, als ob er sie zwingen wollte, ihm in die Augen zu sehen, doch die Gläser waren verspiegelt. Sie sah nur ihr eigenes angstvolles Gesicht darin. »Du wirst das nicht überleben.«

Ihr Mund fühlte sich plötzlich wie ausgedörrt an, ihr Herz stolperte. Angst legte sich um ihren Hals und schnürte ihr den Atem ab. Unvermittelt riss er sie am Oberarm von der Matratze und schleuderte sie gegen die Wand, ehe sie überhaupt reagieren konnte. Ihr Kopf knallte gegen die Mauer. Die Haut über der Augenbraue platzte. Blut lief ihr warm übers Gesicht. Vor ihren Augen verschwamm der Keller hinter einem roten Schleier. Sie ging zu Boden, rang nach Luft und versuchte, sich aufzurappeln. Irgendwie schaffte sie es auf die Knie und versuchte sich an der Mauer hochzuziehen. Der Raum drehte sich vor ihren Augen. Ihr Magen krampfte sich zusammen. Den Tritt sah sie nicht kommen. Er traf sie in die Seite. Etwas knackte. Ein glühender Schmerz jagte durch ihren Brustkorb. Der Boden kippte ihr entgegen. Er war kalt. Risse im Beton wie Schluchten. Ein weiteres Mal versuchte sie, auf die Beine zu kommen. Doch sie schaffte es nicht. Tritte prasselten auf sie ein wie ein Steinregen. Metallkappen an den Schuhen waren das Letzte, woran sie sich erinnerte, und der Gedanke, wie seltsam diese Lautlosigkeit war. Kein Wort, kein Geschrei. Nur Keuchen und dumpfe Schläge. Als ob ihm die Worte fehlten, dann war sie ohnmächtig geworden.

Und nun kauerte sie wieder auf dieser Matratze und ahnte, dass es noch nicht vorbei war. Auf Lektion 1 würde Lektion 2 folgen. Was hatte er vor?

63

Der Gedanke ließ Jasper nicht los. Er war aberwitzig, und eigentlich war es unvorstellbar. Das hier war kein Fernsehthriller, sondern das richtige Leben. Sein Leben. Doch die Frage bohrte sich tiefer und tiefer: Tötete jemand seine Freundinnen, um ihn zu quälen?

Plötzlich sah er auch andere Zwischenfälle der letzten Jahre in einem neuen Licht. Die zerstochenen Autoreifen. Die geklauten Mountainbikes. Vier oder fünf waren es inzwischen. Das mit Sekundenkleber verpappte Autoschloss. Die Annonce, seine Wohnung wäre günstig zu vermieten, und der Ärger, den er hatte, als dreißig Leute vor der Tür standen, um sie zu besichtigen. Die Absagen bei der Jobsuche.

Als er nach Lis' Tod aus Afrika zurückgekommen war, war er sicher gewesen, problemlos eine Stelle zu finden. Etliche Bewerbungsgespräche waren so gut gelaufen, dass er mit einer Zusage gerechnet hatte. Doch es kamen Standardschreiben mit nichtssagenden Floskeln, man habe sich für einen anderen Kandidaten entschieden und wünsche für den weiteren beruflichen Werdegang alles Gute. Seine Vermutung: Man hatte seinen Hintergrund gecheckt und war auf die Ermittlungen gegen ihn gestoßen. Vielleicht hatte aber auch jemand den Unternehmen diese Info gesteckt. Wer wollte schon einen Mitarbeiter beschäftigen, der in einem ungeklärten Mordfall der Hauptverdächtige war?

Doch wer sollte ihm das antun? Und warum? Jasper setzte sich und überlegte, wem er Anlass für so viel Hass gegeben haben könnte. Ihm fiel niemand ein. Und dann wurde ihm klar, dass er Anette erst seit knapp zwei Wochen kannte und kaum jemand davon wusste. Eigentlich nur die Kollegen und der Hausmeister. Steckte Isabelle dahinter? Doch sie war eine Nette. Außerdem arbeitete sie erst seit zwei Jahren bei der Schuldnerberatung. Sie hatte Lis nicht gekannt. Das galt auch für Renate. Wie war das bei Felix? Jasper hatte ein Mal in den Semesterferien in dem Unternehmen gejobbt, bei dem Felix Leiter der Marketingabteilung gewesen war. Aber er konnte sich nicht erinnern, die beiden miteinander bekannt gemacht zu haben. Felix schied also auch aus. Sie alle wussten nur von Vroni und Anette. Bei Cerović war das anders. Er hatte alle drei mit ihm gesehen. Doch Jasper kam gut mit ihm klar.

Das Klingeln an der Wohnungstür riss ihn aus seinen Überlegungen. Er sah auf die Uhr. Es war schon nach zehn, und Panik flutete für einen Moment seinen Körper. Sie hatten Anette gefunden! Erstochen wie Lis, erschlagen wie Vroni. Doch er war der Letzte, der davon erfahren würde. Er war kein Angehöriger. Vor der Tür stand Dühnfort, und die Panik war wieder da.

»Guten Abend, Herr Seyboth. Kann ich reinkommen?«

»Haben Sie Anette gefunden?«

»Bisher nicht. Ich will eine Idee mit Ihnen besprechen.«

»Welche Idee denn?«

»Sie wird Ihnen absurd vorkommen. Trotzdem denken Sie bitte darüber nach.«

Jasper musterte den Kommissar. War es möglich, dass seine Vermutung gar nicht so abwegig war? »Wollen Sie etwa fragen, ob das Ganze mir gelten könnte? Ob mich jemand derart hasst, dass er die Frauen tötet, von denen er annimmt, sie wären meine Freundinnen?«

Verblüffung breitete sich auf Dühnforts Gesicht aus. »Ja, so ähnlich.«

»Auf die Idee bin ich gerade erst gekommen«, sagte Jasper, während er Dühnfort einließ und ins Wohnzimmer voranging. »Aber das haut nicht hin. Nicht nur, weil Vroni nicht meine Freundin war, man hätte sie allerdings dafür halten können, und mit Anette ... Also da ist nichts. Vor allem aber kennt niemand alle drei. Bis auf den Hausmeister. Und Cerović hat keinen Grund, mich zu hassen.«

Dühnfort legte den Mantel ab. »Und Ihre Geschwister?«

Diese Frage traf Jasper völlig unerwartet. Überrascht schüttelte er den Kopf. »Ganz sicher nicht. Wie kommen Sie denn darauf?«

»Es hat mit Ihrem Vater zu tun. Er hat Sie und Ihre Geschwister misshandelt. Wie sind Sie damit umgegangen? Haben Sie zusammengehalten wie Pech und Schwefel und sich gegen ihn verbündet? Oder hat jeder für sich allein eine Strategie entwickelt, um den Misshandlungen zu entgehen? Gab es Allianzen einzelner Geschwister und Verrat eines anderen? Solche Dinge sind mir durch den Kopf gegangen. Sie sind der Älteste. Haben Sie sich schützend vor Ihre Geschwister gestellt, oder haben Sie sich weggeduckt?«

Dieser Gedanke war ihm gar nicht gekommen. Aber Dühnforts Theorie ging nicht auf. »Meine Schwester kann es nicht sein. Sie ist tot.« Dieses Wort klang so kalt und hart, so erbarmungslos. Wieder hallte Saskias Schrei in seinem Schädel nach, und seine Kopfhaut begann zu kribbeln. Er machte das Fenster auf und atmete durch.

»Was ist passiert?«, fragte Dühnfort.

Jasper wandte sich um. »Sie hat sich umgebracht.«

»Weshalb?«

Er zuckte die Schultern und fühlte sich wie ein Verräter. »Und mein Bruder tut mir das nicht an. Ganz sicher nicht. Wir haben zusammengehalten. Und ich habe meine Geschwister beschützt, so gut es eben ging. Wir waren Kinder. Einmal hat mein Vater mich fast umgebracht, weil ich mich ihm in den Weg gestellt habe, als er Tobi verprügeln wollte. Da hat nicht viel gefehlt.« Er erzählte Dühnfort von diesem Sonntagnachmittag, von dem Grillanzünder und wie sein Vater ihn gewürgt und die Treppe hinuntergeworfen hatte, von der Anzeige und der Lüge seiner Mutter, die seine Geschwister übernommen hatten. »Verrat hat es also auch gegeben«, sagte Jasper. »Wenn jemand Grund hätte, sich zu rächen, dann ich. Das ergibt keinen Sinn.«

»Kennen Sie diese Figuren?« Dühnfort zog zwei Fotos hervor und reichte sie Jasper. Das eine zeigte den kleinen Affen, den man bei Lis gefunden hatte. Er hielt sich die Augen zu. Er hatte ihn nie zuvor gesehen und das damals auch ausgesagt. Auf dem anderen Bild war ein weiterer Affe abgebildet, der mit einer Pfote seinen Unterleib bedeckte. »Lag die bei Vroni?«

»Ja. Nichts Böses sehen. Sie kennen sicher die Bedeutung der weisen Affen.«

»Aber der, der bei Lis gefunden wurde, gehört nicht dazu.«

»Doch. Das ist Shirazu, der vierte. Seine Bedeutung: Habe keinen Spaß. Wer verdirbt Ihnen den Spaß am Leben, indem er die Frauen tötet, die Sie lieben oder von denen er es annimmt?«

»Ich weiß es nicht. Das ist doch krank. Warum bringt er nicht mich um, wenn er mich derart hasst?«

»Weil seine größte Freude Ihr Leid ist. Was ist mit Ihrem Bruder? Wie stehen Sie zu ihm?«

»Wir sind jetzt nicht allerbeste Freunde, aber wir sind Brüder und füreinander da. Erst vor drei Wochen habe ich ihm beim Umzug geholfen. Außerdem habe ich ihm schon etliche Jobs besorgt und leihe ihm Geld, wenn er was braucht, und gelegentlich gehen wir auf ein Bier. Wie man das so macht. Tobi hasst mich nicht.«

»Sind Sie sicher?«

Jasper wollte schon »Ja« sagen, als sein Blick wieder auf die Fotos fiel und sich eine unangenehme Erinnerung regte und an die Oberfläche vorarbeitete. Es war bei der Verlobungsfeier passiert.

Alle saßen am festlich gedeckten Tisch vor Kristallgläsern und dem guten Porzellan. Lis' Mutter Ute hatte ein mehrgängiges Menü vorbereitet, und Jaspers Eltern gaben das Schauspiel des perfekten Paares. Jedenfalls bis Tobi ihrer Lüge von Saskias angeblicher Blinddarmoperation ein Ende bereitet hatte und er wütend abgehauen war. Doch davor waren beim Begrüßungssekt Toasts auf das Paar ausgesprochen worden. Bernd hatte damit begonnen, und alle mussten mitmachen. Als Tobi dran war, griff er zu seinem Glas. »Auf Lis und Jasper. Ich wünsche euch ein glückliches Leben.« Dann wandte er sich an Lis. »Du hast eine gute Wahl getroffen. Zwischen euch wird es nie Zoff geben, denn Jasper streitet nicht. Er sieht lieber weg und hält den Mund, wenn es Probleme gibt. Er sieht nichts, er hört nichts, und er sagt nichts. Auf eure harmonische Zukunft.« Lächelnd hatte er sein Glas gehoben, und Jasper hatte sich derart über Tobi geärgert, dass es ihn Mühe gekostet hatte, ihn nicht zu fragen, was der Mist sollte und welcher Teufel ihn ritt, so etwas zu behaupten. Er wollte die Feier nicht verderben und hatte den Ärger hinuntergeschluckt.

Nun ärgerte er sich wieder. Denn es stimmte nicht. Er hatte nicht weggesehen, und streiten konnte er sehr wohl. Seine letzten Minuten mit Lis hatte er streitend verbracht. Es war nicht Tobi, der ihm derart übel mitspielte, denn Tobi kannte weder Vroni noch Anette. Es sei denn, er hätte ihn beobachtet und wäre ihm am Sonntag, nachdem er sich die fünfzig Euro geliehen hatte, nach Buchbach gefolgt. Dann wüsste er von Anette, aber nicht von Vroni.

Noch immer lagen die Fotos der Affenfiguren vor Jasper, und eine Bemerkung von Tobi fiel ihm ein. *Und was war mit der sexy Rotblonden?*

64

Ein Geräusch weckte Anette. Mühsam setzte sie sich auf. Jede Bewegung bereitete ihr Schmerzen. Das Licht brannte. Blinzelnd öffnete sie die Augen und hörte auch das Brummen wieder. Genau wie beim ersten Mal, als er in den Keller gekommen war. Was war das? Sie konnte das Geräusch nicht zuordnen. Genauso wenig, wie sie wusste, ob es Morgen oder Abend war. Die Gefangenschaft in der Dunkelheit hatte ihr das Zeitgefühl geraubt. Sie hätte nicht sagen können, wie lange er sie schon hier festhielt. Wenigstens hatte er ihr eine Decke gebracht, die etwas wärmte.

Ein Schlüssel wurde ins Schloss geschoben. Die Tür ging auf. Er kam herein. Wieder trug er die Brille mit der Actioncam, und sie roch Abgase wie beim ersten Mal. Plötzlich verstand sie, was das Brummen verursachte. Es kam von einem Generator. Er hielt sie also im Keller eines Hauses gefangen, das keine Stromversorgung hatte.

Hinter sich zog er ein Verlängerungskabel her, das er im Nebenraum angesteckt haben musste. Also konnte er die Tür nicht schließen. Das war ihre Chance! Langsam schob sie die Decke beiseite und die Beine über die Matratzenkante.

»Vergiss es«, sagte er, als hätte er ihre Gedanken gelesen. »Du kommst hier nicht raus.« Aus einem Beutel nahm er ein Gerät und schloss es an die Verlängerungsschnur an. Was war das? Anette hatte keine Ahnung.

»Weiter geht es«, sagte er, holte die Kreide aus der Hosentasche und schrieb an die Wand. Lektion 2: Besonderes.

Lektion *Alltägliches* hatte darin bestanden, dass er sie bis zur Bewusstlosigkeit geschlagen und getreten hatte. Und nun *Besonderes*. Panik schoss in Anette hoch. Sie sprang auf, rannte zur Tür und erkannte, dass sie keine Chance hatte, an ihm vorbeizukommen. Er schnellte herum, packte sie am Arm und drückte sie mit seinem ganzen Gewicht gegen die Wand. »Ich sagte doch, dass du hier nicht rauskommst.« Wieder war seine Stimme ruhig und sanft, obwohl sie die unterdrückte Wut darin spüren konnte.

»Warum ich?«

»Es geht nicht um dich. Du hörst nicht zu.«

»Ich habe nichts getan. Weshalb erhalte ich *Lektionen*?«

»Weil er dich liebt!«

Gleichermaßen verblüfft wie ratlos sah sie ihn an. »Wer denn?« Das musste ein Irrtum sein. Er hatte sich die Falsche gegriffen. Während sie noch verwundert über diesen Gedanken war, riss er sie herum, zerrte ihr den Pullover am Rücken mit einer Hand hoch und hob mit der anderen etwas auf. Etwas Rotglühendes wischte durch ihr Blickfeld. Hitze schlug ihr entgegen, und ehe sie verstand, was geschah, brüllte sie vor Schmerzen.

65

Das SEK war bereits vor Ort, als Dühnfort um halb sechs Uhr morgens mit Kirsten und Alois den Treffpunkt erreichte. Eine geteerte Fläche zwischen einem Gebäuderiegel, in dem Discounter, Reinigung und Fahrschule untergebracht waren, und einem Garagenblock dahinter. Das Areal war von den Häusern aus kaum einsehbar. Zwei VW-Busse standen im Halbdunkel. Motoren und Lichter ausgeschaltet. Sechs schwarz vermummte Gestalten warteten davor und waren kaum auszumachen.

Der Einsatzleiter Jochen Brandt begrüßte Dühnfort mit Handschlag. Die Aufgaben seines SEK bestanden in Entwaffnung und Festnahme der Zielperson und Sicherung der Wohnung. Danach würde Dühnfort mit seinen Leuten übernehmen.

Gemeinsam gingen sie die Lage noch einmal durch.

Meo hatte Torben Seyboths Handy in der Wohnung geortet, und einer von Brandts Männern in Zivil hatte die Örtlichkeit erkundet. »Fünfte Etage, kein Lift«, erklärte Brandt. »Nur ein Treppenhaus. Wenn er abhauen will, kriegen wir ihn. In der Wohnung läuft der Fernseher. Wir gehen davon aus, dass er wach ist. Sein Fahrzeug wurde bisher nicht gesichtet. Vielleicht steht es in einer Tiefgarage der Nachbarschaft oder in einer Nebenstraße.«

Seit Jasper Seyboth von der abfälligen Bemerkung seines Bruders bei der Verlobung berichtet hatte, waren sieben Stunden vergangen. Eine durchgearbeitete Nacht lag hinter Dühnfort. Dass er nun hellwach war, verdankte er diversen Espressi und einem Adrenalinspiegel weit über dem normalen Pegel. Die letzten Stunden hatte er sich mit Torben Seyboth beschäftigt und ein beachtliches Vorstrafenregister zutage gefördert: Angefangen mit Diebstahl und Drogenbesitz ging es weiter mit Körperverletzung und schwerer Körperverletzung. Dafür hatte er eine Haftstrafe erhalten. Die Verurteilung wegen illegalem Waffenbesitz war ausschlaggebend dafür, dass er nun ein SEK vorausschickte. Wer wusste schon, ob Torben Seyboth in seiner Wohnung nicht ein Waffenarsenal gehortet hatte und sie entsprechend empfangen würde.

Hinter sich hörte Dühnfort Schritte und sah den Schatten einer großen Gestalt mit leicht gebeugter Haltung auf sich zukommen. Leyenfels war da. Um zwei Uhr nachts hatte Dühnfort ihn aus dem Bett geklingelt, obwohl er den Bereitschaftsdienst der Staatsanwaltschaft hätte bemühen können. Aber er wusste, dass Leyenfels es ihm übelnehmen würde, wenn er in der entscheidenden Phase nicht dabei sein konnte. Wie erwartet hatte er erst einmal Bedenken gewälzt – das wäre ja schon eine gewagte Theorie –, den Durchsuchungsbeschluss dann aber besorgt. Nun gesellte er sich zu ihnen und grüßte leise in die Runde. Es konnte losgehen.

Brandt gab den Einsatzbefehl. Beinahe lautlos verschwanden er und seine Männer in der Dunkelheit. Nur das gelegentliche Knistern des Funksprechgeräts verriet Dühnfort den Fortgang der Ereignisse. Brandts Leute erreichten die dritte Etage, die vierte und fünfte. Sie bezogen Position neben der Wohnungstür. Brandt meldete sich. »Wir gehen jetzt rein.«

Dühnfort wartete. Leyenfels wippte unruhig auf und ab. Kirsten wickelte ein Hustenbonbon aus dem Papier. Alois sah auf sein Smartphone. »Die sind jetzt schon zwei Minuten drin. Das ist kein Palast, sondern ein Einzimmer-Apartment.«

Im selben Moment rauschte das Funkgerät. »Zielperson in der Wohnung nicht angetroffen.«

»Was! Das ist doch nicht möglich«, entfuhr es Dühnfort.

»Da ist niemand. Ihr könnt jetzt rein.«

Dühnfort wandte sich an Alois. »Gib die Fahndung nach ihm und seinem Golf raus.«

Durchs Treppenhaus gingen sie nach oben. Brandts Männer kamen ihnen entgegen. Als Dühnfort die fünfte Etage erreichte, war er außer Atem. Auch Kirsten keuchte, was einer Erkältung geschuldet war. Nur Alois, der sie eingeholt hatte, und Leyenfels schien der Aufstieg nicht sonderlich gefordert zu haben.

Die Wohnungstür hing nur noch in einer Angel, das Holz war gesplittert. Neugierige Nachbarn spähten in den Flur. Drinnen lief eine Folge *Forensic Detectives* im Fernsehen. Brandt übergab die Wohnung. Dühnfort dankte ihm für den Einsatz. »*Shit happens*«, sagte Brandt. »War ein gutes Training für uns.«

Missmutig sah Leyenfels sich um und ließ sich auf das Sofa fallen. »Und jetzt überzeuge mich, dass du dich nicht irrst.«

Der Tonfall ärgerte Dühnfort ebenso wie der Anblick des Handys auf dem Couchtisch. Hatte Torben Seyboth es einfach vergessen? Oder war er cleverer als gedacht? Er schaltete den Fernseher aus und begann mit Kirsten und Alois die Wohnung zu durchsuchen.

Sie war spärlich möbliert und ordentlicher als erwartet. Dühnfort nahm sich das Sideboard vor. Offenbar gab es kein System, was den Inhalt der Schubladen betraf. Alles lag durcheinander. Geduldig arbeitete er sich voran. Irgendwann hob Dühnfort den Kopf. Dabei fiel sein Blick auf die Bilder, die über dem Sideboard an der Wand hingen. Fünf hochwertige Ausdrucke von Fotografien, die mit Magneten an einem Metallbord befestigt waren. Nicht unbedingt das, womit man üblicherweise die Wände schmückte. Die erste zeigte einen verlassenen Bahnhof. Von Unkraut überwucherte Gleise, die zwischen einer Betonwand und einer Allee von Betonsäulen ins Nichts führten. Jeder freie Fleck mit Graffiti verziert. Auf dem zweiten Bild war der menschenleere Bahnsteig am S-Bahnhof Isartor zu sehen. Eine Studie in Symmetrie. Gleise, Wände, Boden, die Neonröhren über dem Bahnsteig, alles lief auf einen exakt zentrierten Fluchtpunkt zu, nämlich die Wand am Ende des Bahnsteigs, die von zwei hüfthohen Türen flankiert wurde. Auf jeder ein Kreis mit rotem Rand, gelbem Grund und dem Piktogramm eines Männchens mit ausgestreckten Armen: Betreten verboten. Die dritte Aufnahme war ähnlich symmetrisch aufgebaut. Zwei Bahngleise in einem Tunnel, dazwischen eine Treppe, die nach oben führte. Die vierte Fotografie zeigte eine Art Maschinenraum. Überdimensionierte Wellen und Ketten, deren einzelne Glieder groß wie Hanteln waren. Auf der fünften war ein Schaltschrank abgebildet, der jahrzehntealt sein musste. Auf ihm stand eine Bierflasche. Man sah nur den unteren Teil. Jemand hatte eine Figur aus dem Kasperltheater darübergezogen, eine Prinzessin mit schmutzigem Plastikgesicht.

Kirsten kam zu ihm und wies auf eine der Aufnahmen. »Das ist der Geisterbahnhof Olympiastadion. Ich war berufsbedingt mal dort.« Dühnfort wollte fragen, ob man hineinkam, als Alois dazwischenfunkte. »Hier gibt es einen Bilderordner mit dem Titel *Verlassene Orte*. Die sind auch dabei.« Mit dem Kinn wies er zur Magnetwand. »Vom Maschinenraum gibt es eine ganze Serie. Was ist das?«

»Vielleicht auch eine Bahnanlage«, sagte Dühnfort. »Von wann sind die?«

Alois scrollte. »Sind alle in den letzten drei Monaten entstanden. Vom Bahnhof Olympiastadion gibt es auch Innenaufnahmen. Wie ist er da hineingekommen? Ich meine, die Bahn wird alles verrammeln und verriegeln, damit sich dort niemand unbefugt herumtreibt.«

»Er arbeitet bei der Bahn«, sagte Kirsten. »Ich habe gerade seine Gehaltsabrechnung gesehen.« Sie zog eine Schublade auf und einen Zettel hervor. »Sein Arbeitgeber ist die DB Station & Service AG. Wie praktisch. Vielleicht ist er so an Schlüssel gekommen.« Sie wollte das Papier zurücklegen, stutzte plötzlich und nahm eine kleine Kunststoffbox heraus. »Wow«, sagte sie beinahe ungläubig. »Seht euch das an.« Sie hielt die Schachtel hoch. Darin befanden sich zwei Affenfiguren. »Nichts hören und nichts sagen!«

»*Yes!*«, sagte Alois, während Dühnforts Anspannung nachließ. Endlich ein Durchbruch! »Jetzt müssen wir ihn nur noch kriegen«, sagte er und bemerkte, wie Leyenfels sich vom Sofa erhob. »Sehr schön. Das wurde auch Zeit.« Er verabschiedete sich, und Dühnfort sah sich die Schachtel an. »Die beiden Affen sind hier. Das bedeutet hoffentlich, dass Anette Körber noch lebt. Er wird sie an einen der ›verlassenen Orte‹ gebracht haben. Gibt es noch mehr davon auf dem PC?«

»Etwa ein Dutzend«, sagte Alois.

»Dann sehen wir die jetzt durch. Welcher eignet sich für Torbens Zwecke?«

Auf dem Monitor erschienen Bahnhöfe, Rolltreppen, WC-Anlagen, Betriebsräume. Immer wieder Bahnsteige und Zwischengeschosse. Alle menschenleer. Aber nur zwei Objekte kamen in Frage: der Geisterbahnhof Olympiastadion und dieser Maschinenraum. Dühnfort griff zum Telefon.

Es dauerte beinahe zwanzig Minuten, bis er Markus Schmied, den Anlagenverantwortlichen der S-Bahn München, am Telefon hatte. Da er keine weitere Zeit verlieren wollte, fragte er, ob Schmied Facetime oder Skype nutze. »Facetime«, sagte Schmied und meldete sich kurz darauf über diese Bildtelefonie-App.

Ein verschlafen wirkender Mann von Anfang vierzig erschien auf dem Monitor von Dühnforts Smartphone. »Hallo, Herr Schmied. Ich zeige Ihnen jetzt ein paar Fotos. Mich interessiert, wo sie aufgenommen worden sind und ob man dort jemanden verstecken könnte.«

»Wie meinen Sie das? Verstecken?«

»Gefangen halten. Sind Sie bereit?«

»Ja, gut. Schauen wir mal.«

»Also was ist das hier?« Dühnfort hielt sein Smartphone vor das Graffitibild.

»Das ist der stillgelegte Bahnhof Olympiastadion. Da kommt niemand mehr hinein. Vor drei Wochen haben wir die Türen verschweißen lassen, weil sie immer wieder aufgebrochen wurden.«

»Und das hier?« Dühnfort hielt das Handy vor das Bild mit der Treppe, die zwischen zwei Gleisen nach oben führte.

»Die Treppe befindet sich östlich vom Bahnhof Isartor im Tunnel. Sie führt an den Wehrkammertoren vorbei hinauf zum Notausstieg in der Steinsdorfstraße.«

»Und wo ist dieses Bild entstanden?« Dühnfort zeigte ihm die Aufnahme des Maschinenraums.

Die Antwort kam umgehend. »Das ist der Betriebsraum der Wehrkammertore. Woher haben Sie diese Fotos? Ohne Schlüssel hat dort niemand Zugang.«

»Offensichtlich hat unser Mann einen. Mit dem Bahnhof Olympiastadion sind Sie sich sicher? Man kommt nicht hinein?«

»Nur mit Schweißbrenner.«

»Haben Sie Zugang zum Betriebsraum der Wehrkammertore?«

»Natürlich.«

»Es gibt zwei Zugänge, wenn ich Sie richtig verstanden habe. Einen von unten über die Treppe im Tunnel und von oben über den Notausstieg in der Steinsdorfstraße. Wir treffen uns dort. Zwei Kollegen von der Streife werden Sie abholen.«

66

Die Angst um Anette fraß sich durch sein Innerstes. Schlaflos wälzte Jasper sich im Bett. Je länger er über Dühnforts Vermutung nachdachte, desto wahrscheinlicher schien sie ihm.

»Glauben Sie mir. Ich erlebe das oft genug. Jeder hat seine eigene Wahrheit.« Das hatte Dühnfort geantwortet, nachdem Jasper ihm von Tobis Ansprache bei der Verlobungsfeier erzählt hatte. *Jasper streitet nicht. Er sieht weg, wenn es Probleme gibt. Er sieht nichts, er hört nichts, und er sagt nichts.*

Es stimmte nicht. Er hatte nicht weggesehen. Doch es sah so aus, als hätte sich Tobi seine eigene Wahrheit gebastelt.

Schließlich war es so. Das hatte Tobi damals schon gesagt, als Jasper ihn nach seiner Aussage bei der Polizei zur Rede gestellt und ihm vorgehalten hatte, was für ein mieser Verräter er war. Tobi und Sasa hatten Mamas Geschichte einfach bestätigt, Jasper und nicht Papa hätte ihn mit dem Grillanzünder verletzt. *Schließlich war es so!* Hatte Tobi diese Lüge seither so oft wiederholt, dass er sie tatsächlich glaubte?

Dazu kamen noch die Anspielungen, Jasper hätte sich ein schönes Leben in England gemacht, die den unausgesprochenen Vorwurf enthielten, er habe seine Geschwister allein zurückgelassen und der Willkür ihres Vaters ausgeliefert. Ihn und Sasa. Und jetzt rächte er sich dafür? Das war schwer zu glauben.

In dieser schlaflosen Nacht erinnerte Jasper sich an unzählige Sticheleien, denen er keine größere Bedeutung beigemessen hatte. Ganz der schussfeste Hund, der er immer noch war! Tobis meist überraschende Besuche, über die Jasper sich manchmal gewundert hatte. War er am Ende nur gekommen, um ihn auszuhorchen? *Was macht die Stellensuche? Wie lief die Bewerbung? Nimm's nicht so schwer, beim nächsten Mal klappt es bestimmt.*

In den ersten Wochen nach Lis' Beisetzung war Tobi beinahe jeden Tag aufgekreuzt, um ihm beizustehen. Das hatte er jedenfalls geglaubt.

Was tat er Anette an, um sich an ihm zu rächen? Das war doch krank. Weshalb schrie Tobi ihm seine Verachtung nicht ins Gesicht? Warum ging er nicht mit Fäusten auf ihn los, passte ihn irgendwo ab und schlug ihn zusammen? Warum Lis? Weshalb Anette? *Weil Ihr Leid seine größte Freude ist.* Dühnforts Worte hallten in ihm nach. Tobi musste krank sein, wenn er zu so etwas fähig war.

Um halb fünf hielt Jasper es im Bett nicht mehr aus. Und auch nicht in der Wohnung. Er fühlte sich wie eingesperrt. Er musste etwas tun, obwohl Dühnfort ihn dazu verdonnert hatte, sich nicht einzumischen. Die Polizei verfügte über die besseren Möglichkeiten, Tobi zu finden. Und damit auch Anette.

Es durfte sich nicht wiederholen!

Er musste Tobi stoppen. Er musste etwas unternehmen. Die Ungewissheit war nicht eine Sekunde länger zu ertragen. Jasper zog sich an und schwang sich aufs Rad.

Die Nacht lag über der Stadt. Es war stockfinster und eiskalt. Schneegeruch lag in der Luft. In den Straßen war es noch ruhig, und nur das Licht der Laternen erhellte die Wege. Bis auf vereinzelte Frühaufsteher war niemand unterwegs. Jasper fuhr einfach los und stellte irgendwann fest, dass er auf dem Weg zu Tobi war. Als er sich dem

Wohnblock näherte, bemerkte er zwei VW-Busse mit der Aufschrift *Polizei*, die langsam die Straße entlangkamen, zwischen einem heruntergekommenen Spielplatz und einer aufgegebenen Fahrschule hindurchfuhren und auf dem verlassenen Parkplatz dahinter ausrollten. Die Lichter verloschen. Motoren erstarben. Kurz darauf folgten drei PKW. Darunter Dühnforts Kombi.

Leise verdrückte er sich samt Rad in die Grünanlage, verbarg sich in der Dunkelheit und beobachtete das Geschehen. Viel zu sehen gab es nicht. Ein paar Minuten später verschwand das Team des SEK im Haus. Kurz darauf folgten Dühnfort, seine Kollegen und ein hagerer Mann. Die Männer des SEK kehrten zurück, stiegen in die Busse und fuhren davon. Jasper wartete. Eine halbe Stunde verging, bis Dühnfort und seine Begleiter wieder erschienen. Allein. Tobi war nicht bei ihnen. Im Laufschritt steuerten sie ihre Fahrzeuge an. Motoren wurden gestartet, Lichter gingen an. Drei Wagen brausten davon.

Weshalb hatten sie Tobi nicht mitgenommen? Jasper ging ins Haus und spurtete nach oben. Die Wohnungstür hing notdürftig in den Angeln und war mit mehreren Polizeiaufklebern versiegelt. Tobi war also nicht daheim!

Was hatte Dühnfort in der Wohnung gefunden? Weshalb war er zu seinem Wagen gerannt? Wo war Anette?

Jasper wollte das Handy aus der Tasche ziehen, doch es lag auf der Ablage im Flur, wo er es gestern hingelegt hatte, als er nach seiner Nacht in Haft nach Hause gekommen war.

Zwei Stufen auf einmal nehmend, rannte er durchs Treppenhaus wieder nach unten, zog das Rad aus dem Gebüsch und raste nach Hause. Außer Atem stürmte er in seine Wohnung. Der Handy-Akku war noch immer leer. Das Ladekabel lag in der Küche, wo er es absichtlich liegen gelassen hatte, als er am Montag zu Anette ins Häuschen gefahren war, damit sie bei ihren Eltern Entwarnung gab, ohne dass er in die Sache hineingezogen wurde. Doch er steckte längst drin. War Teil von Tobis Plan und hatte keine Ahnung gehabt!

Er stöpselte das Handy an und wartete, dass der Ladebalken sich ein wenig füllte. Dabei verrauchte seine Wut, und die Angst gewann wieder die Oberhand.

Ein Signalton erklang. Jasper schrak hoch. Zwei Nachrichten waren eingegangen. Die eine war von vorgestern, die andere war gerade mal sechs Stunden alt. Beide kamen von einer unbekannten Telefonnummer, und bei beiden war ein Video angehängt.

67

Um Viertel vor sieben morgens hatte der Berufsverkehr längst eingesetzt. Dühnfort sah die tanzenden Lichtreflexe der Straßenlaternen auf dem Wasser, als er die Isar an der Ludwigsbrücke überquerte und die Meldung kam. Die Kollegen hatten begonnen, die Bahnhöfe Isartorplatz und Rosenheimer Platz zu räumen. Keine Lautsprecherdurchsagen. Möglichst geräuschlos wurden alle Zugänge, Treppen und Rolltreppen abgesperrt und Polizisten davor postiert, die den Zutritt verhinderten und die Personen auf dem Bahnsteig aufforderten, den Bahnhof ruhig zu verlassen. Es war eine Vorsichtsmaßnahme, denn noch wussten sie nicht, ob Torben Seyboth sich im Bereich der Wehrkammertore aufhielt. Sie befanden sich etwa hundertfünfzig Meter östlich des Bahnsteigs im S-Bahn-Tunnel. Falls er dort war, sollte er die Evakuierung besser nicht mitbekommen.

Auf der Ludwigsbrücke bildete sich vor der Ampel ein Stau. Dühnfort schaltete nur das Blaulicht ein, scherte auf die Trambahnspur aus und zog an der Fahrzeugkolonne vorbei. Bei Rot überquerte er die Ampel, bog in die Steinsdorfstraße ein – eine Einbahnstraße – und legte entgegen der Fahrtrichtung etwa fünfzig Meter auf dem Gehweg zurück.

»Was ist das denn?« Kirsten wies auf ein Bauzelt, das auf der freien Fläche zwischen Gehweg und den Häusern stand. Exakt an der Stelle, wo sich der Notausstieg befinden musste. Dühnfort hielt daneben, stellte Motor und Blaulicht ab und bemerkte einen weißen Kastenwagen hinter dem Zelt. An der Seite prangte ein Aufkleber: DB Station & Service.

Kirsten hatte ihn auch gesehen. »Torben ist hier. Schmied hätte Bauarbeiten erwähnt.«

Das Zelt war die perfekte Tarnung, um jemanden unauffällig in das Tunnelsystem zu bringen. »Er hat das alles von langer Hand geplant.« Dühnfort nahm die Waffe aus dem Holster, entsicherte sie und schob die offene Plane des Zeltes einen Spaltbreit beiseite. Der Augenblick der Anspannung ging vorüber. Der Ausstieg war geschlossen.

Er steckte die Waffe wieder ein und durchsuchte den Kastenwagen. Er war nicht abgeschlossen. Arbeitshandschuhe und ein Päckchen Kaugummi lagen auf dem Beifahrersitz. Im Heck entdeckte Dühnfort eine Rolle Duct Tape, ein Teppichmesser und eine schmuddelige Decke, unter der ein Ohrring lag. Ein Puzzleteil aus gehämmertem Silber, wie Jasper Seyboth ihn beschrieben hatte.

»Sie ist hier.« Er zeigte Kirsten das Schmuckstück. »Ruf Brandt. Wir brauchen ihn und sein SEK hier.«

Kirsten griff zum Telefon, und er betrachtete den Einstieg zur Unterwelt. Ein halbes Dutzend Metallpfosten begrenzten ein Karree, in dessen Mitte der Zugang zu den Wehrkammertoren lag. Er glich einem rechteckigen Gullydeckel, war allerdings deutlich größer, etwa zwei Meter lang und achtzig Zentimeter breit. An der einen Seite saßen in den beiden Ecken Metallscheiben mit Vertiefungen, die nur mit einem Spezialwerkzeug zu öffnen waren, an der anderen befanden sich Scharniere.

Eine Wagentür schlug hinter Dühnfort zu. Er wandte sich um. Alois kam. »Was ist das denn?«, fragte er beim Anblick des Zelts.

»Seyboths Tarnung.«

»Ganz schön clever. Sind die Kollegen mit Schmied noch nicht da?«

»Sie müssen jeden Augenblick kommen.«

Kaum hatte Dühnfort das gesagt, stoppte ein Streifenwagen hinter Alois' Mini. Alle vier Türen öffneten sich. Zwei Kollegen stiegen aus und mit ihnen der Anlagenverantwortliche für das Wehrkammertor, Markus Schmied. Ihm folgte ein kleiner kompakter Mann, der ein Werkzeug dabeihatte, das die Form eines T hatte. Der Schlüssel für den Notausstieg. Beide trugen orangefarbene Warnwesten über den wattierten Jacken und Arbeitsschuhe.

Irritiert musterte Schmied das Bauzelt, während er Dühnfort begrüßte. »Sie sind der Einsatzleiter?«

»KHK Dühnfort. Meine Kollegen Tessmann und Fünfanger.«

Schmied wies auf das Zelt. »Wir führen derzeit keine Baumaßnahme an den Toren durch.«

»Der Entführer hat es zur Tarnung aufgebaut.«

»Man kann den Zugang nicht einfach so öffnen, und auch in den Betriebsraum kommt man nur mit einem Schlüssel.«

»Er hat einen. Sie haben doch die Fotos gesehen. Haben Sie den Zugverkehr stoppen lassen?«

»Seit vier Minuten geht gar nichts mehr, und das mitten im Berufsverkehr. Die Medien werden uns schlachten.«

»Die Durchsagen ...«

Schmied nickte. »Werden alle fünf Minuten gemacht. Aufgrund eines Weichendefekts in einem Stellwerk kommt es zu Verzögerungen im S-Bahn-Verkehr.«

Alois schob die Hände in die Manteltaschen. »Klingt glaubhaft. Kommt ja häufig vor. Fünfzehn Minuten haben wir auf alle Fälle, bevor er Verdacht schöpfen wird.«

»Das SEK ist unterwegs.« Kirsten sah auf das Zelt. »Wenn wir nur wüssten, was er vorhat. Weshalb hat er Anette hierhergebracht, wo er doch offenbar ein gutes anderes Versteck für sie hatte?«

»Er will sie umbringen. Und dafür hat er wohl etwas Besonderes geplant. Sonst würde er das Risiko nicht eingehen.« Dühnfort wandte sich an Schmied. »Kann man die Schlösser des Notausstiegs von innen verschließen?«

»Ja, das funktioniert.«

»Und jetzt sind sie in verriegelter Position?«

»Die san zua.« Schmieds Mitarbeiter schob sich die Strickmütze aus der Stirn.

»Wie sieht es dort unten aus?«

Offenbar war das eine der Standardfragen, die Schmied schon hundertmal beantwortet hatte. Er spulte einen kleinen Vortrag ab. »Die S-Bahn-Stammstrecke befindet sich hier direkt unter uns in elf Metern Tiefe. Das klingt nach viel, ist aber für eine Isarquerung verhältnismäßig wenig, deshalb ist der Tunnel speziell abgesichert. Bei einem größeren Wassereinbruch oder einem Durchbruch der Isar würden die Wassermassen sofort in die tiefer liegenden Bahnhöfe Isartorplatz, Marienplatz, Sendlinger-Tor-Platz und Odeonsplatz fließen. Die Leute würden in den Zügen und auf den Bahnsteigen ertrinken. Damit das nicht passiert, haben wir Wehrkammertore eingebaut. Zwei fünfeinhalb Meter hohe und fünfundzwanzig Tonnen schwere Stahltüren – eine pro Fahrtrichtung –, die sich innerhalb von zwei Minuten schließen lassen. Diese beiden Tore befinden sich dort unten, zusammen mit der Steuerungseinrichtung. Der Betriebsraum ist auf der obersten Ebene. Von dort führt eine Treppe in mehreren Absätzen quer zum Tunnel hinunter und endet zwischen den Gleisen. Sie ist auf dem Foto zu sehen, das Sie mir vorhin gezeigt haben. Über jeder Tunnelröhre hängt eines der Tore. Ebene null ist der Tunnel. Die Tore sind nicht sichtbar. Auf Ebene eins sehen Sie die unteren Hälften der Tore, auf Ebene zwei die oberen. Dort sind sie bereits durch Gitter vor Zugriffen geschützt. Auf

Ebene drei befinden Sie sich über den Wehrkammertoren. Dort ist der Betriebsraum, direkt hier unter uns. Darin sind die Wellen und Ketten, mit denen sie heruntergelassen werden, und die Steuerungseinheiten dafür. Wie auf dem Foto zu sehen ist, ist der Raum zum Treppenhaus hin nur durch eine Wand aus Metallgittern abgetrennt. Sie können also von außen hineinsehen. Aber hinein können Sie nur mit Schlüssel.« Schmied zog ein Bund aus der Tasche.

»Gibt es außer dem Betriebsraum noch weitere Räume?«

»Nein. Nur das Treppenhaus.«

»Gut, dann gehen wir hinunter, sobald das SEK da ist.« Dühnfort wandte sich an Alois. »Du bleibst mit zwei SEKlern hier und nimmst Seyboth in Empfang, falls er durch den Notausstieg raus will. Ich gehe mit Kirsten zum Tunnel.«

»Ohne mich geht niemand in den Tunnel«, erklärte Schmied. »So sind die Vorschriften.«

»Die Sie jetzt ignorieren. Da unten sitzt ein mehrfacher Mörder, und ich werde Sie nicht der Gefahr aussetzen, dass er Sie erschießt oder als Geisel nimmt.«

68

Jasper fegte Teller und Tasse vom Küchentisch. Sie zerbarsten auf dem Boden. Scherben flogen umher. »Verfluchter Mistkerl! Tobi! Du Arschloch!«

Er sah sich die Absenderinformationen der Nachrichten an. Das erste Video war schon am Mittwochabend gekommen, als er in der Haftzelle gesessen hatte, und das zweite vor sechs Stunden.

Etwas in den Filmen kam ihm bekannt vor. Nur was? Jasper klatschte sich kaltes Wasser ins Gesicht. Wenn er Anette helfen wollte, musste er jetzt ruhig bleiben. Und er konnte ihr helfen, denn er kannte den Raum, auch wenn er im Moment nicht wusste, woher.

Er ließ die Videos ein zweites Mal ablaufen. Diesmal betrachtete er sie mit kühlem Blick. Wo hielt Tobi Anette gefangen? Wieder sah er sie zusammensacken. Hörte dumpf Tobis prasselnde Tritte, sah die glänzenden Stiefelkappen. Die Hemmungslosigkeit, mit der er ausholte und ihr den Grillanzünder ins Fleisch drückte. Ihren Schrei. Tobis Lust, ihr diesen Schmerz zuzufügen und ihn zu meinen. Die gemeine und hinterhältige Rache seines Bruders. Jasper sprang auf. Er hielt den Gedanken nicht aus, dass Tobi ihr all das seinetwegen antat! Er hatte ihn nicht verraten! Er hatte ihn beschützt. Er hatte zu ihm gehalten. Gemeinsam hatten sie die Misshandlungen ihres Vaters ertragen und das Wegsehen ihrer Mutter. Gemeinsam hatten sie die kleinen Fluchten zu Oma herbeigesehnt und gewünscht, dass die Ferien bei ihr nie zu Ende gehen würden. Gemeinsam hatten sie sich einen sicheren Ort zum

Wegträumen gesucht. Und plötzlich wusste er, wo Anette war.

Sie war in dem Keller, in den sie in ihrer Kindheit so oft hinabgestiegen waren, nachdem sie sich die schrecklichsten Szenarien ausgemalt hatten, was dort unten alles sein könnte, und Ratten und Schlangen die geringsten aller Schrecken darstellten. In ihrer Phantasie wurde er von Monstern, Bestien und Ungeheuern bevölkert, und ihre Geschichten endeten beinahe immer in einer Mutprobe: Wer traut sich hinunter?

Jasper riss die Jacke vom Haken, steckte das Handy in die Tasche und spurtete die Treppe hinab. Der Wagen parkte zwei Straßen weiter. Der Verkehr war dicht. Gott sei Dank wollten die meisten in die Stadt hinein. Er war in der anderen Richtung unterwegs. Dennoch dauerte es eine gefühlte Ewigkeit, bis er die Autobahnzufahrt erreichte und das Gaspedal durchtreten konnte.

Es war Viertel vor sieben, als er von der Landstraße auf einen Feldweg einbog, der nach zweihundert Metern in den Wald führte. Suchend sah er sich um, während der Wagen über Wurzeln und durch Schlaglöcher holperte und die Lichter der Scheinwerfer wie wild geworden durch den Wald tanzten. Alles sah so fremd aus. So verändert. Wie lange war er nicht hier gewesen? Fünfzehn Jahre, vielleicht auch sechzehn.

Er erinnerte sich an den Forstweg, der bei einem Findling abzweigte. Östlich davon lag ein kleiner See.

Hochnebel hing in der aufziehenden Morgendämmerung, und zwischen den Bäumen entdeckte er schließlich die schimmernde Oberfläche des Wassers. Der Weg gabelte sich vor dem Schilfgürtel, aus dem unter einem Gewirr von abgestorbenem Gebüsch der Findling hervorragte. Jasper bog ab und fuhr noch etwa fünfhundert Meter, bis der

Wald lichter wurde. Er ließ den Wagen stehen und ging zu Fuß weiter.

Vor ihm erstreckten sich auf einer Fläche von etwa zwei Quadratkilometern brachliegende Felder und Wiesen, die Wälder umgaben und nur über Wirtschaftswege erreichbar waren. Unmittelbar am Waldrand führte einer entlang. Ihm folgte Jasper ein Stück nach Süden, und kurz darauf sah er die Umrisse des Hauses im Morgengrau. Es war ihr Nimmerland. Und es war kleiner und verwahrloster als in seiner Erinnerung. Die Holzverkleidung war verrottet. Die Fensterläden hingen schief in den Angeln, und die Scheiben waren eingeschlagen. Wo einst ein Garten gewesen war, standen Unkraut und Gestrüpp mehr als einen Meter hoch. Ruhe lag über allem. Der Morgen war kalt und feucht. Kein Geräusch war zu hören und kein Lichtschein zu sehen. Trotzdem näherte Jasper sich leise von hinten. Brombeerranken verhakten sich in der Jeans. Er riss sie los, kroch durch ein Loch im Zaun und stand im Garten. Die verrotteten Reste der Schaukelseile hingen noch am Apfelbaum. Das Tor vorne gab es nicht mehr. Vor der zusammengefallenen Laube hatte der Frost den Brennnesseln den Garaus gemacht. Schlaff lagen sie am Boden. Zwei plattgewalzte Fahrspuren führten mitten hindurch und verschwanden dahinter. Jasper folgte der Spur und stand vor Tobis blauem Golf.

Unwillkürlich presste er die Kiefer aufeinander und ballte die Fäuste. Er würde Anette jetzt da rausholen. Und wenn Tobi dachte, dass er ihn daran hindern könnte, täuschte er sich.

Doch dann atmete er durch. Er war nicht wie sein Vater! Es war besser, sich nicht vom Zorn leiten zu lassen. Tobi war sicher bewaffnet, und seine Wut musste unbeschreiblich sein. Einen Augenblick überlegte Jasper, die Polizei zu rufen. Doch bis die hier sein konnte, war es vielleicht zu spät.

Er zog das Handy hervor und wählte Dühnforts Nummer. Nach dem fünften Klingeln schaltete sich die Mailbox ein. Er drückte das Gespräch weg, schrieb eine SMS und hängte die Videos an. Dann stellte er den Klingelton auf lautlos und ging ins Haus.

Drinnen war es nahezu finster. Er sah kaum die Hand vor Augen und benutzte schließlich das Handy als Taschenlampe. Im schwachen Lichtschein stieg er die morsche Kellertreppe hinab. Bei jedem Schritt ächzten die Stufen. Tobi musste ihn längst gehört haben. Es roch nach Abgasen. Am Fuß der Treppe erschienen im Lichtkegel ein Generator und ein Benzinkanister. Die Tür zum Kellerraum war neu und aus Metall, und sie stand offen. Da war niemand, das wusste Jasper, bevor er ihn betrat und der Lichtkegel des Handys ihn dürftig beleuchtete. Eine Matratze. Zwei leere Wasserflaschen. Die Kreideschrift an der Wand, die Jasper aus den Videos kannte. Lektion 1: Alltägliches. Lektion 2: Besonderes. Doch eine weitere Lektion war angeschrieben.

69

»Bitte beachten Sie: Aufgrund einer Weichenstörung kommt es derzeit zwischen Ostbahnhof und Hauptbahnhof zu erheblichen Verspätungen.« Die Lautsprecherdurchsage verhallte im menschenleeren Bahnhof.

Der Bahnsteig endete vor einer Wand. Rechts und links wurde sie von zwei hüfthohen Türen flankiert. Hier begann der Weg in den Tunnel. Vor einer standen Dühnfort, Kirsten und Brandt mit drei Kollegen des SEK. Zwei weitere warteten oben mit Alois am Notausstieg und drei am anderen Ende des Tunnelabschnitts, am Bahnhof Rosenheimer Platz. Somit waren alle Fluchtmöglichkeiten unter Kontrolle.

Einfach würde es nicht werden, einen Täter mit Geisel in einem engen Treppenhaus oder im Tunnel zwischen zwei Bahnhöfen zu stellen. Sie sprachen den Einsatz noch einmal durch, bevor Brandt das Zeichen zum Aufbruch gab und mit seinen Männern auf den schmalen Stegen verschwand, die in die Dunkelheit führten. Dühnfort entsicherte seine Waffe und sah auf die Uhr. Sieben Uhr neunzehn. Das Funksprechgerät in seiner Hand blieb still. Eine Minute verstrich und eine zweite. Der Sekundenzeiger erreichte wieder die Zwölf. Der Minutenzeiger sprang auf einundzwanzig. Kirsten stand neben ihm und lauschte wie er angespannt in die Stille. Die Lautsprecher über ihnen gingen knackend in Betrieb. Sie zuckte kaum merklich zusammen. »Bitte beachten Sie: Aufgrund einer Weichenstörung kommt es derzeit zwischen Ostbahnhof und Hauptbahnhof zu erheblichen Verspätungen.«

Kirsten wandte sich zu ihm um. »Die sind jetzt schon knapp drei Minuten drin. Wieso dauert das so lange?«

»Elf Höhenmeter. Drei Etagen. Wenn sie versuchen, leise zu sein, geht das nicht so schnell.«

Nach viereinhalb Minuten meldete Brandt sich über Funk. »Zielperson hat sich im Betriebsraum mit der Geisel eingeschlossen. Wir ziehen uns auf Ebene zwei zurück.«

Kirsten verzog das Gesicht. »*Shit!*«

»Du bleibst hier. Ich gehe rein.«

»Wir sind Partner. Ich komme mit.«

»Jemand muss hierbleiben, falls er abhaut. Hol dir einen Kollegen von der Schutzpolizei dazu. Für alle Fälle.«

Widerwillig stimmte Kirsten zu. Er drückte die Sprechtaste. »Ich werde mit ihm verhandeln und komme jetzt rein.«

»Verstanden.«

Dühnfort schaltete die Stablampe ein und öffnete die halbhohe Tür mit dem Verbotsschild, die für niemanden, der in den Tunnel wollte, ein ernstzunehmendes Hindernis darstellte. Vor ihm erstreckte sich der schmale Steg. Links lag das Gleisbett, einen knappen Meter tiefer, rechts ragte die Wand auf. Nach fünfzig Metern wurde der Steg breiter, es ging über zwei Stufen hinab auf eine Art Insel zwischen den Gleisen. Kalte Zugluft streifte Dühnfort. Es roch nach Staub und Dreck. Vor ihm tauchte eine Treppe im Schein der Taschenlampe auf. Grauer Beton, über und über mit Graffiti verziert. Dühnfort bemerkte einen Lichtschalter und betätigte ihn. Im schwachen Schein der Lampen führten die Stufen nach oben. Am Ende des ersten Absatzes bog die Treppe im Neunziggradwinkel ab. Er stieg den nächsten hinauf und erreichte die erste Ebene. Rechts und links neben ihm Wände aus Stahl in Führungsschienen wie gigantische Jalousien. Die unteren Hälften der Wehrkammertore. Auch sie voller Graffiti. Weiter oben rührte sich etwas. Brandt stand am nächsten Treppenabschnitt und winkte ihn zu sich. Dühnfort gesellte sich zu ihm und seinen Männern. Sie hielten sich auf der freien Fläche vor einem der Tore auf, die hier durch Gitter geschützt wurden. »Was ist passiert?«, flüsterte Dühnfort.

»Entweder hat er uns gehört und sich zurückgezogen, oder er hatte längst mitbekommen, was läuft, und sich bereits dort oben verschanzt. Als wir beim Betriebsraum ankamen, stand er jedenfalls darin. Die Frau als Schutzschild vor sich. Er ist zumindest mit einem Messer bewaffnet. Wir sollen verschwinden, sonst stirbt sie. Im Übrigen hat er wohl vor, das zu filmen. Er trägt eine Actioncam an einem Stirnband.«

»Wie ist er drauf?«

»Auf mich hat er ruhig und bestimmt gewirkt. Glaube nicht, dass er gleich durchdreht.«

»Und der Geisel geht es so weit gut?«

»Keinerlei sichtbare Verletzungen. Aber sie ist völlig verängstigt.«

»Ich rede mit ihm. Vielleicht kann ich ihn zum Aufgeben bewegen.«

Dühnfort stellte sich an den Treppenabsatz zur nächsten Ebene. »Herr Seyboth, mein Name ist Dühnfort. Kripo München«, rief er. »Wir müssen reden. Ich komme jetzt nach oben. Ist das in Ordnung?«

»Haut ab! Alle miteinander, oder die Frau wird sterben.«

»Wenn Sie jetzt aufgeben, kommen Sie einigermaßen heil aus dieser Nummer raus. Rücktritt von der Tat nennen Juristen das, und das wirkt sich enorm strafmildernd aus. Also ich komme jetzt rauf.«

»Das können Sie vergessen!«

»Und wie soll es dann weitergehen?«

Eine Weile war es still. Dühnfort wollte schon einen zweiten Versuch unternehmen, als die Antwort kam. »Lassen Sie mich überlegen. Und wehe, ich sehe Ihre Fresse. Dann ist sie tot.«

Plötzlich hatte Dühnfort ein schlechtes Gefühl. »Geht es Frau Körber gut?«

»Na klar.«

»Das würde ich gerne aus ihrem Mund hören.«

»Sie haben etwas nicht verstanden: Sie stellen hier gar keine Forderungen!«

»Ich verhandele aber nur mit Ihnen, wenn ich weiß, dass mit Frau Körber alles in Ordnung ist.«

Dühnfort hörte, wie Seyboth leise mit jemandem redete. Dann meldete Anette Körber sich. »Ich bin wohlauf. Bitte tun Sie, was er sagt.« Ihre Stimme zitterte. »Er möchte, dass Sie seinen Bruder herholen. Dann lässt er mich gehen.«

Was hatte er vor? Warum wollte er seine Geisel gegen seinen Bruder austauschen? »Okay. Ich sehe zu, was sich machen lässt«, rief Dühnfort nach oben. »Warum Ihr Bruder, Herr Seyboth?«

»Weil der Arsch es noch immer nicht kapiert hat, sonst wäre er längst hier!«

»Er weiß, dass Sie hier sind?«

»Wenn er so schlau ist, wie er glaubt, dann ja.«

Torben hatte seinem Bruder also eine Nachricht geschickt. Weshalb hatte Jasper sich nicht gemeldet? Dühnfort zog das Handy aus der Sakkotasche. Das heißt, er wollte. Doch es war nicht da. Es war auch nicht in der Hosentasche oder im Mantel. Es war weg! *Merde!* Mist!

»In Ordnung. Ich kümmere mich darum, dass Ihr Bruder hierhergebracht wird. Das wird allerdings ein wenig dauern.« Denn eines war klar: Er brauchte Beatrice Mevél hier, die Polizeipsychologin.

70

Jasper starrte auf die Schrift an der Wand. Lektion 3: Sasa. Was meinte Tobi damit?

Ihre Schwester hatte sich umgebracht. Er hatte es kommen sehen und nicht verhindern können. Er hatte nach ihr gerufen. Doch sie hatte ihn nicht gehört. Jasper schloss die Augen. Wieder hörte er Sasas Schrei, und seine Haut begann zu kribbeln. Durch seine Schuld! Durch seine große Schuld.

Hätte er doch nur … Doch er hatte nicht! Er ballte die Hände zu Fäusten und schlug gegen die Wand. Einmal und noch einmal. Er hatte es nicht getan! Und er konnte die Zeit nicht zurückdrehen!

Sasa. Die Kleine, die Zarte, die Stille, die alles sah und in sich aufnahm und schwieg, die sich unsichtbar machte und unter Tischen verkroch und in Schränken versteckte, die sich ihr eigenes Nimmerland auf dem Dachboden schuf und die einzige Möglichkeit, das Unerträgliche auszudrücken, schließlich in der Malerei fand. Er hatte ihre Bilder doch gesehen, als er sie in Düsseldorf besucht hatte. Düster und voller Bitterkeit und Aggression. Er wusste von zwei Selbstmordversuchen und hatte sie einfach ausgeblendet und nur an sich gedacht. Seine Schwester war ihm fremd geworden in all den Jahren, in denen er keinen Kontakt zu dieser Familie gehabt hatte, die seine war. Die an ihm klebte wie Teer.

Befangen hatten sie sich bei der Begrüßung am Bahnhof gegenübergestanden, und doch hatte Sasa sich gefreut, ihn zu sehen, und in ihr Atelier nach Oberbilk mitgenommen, das sie sich mit zwei Freundinnen teilte, die allerdings nicht da waren. Vielleicht wäre all das nicht geschehen, wenn sie nicht alleine gewesen wären.

Sie zeigte ihm ihre Bilder, dann kochten sie gemeinsam Spaghetti und tranken Wein. Zwei Flaschen. Irgendwann brachte er das Gespräch auf den Grund seines Besuchs und bemerkte selbst, wie widerwillig er dabei war.

Lis hatte ihn darum gebeten. Sie erwartete es von ihm. *Ihr seid Kinder gewesen. Du musst ihr das verzeihen. Dann wird es auch dir besser damit gehen. Fahr zu ihr. Mach reinen Tisch.*

Doch so einfach war das nicht, und er hatte es falsch angefangen. Betrunken, wie er war, hatte er ihr den ganzen Müll vor die Füße gekippt: seine Vorwürfe, seine Verbitterung und Frustration! Seine Enttäuschung. Er machte sich Luft und dachte nur an sich. Und dann war er einfach gegangen, hatte die Tür hinter sich zugeschlagen und sie damit allein gelassen. Dabei hätte er es wissen können!

Erst als er am nächsten Morgen verkatert in seinem Hotelzimmer aufgewacht war, dämmerte ihm, wie sehr er sie verletzt hatte. Er wollte sich entschuldigen. Und er musste endlich über seinen Schatten springen und tun, was Lis sich von ihm erhoffte. Aber erst brauchte er ein Aspirin und einen ordentlichen Kaffee. Er duschte lange, ließ sich Zeit beim Frühstück und fragte sich seither immer wieder, wo er die entscheidende Minute vergeudet hatte, die ihn schließlich eine S-Bahn knapp verpassen ließ. War ja nicht schlimm, hatte er gedacht. Die nächste kam in ein paar Minuten. Beim Essen am Abend zuvor hatte Sasa gesagt, dass sie im Atelier übernachten wollte. Also fuhr er dorthin. Als er aus der Bahn stieg, entdeckte er sie am Ende des gegenüberliegenden Bahnsteigs, etwa achtzig Meter entfernt. Etwas weiter entfernt standen eine Frau mit einem Rollkoffer und eine Mutter mit Kinderwagen. Sonst niemand.

Es war ein schöner Sommervormittag. Der Himmel war milchig blau, und die Sonne schien warm. Zwischen den Gleisen wucherten Giersch und Brennnesseln, und dazwischen blühte Klatschmohn. Zarte Blüten in brennendem Rot. Ein Tag wie geschaffen für einen Neubeginn. Für Verzeihen und Versöhnen. Als er Sasa dort stehen sah, mit den Doc Martens an den Füßen, die für ihre zarte Figur zu klobig waren, und der viel zu großen Lederjacke, war sie plötzlich wieder seine kleine Schwester, und sein Herz wurde für einen Moment ganz weit. Wir waren Kinder, dachte er, und dass Lis recht hatte. Er sollte ihr verzeihen.

Schwankend stand sie an der Bahnsteigkante. Ein Güterzug näherte sich, und er wusste auf einmal, was gleich passieren würde. Adrenalin jagte durch seinen Körper. Er schrie ihren Namen – Sasa! Nein! – und rannte los. Sie hörte ihn nicht, kippte einfach aus seinem Blickfeld und war weg. Bremsen quietschten. Jemand schrie. Er stolperte über eine Reisetasche, knallte mit dem Gesicht voran auf den Boden und blieb liegen. Er wollte nie wieder aufstehen.

Lektion 3: Sasa.

Noch immer blickte er auf die Worte an der Wand. Warum erteilte Tobi Anette Lektionen? Und plötzlich erkannte er seinen Denkfehler. Die Lektionen galten nicht Anette. Sie galten ihm. Er sollte lernen hinzusehen, hinzuhören und etwas zu unternehmen. Tobi wollte ihm seine angebliche Feigheit vor Augen führen. *Damn it*! Er hatte nicht weggesehen! *Jeder hat seine eigene Wahrheit*. Das hatte Dühnfort gesagt. Bei Tobi war das wohl so. Und tief in seinem Innersten wusste er, dass es bei ihm nicht anders war.

Lektion 1: Alltägliches. Tobi hatte Anette verprügelt und getreten, bis sie bewusstlos gewesen war. Schläge und Tritte hatten zum Standardrepertoire ihres Vaters gehört.

Lektion 2: Besonderes. Die Sache mit dem Grillanzünder war einmalig gewesen. Tobi wusste also ganz genau, wer ihm dieses Brandzeichen verpasst hatte!

Lektion 3: Sasa.

Und plötzlich verstand er, was Tobi vorhatte. Er wollte Anette vor einen Zug stoßen!

Diese Erkenntnis war ein Schock. Keuchend stieß Jasper die Luft aus. Und mit einem Mal wusste er auch, wo es passieren sollte. Bei diesem Tor im Tunnel. Er hatte die Bilder bei Tobi gesehen. »Ich werde dir den Raum mal zeigen«, hatte er gesagt, obwohl Jasper gar nicht danach gefragt hatte.

Der S-Bahn-Verkehr musste gestoppt werden! Mit zitternden Händen zog er das Handy hervor, wollte die 110 wählen. Im selben Moment klingelte es, und er ließ es vor Schreck beinahe fallen. Bitte keine Nachricht von Tobi, flehte er lautlos. Bitte kein weiteres Video.

71

Dühnfort beendete das Gespräch mit Jasper Seyboth und gab Kirsten das Handy zurück. »Er ist in der Nähe von Starnberg bei einem Wochenendhaus, in dem Tobi Anette gefangen gehalten hat. Die Kollegen aus Starnberg bringen ihn her.« Für alle Fälle, denn Dühnfort glaubte nicht, dass ein Gespräch zwischen den Brüdern sinnvoll war. Die Situation wäre nicht zu kontrollieren und die Gefahr, dass sie eskalierte, zu groß.

»Was macht er da? Etwa Amateurdetektiv spielen? Warum überlässt er das nicht uns?«

»Er hat versucht, mich anzurufen. Wenn ich nur wüsste, wo mein Handy ist. Jasper hat zwei Videos von Torben an mich weitergeleitet.«

»Wo hast du es denn zuletzt gehabt?«

»Im Auto. Glaube ich jedenfalls.«

»Vielleicht ist es dir aus der Sakkotasche gerutscht. Gib mir den Autoschlüssel. Ich sehe nach.«

»Das kann ich auch selbst machen.«

»Ich brauch ohnehin eine Nase frische Luft.«

Dühnfort reichte ihr den Schlüssel, setzte sich auf die Bank am Bahnsteig und wartete auf Beatrice Mevél. Er brauchte einen Plan, wie er Torben dort oben herausholen konnte, ohne dass es Tote und Verletzte gab. Beatrice war die Fachfrau für die menschliche Psyche und sollte ihm dabei helfen. Am Citylight-Plakat gegenüber erschien ein neues Motiv mit der Headline *Es ist noch nicht zu spät.*

Für Lis und Vroni war es das schon. Was ging in Torbens Kopf vor? Weshalb plötzlich diese Inszenierung mit den Videos, wo er doch bei Lis und Vroni unauffällig agiert und seine Spuren verwischt hatte? War ihm auf einmal egal, ob er aufflog?

Mit einem Ruck setzte sich die Rolltreppe in Betrieb und fuhr nach unten. Zuerst erschienen hochhackige Stiefel in Dühnforts Blickfeld, dann schlanke Beine. Der Saum eines moosgrünen Rocks, eine schwarze Cabanjacke. Ein rot geschminkter Mund und ein noch nicht ganz wacher Blick aus moosgrünen Augen. Beatrice Mevél trug stets ein Kleidungsstück, das zur Farbe ihrer Augen passte. Sie war zehn Jahre älter als er und eine erfahrene Psychologin. Er stand auf und ging ihr entgegen. »Guten Morgen, Beatrice.«

»Hallo, Tino.«

»Bist du geflogen?«

»Ich habe mich hergebeamt.« Sie lachte. »Nein. Nicht wirklich. Ich war auf dem Weg zum Dienst, und der führt übers Isartor. So profan ist das.« Sie trank einen Schluck Kaffee aus dem mitgebrachten Becher. »Eine Geiselnahme also. Am frühen Morgen. Wie ist die Lage?«

Dühnfort setzte sich mit ihr auf die Bank und berichtete, was passiert war und was er über die Familie Seyboth wusste. Er breitete seine Theorie aus, dass Torben Jasper die Schuld an seinem Scheitern gab. Der große Bruder, der die Geschwister nicht vor den Misshandlungen des Vaters geschützt hatte. »Torben gönnt ihm sein Glück nicht und verwandelt es in Unglück. Er tötet die Frauen, die Jasper liebt. Vor nicht ganz achtundvierzig Stunden hat er Anette Körber entführt. Eine Klientin und Freundin von Jasper. Bis vor ein paar Stunden hat er sie im Keller eines verlassenen Hauses gefangen gehalten. Das habe ich gerade von Jasper erfahren. Es gibt Videos davon. Sobald ich mein Handy habe, können wir uns die ansehen.«

»Wieso ist Torben jetzt mit seiner Geisel hier?«

»Er erteilt Lektionen. Die ersten beiden sind in den Videos zu sehen. Die dritte hat er angekündigt. Mit einem Hinweis auf Sasa. Sasa war die Schwester der beiden. Sie hat sich vor einen Zug gestürzt.«

Nachdenklich strich Beatrice Mevél eine Strähne hinters Ohr. »Bei den Opfern lagen zwei der weisen Affen. Seine Botschaften an den Bruder. Bei Lis hat Jasper sie nicht verstanden, und Vronis Leiche war derart gut versteckt, dass die Botschaft bei ihm nicht ankommen konnte. Vielleicht hat Torben das Vergnügen daran verloren, sich klammheimlich am Unglück seines Bruders zu weiden. Deshalb eskaliert das jetzt. Er will ihn zum Hinsehen zwingen. Außerdem verrät uns sein Vorgehen in den ersten beiden Fällen, dass er nicht unbedingt der große Planer ist und dass er eine irrsinnige Wut mit sich herumträgt. Wir sollten vorsichtig sein.«

Hinter ihnen erklangen Schritte. Kirsten kam mit dem Handy. »Es lag auf dem Fahrersitz.«

»Danke dir. Dann sehen wir uns die Videos an.« Dühnfort startete den ersten Film und trat innerlich einen Schritt zurück. Lektion 1: Alltägliches. Verwackelte Bilder. Jemand prügelte und trat auf Anette ein. Es waren nur Füße und Hände zu sehen.

Lektion 2: Besonderes. Dühnfort zuckte zusammen, als er den Grillanzünder sah und Anettes Schreie hörte.

»Hat der Vater das den Kindern angetan?«, fragte Beatrice.

»Auf alle Fälle hat er es Torben angetan.« Dühnfort erzählte, was er von Jasper dazu erfahren hatte. Von seinem Versuch, den Bruder zu schützen, und vom Angriff des Vaters, der beinahe tödlich gewesen war. Von Jaspers Mut, die Polizei einzuschalten, und von den Lügen der Eltern, denen sich die Geschwister angeschlossen hatten.

»Jasper fühlte sich also von ihnen verraten«, sagte Beatrice. »Und Torben hasst seinen Bruder. Er erteilt ihm Lektionen und zwingt ihn hinzusehen. Lektion 3: Sasa. Ich nehme an, dass er Anette vor die S-Bahn stoßen und das filmen wollte, um Jasper dann das Video zu schicken. Und das habt ihr ihm nun vermasselt.«

Dühnfort hatte eine andere Vermutung. »Er wollte ihn zusehen lassen. Live. Er hat gewusst, dass Jasper den Keller erkennen und dorthin fahren würde. Der Hinweis auf die dritte Lektion dort war für ihn bestimmt. Er sollte Jasper hierher locken.«

Beatrice war skeptisch. »Und woher kennt Jasper die Wehrkammertore?«

»Tobi hat ihm Fotos davon gezeigt«, erklärte Kirsten.

Beatrice nickte. »Jasper soll also zusehen, wie Anette stirbt. Und dann folgt ein großer Abgang. Nehme ich jedenfalls an. Torben hat bereits zwei Morde begangen und nichts zu verlieren. Gut möglich, dass er hinterherspringt, oder, besser noch, er legt es darauf an, erschossen zu werden. Dann ist er wieder mal das Opfer. Jasper darf auf keinen Fall zu ihm.«

Das war Dühnfort klar. »Du verhandelst jetzt mit ihm, und parallel dazu bringen wir die Scharfschützen in Position.«

»Das wird nicht einfach«, gab Kirsten zu bedenken. »Dort oben ist kein Platz.«

»Wir müssen das hinbekommen.« Dühnfort beschrieb Beatrice die Örtlichkeiten. »Der Betriebsraum ist ganz oben, direkt unter dem Notausstieg. Die Wand zum Treppenhaus besteht nur aus Gittern. Er hat alles im Blick. Wir können bestenfalls einen Schützen unterhalb des Treppenabsatzes platzieren. Von dort ist aber nur ein Teil des Raums einsehbar, und der Winkel ist ungünstig.«

»Wenn wir den Notausstieg öffnen, haben wir ihn von zwei Seiten im Visier«, schlug Kirsten vor.

»Und wie erklären wir ihm das?«

»Wir sagen, dass sein Bruder gleich hier sein wird und zu ihm runterkommt.«

»Und dann?«

»Verspätet er sich eben. Es gab einen Unfall oder Stau. Oder wir sagen ihm, dass Jasper es sich überlegt hat und doch nicht mit ihm sprechen will.«

Dühnfort ließ Brandt und Schmied kommen, um den Plan zu besprechen. Währenddessen begleitete Kirsten Beatrice in den Tunnel. Hoffentlich gelang es ihr, Torben zum Aufgeben zu bewegen. Die Besprechung dauerte nicht lange. Brandt gefiel die ganze Situation nicht. Er war skeptisch, was die möglichen Schusswinkel betraf. Das Gitter machte ihm Sorgen wegen möglicher Querschläger, außerdem hatten sie aus diesen beiden Positionen nur Teile des Raums im Visier. Die Psychologin sollte Torben möglichst nach vorne lotsen. Am besten aber wäre es, sagte Brandt, wenn sie den Kerl dort rausbetete, denn für die Unversehrtheit der Geisel könnte er unter diesen Umständen im Ernstfall nicht garantieren.

Es war zehn nach acht, als Brandt zu seinen Leuten in den Tunnel verschwand und Dühnfort mit Schmied den Bahnhof verließ, um den Notausgang zu öffnen, sobald Kirsten grünes Licht gab. Inzwischen waren die Kollegen aus Starnberg mit Jasper Seyboth eingetroffen, und er gab die Anweisung, ihn im Streifenwagen warten zu lassen. Vielleicht brauchten sie ihn doch noch.

Seit beinahe einer Stunde stand der S-Bahn-Verkehr in der Stammstrecke still. Als Dühnfort vor den Bahnhof Isartorplatz trat, war dieser weiträumig abgesperrt. Überall Polizisten und rotierende Blaulichter. Zwei Notarztwagen standen bereit und davor der geparkte Streifenwagen mit Jasper Seyboth. Als er Dühnfort sah, stieg er aus. »Eine Minute. Ich bin gleich wieder bei Ihnen«, sagte Dühnfort zu Schmied.

»Ist Tobi mit Anette wirklich dort unten?«, stieß Seyboth hervor. Die Anspannung war ihm anzusehen. Es war nicht Angst, die ihn beherrschte, sondern Wut.

Dühnfort spürte den unterdrückten Zorn, ein Vibrieren, das dicht unter der Oberfläche saß. »Beruhigen Sie sich. Wir versuchen, ihn zum Aufgeben zu bewegen. Das kann dauern. Möglicherweise Stunden. Aber wir kriegen das hin.« Es klang zuversichtlicher, als er war.

»Er will mit mir reden. Also lassen Sie mich zu ihm.«

»Alles zu seiner Zeit. Jetzt versucht es erst einmal unsere Psychologin. Was war eigentlich mit Sasa? Weshalb hat sie sich umgebracht?«

»Sie war depressiv. Es war schon der dritte Versuch, und der hat leider geklappt. Ich war dabei und konnte es nicht verhindern, und das wirft Tobi mir vor.« Jaspers Blick wich ihm aus. Da gab es also noch etwas.

Das Funksprechgerät knackte. Kirsten meldete sich. »Tobi hat Beatrice als Verhandlungspartnerin akzeptiert und ist einverstanden, dass wir den Notausstieg öffnen. Er hat eine Bedingung: Außer Beatrice darf sich niemand im Treppenhaus aufhalten.«

72

Eine halbe Stunde später saß Dühnfort mit Kirsten in dem Bauzelt vor dem geöffneten Notausstieg. Die Wolken hingen tief über der Stadt. Jeden Moment konnte es zu regnen beginnen, und das war das Letzte, das sie jetzt brauchten.

Wie Kirsten trug Dühnfort einen Knopf im Ohr. Sie folgten dem Gespräch, das Beatrice Mevél drei Meter tiefer vor dem Gitter führte. Ein Mikro an ihrer Jacke zeichnete es auf. Auch Brandt hörte zu. Seine Männer waren geräuschvoll abgezogen und lautlos zurückgekehrt. Da Brandt einer der besten Scharfschützen der bayerischen Polizei war, hatte er die schwierige Position selbst eingenommen und befand sich am oberen Ende des zweiten Absatzes, auf Bodenhöhe des Betriebsraums und im Sichtschutz des gigantischen Kettenantriebs, mit dem die Tore herabgelassen wurden. Er musste sich absolut still verhalten. Am unteren Ende des Absatzes warteten zwei seiner Männer mit Blendgranaten und dem Schlüssel, den Schmied ihnen ausgehändigt hatte.

Dühnfort gegenüber lag ein weiterer Scharfschütze auf einer Isolierfolie vor dem Notausstieg. Sein Sichtfeld und damit sein Aktionsradius waren beschränkt, und Dühnfort hoffte, dass es Beatrice gelang, Torben zur Aufgabe zu bewegen.

Bisher lief es gut. Sie hatte ihm erklärt, dass Jasper sich verspäten würde. Es hatte einen Unfall gegeben. Der Streifenwagen, mit dem er gebracht werden sollte, war von einem Lastwagen abgedrängt worden und hatte die Leitplanke touchiert. Nicht weiter schlimm. Aber Jasper hatte leichte Verletzungen davongetragen und musste zur ambulanten Versorgung ins Krankenhaus. Es dauerte also noch. Beatrice fragte, ob Torben und Anette vielleicht etwas essen und trinken wollten. Er bestellte Kaffee und Brezen. Anette wollte nur einen Becher Tee. »Die Kollegen werden alles bringen«, sagte Beatrice.

»Sie allein, habe ich gesagt! Alle anderen sollen sich von der Treppe verpissen!« Das Gitter schepperte. Torben musste dagegengetreten haben. Dühnfort gefiel das nicht. Der Mann stand unter Strom. Beatrice sollte ihn beruhigen.

»Ich bin allein. Die Kollegen hören nur mit. So können wir schneller auf Ihre Forderungen reagieren.« Beatrice' Stimme war wie immer bestimmt, aber ruhig.

»Die Frau, die vorhin bei Ihnen war, soll das Essen bringen und noch zwei Flaschen Wasser, und dann verziehen Sie sich beide.«

Kirsten flüsterte: »Er richtet sich ein, um auf Jasper zu warten. Das ist gut. Ich mach dann mal das Catering.«

»Lass dir Zeit. Je später du kommst, umso länger kann Beatrice mit ihm verhandeln.«

»Okay.« Kirsten verschwand aus dem Zelt und ließ den Eingang offen.

Dühnfort drückte den Knopf fester ins Ohr und sah zum Streifenwagen hinüber, in dem Jasper Seyboth saß. Er hatte den Kopf in den Nacken gelehnt und die Augen geschlossen. Doch das Bild trog. Die aufeinandergepressten Kiefer und hochgezogenen Schultern verrieten seine Anspannung.

»Frau Körber kann sich kaum noch auf den Beinen halten. Kann sie sich vielleicht hinsetzen?«, fragte Beatrice.

Torben antwortete nicht.

»Es schwächt Ihre Position nicht, wenn sie sich setzen darf.«

»In Ordnung. Man ist ja kein Unmensch.«

Dühnfort hörte, wie ein Stuhl gerückt wurde, und sah

auf die Skizze, die Kirsten von dem Raum gemacht hatte. Ein Tisch mit zwei Stühlen befand sich in der linken Hälfte nahe der Rückwand. Anette war aus dem Schussfeld. Fürs Erste jedenfalls.

»Danke«, sagte Beatrice. »Und ich halte Sie auch nicht für einen Unmenschen. Das war wohl eher Ihr Vater: ein Unmensch.«

»Lassen Sie den aus dem Spiel!«

»Sollen wir über Sasa sprechen?«

»Dieses Psychologengelabere bringt nichts.«

»Die Situation hier dreht sich aber um Sasa. Jasper hat Ihre Nachricht gefunden.«

»Dann soll er seinen Arsch hierhin bewegen.«

»Wie gesagt: Das wird noch dauern.«

Eine Weile blieb es dort unten still. Dühnfort rieb die Hände aneinander und sah seinen Atem in der kalten Luft kondensieren. Der Scharfschütze wechselte seine Liegeposition.

»Sasa war Ihnen wichtig. Sie vermissen Ihre Schwester«, fuhr Beatrice fort.

»Also gut. Reden wir über Sasa. Aber das wird nichts ändern. Natürlich fehlt sie mir. Wir waren Geschwister und haben uns geliebt. Wir haben zusammengehalten. Sasa und ich. Denn Jasper hat sich auf die Seite des Alten geschlagen. Wenn der mich verdroschen hat, war es meine Schuld. *Warum provozierst du ihn auch? Warum tust du nicht, was er sagt?*« Torben äffte die Stimme seines Bruders nach. »Aber meistens hat er so getan, als ob er es nicht mitkriegt, wenn es Sasa und mich erwischt hat. Er hat die drei Affen gegeben. Und dann hat er sich nach England verdrückt. Aber vorher hat er mir noch ein Brandzeichen verpasst. Mit dem Grillanzünder. Wollen Sie es sehen?«

Etwas raschelte.

»Das war Jasper?«, fragte Beatrice. »Grundgütiger.«

»Damit er nach England durfte. Er hat gute Schulen besucht, er hat studiert und sich ein tolles Leben aufgebaut, während Sasa und ich die Fußabtreter unserer Eltern waren. Für uns hat niemand den roten Teppich ausgerollt.«

»Damit ich das richtig verstehe: Ihr Vater hat von Jasper verlangt, dass er Sie mit dem Grillanzünder verletzt. Das war seine Bedingung für einen Schulaufenthalt in England?«

»Hinterher hat er es bestritten und Sasa und mich Verräter und Lügner genannt. Das müssen Sie sich mal geben. *Er* haut nach Cardiff ab, liefert Sasa und mich dem Alten aus und nennt *uns* Verräter. Als er zurückkam, waren wir für ihn gestorben. Und dann ist er zu Sasa gefahren. Angeblich, um ihr zu verzeihen, am Ende war sie tot. Und dafür muss er bezahlen!«

»Was ist passiert?«

Wieder blieb es eine Weile still.

»Ich weiß, dass Sasa sich vor einen Zug geworfen hat«, sagte Beatrice. »Aber wie ist es dazu gekommen? Was wollte Jasper Sasa verzeihen?«

»Nicht er wollte das, sondern Lis. Seine Freundin. Unseren angeblichen Verrat sollte er uns vergeben. In seinen Augen waren ja wir die Verräter. Wenn Sie mit ihm reden, werden Sie eine andere Version der Geschichte mit dem Grillanzünder zu hören bekommen. Angeblich hat unser Vater das getan. Angeblich hat Jasper sich ihm in den Weg gestellt, und daraufhin hat der ihn fast erwürgt. Jasper behauptet, dass er ihn angezeigt hätte und alles anders gekommen wäre, wenn Sasa und ich nicht gelogen hätten, als die Bullen kamen. Deswegen wäre er nach England gegangen. Weil wir ihn verraten haben, sagt er. Er verdreht alles.«

»Jasper wollte diese alte Geschichte also bereinigen. Er wollte Frieden mit Sasa schließen.«

»Hat er aber nicht. Das hat er Ihnen nicht erzählt, oder? Aber sie hat mich angerufen in dieser Nacht. Es ging ihr echt scheiße. Weil er ihr wieder die alten Vorwürfe gemacht hat. Sie war auch so schon in einer schlimmen Phase und musste wieder ihre Tabletten nehmen, und da kommt er und versetzt ihr den Dolchstoß. Genauso gut hätte er sie selbst vor den Zug stoßen können. Wenn einer kein Recht auf Glück hat, dann ist er das! Nach Sasas Selbstmord wollte ich ihn umbringen. Doch das wäre noch zu gut für ihn gewesen. Und jetzt ist genug geredet.«

Noch lange nicht, dachte Dühnfort. Torben Seyboth hatte offensichtlich ein immenses Mitteilungsbedürfnis. Wenn er weiterredete, standen die Chancen gut, dass Beatrice ihn so weit brachte, dass er Anette gehen ließ.

»Es ist verständlich, dass Sie sich an ihm rächen wollen«, sagte Beatrice. »Aber Sie ruinieren sich Ihr eigenes Leben. Das ist Jasper nicht wert. Gönnen Sie ihm diesen Sieg nicht.«

»Mein Leben ist längst ruiniert. Sie wissen doch, was ich getan habe.«

»Und jetzt planen Sie den großen Abgang.«

»Ja«, antwortete Torben ruhig.

»Aber vorher erteilen Sie Ihrem Bruder eine letzte Lektion.«

»Ja«, wiederholte er ebenso ruhig. Sein Tonfall jagte Dühnfort einen Schauer über den Rücken.

»Frau Körber hat mit alldem nichts zu tun. Lassen Sie sie gehen.«

Eine Sekunde verstrich und noch eine. »Okay. Komm her«, sagte Torben schließlich. Das Scharren des Stuhls war zu hören, dann Schritte. »Du sollst herkommen!« Geräusche folgten. Dühnfort stellte sich vor, wie er Anette am Arm packte und sie an sich riss. Woher kam das Gefühl, dass hier gerade etwas schieflief?

»Sie haben mich angelogen.« Torbens Stimme war leise, beinahe gelassen. »Jasper wird nicht kommen. Sie wollen ihn nicht zusehen lassen. Aber Sie können es nicht verhindern.«

Im selben Moment hörte Dühnfort die Erkennungsmelodie der Facetime-App. Um den Bruchteil einer Sekunde versetzt, klang sie von zwei Seiten zu ihm. Er sprang auf, rannte zum Streifenwagen. Jasper saß auf der Rückbank und zog das Handy aus der Tasche. Dühnfort riss die Tür auf und schlug es ihm aus der Hand. »Zugriff!«, brüllte er. »Zugriff!«

73

Es war acht Uhr abends, als Dühnfort von einem Geräusch aufwachte und ein schmaler Lichtstreifen durch die geöffnete Tür ins Zimmer fiel. Immerhin drei Stunden hatte er geschlafen, nachdem er fünfunddreißig Stunden durchgearbeitet hatte.

Leise kam Gina herein. »Bist du wach?«

»Mehr oder weniger«, sagte er und setzte sich auf.

Sie nahm neben ihm auf der Bettkante Platz und umarmte ihn. »Puh. Deine Haare stinken.«

»Die Klamotten auch.« Der Geruch kam von der Blendgranate. »Ich gehe unter die Dusche.«

»Und ich bestelle uns inzwischen etwas zu essen. Indisch, italienisch oder magst du Sushi? Der Kühlschrank ist leer, und ich hatte keine Zeit einzukaufen.«

»Lass uns doch zu Antonio gehen.«

Eine halbe Stunde später betraten sie das *Bistro Gerard* an der Ecke. Es trug einen irreführenden Namen, denn der Inhaber war weder Franzose, noch kochte er französisch. Antonio kam aus Verona, und auf der Speisekarte standen immer auch einige traditionelle Veroneser Gerichte.

Es war Freitagabend und das Lokal bis auf den letzten Platz besetzt. Dühnfort hatte seit gestern nichts Vernünftiges gegessen und sich auf ein Bollito Misto gefreut. Sie wollten schon wieder gehen, als Antonio sie entdeckte. »Ciao, Gina. Ciao, Tino. Der Tisch am Fenster wird gleich frei. Trinkt inzwischen einen Aperitivo an der Bar.«

Gina bestellte eine Rhabarberschorle, und Dühnfort schloss sich solidarisch an, obwohl er lieber einen Campari

Soda genommen hätte. »Und jetzt erzähl mal«, sagte sie. »Bisher weiß ich nur, womit Leyenfels sich bei der Pressekonferenz geschmückt hat und was der Buschfunk so verbreitet. Schwieriger Ort für einen SEK-Einsatz. Ein Wunder, dass es keine Toten oder Verletzten gegeben hat.«

Das stimmte. In dem Moment, als ihm klargeworden war, was Torben plante, hatte er das Schlimmste befürchtet. Eine ermordete Geisel und einen vom SEK erschossenen Geiselnehmer. Doch die Blendgranate hatte ihre Wirkung in dem engen Raum voll entfaltet. Mit ohrenbetäubendem Knall und extrem hellem Licht war sie explodiert, und Torben Seyboth hatte für kurze Zeit die Orientierung verloren. Diese Zeitspanne hatte Gott sei Dank ausgereicht, um in den Raum einzudringen, ihn zu überwältigen und Anette Körber zu befreien.

»Und wieso ist das plötzlich derart eskaliert?«, fragte Gina.

»Beatrice hat nicht aufgepasst. Sie hat mit einer Bemerkung angedeutet, dass wir verstanden haben, dass er Anette vor Jaspers Augen töten will. Und damit war für ihn klar, dass wir seinen Bruder niemals zu ihm lassen würden. Es gab nur noch eine Möglichkeit, Jasper direkt daran teilhaben zu lassen. Facetime.«

»Liveübertragung per Smartphone. Das ist abartig.« Gina schüttelte den Kopf. »Und danach *Suicide by Cop*? Wie sieht es mit seiner Schuldfähigkeit aus?«

»Das muss ein Gutachter prüfen. Mir schien er voll zurechnungsfähig zu sein. Ich werde ihn morgen vernehmen. Es ist jedenfalls eine Geschichte von Neid und Verrat, von Hass und Eifersucht. Vor allem aber von Gewalt.«

Dühnfort erzählte Gina, wie nahe sich Torben und seine Schwester Sasa gestanden hatten, nachdem Jasper mit sechzehn nach England gegangen und nicht zurückgekommen war. Nicht einmal in den Ferien. Er hatte seine Geschwister im Stich gelassen und dem prügelnden Vater und der wegsehenden Mutter ausgeliefert. So sah Torben das, während Jasper sagte, er sei geflohen, nachdem seine Anzeige bei der Polizei am Verrat seiner Geschwister gescheitert war, sonst hätte sein Vater ihn früher oder später totgeschlagen.

Sasa und Torben hatten sich aneinandergeklammert und waren immer füreinander da gewesen. Doch Sasa wurde depressiv, unternahm einen Selbstmordversuch mit sechzehn und einen weiteren mit zwanzig. Nach einem Streit mit Jasper hatte sie es ein drittes Mal versucht und diesmal mit fatalem Erfolg. »Torben gibt Jasper die Schuld an Sasas Tod und auch an seinem eigenen Versagen im Leben.«

»Eine beliebte Strategie. So ist es einfacher. Und welche Version der Geschichte mit dem Grillanzünder stimmt nun?«

»Ich weiß es nicht. Jeder der beiden hat seine eigene Wahrheit, und die wird nur schwer zu erschüttern sein. Ich glaube nicht, dass der Vater sich dazu äußern wird. Und die beiden Zeuginnen des Vorfalls sind tot. Wir werden sehen.«

Eine Menge Arbeit lag noch vor ihm und seinem Team, bis dieser Fall vollständig geklärt war, der Ermittlungsbericht geschrieben und ein Doppelmörder und Entführer vor Gericht gestellt werden konnte.

Antonio winkte ihnen. Ihr Tisch war frei. Sie setzten sich, und plötzlich fasste Gina an ihren Bauch.

»Ist alles in Ordnung?«

»Aber sicher.« Sie lächelte. »Chiara findet, dass wir uns zu viel mit der Arbeit beschäftigen und zu wenig mit ihr.«

»Sie bewegt sich?«

»Sie hat mich getreten. Jetzt grad wieder. Fühl mal.«

Dühnfort wechselte die Tischseite, legte seine Hand auf Ginas Bauch und spürte es auch. Sachte Tritte von winzigen Füßchen. Es war ein Moment von reinem Glück, in dem er alles andere vergaß.

74

Über das Wochenende hatte ein Atlantikhoch den Himmel blank gefegt. Die Sonne schien, doch der Schein trog. Ein eisiger Nordwind blies über den Planegger Friedhof, als wollte er die Schar der Trauergäste verjagen. Marion und Uwe hielten sich vor dem offenen Grab an den Händen. Trauerfeier und Urnenbeisetzung waren vorüber. Einige Nachbarn waren gekommen und ein paar junge Leute, von denen Marion so gut wie niemanden kannte. Zwei Kolleginnen von Vronis Kosmetikschule und eine ehemalige Arbeitgeberin. Der letzte Trauergast warf eine Rose zu Vronis Urne hinunter. Ein junger Mann mit einer merkwürdigen Frisur. Oben lang, die Seiten dafür sehr kurz und mit ausrasierten Mustern versehen. Er trug Jeans und einen Parka. Nicht gerade passend für einen solchen Anlass, dachte Marion. Zusammen mit Uwe nahm sie seine gemurmelte Beileidsbekundung entgegen und sah ihm noch einen Moment nach.

Natalie rieb die Hände aneinander und schob sie in die Taschen ihres Steppmantels, der bei ihrer Figur alles andere als vorteilhaft aussah. Ihre Trauerrede war kurz gewesen, dafür aber gefühlvoll und mit einigen Anekdoten aus Vronis Leben gespickt. Widerwillig musste Marion sich eingestehen, dass Natalie der Veranstaltung mit ihrer kleinen Ansprache Feierlichkeit und Würde verliehen hatte, ohne dass das Menschliche zu kurz gekommen wäre. Sie hatte das wirklich gut gemacht. Natalies fragender Blick war wieder da. Wie schon am Ende der Trauerrede. Sie hatte vergessen, zu fragen, ob ein Leichenschmaus geplant war und ob sie die Trauergäste dazu am Ende ihrer Rede einladen sollte, wie es üblich war. Marion war das nur recht gewesen, denn es ersparte ihr eine Auseinandersetzung vor der Feier. Nach dem Streit mit Uwe wegen der Bestattungskosten hatte sie sich gegen ein Essen entschieden. Weshalb sollten sie wildfremde Leute einladen?

Der Friedhofsarbeiter, der das Ende der Zeremonie ein Stück entfernt abgewartet hatte, näherte sich gemessenen Schritts mit der Schaufel in der Hand. Es war Zeit zu gehen. Da sie Natalie nicht einfach so abfertigen konnte und ihr für die schöne Ansprache dankbar war, schlug Marion schließlich doch ein Gasthaus fürs Mittagessen vor. Uwe musste in die Klinik. Ein unaufschiebbarer Termin. Vor dem Friedhof nahm er sie in den Arm, fragte, ob sie den Rest des Tages alleine durchstand, und gab ihr einen Kuss, als sie nickte.

Das Essen mit Natalie ging schnell vorüber. Marion bot ihr keine Angriffsfläche, sie ließ jede Kritik an sich abperlen, dankte Natalie aber für die gefühlvolle Rede und verabschiedete sich kurz vor halb zwei von ihr.

Im Haus war es zu warm. Das Sonnenlicht im Wohnzimmer blendete. Diese Helligkeit ging Marion auf die Nerven. Mit einem Ruck ließ sie die Jalousien halb herunter und setzte sich mit einem Glas Prosecco aufs Sofa.

Veronikas Mörder war gefasst. Ein Mann, den sie nicht gekannt hatte und der sie offenbar nur deshalb getötet hatte, um seinem Bruder ein Leid zuzufügen. Es war absurd, geradezu grotesk. Der Kerl hätte seinen Bruder erschlagen sollen und nicht Veronika, die mit alldem nichts zu tun hatte. Ein Verrückter, der so etwas tat. Marion leerte das Glas, ging in die Küche und schenkte sich nach. Auf der Theke lagen die Prospekte der Wintergartenhersteller. Uwe hatte ihr freie Hand bei der Planung gelassen und bei den Kosten einen großzügigen Rahmen gesetzt. Es war seine Art, sich für die Ohrfeige zu entschuldigen. Jetzt fehlte ihr allerdings die Ruhe, um sich damit zu beschäftigen. Also legte sie sie beiseite und sah aus dem Fenster. Der Wind trieb ein paar vertrocknete Blätter vor sich her über die menschenleere Straße, und Marion stellte sich für einen Moment vor, dass niemand in diesen Häusern wohnte, in diesem Ort, auf dem ganzen Planeten, dass er verlassen war und sie der einzige Mensch. Ein nie gefühltes Grauen ergriff sie. Hastig wandte sie sich ab und trank das Glas aus.

Etwas war heute zu Ende gegangen. Tief in sich spürte sie eine Unsicherheit, die sie ganz unruhig machte. Sie wanderte durchs Haus. In Vronis Zimmer lagen die Farbkarten auf dem Fensterbrett. Sie sah sie durch und legte sie wieder weg. Sie konnte jetzt nicht darüber nachdenken, wie sie das Zimmer für Rahja gestalten wollte. Im Schlafzimmer war alles sauber und ordentlich. Nur die Tagesdecke hatte eine Falte. Sie strich sie glatt und dachte plötzlich, dass sie Uwe verlassen sollte.

Das war ein merkwürdiger Gedanke. Warum sollte sie das tun? Es gab keinen Grund. Uwe war der Mann, den sie immer gewollt hatte.

Sollte sie ihm endlich die Wahrheit sagen? Die Wahrheit, dass sie fünfundzwanzig Jahre geglaubt hatte, dass Vroni Joshs Tochter wäre und nicht seine, dass sie dieses Kind hätte lieben können, wenn sie die Wahrheit gekannt hätte?

Ein trockener Schluchzer stieg aus ihrer Kehle auf. Sie ließ sich auf das Bett fallen und weinte. Es war so entsetzlich. Wieder spürte sie diesen Abgrund in sich, in den sie zu fallen drohte. Dieses brennende Gefühl, völlig versagt zu haben, das sie begleitete, seit sie die Wahrheit kannte.

Wenn sie es doch nur nie erfahren hätte!

Sie könnte weiterleben wie bisher.

Mit einem Ruck setzte sie sich auf. Wer sagte denn, dass das überhaupt stimmte? Auch Kriminaltechniker konnten sich irren. So etwas kam vor. Vermutlich häufiger als allgemeinhin bekannt. Marion nahm ein Kleenex aus der Nachttischschublade und schnäuzte sich.

Zu neunundneunzig Prozent, hatte Dühnfort gesagt. Es war also alles gar nicht sicher! Erst vor zwei Wochen hatte sie einen Bericht über Forensik im Fernsehen gesehen. DNA-Analysen waren hochkomplex. Es gab zahlreiche Fehlerquellen. Proben wurden vertauscht oder kontaminiert. So musste es sein. Ein Fehler im Labor!

Marion atmete durch. Man sollte auf seine innere Stimme hören. So hieß es doch immer wieder. Und sie wusste seit fünfundzwanzig Jahren, dass Josh Vronis Vater war und nicht Uwe. Und so war es. Es konnte nicht anders sein. Sie hatten sich vertan. Was für eine Schlamperei!

Die Unruhe wich. Im Bad trocknete Marion sich sorgfältig die Augen und erneuerte ihr Make-up. Es war Zeit, wieder nach vorne zu blicken und weiterzumachen. In Vronis Zimmer nahm sie die Farbmuster zur Hand. Rahja sollte es hier hübsch haben, wenn sie Anfang Januar kam. Zuerst mussten die Möbel raus und dann der Teppichboden. Neue Vorhänge brauchte sie auch.

Es war unverantwortlich von Kommissar Dühnfort, sie mit einem nicht verifizierten Ergebnis derart zu verunsichern. Aber sei es drum. Sie würde nicht gegen ihn vorgehen und jetzt keinen Gedanken mehr an dieses leidige Thema verschwenden. Sie hatte weiß Gott anderes zu tun.

75

Anette richtete sich im Krankenhausbett auf. Das Schmerzmittel half nicht wirklich. Sie fühlte sich völlig zerschlagen. Überall Prellungen und blaue Flecken. Sie suchte nach einer erträglichen Position. Auch die gebrochene Rippe machte sich bemerkbar, obwohl ihr Brustkorb bandagiert war und die Brandwunde am Rücken verarztet. Die hatte sich entzündet und sah schlimm aus. Hoffentlich gab es eine Möglichkeit, die Narbe, die unweigerlich zurückbleiben würde, zu entfernen. Ein Hautarzt würde das mit ihr besprechen, hatte die Ärztin gesagt, die heute zur Visite gekommen war.

Vom Nachttisch nahm sie den Laptop, den ihre Eltern mitgebracht hatten, und startete ihn. Es war Zeit, an die Zukunft zu denken. Auf der Webseite der IHK vertiefte sie sich in das aktuelle Weiterbildungsprogramm.

Kurz vor zwölf kam eine Frau herein, die das Mittagessen brachte und in gebrochenem Deutsch guten Appetit wünschte. Immerhin verstand Anette, was sie sagte, obwohl noch immer alle Geräusche wie durch Watte gefiltert zu ihr drangen. Die vorübergehende Schwerhörigkeit war Folge des Knalls, mit dem die Blendgranate explodiert war.

Das war der Augenblick gewesen, in dem sie geglaubt hatte, sterben zu müssen. Und mit diesem Gedanken kehrte die Angst zurück. Wieder spürte sie, wie ihr Entführer das Messer an ihren Hals setzte. Kalter, scharfer Stahl, und sie wagte nicht zu atmen. Wieder sah sie das Smartphone in seiner Hand und erinnerte sich an ihren absurden Gedanken, ob er ein Selfie machen wollte.

Ihre Finger verharrten zitternd einen Augenblick über

der Laptop-Tastatur. Dann schob sie jede Erinnerung an diese Tage und Stunden beiseite und konzentrierte sich auf das Kursangebot.

Instinktiv wusste sie, dass sie Abstand brauchte, um damit fertig zu werden, was Jaspers Bruder ihr angetan hatte. Vielleicht mit Hilfe eines Therapeuten. Etwas in ihr war zerstört worden. Ihr Urvertrauen in die Menschen. Ihr naiver Glaube, dass niemand ganz und gar böse war. Ihr Optimismus, alles würde sich irgendwie immer zum Guten wenden, war verschwunden. Wobei es in ihrem Fall ja so gewesen war. Alles war gut. Aber nicht wirklich. Sie lebte zwar, doch das Fundament, auf dem ihr Leben stand, hatte sich verändert. Von Beton zu Treibsand.

Sie las die Beschreibung eines Kurses mit dem Titel *Erfolgreich selbständig werden*, der im Februar startete. Genau das suchte sie. Die Gebühren waren allerdings happig. Die Jobsuche stand als nächster Punkt auf ihrer Liste. Außerdem wollte sie zurück in ihre Wohnung. Sie musste Mittermeyer endlich die Stirn bieten, wie Jasper es genannt hatte.

Bisher hatte er sich noch nicht bei ihr blicken lassen, und eigentlich war sie darüber erleichtert und hätte nicht sagen können, weshalb. Noch vor ein paar Tagen hatte sie ihn in seiner widersprüchlichen Art mehr als nur interessant gefunden und sich zu ihm hingezogen gefühlt. Aber jetzt empfand sie nichts mehr für ihn. Außer vielleicht Mitleid. Was für eine kranke und von Gewalt beherrschte Familie! Gewalt gegen andere und gegen sich selbst. Saskia hatte sich vor Jaspers Augen umgebracht. Die Kommissarin hatte es ihr erzählt. Das war also die Last, die er mit sich herumschleppte und die ihn so launisch machte.

Am Nachmittag kam ihr Vater zu Besuch. Er brachte zwei Stücke ihrer Lieblingsschokotorte mit und zwei Vorschläge, die er mit ihr besprach, während sie den Kuchen aßen. »Erstens sind Mama und ich bereit, deine Mietschulden zu bezahlen. Eine einmalige Schenkung. Zweitens werden wir dir mit einem kleinen Kredit aushelfen, damit du deine Lieferanten bezahlen kannst. So kannst du die Insolvenz abwenden. Voraussetzung dafür ist aber, dass du wirklich einen Kurs in Betriebsführung besuchst.«

Plötzlich lösten sich ihre Probleme in Luft auf, und Anette wollte schon einen Witz darüber machen, dass sie sich früher hätte entführen lassen sollen, aber es war nicht witzig gewesen. »Kann ich dazu nein sagen?«, fragte sie mit einem Augenzwinkern.

»Kommt nicht in Frage.«

Als ihr Vater ging, umarmte er sie fest und lange und drückte ihr einen Kuss auf den Scheitel, wie er es zuletzt getan hatte, als sie zwölf gewesen war. »Du hast Schlimmes durchgemacht. Wir aber auch.« Im Hinausgehen bat er sie noch um die Adresse ihres Vermieters. Bis sie entlassen wurde, sollte Mittermeyer ihre Sachen wieder in die Wohnung schaffen. Dafür wollte er sorgen. Dankbar und erleichtert sah Anette ihrem Vater nach.

Müde von dem Gespräch rollte sie sich auf die Seite, schlief ein und wachte erst wieder auf, als jemand ins Zimmer kam. Vermutlich eine Schwester. Doch es war Jasper. Mit hochgezogenen Schultern kam er herein. Er sah aus wie das personifizierte schlechte Gewissen. Es war nicht seine Schuld, dennoch waren ihre Gefühle für ihn wie weggeblasen.

»Hey«, sagte er.

»Hallo, Jasper.«

Vermummt mit Parka, Schal und Mütze und einer Plastiktüte in der Hand, stand er im Raum, und sie hätte ihn am liebsten gebeten zu gehen.

»Darf ich?« Er wies auf den Besucherstuhl neben dem Bett und setzte sich, als sie nickte. »Ich frage besser nicht, wie es dir geht.«

»Gute Idee.« Es klang bissig, obwohl sie das nicht beabsichtigt hatte. Sie wollte nicht mit ihm darüber reden. Nicht über das, was ihr widerfahren war, und schon gar nicht über seine Familie. Seinen kranken Bruder, seine unsäglichen Eltern und garantiert nicht über Saskia, die den Tod dem Leben vorgezogen und dafür gesorgt hatte, dass Jasper ihren Abgang mitbekam. Wohl eine Art Strafe für ihn. Das war einfach nur krank, und ihr fehlte sowohl die Kraft als auch die Bereitschaft, sich jetzt die Geschichten dieser Familie anzuhören. Und darauf würde es hinauslaufen, wenn sie Jasper reden ließ. Auf Erklärungsversuche und Rechtfertigungen.

»Okay. Reden wir nicht *darüber*. Ich habe dir was mitgebracht. Es wird dich auf andere Gedanken bringen. Auf schöne.« Er nahm ein Buch aus der Plastiktüte. Es war ein opulenter Bildband über Mauretanien. »Für dich. Als Einstimmung auf unsere Reise.«

Daran hatte sie gar nicht mehr gedacht, und sie hörte die Frage, die unterschwellig mitschwang: Du kommst doch noch mit?

Ihre Sehnsucht nach Abenteuer war erloschen. Sie spürte diesen dunklen Sog, der von ihm ausging. Sie wollte nicht hineingeraten. Es war besser, sich von ihm fernzuhalten. »Daraus wird nichts. Im Februar beginnt ein IHK-Kurs, den ich belegen will.« Sie gab ihm das Buch zurück. Eine hoffentlich unmissverständliche Botschaft.

Er nickte und stand auf. »Es tut mir leid.« In der Tür drehte er sich noch einmal um. »Darf ich dich irgendwann mal anrufen?«

Am liebsten hätte sie den Kopf geschüttelt. »Vielleicht,

wenn du aus Afrika zurück bist.« Sie wollte ihm ein aufmunterndes Lächeln schenken, doch es misslang und wurde ganz schief.

76

Eine arbeitsreiche Woche lag hinter Dühnfort, als er sich am zweiten Adventssamstag zusammen mit Gina auf den Weg zum Christkindlmarkt in Haidhausen machte, um sich mit Martina und Oliver Schreiber zu treffen und ihrem Sohn Paul.

Sie gingen zu Fuß. Am Himmel hingen dicke Wolken, und in der Luft lag das Versprechen nach Schnee. Auf dem Viktualienmarkt kauften sie einen Adventskranz, denn sie hatten noch keinen. Bei Marcello gönnte Dühnfort sich einen Espresso, und Gina trank einen Cappuccino. In der Rumfordstraße blieben sie vor dem Schaufenster eines Kindermodeladens stehen. Ein winziger Cardigan hatte es Gina angetan. Türkisblau mit hellbeiger Passe und rosa Blumenmuster. Es gab einen passenden Strampelanzug dazu, und beides zusammen hatte einen stolzen Preis. Gina überlegte, ob sie die Sachen kaufen sollten. Er meinte, dass sie ja noch Zeit hätten, bis Chiara kam. Also gingen sie weiter. Doch nach fünfzig Metern drängte Gina zur Umkehr. »Im Frühling gibt es den nicht mehr, und er ist so süß.«

Der Einkauf dauerte dann doch ein wenig länger, denn es gab auch noch eine Kuscheldecke mit demselben Muster und winzig kleine Stoffschuhe. Gina konnte nicht widerstehen, und auch ihm bereitete es Freude, diese winzigen Kleidungsstücke zu betrachten und sich seine Tochter darin vorzustellen. Die LEGO-Ritterburg kam ihm wieder in den Sinn, die er nur einen Tag nachdem sie von der Schwangerschaft erfahren hatten, gekauft hatte. Er stellte sich vor, wie Chiara und er sie aufbauten. Nach ihren eigenen Vorstellungen und nicht nach dem beigelegten Bauplan, und plötzlich sah er eine kleine Räubertochter vor sich, ein wildes und ungestümes Mädchen, das ihr Leben ordentlich durcheinanderwirbeln würde. Wie sehr er sich darauf freute!

Mit Tüten beladen, gingen sie über die Ludwigsbrücke, und er warf einen Blick in die Steinsdorfstraße. Das Bauzelt war längst abgebaut und zu den Asservaten gebracht worden, und der Notausstieg war geschlossen.

Torben Seyboth hatte die Morde an Elisabeth Stetten und Veronika Lindental gestanden, verweigerte aber eine psychiatrische Begutachtung. Gestern hatte Dühnfort Dr. Martin Seyboth in Starnberg aufgesucht. Das heißt, er wollte es, aber Torbens Vater hatte ihm die Tür gewiesen.

Zu einer ordentlich geführten Ermittlung gehörte es auch, entlastendes Material zu sammeln. Deshalb überlegte Dühnfort, Martin Seyboth zu einer Zeugenaussage ins Präsidium zu bestellen. Was vermutlich nicht viel bringen würde, denn als Vater des Beschuldigten hatte er ein Zeugnisverweigerungsrecht. Sie mussten andere Personen ausfindig machen, die beschreiben konnten, wie es in der Familie zugegangen war. Ehemalige Haushaltshilfen kamen in Frage und die Nachbarn.

Gina hakte sich ein. »Worüber grübelst du nach?«

»Über die Arbeit. Das hat allerdings Zeit bis Montag.«

»Gute Idee. Lass uns den Job vorerst vergessen.«

Etwas in ihrem Tonfall ließ ihn aufhorchen. Ein unterschwelliger Triumph. »Und warum?«

»Weil wir gerade so gute Laune haben. Ich will sie dir nicht verderben.«

»Wieso verderben?« Dann verstand er, was sie meinte, und blieb mitten auf der Brücke stehen. »Du hast den Fall Ellen Reitmeier geklärt.«

»Nicht allein. Holger und Thomas waren auch daran beteiligt. Du hast wirklich etwas übersehen.«

»Schrells Übernachtungsgast?«

Sie nickte.

»Nadler war es. Es ist seine DNA, die ihr damals am Tatort gefunden habt, und am Montag werde ich ihm ein Geständnis aus der Nase ziehen. Ein Motiv hat er jedenfalls. Mit den Unterhaltszahlungen für seine Kinder war er im Rückstand. Das Sozialamt, das sie bis dahin ausgelegt hatte, saß ihm im Nacken. Lohnpfändungen standen bevor, und das in der Probezeit für den neuen Job. Das wollte er verhindern. Da kam ihm die alte Dame gerade recht, von der gemunkelt wurde, dass sie immer einen größeren Bargeldbetrag in der Wohnung hatte.«

Dühnfort freute sich mit Gina und empfand Genugtuung, dass dieses Verbrechen endlich geklärt war. Eingehakt gingen sie über den Rosenheimer Berg am Gasteig vorbei Richtung Weißenburger Platz zum Christkindlmarkt.

Der Brunnen in der Mitte ruhte hinter einer Holzverschalung im Winterschlaf. Rundherum standen die Buden. Es roch nach Jagertee, Glühwein und gebrannten Mandeln. Kinder liefen herum. Vor dem Stand mit Brat- und Currywürsten hatte sich eine kleine Schlange gebildet. Gegenüber bei den Südtiroler Krippenfiguren war es noch ruhig. Richtig voll würde es am späten Nachmittag und Abend werden. Doch bereits jetzt waren viele Menschen unterwegs, und Dühnfort sah sich ratlos um. »Habt ihr einen Treffpunkt ausgemacht?«

»Martina hat gemeint, dass wir sie schon finden werden.«

»Und wie?«

»Na, wie schon? Wir werden Paul erkennen.« Gina sah

sich um und wies auf das Karussell. »Ich glaube, das sind sie.«

Tatsächlich stand dort ein Paar und winkte einem Jungen zu, der im Polizeiauto an ihnen vorüberfuhr. Er hatte das für das Down-Syndrom typische flache und runde Gesicht, und auch seine Augen standen schräg und ein wenig zu weit auseinander. Der Mann war groß und stämmig, ein blonder Bart umrahmte sein Gesicht. Sie aß gebrannte Mandeln aus der Tüte und war einen Kopf kleiner als er. Braune Locken quollen unter einer Baskenmütze hervor. »Er ist Schreiner«, hatte Gina gesagt. »Und sie arbeitet bei der Stadtverwaltung.«

»Ja, das sind sie wohl.« Für einen Moment fühlte Dühnfort sich mulmig und bekam Angst vor der eigenen Courage. Was bisher eher abstrakt gewesen war, wurde mit jedem Tag konkreter. Würden sie es wirklich schaffen? Der Gedanke verschwand ebenso schnell, wie er gekommen war, und die Angst wich. Sie gingen zu den beiden hinüber. »Oliver und Martina?«, fragte Gina.

»Ja, bei uns seid ihr richtig.« Martina schob die Tüte mit den Mandeln in die Tasche.

»Gina und Tino, oder?«, fragte Oliver und reichte Dühnfort die Hand.

Das Karussell hatte inzwischen angehalten. Der Junge stieg aus und rannte zu seinen Eltern. »Und da kommt Paul«, sagte Martina. »Wir haben ihm von euch erzählt. Auch, was ihr beruflich macht. Seither will er unbedingt Polizist werden.« Der Junge blieb atemlos vor seinen Eltern stehen. »Will noch mal fahren.«

»Gleich«, sagte Oliver. »Erst solltest du Gina und Tino hallo sagen.«

Grinsend sah Paul zu Dühnfort auf. »Hallo, Kollege.« Er hob seine Hand zum Einschlagen. »Gummi pfeif.«

Ratlos sah Dühnfort zu Martina.
»Er meint: *Give me five.*«
»Na dann: Gummi pfeif.« Lachend schlug Dühnfort ein.

77

Jasper ging in der Wohnung auf und ab. Lis' Bild in der Hand. Wieder einmal dachte er an ihre letzten gemeinsamen Minuten. Sie hatte ihm vorgeworfen, ein egoistisches Arschloch zu sein, weil er es nicht geschafft hatte, über seinen Schatten zu springen und Sasa zu verzeihen. »Sie steckt in ihrem Depressionssumpf, und du tauchst sie auch noch unter. Wie konntest du nur!«

»Ich wusste nichts davon.«

»Und wie geht es dir damit?«, hatte sie besorgt gefragt und nach seinem Arm gegriffen, und er hatte ihre Hand weggeschlagen. »Hör auf! Du bist nicht meine Therapeutin!« Der Streit war ausgeufert. Danach hatte er absolut keine Lust mehr gehabt, auf die Einweihungsfeier ihrer Freundin nach Erding zu fahren, die ihnen bei den Vorbereitungen für die Hochzeit half. »Du musst dich dort blicken lassen. Ohne sie können wir die Hochzeit vergessen«, hatte Lis geschrien.

Diesen Satz hatten die Nachbarn mitbekommen. Aber nicht richtig. Denn bei der Polizei hatten sie behauptet, Lis hätte gebrüllt, dass er die Hochzeit vergessen könnte.

Er legte das Bild beiseite und nahm das andere. Das von Sasa. Seine Schuld. Seine große Schuld.

Ihre Augen waren so klar und unschuldig. Noch immer Kinderaugen. Und doch war ihr Tod der Kern all dessen, was geschehen war.

Lis, seine große Liebe: ermordet. Von Tobi. Vroni, mit der er nur einmal geschlafen hatte: ermordet von Tobi. Anette, die er hätte lieben können: entführt und gefoltert von Tobi. Weil sein beschissener Bruder über ihn zu Gericht gesessen und ihn zum Unglücklichsein verurteilt hatte!

Jasper konnte Sasas Blick nicht länger ertragen und legte das Foto auf den Couchtisch. Die Wut war schon lange verraucht. Geblieben waren Ratlosigkeit und Scham. Ja Scham! Denn es war seine Schuld.

Wieder hallte Sasas Schrei in seinem Schädel nach. Schweiß brach ihm aus allen Poren. Er sprang auf, riss den Kühlschrank auf und nahm eine Dose Bier heraus. Die dritte schon.

Jeder hat seine eigene Wahrheit.

Nicht nur Tobi.

Auch er!

Damn it!

Er holte aus, pfefferte die Dose gegen die Wand. Krachend schlug sie ein, prallte ab und landete auf dem Boden.

Es gab nur noch zwei Möglichkeiten, dieses Päckchen loszuwerden: sich über die Klippe zu stürzen oder Farbe zu bekennen. Die Wahrheit zu sagen.

Eigentlich wusste er, was geschehen war. Er wusste es ganz genau. Aber er hatte die entscheidenden Sekunden einfach ausgeblendet und die Lücke mit seinen eigenen Bildern gefüllt, die sich so viel leichter ertragen ließen.

Es war menschlich, dass man sich die Wahrheit zurechtbog. Doch diese Wahrheit ruinierte sein Leben. Und nicht nur seines.

Wenn er nur jemanden zum Reden hätte. Doch es gab niemanden. Vielleicht ein Pfarrer? Oder die Telefonseelsorge? Ein Anwalt? Er würde einen brauchen.

Der Puck aus dem *Sommernachtstraum*. Anette …

Sie konnte zuhören. Vielleicht würde sie auch verstehen. Aber sie würde ihn verachten. Außerdem wollte sie nichts mit ihm zu tun haben.

Seine Familie klebte an ihm wie Teer. Seine Familie … Ja, das war auch er selbst. Ein Teil dieses apokalyptischen Systems.

Die Klippen … Die eine Möglichkeit.

Die Telefonseelsorge … Die andere.

Tod oder Leben? Das war die Frage.

Er ging online und suchte nach der Nummer. Ehe er es sich anders überlegen konnte, wählte er sie. Ein Mann meldete sich. Seine Stimme klang alt und ein wenig brüchig, doch Jasper schien sie lebenserfahren und klug. Trotzdem legte er sofort wieder auf.

Er brauchte keinen Seelsorger, sondern einen Rechtsbeistand. Mit ihm würde er sachlich und frei von Emotionen über das Thema reden können. Kühl und distanziert. Über seine Schuld.

Ja, das war besser. Doch er kannte keinen Strafverteidiger, sondern nur Anwälte für Wirtschaftsrecht. Er zog den Ring von der Bierdose und trank sie in hastigen Schlucken leer.

Vielleicht sollte er gleich zur Polizei marschieren. Rein durch die Tür. *Guten Abend. Ich möchte eine Anzeige machen.*

Ja, das war das einzig Richtige. Keine Umwege.

Jasper zog den Parka an, verließ die Wohnung und ging durch die Au, bis er vor der Polizeiinspektion 21 stand. Sein Kopf war leer. Fünf Stufen hinauf. Eine Tür aus dunklem Holz, die ihm wie das Tor zu einer anderen Welt erschien, und das war sie. Wenn er hindurchging, würde nichts mehr sein, wie es gewesen war.

Er drückte dagegen. Doch sie ließ sich nicht öffnen. Man musste eine Sprechtaste drücken.

»Ja, bitte.«

»Jasper Seyboth. Ich möchte eine Anzeige machen.«

Der Türöffner summte. Er trat ein und an ein Fenster aus Sicherheitsglas, hinter dem ein Polizist saß. Er war nicht älter als er.

»Warten Sie bitte dort. Ich hole Sie gleich.«

Jasper setzte sich auf eine Bank aus dunklem Holz, lehnte den Kopf gegen die Wand und schloss die Augen.

Wo hatte er sie verloren, die entscheidende Minute?

Nirgendwo.

Er war rechtzeitig in Oberbilk gewesen. Er war aus der S-Bahn gestiegen und hatte Sasa auf der gegenüberliegenden Seite des Bahnsteigs entdeckt. Ganz am Ende. Dort, wo Stufen hinunter ins Gleisbett führten. Außer ihnen waren nur eine Frau mit Rollkoffer da und eine Mutter mit Kinderwagen. Sie standen weit weg in der Mitte des Bahnsteigs.

Es war ein schöner Sommervormittag. Der Himmel war milchig blau, und die Sonne schien warm. Zwischen den Gleisen wucherten Giersch und Brennnesseln, und dazwischen blühte Klatschmohn. Zarte Blüten in brennendem Rot. Ein Tag, wie geschaffen für einen Neubeginn. Für Verzeihen und Versöhnen. Als er Sasa dort stehen sah, mit den Doc Martens an den Füßen, die für ihre zarte Figur zu klobig waren, und der viel zu großen Lederjacke, war sie plötzlich wieder seine kleine Schwester, und sein Herz wurde, für einen Moment ganz weit. Wir waren Kinder, dachte er, und dass Lis recht hatte. Er sollte ihr verzeihen.

Schwankend stand sie an der Bahnsteigkante. Ein Güterzug näherte sich. Er ging zu ihr hinüber. »Hallo, Sasa! Es tut mir leid wegen gestern …«

Sie fuhr herum, als er sie ansprach »Hau bloß ab! Verschwinde einfach aus meinem Leben!«

Er nahm sie an den Schultern. »Sasa, bitte. Es tut mir leid.«

»Was hätten wir denn tun sollen? Tobi und ich.« Mit dem Handrücken fuhr sie sich über die Augen. Das Licht der Sonne blendete ihn. Die Welt war ein einziges überirdisches Flirren, als wäre all das nicht real.

»Wir waren Kinder und abhängig von Papa und Mama. Und du wolltest der Familie den Dolchstoß versetzen. Was wäre denn passiert, wenn wir die Wahrheit gesagt hätten? Hast du darüber mal nachgedacht?«

Nein, das hatte er nicht. Er hatte nur daran gedacht, wie er seinen Arsch retten konnte.

»Papa vielleicht im Gefängnis. Wir im Heim. Voneinander getrennt, wenn es blöd gelaufen wäre. Mama konserviert in Alkohol. Alles war besser als das. Alles. Verstehst du!« Sie versetzte ihm einen Stoß gegen die Schulter. »Alles!«

Zorn kochte in ihm hoch. Er war gekommen, um ihr den Verrat zu verzeihen, und sie machte ihm Vorwürfe. Er gab ihr den Stoß zurück, heftiger als ihrer gewesen war. Er traf sie an der Schulter, sah den Güterzug, der sich auf der Durchfahrt durch den Bahnhof näherte, sah, wie sie stolperte. Sie fiel über ihre Tasche mit den Malsachen, die hinter ihr stand, seit sie sich zu ihm umgedreht hatte. Ein gellender Schrei. Sie kippte einfach aus seinem Blickfeld und direkt vor den Zug. Bremsen quietschten. Die Frauen weit hinter ihm schrien. Seine Beine gaben nach. Er knallte mit dem Gesicht voran auf den Boden und blieb liegen und wollte nie wieder aufstehen.

»Herr Seyboth.«

Jasper öffnete die Augen. Der Polizist rief nach ihm. »So, jetzt habe ich Zeit für Sie. Wen wollen Sie anzeigen?«

»Mich«, sagte er. »Mich selbst.«

Der erste Fall für Gina Angelucci

Inge Löhnig

Gedenke mein

Kriminalroman

978-3-548-61228-7

Gina Angelucci, die Partnerin des Münchner Kommissars Dühnfort, arbeitet in der Abteilung für Cold Cases in München: Sie löst Mordfälle, die seit Jahren nicht geklärt werden konnten. Auf die Bitte einer Mutter nimmt sie die Ermittlungen zu einem tragischen Fall wieder auf. Vor zehn Jahren verschwand die kleine Marie. Ihre Leiche wurde nie gefunden. Der Vater von Marie hat Selbstmord begangen. Hat er seiner Tochter etwas angetan? Gina ahnt, dass ihre Kollegen damals die falschen Fragen stellten. Warum sollte der Vater das Mädchen töten? Oder ist Marie noch am Leben? Gina folgt einer Spur, die zu unendlichem Leid führt …

LESEPROBE

Dienstag, 8. Februar 2005

1

Die Haut an ihren Armen kribbelte. Ein Brennen und Ziehen, wie früher, als sie ein Kind gewesen war und ihr der Nachbarsjunge eine »Brennnessel« verpasst hatte. Petra schob die Pulloverärmel hoch, rieb, versuchte die Furcht zu vertreiben, doch sie breitete sich weiter aus, wanderte nach innen, bis sie schließlich ganz damit angefüllt war wie ein Gefäß, dessen einzige Bestimmung es war, das Unerträgliche zu ertragen: die Ungewissheit.

Bitte! Dieses Wort zog wie ein Schriftband durch ihren Schädel. *Bitte, lass nichts passiert sein. Bitte, lass es ihr gutgehen. Bitte!*

Vor dem Fenster fiel der Regen in einem lautlosen Nieseln auf Dächer und Mauern, auf die kahlen Zweige der Bäume, auf die Fahrzeuge, die unten am Straßenrand parkten, auf Fahrbahnen und Gehwege, und gefror auf den frostkalten Oberflächen. Ein kristallener Panzer legte sich über alles, und für einen Augenblick wünschte Petra, ihr Herz möge ebenso gefrieren, ihr alle Gefühle nehmen. Die Wut wie die Zweifel, diese bohrende Sorge, die sich in Panik verwandeln wollte, sobald sie sich auszumalen begann, was alles geschehen sein könnte. *Lass die Tür aufgehen und sie hereintanzen. »Bin wieder da, Mama!« Bitte!*

Sie wusste nicht, an wen sie diesen stummen Wunsch richtete. Sie war nicht gläubig, obwohl sie getauft war. Sie ging nie zum Gottesdienst, obwohl ihre Eltern sie christlich erzogen hatten, und mit einem Mal beneidete sie ihre Mitmenschen, die einen Glauben hatten, die Zuversicht und Vertrauen besaßen, dass es eine ordnende Macht gab, einen Sinn in allem. Dass der Herr seine schützende Hand über alle hielt, auch über sie, dass er es richten würde.

Petra wandte sich vom Fenster ab. Sie musste etwas unternehmen, doch es gab nichts mehr, das sie noch tun konnte, um ihre Angst in Schach zu halten.

Sie versuchte die Wut auf Chris wieder heraufzubeschwören. Diesen Zorn, der sie erfasst hatte, als er Marie am Sonntagabend nicht wie vereinbart nach Hause brachte und sie erkannte, dass er sich nicht einfach verspätete, sondern verschwunden war. Mit ihrer Tochter. Einfach abgehauen, untergetaucht. Wut war besser als Angst. Sie war zielgerichtet, ein Schwert für den Kampf. Während Angst das Messer war, mit dem man sich die Haut vom Leib zog.

Nachdem es ihr nicht gelungen war, Chris telefonisch zu erreichen, war sie zu seiner Wohnung gefahren, hatte Sturm geläutet und dann entdeckt, dass sein Wagen weg war. Die Nachbarn wussten von nichts, hatten ihn und das Kind seit Samstag nicht gesehen. Chris, dieser Mistkerl! Er wollte sie quälen und bestrafen, und er wollte Marie für sich allein, denn er glaubte, dass sie unfähig sei, ein Kind zu erziehen, und hatte das alleinige Sorgerecht beantragt. Doch das würde er nicht erhalten. Das hatte ihm sogar sein Anwalt erklärt. Vor Zorn bebend war sie nach Hause gefahren, und in diesem Beben hatte bereits die Furcht gesessen.

Sie hatte jeden angerufen, der sie kannte. Doch niemand hatte etwas von Chris und Marie gehört oder eine Vermutung, wo sie sein könnten, und die Angst kam angeschlichen. Wenn vielleicht doch etwas passiert war?

Entziehung einer Minderjährigen hatte es der Kommissar

genannt, bei dem sie ihre Tochter und ihren Noch-Mann schließlich als vermisst meldete. Seit Sonntagnacht suchte die Polizei in einer öffentlichen Fahndung nach den beiden. Ihre Bilder flimmerten über die Fernseher und prangten auf Zeitungen. Mittlerweile kannte halb Deutschland ihre Gesichter. Es war nur noch eine Frage der Zeit, bis man sie finden würde. Wohlbehalten und unversehrt.

Die Kirchturmuhr von Maria Immaculata schlug vier Uhr. Die Tür ging auf. Heike kam herein und mit ihr ein Schwall Geräusche aus der Küche, wo Mark mit Laptop und Handy vorübergehend sein Büro aufgeschlagen hatte. »Es ist kein Problem, das Geschäft für ein paar Tage mobil zu führen. Freunde stehen einander bei. Und du brauchst uns jetzt. Mach dir also keinen Kopf unseretwegen«, hatte er gesagt und den Küchentisch zum Schreibtisch umfunktioniert.

Heike stellte zwei Becher Tee auf den Tisch in der Essecke. Auf dem Sideboard dahinter lagen Maries Lesefibel und das Schreibheft bereit, denn am Sonntagabend hatten sie noch lesen üben wollen. Dahinter hing der Mondblumenstrauß an der Wand, den Marie gezeichnet hatte. *Wenn es Sonnenblumen gibt, muss es auch Mondblumen geben, Mama. Ist doch logisch.*

Wenn sie nun nie wiederkam?

Heike hielt ihr einen Becher hin. »Trink wenigstens etwas. Du kippst sonst noch um, und wer soll sich dann um Marie kümmern, wenn die Polizei sie endlich gefunden hat? Ich kann das nicht. Das weißt du doch. Dafür fehlt mir das Talent.«

Eine warme Welle der Zuneigung durchflutete Petra und drängte die Angst in den Hintergrund. Heike glaubte also auch, dass alles gut werden würde, dass diese Tage nur ein einziger gelebter Alptraum waren, und danach konnten sie in ihr gewohntes Leben zurückkehren. Dankbar nahm sie den Becher und fühlte sich nicht wohl dabei. Nicht nur, dass sie selbst nicht imstande war zu arbeiten, obendrein hielt sie Mark und Heike auch noch davon ab. Die beiden waren Immobilienmakler und hatten alle Hände voll zu tun.

»Es wäre besser, wenn wir alle ins Büro fahren. Die Arbeit wird mich ablenken.« Vielleicht ging es ja heute. Gestern hatte es überhaupt nicht funktioniert. Es war ihr nicht gelungen, sich zu konzentrieren. Bei jedem Läuten des Telefons oder der Türglocke war sie zusammengezuckt. Und in einem Maklerbüro klingelte es ständig.

»Wir können es morgen versuchen. Aber nur, wenn du geschlafen hast.« Mit der Hand strich Heike über Petras Arm. »Sie werden sie bestimmt bald finden. Chris kann sich nicht ewig mit der Kleinen verstecken. Man wird ihn erkennen. Beim Tanken, in einem Hotel, in einem Restaurant.«

»Hoffentlich.« Doch die Angst wühlte weiter mit kalter Hand in ihrem Innersten. Und wenn doch das Unaussprechliche geschehen war? Allerdings gab es für diese Befürchtung keinen Anlass. Chris liebte Marie. Er könnte ihr nie etwas antun. Er war nicht wie diese Väter, die ihre Kinder mit in den Tod nahmen, wenn die Beziehung scheiterte. So einer war er nicht. Die einzige Erklärung war die, dass er mit Marie untergetaucht war, um ein neues Leben zu beginnen. Sein altes war weiß Gott verfahren genug, um nicht zu sagen auf allen Ebenen gescheitert.

»Es ist verrückt. Ich habe solche Angst, obwohl ich weiß, dass Chris Marie nichts tun wird.«

»Wovor fürchtest du dich dann?«, fragte Heike.

Es war die Angst, dass sie sich schrecklich irrte, dass Chris mit Marie nicht abgetaucht war, dass es eine andere

Erklärung für das Verschwinden der beiden gab. »Vor einem Unfall, den niemand bemerkt hat. Erinnerst du dich an den Bauern, der mit seinem Wagen in die Donau gestürzt ist? Bei Nacht und Nebel und ohne Zeugen. Erst nach acht Jahren hat man ihn gefunden. Oder der Bergwanderer, der niemandem Bescheid sagte, als er loszog. Spurlos verschwunden. Seine Leiche wurde erst nach einem halben Jahr in einer Felsspalte entdeckt. Oder ein Verbrechen. Jemand hat sie entführt und ermordet.«

Jetzt, wo sie es aussprach, fühlte sie sich leichter. Derartige Szenarien waren nahezu unwahrscheinlich. Sie ließ hier ihre Phantasie Amok laufen, während Chris mit Marie vielleicht irgendwo gemütlich Hamburger und Pommes aß. Ihr Leibgericht, das sie nur selten bekam.

Das plötzliche Schrillen der Wohnungsklingel ließ Petra zusammenfahren. Sie warf einen Blick hinunter auf die Straße. Ein Streifenwagen stand vorm Haus. Von einer Sekunde auf die andere begann ihr Herz zu rasen. Es musste Neuigkeiten geben, wenn sie bei diesem Eisregen persönlich kamen. Sie hatten Marie gefunden.

Schritte im Flur. Mark öffnete. Dann Stimmen. Heike griff nach ihrer Hand. »Du wirst sehen, alles ist gut.«

Alles ist gut. Bitte! Lass die Tür aufgehen und Marie hereintanzen. »Bin wieder da, Mama!«

Die Tür öffnete sich, Mark kam herein, der Kommissar folgte ihm und ein Kollege, den Petra nicht kannte. Ein Mann mit dem feinen Gesicht eines Künstlers und dem traurigen Blick eines Beladenen. An der Brusttasche seines dunkelblauen Parkas entdeckte Petra eine Aufschrift. Die Haut an ihren Armen begann wieder zu jucken. Die Angst kehrte mit brachialer Gewalt zurück. Sie starrte auf die Zeichen, reihte sie zu einem Wort, das alle weiteren überflüssig machte.

Polizeiseelsorger.

In ihren Ohren dröhnte es, in ihrem Brustkorb wummerte ihr Herz wie in einer gottverlassenen Kathedrale. *Nein! Bitte! Nein!*

Zehn Jahre später. Anfang September 2015

2

Die Stuhlreihen vor dem Podium füllten sich zusehends mit den Vertretern der Medien. Ihrer Anzahl nach waren es nicht nur die der Münchner Presse und des Bayerischen Fernsehens. Sie kamen von Redaktionen und Fernsehanstalten aus ganz Deutschland. Die Klärung des Mordfalls Diana Weigelt nach achtundzwanzig Jahren war eine kleine Sensation und das Interesse an der Pressekonferenz der Münchner Polizei entsprechend groß. Weniger wegen des Opfers, sondern wohl hauptsächlich wegen der Prominenz des Täters.

Kriminalhauptkommissarin Gina Angelucci stand ein wenig abseits am Fenster und beobachtete das Treiben, das es ohne ihre Beharrlichkeit nicht gäbe. Manche würden es auch Sturheit nennen. Doch stur war man ihrer Meinung nach nur dann, wenn man störrisch an einem Ziel festhielt, das nicht erreichbar war. Beharrlich, wenn man nicht aufgab, das Mögliche zustande zu bringen. Und das war ihr gelungen. Am Ende hatte sie wie ein Maulwurf unter Tage in den Katakomben des LKA nach den Asservaten in diesem Fall gesucht. Irgendwo mussten sie sein, es sei denn, Doktor Till Strassers Schwiegervater hätte tatsächlich die Unverfrorenheit besessen, seinen politischen Einfluss zu nutzen, um sie verschwinden zu lassen. Doch ganz so einfach wie im Fernsehkrimi ging das nicht. Zu guter Letzt hatte Gina die Beweismittel dort gefunden, wo sie ganz sicher nicht hingehörten. In den Unterlagen eines anderen Falls. Schlamperei oder Absicht? Eine nicht zu klärende Frage.

Thomas Wilzoch betrat den Raum durch den Seiteneingang, sah sich um und nickte ihr zu, als er sie entdeckte. Ihr Chef war ein stattlicher Mann mit Bürstenhaarschnitt, in dem sich die Geheimratsecken kontinuierlich vorarbeiteten. Seine schmale Nase und die scharfen Gesichtszüge ließen auf Strenge schließen, dabei war er ein gemütlicher Kerl, der es ruhig angehen ließ. Nach und nach hatte er sich bei der Mordkommission seine eigene Abteilung geschaffen, indem er sich bereitwillig und immer häufiger den ungeklärten Altfällen widmete, bis er schließlich als Spezialist für *Cold Cases* galt. Offiziell gab es diese Abteilung nicht. Thomas leitete eine Mordkommission wie jede andere, und gelegentlich mussten er und sein Team, das bis vor drei Wochen aus ihm und Gina bestanden hatte, sich mit aktuellen Fällen befassen. Heute trug er Uniform und steuerte zielstrebig den Tisch auf dem Podium an, grüßte Heigl, der von Gina unbemerkt den Raum betreten hatte, und setzte sich.

Kriminaldirektor Leonhard Heigl war Leiter des Dezernats 11 und erweckte stets den Eindruck, als arbeite er sich pausenlos für Recht und Gerechtigkeit auf. Ein fortwährender Kampf. Hinter seinem Schreibtisch traf man ihn stets mit aufgezogenem Krawattenknoten, hochgekrempelten Ärmeln und zerrauften Haaren an. Jetzt war das Haar geglättet, die Krawatte saß, und der mittlere Knopf des Sakkos war geschlossen.

Fehlte noch Oberstaatsanwalt Jochen Poschmann, der Herr des Verfahrens und potentieller Empfänger der Lorbeeren, die Gina aus dem Dreck gewühlt hatte. Sei es drum. Sollte Poschmann den Applaus bekommen. Gina war es egal. Was ihr eine tiefe, beinahe grimmige Befriedigung verschaffte, war die Tatsache, dass sie Strasser den Mord an Diana Weigelt nachgewiesen hatte und er endlich dafür zur Rechenschaft gezogen wurde. Nach achtundzwanzig Jahren, in denen er mehr oder weniger unbehelligt geblieben war, in denen er Karriere gemacht, mit seiner Frau noch zwei Kinder gezeugt und das Leben genossen hatte, ereilte ihn nun die Macht der Exekutive. Hoffentlich. Denn zu hundert Prozent war das noch nicht sicher. Totschlag oder Mord? Verjährung oder Anklage?

Gina suchte Poschmanns Blick. Er hob beide Daumen, und ein erleichtertes Lächeln stahl sich auf ihr Gesicht. Der Richter hatte das also abgenickt.

Der Oberstaatsanwalt erklomm das Podest und setzte sich zwischen Heigl und Wilzoch. Poschmann war ein kleiner wuseliger Mann, der beim alljährlichen Starkbieranstich am Nockherberg und dem damit einhergehenden Politikerderblecken problemlos als Double für Gregor Gysi durchgehen würde. Nur traute sich niemand, ihm das vorzuschlagen, denn er war ein Schwarzer durch und durch, genau wie Strassers Schwiegervater, der alte Sepp Drenger, ein Urgestein der CSU, das allerdings seit zwei Jahren in einem Pflegeheim verwitterte.

Stühle wurden gerückt, allmählich verebbte das Stimmengewirr, und die Aufmerksamkeit der Journalisten begann sich auf das Podium zu richten. Heigl justierte sein Mikrophon. Poschmann hatte das bereits getan und ergriff das Wort. »Ich begrüße Sie sehr herzlich zur Pressekonferenz des Polizeipräsidiums München und gebe die Festnahme von Staatssekretär Doktor Till Strasser bekannt. Wie ich gerade erfahren habe, wird das Gericht eine Anklage zulassen, da es die Tatmerkmale für Mord erfüllt sieht. Eine Verjährung, wie bei Totschlag vorgesehen, ist somit nicht eingetreten.«

Weiter hinten entdeckte Gina ihren neuen Kollegen Holger Morell und verzog unwillkürlich den Mund. Mit dem Blick auf sein Handgelenk vergewisserte er sich nicht, ob die Pressekonferenz pünktlich begann, sondern wie viele Schritte er heute schon getan hatte oder wie viele Kilometer er gejoggt war und ob sein Ruhepuls in akzeptabler Zeit erreicht wurde. Holger war ein Selftracker vor dem Herrn. Zahlreiche Apps befanden sich auf seinem Smartphone und natürlich das obligatorische Fitnessarmband am Handgelenk.

Jedenfalls war Gina seit seiner Bemerkung über ihren Körperfettanteil, der seiner Meinung nach dringend reduziert gehörte, nicht gut auf ihn zu sprechen. An ihrem Körper gehörte gar nichts reduziert. Und auch nicht gestrafft, geglättet oder mit Silikon gestützt, obwohl er weit davon entfernt war, den Bildern zu entsprechen, die Werbung und Medien einem vor die Nase hielten wie dem Esel die Karotte. So wie er war, so war er gut. Und in den nächsten Monaten würde er runder werden, denn er vollbrachte ein unvorstellbares Wunder. Ein Kind wuchs in ihr heran. Mit achtunddreißig Jahren war sie endlich schwanger geworden.

Unwillkürlich strich sie über ihren Bauch und lächelte in sich hinein, während Poschmann nach den Lorbeeren hangelte und erklärte, dass es den zuständigen Ermittlern – flüchtiger Blick zu Thomas – gelungen war, die verschollenen Asservate dieses Falls aufzutreiben und damit die Einweghandschuhe, die der Täter im Mai 1987 in der Nähe des Tatorts achtlos zurückgelassen hatte, nicht ahnend, dass sich in der Kriminaltechnik eine epochemachende Wende ankündigte, die DNA-Analyse. Vorgestern war es gelungen, tatrelevante DNA an den Handschuhen zu isolieren und zu sequenzieren und mit einer richterlich angeordneten Vergleichsprobe dem Mann zuzuschreiben, der schon vor achtundzwanzig Jahren im Brennpunkt der Ermittlungen gestanden hatte: Staatssekretär Doktor Till Strasser. Ein Raunen ging durch die Reihen.

Gina war froh, dass die Staatsanwaltschaft damals bei der dünnen Beweislage keine Anklage erhoben hatte. Dann wäre jetzt Strafklageverbrauch eingetreten, und Strasser käme mit einem grausamen Mord ungeschoren davon. Denn niemand durfte wegen derselben Tat zweimal vor Gericht gestellt werden.

Der angesehene Politiker und Wissenschaftler, ehemals Vorstand der renommierten Archimedes-Gesellschaft und verheiratet mit der Tochter von Sepp Drenger, hatte seine heimliche Geliebte Diana Weigelt erstochen und ihr das ungeborene Kind aus dem Leib geschnitten, um seine politische Karriere und den gesellschaftlichen Aufstieg nicht zu gefährden. Und wer hatte das nachgewiesen? Sie und natürlich Frank Buchholz in seinem Labor. Gestern hatte Gina Strasser verhaftet, und noch immer erfüllte sie das mit beinahe grimmiger Genugtuung.

Poschmann gab das Wort an Heigl weiter, der die Fragen der Journalisten beantwortete, sich dabei allerdings ein wenig bedeckt gab, denn noch hatte Strasser nicht gestanden. Thomas saß daneben, guckte Löcher in die Luft und sehnte das Ende dieser PK herbei, genau wie sie.

Eine Journalistin hob den Kuli. Heigl erteilte ihr das Wort. »Anne Kaiser vom *Münchner Blick*. Ich wüsste gerne, wie man sich das *Ausgraben*, wie Sie es genannt haben, dieser Asservate vorstellen darf. Wurden sie gezielt versteckt?«

Diese Frage gefiel Heigl natürlich nicht, sie lief in Richtung politischer Machtmissbrauch. »Im Laufe der letzten achtundzwanzig Jahre ist die Asservatenkammer zweimal umgezogen. Dabei gerät schon mal etwas durcheinander.«

»Es gab doch sicher schon früher Versuche, diesen Fall mittels DNA zu lösen. Schließlich wird diese Technik seit zwanzig Jahren eingesetzt.«

Zustimmendes Nicken von Poschmann. »Leider fehlten bisher die Asservate.«

»Gibt es Hinweise darauf, dass Sepp Drenger, Strassers Schwiegervater, dafür gesorgt hat, dass sie unauffindbar waren?«

Nun lächelte Poschmann. »Aber wir haben sie doch gefunden.«

»Sie persönlich?«, hakte Anne Kaiser nach.

Thomas beugte sich vor und zog Poschmanns Mikro zu sich. »Dass uns die Asservate jetzt zur Verfügung stehen, verdanken wir der Hartnäckigkeit von Kriminalhauptkommissarin Gina Angelucci. Sie hat sie entdeckt.« Thomas wies in ihre Richtung.

Gina drückte den Rücken durch und lächelte. Sie fühlte sich unwohl, als sich nun alle Blicke auf sie richteten und die Kameras klickten. Es dauerte nicht lange. Heigl beantwortete noch einige Fragen und beendete die Pressekonferenz. Als Gina den Raum verlassen wollte, berührte sie jemand am Ellenbogen. Es war Anne Kaiser. »Haben Sie einen Moment Zeit für mich?«

Gina ahnte, was die Journalistin wollte. Eine Vermutung, dass Drenger sein Amt missbraucht hatte. Doch die würde ihr nicht über die Lippen kommen. Sie konnte es nicht beweisen, und was die Medien aus solchen Annahmen machten, war bekannt, und postwendend hatte sie eine Anzeige wegen Verleumdung am Hals. »Sie werden von mir nicht das hören, was Sie gerne hören wollen.«

»Sie meinen Drenger. Keine Sorge, ich weiß, wie das Spiel läuft. Ich würde mich gerne mit Ihnen über Ihre Arbeit unterhalten. Cold Cases. Das interessiert unsere Leser.

Wie arbeitet man an alten Fällen, die ausermittelt scheinen? Ist es nicht frustrierend und langweilig, sich durch Aktenberge zu graben?«

»Hängt davon ab, was man unter langweilig versteht.«

»Ich bekomme ein Interview?«

Gina mochte ihre Arbeit, und es gab keinen Grund, ein Geheimnis daraus zu machen, wie man die alten Fälle neu anging. »Gerne. Aber im Moment ist es schlecht.« Sie hatte Tino entdeckt, der durch den Saal auf sie zusteuerte, und wie immer erfüllte sie bei seinem Anblick ein tiefes, stilles Glück. Vor sieben Jahren war er aus Hamburg zur Kripo München gekommen, und sie hatte sich gleich am ersten Tag in ihn verliebt. Wie in einem Schmachtfetzen, beim ersten Blick in seine graugrünen Augen. Bis aus ihnen ein Paar geworden war, hatte es allerdings Jahre gedauert. Vielleicht war auch diese Liebe ein Ergebnis ihrer Beharrlichkeit. Bei diesem Gedanken musste sie lächeln.

»Sagen Sie einfach, wann es Ihnen passt.«

»Treffen wir uns doch um eins in der Kantine.« Gina verabschiedete sich von Anne Kaiser und ging Tino entgegen.

»Hallo, Liebes.« Er gab ihr einen Kuss auf die Wange. »Poschmann hat sich ja hübsch mit deinen Federn geschmückt.«

»Das tun Häuptlinge nun mal. Und Thomas hat mich ja lobend erwähnt.«

»Immerhin.« Mit der Hand strich Tino ihr sanft über den Bauch, und sie trat unwillkürlich einen Schritt zurück. Hoffentlich hatte das niemand gesehen. »Was macht der Kleine?«

»Vermutlich schlafen und wachsen und sich darauf vorbereiten, was ihn erwartet, wenn er erst einmal diese kuschelige Höhle verlassen muss.«

Gina wusste, was Tino gleich fragen würde: ob sie Thomas endlich gesagt hatte, dass sie schwanger war. Der Fall war geklärt. Es war Zeit, die Karten – besser gesagt den Mutterpass – auf den Tisch zu legen und sich von ihrem Chef für die nächsten Monate dahinter verbannen zu lassen. Denn als schwangere Polizistin durfte sie keinen Außendienst leisten. Zu gefährlich. Man wusste nie, wem man über den Weg lief. Doch etwas in ihr sperrte sich dagegen.

»Und …«, begann Tino.

»Nein. Habe ich noch nicht. Ich ziehe Strasser noch ein Geständnis aus der Nase, schreibe den Abschlussbericht, und dann lass ich mich zum Innendienst verdonnern. In Ordnung?«

Tino zog sie an sich. »Du wirst es bis kurz vor der Entbindung verheimlichen.«

»Keine Sorge. Das wird mir nicht gelingen. Da ist Holger vor. Irgendwann kommt er dahinter, welche Bewandtnis es mit meinem Körperfettanteil in Wahrheit hat.«